052

흰 나무 아래의 즉흥

나남
nanam

김승희(金勝熙)

1952년 광주에서 태어나 서강대 영문학과와 같은 학교 대학원 국문학과를 졸업했다. 1973년 〈경향신문〉 신춘문예에 시 〈그림 속의 물〉이, 1994년 〈동아일보〉 신춘문예에 소설 〈산타페로 가는 사람〉이 당선되었다.
시집으로 《태양미사》, 《왼손을 위한 협주곡》, 《미완성을 위한 연가》, 《누가 나의 슬픔을 놀아주랴》, 《어떻게 밖으로 나갈까》, 《세상에서 가장 무거운 싸움》, 《빗자루를 타고 달리는 웃음》, 《냄비는 둥둥》, 《희망이 외롭다》 등이 있고, 소설집 《산타페로 가는 사람》, 장편 《왼쪽 날개가 약간 무거운 새》가, 산문집으로 《33세의 팡세》, 《성냥 한 개피의 사랑》, 《4분의 1의 나와 4분의 3의 당신》 등이 있다. 제5회 소월시문학상과 제2회 고정희상을 수상했으며, 현재 서강대 국문학과 교수로 재직 중이다.

나남문학선 52
흰 나무 아래의 즉흥

2014년 7월 5일 초판 발행
2014년 7월 5일 초판 1쇄

지은이 • 金勝熙
발행자 • 趙相浩
발행처 • (주)나남
주소 • 413-120 경기도 파주시 회동길 193
전화 • (031)955-4601(代)
FAX • (031)955-4555
등록 • 제1-71호(1979.5.12)
홈페이지 • http://www.nanam.net
전자우편 • post@nanam.net

ISBN 978-89-300-0152-6
ISBN 978-89-300-0142-7(세트)

책값은 뒤표지에 있습니다.

052

흰 나무 아래의 즉흥

나남문학선 52

김승희 문학선

나남
nanam

〈나남문학선〉을 다시 출간하며

한때 문학은 위대했다. 특히 19세기와 20세기에 걸쳐 문학은 지성의 왕자였으며, 문화의 공주였다. 인간 정신의 가장 고고한 경지는 문학을 통해 탐구되었으며, 인간 감성의 가장 아름다운 경지도 문학을 통해 탐구된 바 많았다. 위대한 문학을 통해 훈련된 상상력은 인간과 세상에 대한 사유를 보다 넓은 지평 위에 올려놓았으며, 인간의 내면에 더 많은 무늬와 강한 자아와 많은 자유를 주었다. 그리하여 문학은, 인류의 역사에 작용했던 여러 종류의 권력과 권위 가운데서 특별한 의의와 형식을 지닌 것이었고 또 특별히 그 부작용과 폐해가 적었던 힘이었다고 말할 수 있다.

그러나 이제 위대한 문학은 과거의 유산이 되려 하고 있다. 세상은 바뀌고 문학이 꽃피던 들판에 새로운 전자문명과 낯선 대중문화가 불길처럼 퍼지고 있다. 스마트한 전자매체들은 단숨에 사람들의 영혼과 감각을 사로잡았고, 그와 멋진 짝을 이룬 대중문화는 마치 황소개구리처럼 문화의 연못에서 절대 강자가 되어 섬세한 영혼의 문화들을 잡아먹고 있다. 사람들은 문자와 문학으로부터 멀어졌으며, 전자와 대중문화의 신전에 구름처럼 몰려가 그 아래 엎드리고 있다. 영혼의 문을 닫고 환락의 문을 열어 그 문 앞에서 엎드려 시간을 잊고 자아를 잊고 사유를 잊고 결핍마저 잊고자 한다. 그리고 이 모든 흐름을 선도하는 것이 금전주의이다. 금전주의는 모든 가치를 금전으로 환원해 버리니, 금전은 모든 가치의 척도이며 또 모든 가치 중의 으뜸이 된다. 전자매체와 대중문화와 금전주의의 세상에서 문학의 위의(威儀)는 추풍낙엽처럼 쓸쓸하다.

문학이 과거가 되어가는 시대에서 문학의 존재 방식은 초라하다. 어떤 문학은 대중문화의 그늘로 기어들어 영혼 없는 안식과 금전을 얻기도 하고, 또 어떤 문학은 자발적 기형과 변태의 전략으로 외화내빈의 문명에 약한 저항을 하기도 한다. 그러나 한때 위대했던 문학이 지녔던 높고 쓸쓸한 인간적 언어들을 여전히 소중하게 간직하고, 그것이 진정한 문학의 길임을 외롭게 확인하고자 하는 문학이 완전히 없어진 것은 아니다. 아직도 문학의 오래된 골목 안 외딴 집에는 지조 높은 문학적 언어만으로 세상과 대결하면서 문학의 위의와 시대정신을 지키는 작가와 시인이 살아 있다. 이들의 언어는 섣불리 세상의 이목을 구하지 않고 가벼이 금전과 권력의 힘에 휘둘리지 않으며 늘 깨어있는 정신으로 세상과 인간의 숨은 모습을 바로 보려 한다. 다시 출간하는 〈나남문학선〉이 주목하고자 하는 것이 바로 이들의 문학이다.

다시 출간하는 〈나남문학선〉은 문학의 오래된 골목 안을 조용히 밝히는 등불이 되고자 한다. 그리하여 그 골목 안 외딴집에서 지조 높은 문학적 언어가 여전히 생산되고 있으며 그 언어가 세상의 거짓과 맹목을 밝히는 더 큰 등불이 되어야 마땅함을 힘써 강조하고자 한다. 이는 전자문명과 대중문화의 쓰나미를 경계하는 하나의 방파제가 되기도 할 것이며, 더 나아가 금전주의의 헛됨 속에서 집 잃은 많은 가치들에게 위안과 의지가 되기도 할 것이다. 〈나남문학선〉은 전자문명과 대중문화의 신전에 엎드려 있는 사람들에게 다른 신이 있음을 알려줄 것이다. 또 〈나남문학선〉은 문학이 과거가 되려 하는 시대에 문학의 현재를 주장하며 문학에게 위엄을 되찾아 주려 할 것이다. 그리고 〈나남문학선〉은 시대와의 불화 속에서 외로운 많은 사람들이 우리 시대의 올곧고 드높고 미쁘고 참된 것을 구하는 영혼들을 만나는 아름다운 광장이 되어 갈 것이다.

2013년 11월
〈나남문학선〉 편집인

어머니께 바칩니다.

序를 대신하여

오랫동안 좋아해 왔던 〈나남문학선〉에 제 이름을 올리게 되어 마냥 기쁩니다.

조금은 화전민의 사상을 가지고 살아왔기에 과거를 잘 돌아보지 않는 성격이 있는데 이번 기회에 지난 40년의 문학 인생과 작품들을 뒤돌아보며 많은 것을 느꼈습니다.

"십자가가 없는 곳에 은총이 없다"는 말을 생각하면서 문학은 저에게 고난이자 축복이었다는 생각을 했습니다. 햇볕이 쨍쨍 내리쬐는 사막으로 사람들을 피하여 대낮에 우물물을 길러 나가는 사마리아 여인처럼 살아왔네요. 밑 빠진 항아리에 오늘도 그녀는 우물물을 길어 붓고 있습니다. 대낮에, 사막에서요, 밑 빠진 항아리에.

문학선의 제목을 '흰 나무 아래의 즉흥'이라 해보았습니다. 아마 젊을 때 보았던 입체파 화가 게오르그 브라끄의 그림 제목인 것 같은데 잘 기억나진 않지만 나무의 결무늬가 그려진 비구상 평면에 흰색의 즉흥적인 흩뿌려짐이 강렬한 인상을 주었던 것 같습니다. 인간은 크로노스(시계 시간)를 살아가지만 예술가나 성직자는 카이로스(신화 시간)를 살아가기도 합니다. 크로노스 안에 갑자기 개입하는 카이로스의 찰나의 눈부신 현현 — 그것을 '흰 나무 아래의 즉흥'이라 부르기로 합니다. 내 존재의 잔이 넘치는 아름다운 충만의 시간입니다. 그런 때 시적 언어의 에로틱스가 나옵니다.

제 긴 문학 인생을 가능하게 해준 남편 박홍태 님과 해인, 우인 그리고 어머니께 머리 숙여 감사를 드립니다. 사랑에 대한 보답은 사랑뿐이라는 것을 알게 되었습니다.

또한 문학 인생 40년을 기념하는 귀한 자리를 마련해주신 나남출판의 조상호 사장님께 감사드립니다. 어쩐지 작고하신 이청준 선생님도 생각납니다. 이청준 선생님과 조상호 사장님의 오랜 후의에 힘입어 오늘 이 책이 나옵니다. 그 고마움을 어찌 필설로 다 표현할 수 있을까요.

제 문학의 미래가 40년의 산을 넘어 항상 그런 열정과 싱그러운 젊음으로 또 다른 산맥으로 뻗어가기를 희망합니다. '새 하늘과 새 땅'과 함께 '새 언어와 새 땅'을 기도합니다.

2014년 6월

김 승 희

김승희 문학선 **흰 나무 아래의 즉흥**

차례

1

1

- 흰 나무 아래의 즉흥
- 사랑을 위한 노래
- 詩人의 영혼
- 죽은 말의 꿈
- 파가니니와의 對話
- 時間
- 그림 속의 물
- 햇님의 사냥꾼
- 흰 여름의 포장마차
- 나의 馬車엔
  고갱의 푸른 말(馬)을—
  Poems Babares
- 햇님을 좋아하는 얼음나라
  아이들의 노래 · 1
- 슬픈 赤道
- 천왕성의 생각
- 천왕성으로의 望遠
- 태양미사
- 이카루스의 잠
- 안개의 법전

1

흰 나무 아래의 즉흥

하얗고 단단하고 깨끗한 여름날
우리들은 게오르그 브라끄의 해안에 있으면서
사유 안에
하나의 급한 흰 나무를 갖는다.

흰 나무는 그네다.
불꽃의 날아가는 맨발에 올라
내 일상은 훨훨 비늘이 되고
바람이 되고.
우리는 하나의 붉은 사과를 나눠 먹으며
타오르는 해안의 태양 옆길을 간다.

아아, 나는 너와 오래오래 만나고 싶어.
십오 분. 이십 분.
한 시간이 아닌
죽음과도 같이 긴 시간을, 꿈의 시간을
예쁜 칼처럼 너를 지니고
헤어지지 않고 있고 싶어
언제나 서로 함께
불꽃 속에 살아
언제나 서로 함께 살아 있고 싶어.

사랑은 죽음을 사랑하고 있다.
우리는 전속력으로 푸른 바람을 달리며
대양을 횡단하고
대양을 버린다.
밝은 아이들의 목소리에
오후 바다의 빛나는 머리칼은 와 감기고
돌아온 해안에서
우리는 보다 직접적이고 견고한 죽음과 만난다.
검게 그을은 얼굴을 들고
우리의 입술은
이제 보다 우수한 미소를 간직한다.

사랑을 위한 노래

만일 네가 생각한다면
나의 不幸한 馬車가 그래도 가장 좋은 것
이라고 만일 네가 생각한다면
너는 나와 함께
金色 태양을 爲한
추운 싸움의 길 떠나야 한다.

만일 네가 생각한다면
暗礁 때문에 더욱더 빛나는 것이
사랑이라고 만일 네가 생각한다면
우리는 生의 다른 조명등들을
아낌없이
모두 殺害해버려야 한다.

숲들은 슬픈 안개에 아주 덮여 있었다.
비가 내리고 고요한 山頂.
하늘 속에선 새들이
그들의 고독한 장난을 다시 하기 시작하고
바람이 불었다.

그때 나는 꿈꾸었다.
너와 함께.

그리고 나서 우리의 발걸음은
地上의 지평선을 아주 잊어버리었다.

온갖 武裝한 죽음이 나를 기다릴지라도
너 몰래 끊임없이 나를 괴롭힐지라도
만일 네가 생각한다면
나의 싸움이 용감하였다고
만일 네가 생각한다면
나는 죽음의 검은 도화지 위에
金칠한 天使들을 그리겠다.
너의 얼굴과.

詩人의 영혼

물은 끊임없이 반짝이는데
물방울은 끊임없이 죽고 있다.

時間은 흘러가는데
리얼리즘과는 결코 和解하지 않는다.

매일매일 짧게 죽어야 함을
나는 나쁘다고도 생각하지 않는다.

그것은 우리 可死性에의
빛나는 稅金일 뿐.

죽은 말의 꿈

니콜로 파가니니의 난간에서
속병이 깊은 말(馬)은
세계를 짧게 만나고 있다.

꽃이 핀다.
꽃의 입술에 열리는
흰 무도장.

거만한 말(言)은 시간을 쉬고
은빛 현이
활짝 일어난다.

빠른 핀세트.
청동빛 숲과 꽃은
相値되고
또한 위태히 해체된다.

파가니니와의 對話

나는 地球도 우리 집이 아닌 것만 같애.
이 불, 또는 저 불을 건너
모든 불의 집은 어딜까,
너도 나에게 묻는구나.

칸나꽃이 죽었을 때
나는 유리창에 이마를 대고 울었다.
유리창엔 성에가
희게 가득 끼어 있었지.

무서운 성에. 기하학적 무늬로
흰 塔 모양을 한 그녀는
우리에게 아주 무관심하게 보였어.
나는 문득 마른 칸나 球根을 血管 속에 넣었다.

태양병. 태양병.
우리의 죽음은 싹이 안 튼다.
태양병. 태양병. 넌
地獄의 세금을 끝까지 다 거두려고만 하느냐?

時 間

어둠의 아이들과 햇빛의 아이들이
흑색 금색 창을 들고
사유의 들판에서 싸움을 시작한다.

그러나 나는 어느 것을 편들지는 않으리.
죽음과 生을
모조리 나의 심장 속에 놓아 먹이리.

그러나 그때에는 달랐었다.
내가 아직 내 말(馬)의
고삐 쥔 손을 느끼지 않았을
그때에는,

더 이상 생각지 말아라.
지금은 빛나고 휘날리는 金색의 깃발.
그러나 곧
정적이 와버리는 것을.

그림 속의 물

사랑스런 프랑다스의 소년과 함께
벨지움의 들판에서
나는 예술의 말(馬)을 타고
알 수 없는 그림을 그리고 있었다.

그림은 손을 들어
내가 그린 그림의 얼굴을
찢고 또 찢고
울고 있었고.

나는 당황한 현대의 이마를 바로잡으며
캔버스에
물빛 물감을 칠하고, 칠하고.

나의 의학상식으로서는
그림은 아름답기만 하면 되었다.
그림은 거칠어서도 안 되고
또 주제넘게 말을 해서도 안 되었다.

소년은 앞머리를 날리며
귀엽게, 귀엽게

나무피리를 깎고
그의 귀는 바람에 날리는
銀잎삭.
그는 내가 그리는 그림을 쳐다보며
하늘의 물감이 부족하다고,
화폭 아래에는
반드시 江이 흘러야 하고
또 꽃을 길러야 한다고 노래했다.

그는 나를 탓하지는 않았다.
현대의 고장 난 수신기와 목마름.
그것이 어찌 내 罪일 것인가.
그러나 그것은 내 罪라고
소년은 조용히
칸나를 내밀며 말했다.

칸나 위에 사과가 돋고
사과의 튼튼한 果肉이
웬일인지 힘없이
툭, 하고 떨어지는 것이 보였다.

소년은 나에게 江을 그려달라고 부탁했다.
江은 깊이깊이 흘러가
떨어진 사과를 붙이고
싹트고
꽃피게 하였다.
그리고 그림엔 노래가 돋아나고
울려 퍼져
그것은 벨지움을 넘어
멀리멀리 아시아로까지 가는 게 보였다.
소년은 江을 불러
내 그림에 다시 들어가라고 말했다.
화폭 아래엔 江이 흐르고
금세 금세
환한 이마의 꽃들이 웃으며 일어났다.

피어난 몇 송이 꽃대를 꺾어
나는 잃어버린 내 친구에게로 간다.
그리고 江이 되어
스며들어
친구가 그리는 그림
그곳을 꽃피우는 물이 되려고 한다.

물이 되어 친구의 꽃을 꽃피우고
그리고 우리의 죽은 그림들을 꽃피우는
넓고 따스한 바다가 되려고 한다.

햇님의 사냥꾼

다이아나 언니.
馬車를 매요.
바람이 좋으니 사냥 나가지.
요정 1 · 요정 2 · 요정 3 · 요정 4
그리고 어린 모짤트도 불러
사슴과 거미와 토끼와 나비를
표범과 매와 태양과 절망을
언니는 쫓고 나는 잡고.
언니는 활 쏘고 나는 겨누고.

영혼의 馬車에는
네 개의 바퀴가 반짝이고 있다.
숲의 精 · 별의 精 · 꿈의 精 · 활의 精
우리는 정비하여
해 가까이 나가는데
지금 누런 들에서는
엑스레이빛, 엑스레이빛으로
마른 개들이 죽고 있다.
죽고 있다.

나는 알지.
긴 어둠의 창작을 내가 할 때
흰 물결 · 검은 물결 · 파랑 물결 사이에서
언제나 다시 시작되는 황야를.
메마른 의식의 침엽수 이파리와
畢生의 든든한 그 어둠소리를
나는 알고 나는 견디리
나는 활 쏘고 나는 밝히리.

돌아오는 馬車엔
햇님의 머리칼.
눈부시게 타오르는 요정들의 옷자락.
어둠은 이제 말을 몰고 돌아가고
밝아지는 뺏속과 태양 취한 일 센티.
다이아나 언니.
햇님을 매요.
반짝이는 사냥노래 나의 노래를.

흰 여름의 포장마차

나에게는 집이 없어.
반짝이는 먼지와 햇빛 속의 창(槍)대가,
휠, 휠, 타오르는 포플린 모자.
작은 잎사귀 속의 그늘이
나의 집이야.
조약돌이 타오르는 흰 들판.
그 들판 속의 자주색 입술.

나에게는 방도 없고
테라스 가득한 만족도 없네.
식탁가의 귀여운 아이들.
아이들의 목마는 오직 江으로 가고
나는 촛불이 탈 만큼의
짧은 시간 동안
그 아이들이 부를 노래를 지었지.
내 馬車의 푸른 속력 속에서
날리는 머리카락.
머리카락으로
서투른 음악을 켜며.

하루의 들판을 무섭게 달리는 나의 馬車는
시간보다도 더욱 빠르고 강하여
나는 밤이 오기 전에
생각의 천막들을 다 걷어버렸네.
그리고 또한 나의 몇 형제들은
동화의 무덤 곁에 집을 지었으나
오. 나는 그들을 경멸했지.
그럼으로써 낯선 풍경들을 잃고 싶지 않아서.

나에게는 꿈이 없어.
해가 다 죽어버린 바다 속의 밤이
별이 다 죽어버린 밤 속의 正午가
그리고 여름이 다 죽어버린
국화 속의 가을이
나의 꿈이야.
콜탈이 눈물처럼 젖어 있는 가을 들판.
그 들판 속의 포장마차의 황혼.

나의 馬車엔 고갱의 푸른 말(馬)을

— Poems Babares

아이들, 맨발의 아이들이 튼튼한 팔뚝으로
흰 도화지 가득히 그림을 그리고 있다.
나는 저 나이의 아이들은 무엇을 그리나
보고 싶어
분홍빛 모래들판을 파란 풀을 밟으며
다가가 보았다.

아이들은 태양을 그리고 있었다.
황금빛 태양을 화판 가득히 넘쳐나게 하고
그리고 파란 크레용으로 그린
저 푸른 들의 들판.
그곳에 말(馬)들은 뛰놀고
바닷물은 금빛으로 타오르고 있었다.

아이들은 푸르고 生生한 말들을 많이 그렸다.
크레용이 타오르는 야생의 금빛 말.
흰색 말. 검은 말.

나는 이 분홍 말(馬)을 가질래.
금빛 이마를 한 사내아이가 크레용을
좀더 칠하면서 말했다.
그럼 나는 이 흰색 말.

갈래머리를 땋은 계집아이가
꼭 꽃처럼 웃으면서 나를 쳐다보았다.
아저씨는 무슨 말을 가질래요?
여기 우리의 말나라에서?

정말 나는 무슨 말을 가지면 좋을까.
일상의 칸막이를 뛰어넘기 위하여
부서진 馬車를 날개 달기 위하여
내 생의 비본질을 살해하기 위하여
정말
나는 무슨 말을 가지면 좋을까.
아저씨는 여기에서 무슨 말을 가질래요.

도시에서 거리에서
찻집에서 책방에서
나는 때때로 그 아이의 태양이 넘치는 음성과
부딪친다.

내가 죽어 있을 때
내가 가장 죽어 있을 때
가령 나는 아이들의 말나라로 가고 싶어서
해안을 걷는다.

해안 속에서 아이들은 죽고
도화지 속에서 태양만 빛나는 우리들의 일상.
나는 장갑을 벗고 모자를 벗고
그리고 나의 스틱을 버렸다.
타오르는 크레용을 들어
나는 나의 馬車를 그리고
포장이 없는 마차 뒤엔 무질서의 열병을
가득 그렸다.
나는 울고 있었다.
자꾸만 눈물이 흘렀다.

그때 탄색 모래 저편에서
머리칼을 날리며
한 사람의 청년이 나에게 다가왔다.
그는 나에게 인사도 하지 않고
푸른 크레용을 들어
거칠게 한 마리의 말을 나의 마차에 매었다.
푸르고 푸른 말.
나의 馬車는 江과 江, 들과 들을 건너
하늘 속으로 뛰어들어갔다.
모래가 빛나기 시작했다.
해안이 춤추었다.

아이들, 맨발의 아이들이 튼튼한 웃음으로
페이브먼트 가득히 말(馬)들을 그리고 있다.
그리고 파란 크레용으로 그린
저 푸른 들의 들판
그곳에 말들은 뛰놀고
바닷물은 금빛으로 타오르고 있었다.
타오르며 있었다.

햇님을 좋아하는 얼음나라 아이들의 노래 · 1

석탄을 사야겠네요.
바람 때문에
자꾸만 꽃잎이 떨어져요.

내 馬夫여.
가장 좋은 장작집으로 가요.
아무것도 남기지 않고
人間의 낱말도 남기지 않으려고
지금은 찬바람이 너무나 불어요.

불을 지피려고 아궁이로 가니
금빛 침이 가득 고여 있고요.
불씨를 얻으려고 남쪽으로 가니
희랍 아저씨는 옛날에 죽었대요.

나는 머릴 흔들어
아니라고 했어요.
미래의 형태를 위하여
변소 속의 살얼음을 사랑하고 말까요?

오, 사소한 것들.
당신들은 너무나 사소한 것들을
덮고 있어요.

나는 덮지 않을래요.
내 馬夫여.
이 슬픈 바닷가를 뛰어넘어가요.
내 드디어 햇님 속에 누울 수 있도록.
다다를 수 있도록.

슬픈 赤道

운명이 나에게 불의 옷을 입혔을 때
나는 손쉽게 쓰러지고 말았지.
더 이상 깊을 수 없는 불의 病 속에
나는 오래 서 있었네.

운명으로서의 기하학. 저 모퉁이를 돌아오지도 않고
불어왔던 바람.
그 시험 속에
나는 조각조각 심장을 내바쳤네.
촛불의 복습을 하기 위한
가장 슬픈 칸나꽃의 十字型 하프를.

백 個의 죽음 속에 도사린
저 백 個의 탄생.
백 個의 겨냥 속에 있는
저 백 個의 눈물사냥.
그리고도 그것의 또 영원한 복습.

기하학의 운명이 나에게 왔을 때
나는 모든 것을 주고 말았네.
화려한 사랑. 스펙트럼의 꿈.
안전한 통행증 옛 계보마저도.

그리고 나도 싸움을 걸었다.
치료법으로서의 전쟁, 촛불의 천국에로 이르를
그 영원한 피의 복습을.
나도 조각조각 불을 가지고서
태양鏡을 만들었네.

나도 조각조각 심장을 가지고서
저 유명한 十字路에 있어서의 운명.
오이디푸스와 함께 울지 않고 조용히
그를 비추면서 건너가려고 하네.

천왕성의 생각

나는 천왕성을 생각한다.
때문에 천왕성은 나를 생각한다.
천왕성은 얼음이다.
그래서 나는 얼음으로 도피한다.
얼음은 우리를 구제할 수 있을까?
때문에 나는 별 속에 한 예수를 심는다.

예수는 태양을 생각한다.
그래서 나는 태양을 바라본다.
태양은 우리의 식물을 키운다.
때문에 나도 땅을 사랑한다.
땅은 더럽고 부패했다.
그리고 나는 천왕성을 생각한다.
땅은 순수가 되고
영사막처럼 우리는 그것을 긍정한다.

— 그러나 많은 것들이 우울하다.
— 이곳은 혹시 타지마할이 아닐까?
— 고통과 宿命과 産苦가 있다.

한 남자가 천왕성에 탯줄을 대고 있네.
한 여자가 심야에 꿈의 베틀북을 짜고 있네.

그들이 이 타지마할을 살게 하네.
산소와 태양과 꿈의 자오선이
가볍고 큼직하며 쓸쓸하고 격렬하게.
이곳이 곧 천왕성이 되고
천왕성은 또 타지마할이 되고.

천왕성으로의 望遠

지구여, 너는 무얼 하니?
조금씩 조금씩 움직이고 있어.
어디로 움직이고 있지?
나의 모든 것을 조금씩 조금씩.

오, 모든 것은, 모든 것이란
무엇을 뜻하냐고?
그것은 '멸망하는' 이란 말인 것이다.
반드시, 오, 반드시
시인들이 부르지 않을 수 없는
스무 세기 사형수의 노래.

*

모든 남성들이 헤라클레스였던 때가
와야 하리라.
모든 여성들이 왕녀였던 때,
모든 아이가 나비였던 때가
와야 하리라.
오, 나는 지금, 차라리
타오르는 불길 속으로 몸을 던져
고철로 化해버리고 말리라.

아니다. 그것이 아니다.
수성 · 금성 · 토성 · 목성들과 함께
내가 그다지도 순결했을 때
우리는 똑같이 빙하였지만
나만이 한 송이의 球根을
꽃피우기 시작했지.
오, 나만이.

避火층계를 통하여 달아나는 아이들.
전쟁이 몰두한 꿈.
이제는 감히 한 방울의 눈물을
흘릴 수는 없으리라.
이제는 아무도 한 송이의 꽃뿌리를
나에게 심지는 않으리라.

나는 단지 말없이
한 사람의 시인에게 망원경을 건네준다.

그는 알아야 하리라.
은하계에는 아직도 많은 별이 있음을
오, 모든 것은 모든 것이란

지금 '시작되는' 것이라는 것을
그만은 정녕코 몰라서는 안 되리라.

모든 인간이 황금족이었던 때가
또 한 번 보여져야 하리라.
너만은 알아야 하리라.

태양미사

어둠이 태양을 선행하니까
태양은 어둠을 살해한다.
현실이 꿈을 선행하니까
그리고 꿈은 현실을 살해한다.
구름의 벽 뒤에서
이제는 태양을 산책하는 독수리여,
나는 감히
신비스런 미립자의 햇빛 파장이
나의 生을 태양에 연결시킬 것을
꿈꾸도다.
나의 生이 재떨이가 되지 않기 위하여
나의 生이 가면의 얼음집이
되지 않기 위하여
나는 감히 상상하도다.
영원한 궤도 위에서 나의 불이
태양으로 회귀하는 것을.
언제나, 그리고 영원토록.

나의 生命과 저 방대한 生命을
연결해 달라,
어떤 방적기계

어떤 안개의 無 속에서
우리의 실은 풀려지는 것인가?
어떤 증발
어떤 채무자인가, 우리들은?

나는 감히 상상하도다,
어둠이 태양을 선행하니까
그리하여 태양이 어둠을 살해하듯,
현실이 꿈을 선행하니까
그리하여 꿈이 현실을 살해하기를.
나는 감히
꿈꾸도다,
나의 生이 안개의 먹이로 환원되는 것을
나는 바라지 않기에
살기 위해 더 많이 사랑할 것을
오직 나는 바라기에
나는 감히 상상하도다,
영원의 궤도 위에서 나의 불이
태양으로 회귀하는 것을.

그리하여 존재의 실(絲)패를 태양에 감으며
신비스런 미립자의 햇빛 파장이
나의 生을 태양에 귀의시킬 것을.

이카루스의 잠

어느 날
새들의 임금님이
우리의 땅에 내려왔다.
황금빛 햇살을 맞으며
우리에게 말했다.

'자, 누가 이카루스인가.
모두들 한 번 날아보아라'
태양 가까이 날아
날개가 불태워져버린 아이에게만
불멸의 날개를 주겠다.
납이 아니고
뼈와 뼈의 날개,
녹을 수 없고 썩지도 않는 날개.

그러나 지상에서는
아무런 소리도 나지 않았다.
어느 아이가 귀가 있어
그것을 듣겠으며
어느 날개가 천재가 있어
태양까지 날겠는가.

우리들은 모두 가만히 있었다.
'이카루스만이 영원하다.
그것을 모르고 사는 者는
이 지상에서 아무것도 모른다'

그러나 오, 지금은
시인도 청년도
사슴도 독수리도 아무도 날 수 없음을
우리는 아무도 날지 않는 것을
그는 모르는 것일까?
그는 정말로 모르는 것일까?

하늘 속에서 태양은 아름답고
태양 속에서 생명은 불타지만
그러나 이카루스,
이카루스는 잠을 자네.
파도와 회색바위 위에서
이카루스,
모든 이카루스는 아무도 잠깨지 않네.
아무도.

안개의 法典

안개가 내린다
죽은 나의 백록담
살이 젖는다
몹시 어두워진 피를 마신다
흑색 태양이 녹은 안개의 육체를
불투명한 유령성의 그 육체를 마신다
'언제'와 '어디'의 사이
얼마나 아득하게 영원은 흘러내리는가
그리고 어떻게 이것을 견뎌야 하는지
안개가 내린다
나의 살이 젖는다

어디서 들려온다
하나의 검은 제비의 노래
사람아 너는 흙이니 흙으로 돌아갈 것을
생각하라.
여기서 듣기를 시작한 자는
보아야 한다
악마와 버림받은 무언의 천사가
침묵 속에서 서로의 마술을 주고받는
검은 식물들에선

그림자 같은 운명의 대양이 출렁이고
태양좌에 슬픈 전화라도 하여볼까
하나인 무의 십자로에 나가
그를 기다려 볼 것인가

안개가 내린다
죽은 나의 백록담
살이 젖는다
진실이란 무엇일까
오늘은 아직 할 말이 없다
사랑이란 무엇일까
이 세상의 세계가 투명해지고 하늘이
육체를 갖는 것이다
아아 안개의 바로 뒤를 지나서
태양이 그 투명성의 육체를 회복하는 것이다
얼마나 아득하게 생은 낯설고
어디서 들려온다
안개가 내린다
젖은 그물이 눕는다

왼손을 위한 협주곡

2

왼손을 위한 협주곡

태양의 면죄부

희디흰 폭양 속에선
어디선가 사물놀이패들 노는 소리,
징, 바라, 장고, 북—
징, 바라, 장고, 북—
어디엔가 원한의 무지개들 세우는 소리,
들립니다,

신비로워라,
삶의 무늬와 태양의 무늬가
어느 허공중에 가벼이 부딪쳐
저리도 찬란한
색채의 거울을 세움이여—

누가 내 몸속에 꼭꼭 채운 지푸라기들을
꺼내고
신을 가득 채우니—
오늘 같은 날은
언제나 원수 같았던 거울 속의 저 사람도
썩어가는 죄업으로 인해
더욱 진하게 보입니다
더욱 향기로워 보입니다

내 뼈의 잔가지들을 훑어서
척추의 둥근 고리뼈를 중심으로
누가 피리구멍을 내주세요,

오장육부 굽이치는 원한의 강물에
입술을 대고
누가 저 목숨의 피리를 불어서
내 뼈를 신의 脈으로
가득 채워 주세요,

호화로워라,
원한의 무늬와 폭양의 무늬가
어느 허공중에 진하게 부딪쳐
저리도 잔인한
뼈의 향유를 부음이여—

남도唱

東녘은 많지만
나의 태양은 다만 무등 위에서 떠올라라

나는 남도의 딸,
문둥이처럼, 어차피, 난,
가난과 태양의 혼혈인걸,

만장 펄럭이는 꽃상여길 따라따라
넋을 잃고
망연자실 따라가다가
무등에 서서 —
무등에 서서 —

가난한 사람들의 얼굴 위에
妖花처럼
이글거리며 피어나던
붉은 햇덩어리를 보았더니라,
모두들 사당패가 되자 함인가,
백팔번뇌 이 땅을 용서하자 함인가,

신명지펴 신명피어

벌레 같은 한평생
가난도 아니고
죄도 아닌 사람들,

나는 남도의 딸,
징채잽이처럼, 어차피, 난,
가락과 신명의 혼혈인걸,

무등의 가락으로 해가 질 때만
노을은 원한이 되는 것이니 —
천치도 아니고
부처도 아닌
내 고향사람들의 울음을 모아
지는 해
굽이굽이
서러운 목청

돌아가 — 돌아가서 —
내 썩은 오장육부를 징채삼아
한바탕 노을을 두들겨 보노니
붉은 햇덩이는 業果처럼 둥글다가

문득 스러지면서
가장 진한 남도唱을
철천지에 — 뿌리더라 —

낙화암 벼랑 위의 태양의 바라의 춤

울고 있구나, 불아, 너는 왜 항상 벼랑 위에 서 있니? 말해봐, 촛불아, 바람은 부는데 …

가장 푸른 자오선을 목에 걸고 여자들이 벼랑 위에 서 있다, 말해봐, 불아, 누가 나를 벼랑으로 부르는지 … 어둠이 가득 찬 내 척추의 흰 뼈에 누가 자꾸만 한 덩어리 촛불을 당기는지 …

오늘, 여기에선, 가장 숨죽인 소리들이 들려온다, 상여소리 바라소리 피리소리 요령소리 … 오늘, 여기에서, 벼랑은 태양의 갈기를 달고 … 해는 하늘에도 있고 강물에도 있어서 … 천지의 맞닿음이여, 바라의 부딪침이여 … 햇덩어리 물덩어리 마음덩어리들이 부딪쳐 … 피톨 속에 피어나는 일만 덩이의 바라의 태양꽃들을 너는 보았느냐 … 목숨이여 … 핏속으로 부풀면서 터지는 희디흰 두견의 피여 …

삶이 시작되는 곳에는 늘 언제나 벼랑이 있지, 눈먼 사랑, 치렁치렁 흘러가는 유황의 죽음의 물 … 말해봐, 불아, 누가 저 태양의 바라를 흔드는지, 삶이 시작되는 곳에는 왜 늘 벼랑이 있고, 벼랑에서 추는 춤만이 왜 홀로 아름다움의 갈기를 가졌는가를 …

태양성서

타오르지 못하면
죄를 느끼는—
나는 하나의 양초입니다
이제 제물은 준비되었으니,
부디 나의 심지 위에
고운 불을 놓으십시오—

촛불이 이 세상에 만드는
어둠의 공백을 바라보고 있노라면
모든 벽은 門이 되고,
이해할 수 없게도
고문의 노래는
황홀한 불속에 작열합니다

누가 나의 운명의 검은 자오선을
저 하얀 불속에
휘어넣을 수 있을까요,
나 스스로 몸을 굽혀
저 가혹한 불꽃의 먹이가 되지 않는다면
나는 대체 어디에서
삶의 젖을 빨아야 하나요?

오, 그러나, 잠깐만,
나에게 모차르트를 들을 시간을 주세요,
산 채로 번제를 지피기 위해서는

약간의 마취가 필요하지 않을까요?
슬로우 비디오처럼, 천천히,
나는 나의 나체를 불의 제단에
눕힙니다

인육의 촛불이 꽃처럼 타오릅니다
신이여, 이것이 나의 경배,
나의 포만인 것입니다
나의 박애인 것입니다

심령이 불태워진 자는 복이 있나니
뼈에서 새가 솟을 것이오—
심령을 불태우는 자는 무궁하리니
태양이 저의 것이라—
누군가 내 긴 뼈의 맥을 짚으며
건반을 누르듯— 하염없이—
화음의 우주를 쓰다듬고 있습니다—

붉은 종양

검은 자오선—
삶이라는 섬유— 띠—맥박—
피로 엉긴 밧줄들—

죄의 이삭—
고통의 추수—부름 받은 듯이 자라나는
죄악의 뿌리는—
생명의 뿌리와—닿아있어서—
거세할—수—없다—고

삶이라는—주단 위에—
수놓아진—죽음의—
붉은 꽃들—매우 탐미적인
어떤 멸망의— 잔인한—
점괘—

종양이—몸속에—자라고 있을 동안—
노래하라—병든 부족을 거느린—
찬란한 족장처럼—그때에—
그대는—가장 찬란해—
진다는—
예고—

자살자의 노래

떠나는 건 쉬워—

처음엔 왼발을,
그 다음엔
오른발,
그리고 슬쩍 몸을 날리는 거야,
애욕처럼 진하게
두 눈을 감고—

그런데
아직
유서를 못 썼어,
나의 死因을 포장해줄
극비의
설형문자를,

그때까지는 살려고 해—

하하—
이건 변명이
아니라
소명이라오!

신의 연습장 위에

나는 하나의 희미한 물음표,
어느 하늘, 덧없는 공책 위에,
신이 쓰다 버린 모호한 문장처럼
영원히 결론에 이르지
못하는
나는 하나의 병든 물음표,

뒤주 안에 갇힌 왕자가
어둠 속에 날아다니는 들불 도깨비불에
홀려
펴얼펄 옷을 찢어버릴 때의
피의 급류처럼
때때로 내 몸속으로도 그런 광기 젖은
물음표의 급류들이 뚫고
지나가느니 —

신령님이 세상과 하늘에 대해
가장 붉은 글을 적으실 때에
흰 뼈
내 두개골의 가장 무심한 흰 뼈를
그의 연필심으로 바치고 싶었었지,

그리고 나머지 나의 몸은
강물 어느 모든 강물 위에 누워
말없음표처럼
평화를 사랑하리라고…

나는 하나의 초라한 물음표,
신의 나라에는, 물음표 가진 문장이
필요 없다 하여서,
나는 하나의
더디 지워지는… 울 음표…

유서를 쓰며

내 뼈에 가득 찬
죄악을 비우기 위하여
나는 유서를 씁니다.
독한 청산가리 같은 잉크에
내 넋의 붓을 적셔
한 자 한 자 공들여 적어봅니다.

선언합니다.
내 몸의 모든 세포들에게,
시시한 추억들,
못 잊을 가족들에게
이것저것 유품을 나누어 놓고
이것이 최후라고
단호히 선언합니다.

그리고 부엌으로 들어가
문틈을 샅샅이 레이스로 봉합니다.
그리고 가스마개를 틀고
더러운 부엌바닥에
냉정히 드러눕습니다.

그리고 아직 너무나 젊기에
더 살고 싶다는 푸르른 나의 육신에
못을 탕 — 탕 — 박고
망치를 허공으로 던져버립니다,

살점이 튀고
아까운 피가 양수처럼 따뜻이 고입니다,

이제야 생각납니다.
기역 — 니은 — 디귿! — 하고
어머님께 매를 맞으면서
처음 글씨를 배웠던 일이,
첫애를 낳을 때의
그 무시무시한 고통과
현란을 극한 사랑의 고마움이,

번개처럼 일어나
창문을 열어봅니다,
달빛이 初雪처럼 흘러내립니다,
나의 해골을 집어 들고
달빛을 한 바가지 가득 떠서 마십니다,

고해를 하고 성찬을 받은 것처럼
목숨이 더없이 맑아진 것 같습니다

신비 화음

태양과
죽음과
내가 맞서는
절대화음—

아무도 결코 물러서지 않아서
하는 수 없이 신탁이 내린다—

그런 절창을
부르고프다—

茶神이 필 때

비오는 날의
눈동자는 너무 무거워
장마를 따라 한없이 떠내려가는
찻잔 속의 외로움,
누가 나의 찻잔 속에 들어앉아
저토록 질질 끌리는 독가스 같은
음악을 켜고 있나?

한 잔의 커피… 열 잔의, 스무 잔의, 삼천 잔의 커피로… 촉루처럼 반짝이는 순결한 흰 뼈에 드디어 지옥 같은 카페인이 질 때까지… 끈질기게 마셔보는 고요한 광기의 물… 친구도 없이

하나의 섬, 아니 혼자인 인간, 그리고 여러 개의 찻잔, 스무 개의, 삼천 개의 빈 찻잔들… 그만큼의 섬들, 혹은 사람들, 만일 아직도 외로움이 있거든 네 외로움의 손발을 잘라버려라… 아니 아직도 그리움이 남았거든 네 그리움의 골통을 부셔버리고 그 골통의 잔해를 찻잔삼아 마지막 한 잔의 차를 마셔보거라…

비오는 날의
눈동자는 너무 무거워
장마를 따라 한없이 고여가는

찻잔 속의 그리움,
누가 나의 찻잔 속에
머리를 풀고 외치며 누워있나?

누가… 나의 찻물 끓이는 풍로 속에다…
고요히 제 머리를
처박고 쓰러지고 있나…

공포영화

나는 언제나 쫓기고 있지,
공포영화 속의 주인공 배우처럼
나는 끝까지 쫓기고 있지,
막연한 액운의 별 아래
영문 모르고 살다가
어느 날 갑자기 쫓기기 시작한다는
진부한 줄거리로
지치지도 않고 계속 돌아가는
오늘도, 잠 속의 낡은 영사기 …

이제 자막에서 비는 내리고
비를 맞으며
하염없이 쫓겨가는 희미한 뒷모습 …
무슨 범죄를 저질렀을까?
무성의 자막 위에
암호처럼 쏟아지는 희미한 외국어들,
왜 범인이 되었을까?
의문마저도 잊어버린 정박의 꽃처럼
온통 사위엔 쫓겨가는 움직임뿐 …

바라건대 악몽은 악몽일지라도
한평생 깨지 않는 악몽이라면
그건 좋은 거야,
그건 오케이야—
오, 그런데, 나는 참 찬란한 애정영화가
한 편 보고 싶다,
그리고 무섭도록 사치스런 예술영화도
한 편…

여인 등신불

—세브란스 병원 분만실에서

한 남자를 사랑했다고 하여
이런 고통이 있는 것은 아닙니다
한 남자와 잠깐 쾌락을 같이 했다 하여
이런 원통한 아픔이
있는 것은 아닙니다
여인들이여, 울고 찢기고 흐느끼며 발광하는
여인들이여,
이 성스러운 하얀 굴속에서
한 남자란 이제 지극히 사소한 우연에
지나지 않습니다
짐승처럼 짐승처럼 지금 우리가
온몸을 물어뜯으며 울부짖는 것은
스님이 영혼을 구하기 위하여
다비의 불바다 속으로 들어감과 같습니다
하얀 도자기를 구워내기 위하여
불가마 속에 천하무비의 큰불을
지피는 것과 같습니다

도살장에서 젊은 도수가 하염없이
나의 정수리에 도끼를 내려치는
것 같습니다

도끼날이 나의 숨골에 박힐 때마다
흰 불의 꽃송이가 하염없이 튀어올라
흩어지고 있습니다

만다라의 꽃잎입니다
자비의 세례입니다

그대—죄가 있었으면
죄를 태우십시오
그대—업이 남았으면
업을 태우십시오

여인들의 울부짖는 소리가 어찌
범패보다 아름답지 않습니까?
범패보다 더 진한 막다른 소리들이
관처럼 하얀 방을 자국이 메웁니다
오뇌와 비원의 처절한 촉수들이
찢어지는 살점을 쥐고 흔듭니다
쾌락처럼 그렇게 실신하면서
나는 천지 아득히 터지는 범종소리를
들은 것 같습니다

아가의 울음소리 — 갓난동이의 첫울음소리가
문득 하나의 太虛를 울리고
신탁처럼 장렬한 핏덩이 하나가
이제 삶 속에 우뚝 섭니다
우리는 어디에서 와서 어디로 가는가 —
하얀 잠이 가득히 와서
내 육체의 모든 문을 꼭꼭 여며주고 있습니다

슬픈 4중주

태양과
삶과
죽음과
나,

악사들은 한 개비의 성냥처럼
빨간 광기의 모자들을
쓰고 있다

나는 악보 어디인가에
지뢰가 묻혀있다는 것을
알고 있다

막이 내리기 전에
문을 찾읍시다—

아가가 있는 풍경

— 어린 딸 해인에게

기저귀가 인줄처럼 쳐져 있습니다
흰 빨래 나부끼는 곳은
어디든지 반야의 나라입니다
아무리 눈을 감아도 신비처럼 어둠이 없는
성결한 백야입니다
거울의 門입니다

순결한 것은 아름답습니다
그러나 죄를 지었다 해도
크레졸을 푼 물에 깨끗이 담가
다시 순결해지는 것은 더 아름답습니다

마당에 나부끼는 하얀 기저귀는
나의 마음입니다
죄지은 손가락이 그 하얀 빨래에
닿을 때마다
나의 마음은 신앙처럼 외로워집니다
자꾸만 적막해집니다

영원히 실수하는 나의 마음을
세숫대야에 담가놓고

요술글자처럼 빨간 옷을 입은 나의 딸이
실로폰 치는 것을 바라봅니다
음악이 기포처럼 날아갑니다
오선지처럼 빨랫줄이
깃을 텁니다

하얀 만다라의 나라,
설탕처럼 순결한 음악의 무지개를
천사들이 나와
빵처럼 뜯어먹고 있습니다

가을이 저무는 굿판에서

내 꿈이 비록 하나여서 마음이 가난하다 하여도, 내 고뇌는 하늘의 은하바다만큼 풍성하였으니, 가을이 두렵지 않아라, 하늘 아래 한 사람의 야윈 어깨 위에 언제나 하늘은 무겁기만 했으려니 오늘 떨어지는 저 가랑잎 하나에도 하늘의 무거움은 자취를 끼치어 오, 얼굴 가리고 스러지는 조그만 한 장의 부끄러움일 뿐…

터줏대감같이 요요한 까마귀들은 이삭이 잠든 텅 빈 들판을 밟고 일어나 소리—소리—만장 펄럭이는 검은 들녘의 상여소리 소란스레 가득 헤매이게 하니 울음섞인 나의 목소리는 어호너호—어디를 헤매어 잠들러 가는가…

하늘은 춥고 앙증한 이삭들은 모두 발가벗기웠느니 척박한 목숨의 꿈이 걱정이어라, 만신아, 광대뼈 그윽한 푸른 입술의 늙은 만신아, 속이 텅 빈 물독이 하나 땅 위에 있고 그리고 어딘가 조가비처럼 작게 흐느끼고 있는 어미 잃은 에밀레 별 하나 나부끼고 있느니 네 계면조의 징그러운 가락 하나 탁—하고 풀어 그에게 따스한 명주이불 조금 가려 주려마, 그리고 오라—오라—저승새의 발자국만 한 텅 빈 외로움의 흔적으로 하늘 아래 한 사람의 불쌍한 천량을 헤아려 주려마…

내 꿈이 비록 하나여서 마음이 가난하다 하여도 못다 한 하늘의 무게는 허리를 분지를 만큼 무거웠느니 사위사위 흔들려 떨어지는 가벼운 가랑잎의 부서짐이 부끄러워라, 불처럼 당기어진 저 붉은 입술의 꽃잎 하나에도 부서지지 않고서는 이를 수 없는 슬픈 길이 있으려니 헤어지지 않고서는 만날 수 없는 타버리지 않고서는 구할 수 없는, 오, 하늘 아래 한 사람의 흔들리는 귀곡성—우리가 울음으로 춤추고 있는 한 어둠은 치렁치렁 신이 들어라…

배꼽을 위한 연가 · 1

그대여, 당신이 누구든지 간에, 당신의 배꼽을 보여준다며는, 나 그대를 사랑하겠습니다, 더럽게 뒤엉긴 자그만 동그람이 굽이굽이 꼬불쳐진 그대의 서러운 배꼽도 나의 배꼽과 똑같이 부끄러운 죄와 어리석은 욕망이 고불고불 서리서리 끼어 있을 테지요, 그대여, 어둠의 태 속에서 영문 모르고 튀어나와 정처 없이 죄를 짓고 죽어가는 그대여, 그대여,

우리는 배꼽 위에서 평등하다
그것은 생일날의 흉터,
고아들의 패찰,
인광을 칠한 백골의 주황색 입술이
아삭아삭 제일 먼저 뜯어먹는
온순한 육체의 이삭,
우리는 배꼽 위에서 너무나 평등하다

그대여, 당신이 누구든지 간에, 당신의 배꼽을 버리지만 않았다며는, 나 그대를 열렬히 용서하겠습니다, 봄이 되어 메마른 나뭇가지에서 새싹이 트는 것을 바라보거나 푸드득—새들이 날아오르는 것을 볼 때마다 나는 습진처럼 나의 배꼽이 가려워지는 것을 느낍니다, 이제 배꼽은 과거 완료가 아니라 언제나 현재진행형으로 나의 삶 속에 움터오르고, 어머니—아, 어머니—라고 불러보면 바

닷가를 울면서 걸어가는 한 여인이 떠오릅니다, 그녀의 슬픔 그녀의 사랑 그녀의 절망을 따라 나의 배꼽은 또 하염없이 시원의 태속으로 적셔 들어가고, 어머니 — 자비와 저주의 비밀구좌이신 어머니 — 나의 어머니시여 …

배꼽을 위한 연가 · 5

인당수에 빠질 수는 없습니다
어머니,
저는 살아서 시를 짓겠습니다

공양미 삼백 석을 구하지 못하여
당신이 평생을 어둡더라도
결코 인당수에 빠지지는 않겠습니다
어머니,
저는 여기 남아 책을 보겠습니다

나비여,
나비여,
애벌레가 나비로 날기 위하여
누에고치를 버리는 것이
죄입니까?
하나의 알이 새가 되기 위하여
껍질을 부수는 것이
죄일까요?

그 대신 점자책을 사드리겠습니다
어머니,

점자 읽는 법도 가르쳐 드리지요

우리의 삶은 모두 이와 같습니다
우리들 각자가 배우지 않으면 안 되는
외국어와 같은 것—
어디에도 인당수는 없습니다
어머니,
우리는 스스로 눈을 떠야 합니다

배꼽을 위한 연가 · 6

어머니는 뒤주 속에 숨어 계십니다
어머니는 옛날에
선녀였습니다
선녀의 날개옷을 짓기 위하여
어머니는 남몰래
황금의 쐐기풀을 훔치러 다녔습니다

아무도 오지 않는 시각이 오면
어머니는 마루에 나와 앉습니다
승희야 — 이 무늬가 좋겠니,
아니면 어떤 것이? — 하고
무섭도록 상냥하게 물어오실 때에
나는 문득 어머니의 뜨개바늘 위에서
무섭도록 불행한 한 생애의 사랑이
숨죽여 통곡하고 있는 것을
본 느낌이 들었습니다

한 벌의 천벌 같은 목숨을 풀어야만
날개옷을 지을 수 있는 사람들 —
여인들 — 어머니 —

뜨개바늘이 움직일 때마다
풀려나가는 실타래가
꼭 나의 배꼽인 것만 같아
어머니 — 부르며

나는 어머니의 손목에서 뜨개질감을
빼앗아버립니다
뒤주의 문을 걸어버립니다

나의 어머니는 옛날에
선녀였습니다
그리고 이 간막극 같은 아수라의
윤회가 끝나고 나면
어머니, 나의 어머니는 반드시
천상에 界하실 것입니다

없는 사람

문밖엔 아무도 없는데
자꾸만 초인종 소리가 울린다—
아무도—없다—
없는 사람이 있을지도 모르는데
아무도—보이지 않는다—

별들의 저울은
生死의 두 세계를 뚫고서
수심의 흰 피를 달아보고 있다—
구천으로 뻗은 어둠을 뚫고
그리움의 根은
하염없이—가고—있다—

燐光 묻힌 날개를 단 새들이
문밖에서—날고 있다—
하염없이 부풀어 터지는 백혈구처럼
영원한 極光들의 나라로 가는
흰 길—위엔—죄악 같은 추억들이—
하나씩—서—있었다—

문밖엔 아무도 없는데

자꾸만 초인종 소리가 울린다 —

아무도 — 없을까 —

아무도 — 없는데 — 그리움의 根은

또 어디서 — 한없이 — 오고 있을까 …

봄

혼불들이 돌아오고 있다
어느 구천의 깊은 땅속에서 …
못다 한 뼈 위론 그렇게
신들이 오르고 있다 …
은빛의 기포들처럼 …

거릿귀신 같은 나무들이
아지랭이를 입고 아물거린다 …
종이꽃만 한 한 줌 뼈를 싸들고
어디에선가 돌아오고 있는 사람들의
창궐하는 그림자같이 …

무거운 향기가 나의 뇌를 꿰뚫고
지나간다 …
가면과 해골과 부채와 방울들이
봄바람 속엔
들어 있어서 …

그렇게 나의 피엔 금이 잔뜩 가서
한 자루 뼈끝에 태어나는
꽃이여 … 꽃이여 …

너를 보는 나의 눈동자 속으론
만경창파 어린 넋들만 치렁치렁하구나…

萬波息笛

— 남편에게

더불어 살면서도
아닌 것같이,
외따로 살면서도
더불음같이,
그렇게 사는 것이 가능할까? …

간격을 지키면서
외롭지 않게,
외롭지 않으면서
방해받지 않고,
그렇게 사는 것이 아름답지 않은가? …

두 개의 대나무가 묶이어 있다
서로 간에 기댐이 없기에
이음과 이음 사이엔
투명한 빈자리가 생기지,
그 빈자리에서만
불멸의 금빛 음악이 태어난다

그 음악이 없다면
결혼이란 악천후,

영원한 원생동물들처럼
서로 돌기를 뻗쳐
자기의 근심으로
서로 목을 조르는 것

더불어 살면서도
아닌 것같이
우리 사이엔 투명한 빈자리가 놓이고
풍금의 내부처럼 그 사이로는
바람이 흐르고
별들이 나부껴,

그대여, 저 신비로운 대나무피리의
전설을 들은 적이 있는가? …
외따로 살면서도
더불음같이
죽순처럼 광명한 아이는 자라고
악보를 모르는 오선지 위로는
자비처럼 서러운 음악이 흘러라…

흑장미 병풍 속에서

나는 바라본다
어쨌든
이 — 바라봄도 — 없다면 —
난 — 정말 — 無[무]
일 거야

말해다오
선연한 눈가에 핏물이 고이도록
밤새워
바라보는
이 — 바라봄의 — 크기가 —
곧 — 나의 용기라고,

등 뒤엔 허허벌판,
웃고 있는 향기의 입,
흡혈귀같이 — 오 — 마약같이
아니, 어찌해도
나는 — 꼭 — 다치도록 돼있는 걸,

나는 바라본다
어쨌든,

이 — 바라봄도 — 없다면 —
난 — 정말 — 걷잡을 수 없는
먹이일 뿐…

흑장미가 있는 연가

사랑하는 사람아, 한 치 피부 아래 그대의 아픔을 내가 알지 못하니 사랑이란 어디에 쓸데 있으랴 病魔 홀로 신이 들어 우리의 지붕 위엔 해골들의 춤이 바삭거리고 오는가 이렇게 얼굴 가리고 돌아서 우는 사랑의 야윈 어깨가 부끄러워라 달빛 묻은 꽃잎만 홀로 입술 달싹여 길게 노래하니, 오, 밤이면 천지 아득한 睡魔가 있을 뿐,

사랑하는 사람아, 불붙은 도화선처럼 타들어가면서 두 손을 내뻗는 나의 가난함이 부끄러워라 방아쇠가 벌써 당겨진 시한의 폭약처럼 누군들 이제 시간은 없으려니 가는가 이렇게 흐득이는 목숨의 파편들을 한 줌 두 줌 열렬히 움켜서 남은 者여 목을 놓아 풍선처럼 조용히 터지는 어느 태양의 혈통 속에 고이 나를 묻어다오,

사랑하는 사람아, 우리의 방에는 거울이 많고 거울 속으로는 언제나 꽃잎 같은 살별이 지고 있었지 꼬리를 끌고 떨어지는 별들은 낙화암 — 낙화암으로 가는 피 묻은 삼천의 목숨의 꿈, 스스로 꽃이 되고자 하는 별 같은 목숨들이 있어 조용히 스러지라 조용히 오래된 검은 장미만이 홀로 일어서 무궁히 바다를 다스리니 오 매일 나누는 밥그릇의 무심한 정다움이 참혹하여라 사랑이여 —

3

달걀 속의 생

달걀 속의 생

- 장미와 가시
- 거위
- 시계풀의 편지·1
- 시계풀의 편지·2
- 시계풀의 편지·3
- 시계풀의 편지·4
- 시계풀의 편지·5
- 그림엽서
- 객석에 앉은 여자
- 일회용 시대
- 내가 없는 한국문학사
- 제목 없는 사랑
- 약력을 쓰는 밤에
- 벽과 함께
- 門을 위한 애사
- 달걀 속의 生·1
- 달걀 속의 生·2
- 달걀 속의 生·3
- 달걀 속의 生·4
- 달걀 속의 生·5
- 쌍봉낙타
- 하나를 위하여
- 평화일기·1
- 평화일기·2
- 평화일기·4
- 평화일기·5
- 연탄재를 바라보며
- 나혜석 콤플렉스
- 실비아 플라스
- 성녀와 마녀 사이
- 엄마의 발

장미와 가시

눈먼 손으로
나는 삶을 만져 보았네.
그건 가시투성이였어.

가시투성이 삶의 온몸을 만지며
나는 미소 지었지.
이토록 가시가 많으니
곧 장미꽃이 피겠구나 하고.

장미꽃이 피어난다 해도
어찌 가시의 고통을 잊을 수 있을까
해도
장미꽃이 피기만 한다면
어찌 가시의 고통을 버리지 못하리오

눈먼 손으로
삶을 어루만지며
나는 가시투성이를 지나
장미꽃을 기다렸네.

그의 몸에는 많은 가시가
돋아 있었지만, 그러나,
나는 한 송이의 장미꽃도 보지 못하였네.

그러니, 그대, 이제 말해주오,
삶은 가시장미인가 장미가시인가
아니면 장미의 가시인가, 또는
장미와 가시인가를.

거 위

1

인류가 최초로 길들인 새는
거위였다고 한다.
거위가 새였다니 …?
믿기지 않아. 믿을 수 없어.

내가
새였다니 …?

2

시장바구니를 들고 거리를 내려간다.
거리의 모퉁이에
수족관 가게가 있다.
동포여… 라고 부르면
무조건 눈물이 앞을 가리는
1980년대 한국인처럼

동포여… 부르면서

수족관 유리벽에 이마를 대고
나는 조금 울었다.

물고기들에 대한 동포애 때문에.

3

가장 천한 것들이
미륵의 씨앗이라고
동네 뒷골목에
자꾸만 자꾸만 발뒤꿈치를 들고
우우우 피어나는
채마밭의 야채들.

희망과 유사한 푸른 물결이 가슴속에
솟구쳐 오른다 해도
넌 이제 알지 않니? (이 시대엔,
모든 희망에 조직이 필요하기에)
거위 한 마리의 희망은
거위 한 마리의 희망일 뿐.

오히려 지하문화에 가깝다는 것을.

넌 어디서 왔어?
왜 여기에 왔지?
왜 여기에 머물렀나…?
나의 일부인 거위와
거위의 일부인 내가
선풍기처럼 한자리에 돌면서
뒤뚱뒤뚱 날고 있다. 엉금엉금 기고 있다.
이 세상 끝까지
기러기는 가는데.

시계풀의 편지 · 1

푸른 것은 늘 아름답다.

멍은 푸르다.

그러므로 멍은 아름답다.

그러니까 멍든 것은 늘 아름답다.

시계풀의 편지 · 2

이 땅 위에 나는
무기징역으로 서 있습니다.
이 땅 위에 누가 나를
무기징역으로 심었습니까.

지울 수 없는 꿈처럼
무기징역으로 뜨는 별.
잊을 수 없는 욕망처럼
무기징역으로 헤매는 바람.

이 땅 위에 나는
앉은뱅이 사랑.
네가필름처럼 검고 어두운 뿌리
하나의 자유를 가졌습니다.

고통이여,
그대와 나는 부부가 되고 싶습니다.
이러한 그대와 나이기에
산다는 것은 자꾸만 범죄의 욕망을
닮아가지 않습니까.

시계풀의 편지 · 3

세상에서 제일 큰 것은 하늘이라고
말한 사람은 누구일까.
그는 얼마나 철이 없었을까.
그는 얼마나 아름다웠을까.

어떤 사람에겐 하늘이 액자만 하다는 것을
액자보다 더 작은 하늘이
있다는 것을
그는 몰랐을까.
그는 정말 몰랐을까.

상처 안에 또 하나의 상처.
그 안에 골목 같은 상처. 그 안에
창살만 한 상처.
그 아래 몽고반점만 한 사랑.

하늘이 푸른 것은 아직도 꿈꾸는
사람이 있기 때문이라고
말한 사람은 누구일까.
그는 얼마나 철이 없었을까.
그는 얼마나 아름다웠을까.

어떤 하늘은 때때로 몽고반점처럼
푸르르고
죽고 싶도록 멍든 사람들이
멍든 빛깔로만
사랑을 칠하고 있는
살고 싶도록 푸르른 하늘.

하늘이 푸르른 것은
그런 멍든 사람들이
하늘을 등지고
푸른 언덕 위에 가슴을 대고
가만가만
자신의 파란 상처를 울고 있기 때문이 아닐까.

시계풀의 편지 · 4

사랑이여.

나는 그대의 하얀 손발에 박힌
못을 빼주고 싶다.
그러나

못 박힌 사람은 못 박힌 사람에게로
갈 수가 없다.

시계풀의 편지 · 5

娑婆란 말
참 예쁘지.
삶이 아무리 괴로워도
괴로움으로 이 몸이 참으로 멍들어도
娑婆란 말
참 예쁘지.

그만큼의 아름다움으로
우리 괴로움은 지상에 서 있는 거야.
그만큼의 아름다움으로
우리 괴로움은 지상을
차버리지 못하는 거야.

娑婆란 괴로운 말
참 예쁘지.
그 말이 예쁜 그만큼만
인생은 그리운 거야.
그 말이 예쁜 그만큼만
인생은 잔인한 친절이라는 거야.

그림엽서

일부일처제같이
조그만 세상 속에
벙어리장갑만큼
작은 사랑

해인이와 왕인이가 있고
그 옆 방바닥에 엎드려
책을 읽고 있는
나

그림엽서같이
목가적이다.

부부싸움 끝에 쫓겨나
골목 밖 가로등 밑에서
우리 집 등불을 훔쳐 볼 때.

객석에 앉은 여자

그녀는 늘 어딘가가 아프다네.
이런 데가 저런 데가
늘 어느 곳인가가.

아프기 때문에
삶을 열렬히 살 수가 없노라고
그녀는 늘상 자신에게 중얼거리고 있지.

지연된 꿈, 지연된 사랑
유보된 인생
이 모든 것은 아프다는 이름으로 용서되고
그녀는 아픔의 최면술을
항상 자기에게 걸고 있네.

난 아파,
난 아프기 때문에
난 너무도 아파서

그러나 그녀는 아마도 병을 기르고
있는 것만 같애.

삶을 피하기 위해서
삶을 피하는 자신을 용서해 주기 위해서
살지 못했던 삶에 대한 하나의 변명을
마련하기 위해서
꿈의 상실에 대한 알리바이를 주장하기 위해서!

그녀는 늘 어딘가가 아프다네.
이런 데가 저런 데가
늘 그저 그런 어떤 곳이.

일회용 시대

사발면을 후루룩 마시고
일회용 종이컵을 딱 구겨서 버리는 것처럼,
상처가 아물면
일회용 반창고를 딱 떼어서 던져넣는 것처럼

이 시대에
내가 누구를 버린다 해도
누구에게서 내가
버림받는다 해도

한 번 입고 태워버리는 종이옷처럼,
한 번 사용하고 팽개쳐야 하는
콘돔처럼,
커피 자동판매기 안에서
눈을 감고 주루룩 쏟아져 내리는
희게 잘린 종이컵처럼
껌종이처럼
일회용 설탕 포장지처럼

그렇게
내가 나를 버릴 수 있을까

그렇게
나도 나를 버릴 수 있을까

어느 으슥한 호텔 욕실에서
잠깐 쓰고 버려지는
슬픈 향내의
일회용 종이비누처럼…

내가 없는 한국문학사

나는 무의미시 순수시의 시대에
순수시를 쓰지 않았고
참여시의 시대에도
참여시를 쓰지 않았다. (쓰지 못했다)
나는 80년대 한국시사의
알 라 모드
해체시의 시대에도
해체시를 쓰지 않았고(못했고)
상업주의적 사랑시의 시대에
사랑시를 쓰지 못했으며(않았으며)
민중시의 시대에도
민중시를 쓰지 않았다. (쓰지 못했다)

요즈음 말로 한다면
독재 지배 이데올로기를 방조해온
매판미학의 일부
흉측한…
(오, 맙소사, 난 내 죄가 그렇게
추한지 몰랐고
다른 죄도 많기 때문에
난 정말 상처와 피고름으로 인각된

거북이 등처럼 균열된 — 무늬 —
혼비백산을 움켜잡고
언제나 임종전야 — 언어에
목을 매달고)
아무튼, 언어가 나의 아멘이었었지.

어느 날 산사에서
하얀 벽지 위에 쥐벼룩이 기어가는
것을 보았다.
손톱으로 막 누르니까
일 점 피를 남겼다.
우향좌, 좌향우 같은
어중간 나에게서도
그런 일 점 피가 나올까.
깨끗이 도배된 벽지처럼 무늬 맞춰 발라진
한국문학사 앞에서
나 오늘 한 마리 쥐벼룩
여류 쥐벼룩(이곳에서 방점은 매우 중요하다)
구원은 없더라도
아멘을! 멈출 줄 모르는 아멘을!
멈출 수가 없으니 …

제목 없는 사랑

죽어버릴까.
아니면 이 불행한 삶을
계속해야 하나
해 질 무렵이면
언제나 화두처럼 떠오르는 이 질문을
가슴에 안고
아가를 업은 나는 골목을 서성인다.

이혼을 할까,
아니면 이 우울한 결혼을
계속할 것인가,
가령 이 질문은 언제나 그 질문과 같아서
서울에서 가장 붐비는
롯데백화점 앞 네거리 스타트라인 위에서
갑자기 시동이 꺼져버린 중고차처럼
사방에서 경음기소리가 들려오는데
혼자서 울고만 싶은 백치성이 있다.

절망 때문에 결혼을 하여
그 절망을 두 배로 만들고
허무 때문에 자식을 낳아

그 허무를 두 배로 만들었으니

자꾸만 약효가 안 듣는 약을
자가처방하고 있는
너를 무엇이라고 불러야 하나.
해 질 무렵이면
약방의 진열대 뒤에 서서
자꾸만 이름 모를 약을 조제하고 있는
하얀 슬픔의 가운을 걸친
너를.
약효를 남 먼저 시험해 보느라고
두 눈을 감고 자꾸만 쓰디쓴 약을
삼켜 보고 있는 너를.

아가를 업고
서성이는 골목길 안에서
나는 너 때문에 눈시울이 뜨거워진다.
네가 만든 영화 속에
나는 몹시 아픈 환자의 역할을 맡은
약물시음용 배우인 것만 같다.

약력을 쓰는 밤에

약력을 쓰는 밤이면
어디선가 촛농이 녹는 냄새가
들려오지
피식피식 불꺼지는 소리하며
눈물과 불꽃이 만나
바작바작 살태우는 향기 같은 것들
(누가 線香에 불을 당겨
불시계로 사람의 시간을 재고 있을까)

잃어버린 시대는 마냥 잃어버리게 하고
싶은데
나는 잡지사 기자의 지시대로
방바닥에 엎드려 기실은
꼬박꼬박 약력이란 것을 쓰고 있는데
남의 꿈을 타이핑해주는 복사기처럼
부걱부걱 글씨를 베끼고 있는데
(하이퍼 리얼리즘처럼 극사실한
명쾌한 형태적 구성 속에서
나는 나의 주민등록번호보다
뒤에 있고
또는 하얀 석고가 되어 내가 썼던

헌책들의 목록 사이에 박제되어 있기도 하다)
정말 나는 어떻게 된 걸까?

우주는 넓다지만
모든 사람의 방은 관을 닮았고
영원은 크다지만
이 시간 속에선 누구나 囚人인데
가자 가자 잘못 살았다 해도
계속 갈 수밖에 없어
인간이란
이 세계에 외틀로 닫혀 있는
비좁은 창문
그 창문 위에 입김으로 쓴 남루한 낙서

약력을 쓰는 밤이면
모래벌판 한가운데 다리를 벌리고
한 여자가 앉아
제 신발을 벗어
신발에 모래를 채웠다가 붓고
채웠다가 다시 부으며
홀로 질기게 놀고 있는 모습이 보인다

벽과 함께

삶에는 벽이 너무 많다고
난 늘 생각하고 있었어,
벽과 함께 사는 동안
늘 고통뿐이었다고는 난 생각하지 않아,
벽과 함께, 벽을 너머, 벽을 건너, 벽을 뚫고!
그런 저런 벽에 대한 형이상학을
탐구하면서
대자보와 벽보 벽화를 열렬히 그려 붙이며
친체제와 반체제, 때로는 비체제까지를
논해보기도 했지,
벽과 함께 사는 동안
늘 절망의 실천뿐이었다고는 말할 수 없어,
그때는 희망이란 것이
비밀리에 실천되고 있었던 거야

면벽과 벽과 벽들… 그 모든 벽들이 지나고 나면
새벽이 올 줄 알았어,
늘 그렇게 그냥 믿었어,
벽과 함께 살다보니
믿음도 습관이 되더군

그런데 오늘 아침
벽과 벽과… 모든 벽들이 끝나고
갑자기 나타난 것은 새벽이 아니라
절벽이었어,
벽이 기르고 있던 것은 새벽이 아니라
절벽인 것을
우린 오늘 아침 너무 늦은 시각에야
비로소 알게 되었다면

오, 주여,
어젯밤의 꿈과 내일 아침의 꿈을
다시 이어
우리에게 벽에 대한 꿈을 계속 꾸게 하소서,
벽과 함께 살던 시절
그립습니다.

門을 위한 애사

난 항상 문을 찾아 헤맸지.
이 문을 찾으면 이 문이 벽이었고
저 문을 찾으면 저 문도 벽이기를
몇 번이었을까, 난 항상 문을 찾아 헤맸고
우린 누구나 문을 찾아 헤매거늘(아, 그래, 무엇이 한참 잘못되었었는지도 모른다. 태어날 때부터 하나의 벽을 찢고 태어난 우리들 앞에)
왜 언제나 문은 벽이었을까.
벽 없는 문을 보았는가, 벽 없는 문, 문 없는 벽, 문 있는 벽, 벽 있는 문.
오, 그래, 참, 달걀이 먼저였을까, 닭이 먼저였을까. 닭이 먼저였다구? 달걀이 먼저였다구…???

참, 그런데, 생각나지 않아?, 어린 시절
보물찾기 놀이를 할 때
보물은 늘, 그저 그런 어떤 곳에,
허름한 곳, 너절한 곳, 너무나도 보물스럽지 않은 그런 곳에
늘상 일부러인 듯 감추어져 있었기에 보물을 찾으려면 꼭 그런 보물스럽지 않은 곳을, 후미진 구석을 뒤져야만 했듯이

문을 찾기 위해
벽을 찾는 것일까.
벽을 찾기 위해
문을 찾는 것일까.

머나먼 겨울, 유리걸식의 그런 동그라미 안에 빙빙 갇힌 채로,

우린 문을 찾는다고 벽을 넘는다고 닭이 먼저냐고 달걀이 먼저냐고… 빙빙.

달걀 속의 生 · 1

우리는 꿈꾸지,
삶을 위하여
좀더 강해졌으면 하고,
보다 견고한 집을 짓고 싶고
더욱 안전한 껍질을 원하네,
마치 몰락이 없이
차갑게 버티고 있는
벽처럼
진짜로 강해질 수 있다면,
우리는 스스로 철교처럼
결코 폭파될 수 없는
어떤 희망을 구하지,
전혀 희망이 없이

그리고 또한 우린 알고 있어,
우주에 내버려진
하나의 달걀
과도 같이
그대와 나는
어둠 속에 둥둥 떠 있는
버림받은 허술한 알(卵)이라는 것을,

수문이 열리면
제목도 없이 무너져 내리는
저녁물결 속에 고요히 으깨지는
조그만 수포
그리도 꿈같은 고통

하얀 달걀이 하나
뜨거운 물속에서 펄펄 끓고 있네,
찐 달걀 속에선 어떤 부화의 것도
돋아나질 않아,
무섭도록 고요한 침묵들의 비명,
(달걀꾸러미 속에 얌전히 누워 있는
하얀 찐 계란들의 꽉 찬 평화)
무섭게 달궈진 프라이팬 위에서
성녀처럼 와들와들 해체되는
스크럼블드 에그,
어떤 꿈도 그 고통을 구할 순 없지

우주에 둥둥 떠돌고 있는 독방
처럼
헐벗고, 외로운,

달걀 속에서
우린 한 번밖에 없는 자신의 삶을
꾸리고 있네,
뿌리가 없어 무엇보다도 뿌리가 없어 슬프지만
이름 없는 운동
뒤에
하얀 결말,

모든 달걀은 와삭와삭 깨어져
무참히 와해되고 말지만
그 안에 방이 있어
방이 하나 있어
내 얼굴을 닮은 조그만 양초 하나가
고요히 빛을 뿌리며 타오르고 있지.
눈물과 함께
입술연지로
환한 미소를 은은히 뿌리면서

달걀 속의 生 · 2

냉장고 문을 열면 달걀 한 줄이
온순히 꽂혀 있지,
차고 희고 순결한 것들
아무리 배가 고파도
난 그것들을 쉽게 먹을 순 없을 것 같아

교외선을 타고 갈 곳 없이 방황하던 무렵,
어느 시골 국민학교 앞에서
초라한 행상아줌마가 팔고 있던
수십 마리의 그 노란 병아리들,
마분지곽 속에서 바글바글 끓다가
마분지곽 위로 보글보글 기어오르던
그런 노란 것들이
(생명의 중심은 그렇게 따스한 것)
살아서 즐겁다고 꼬물거리던 모습이
살아서 불행하다고 늘상 암송하고 있던
나의 눈에 문득 눈물처럼 다가와 고이고

그렇다면 나는 여태 부화를 기다리고 있던
중이었을까,
아아, 얼마나 슬픈가,

차가운 냉장칸 맨 윗줄에서
달걀껍질 속의 흰자위와 노른자위는
무슨 꿈들을 꾸고 있을까,
중풍으로 쓰러진 아버지의 병실에서
입원비 걱정을 하고 있는 우리 가난한 형제들처럼
흰자위와 노른자위도
무슨 그런 절망의 의논들을 하고 있을 것인가

사계절 전천후 냉장고
하얀 문을 조용히 열면
추운 달걀들의 속삭임소리가 들리는 것 같다,
엄마 엄마 안아줘요 따스한 품속에
어미닭에 안기지 못하고 만 달걀들처럼
희망소비자 가격보다 더 싸게 팔려온
너희들처럼
나도 역시 여권이 분실된 사람
희망의 온도가 차츰 내려갈 때
오히려 절망은 조용하고 초연해지는 것 같지,

달걀 속의 生 · 3

달걀 석 줄
삼십 개를 엊그제 사와서
한 개만 남기고
다 먹어치웠는데도
아무 일도 일어나지 않았다.
이래도 되는 것일까.
이럴 수가 있는 것일까.

모든 사랑은 벌에 지나지 않는다고
말한 사람도 있지만
유리창 하나 없는
이 봉사사랑.
가나다라 말문 하나 못 여는
이 벙어리사랑
속에서
넌 또 마지막 하나 남은 달걀껍질 속에 웅크려 앉아
무슨 난생설화를 꿈꾼다는 것이냐.
아니 무슨 난생신화를
기다린다는 것이냐.

난, 그렇게, 12월의 흐린 지평선 아래
웅크리고 앉아
병아리들 종종거리는 어느 봄날의
파란 미나리밭을,
꼬꼬댁 꼬꼬—금빛 닭들이 홰를 치는
어느 태초의 푸른 새벽을
마치 금시조를 기다리듯
꿈꾸고 있거늘

그대, 푸른 접시 위에,
내일 아침
금빛 계란 후라이 하나가
담겼는가. 지붕 위로 푸득거리며 날아가는
황금빛 금시조 한 마리를 보았는가.
그러면 그대, 그때 꼭 한 번 더,
나의 안부를 다시 물어주게.

달걀 속의 生 · 4

쉬잇, 조용히…
저 달걀 안에
미완성이 숨 쉬고 있으니

보아라.
누추한 우리 부엌 시렁 위
바삭바삭거리는 달걀껍질 안에서
밤새워
십자가의 못을 빼느라고
부시럭거리는
저 하느님의 새끼들

쉬잇, 조용히…
저 금가기 시작한 메마른 달걀 안에
신의 피가 돌고 있으니

살풀이 한 번 못 해본
그대 얼굴
삐약거리는 새봄이 되어
수의를 찢고
꼬끼오 꼬끼오
神市를 마중하러 걷고 싶지 않으냐.

달걀 속의 生 · 5

달걀을 보면
알 수 있지.
아, 저렇게 해방을 기다리는 사람도
있구나.

조그맣게 차갑게
두 눈을 감고
아, 어찌 해,
저리도 못다 한
벙어리 사랑을.

외치고 싶고
깨지고 싶어도
시간의 실금이 온몸에 강물처럼 퍼지기를
기다려. 배꼽 같은 씨눈이
노른자위를 먹어 치워
흰자위를 먹어 치워
아, 그 안에서 원무처럼 일어서는
열애 같은 혁명을 기다려.

달걀을 보면
눈물이 어리지.
아, 저렇게 미해방의 절벽 위에서
꿈꾸는 사람!

쌍봉낙타

해인이와 왕인이가
내 등 위에 올라타 앉아 있다.
엄마는 낙타.
목이 말라도 몸이 아파도
뜨거운 모래 위를
무거운 짐을 지고도 걸어가야만 한다.

'낙타의 등에는 큰 혹인 육봉이 있는데
거기에는 수일 동안 먹지 않아도 견딜 수 있는
지방과 영양분이 저장되어 있답니다. 이 혹이 하나 있는 것은 단봉낙타라고 하며 두 개 있는 것은 쌍봉낙타라고 합니다.
쌍봉낙타는 단봉낙타보다 힘이 세서 250kg 정도의 짐을 지고도 시속 4km로 하루에 40km를 갈 수 있답니다.'
(〈엄마랑 아기랑〉, '88년 7월호 33~34면)

우울증에 신경질에 죄악망상
파라노이아 증상까지 겹쳤어도
내가 사는 것은
내가 죽지 않고 가는 것은
내 등 위에 짐 지워진

두 개의 육봉 때문일까.
오, 라후라라고
부처님께서 부르신,
부처님께서 버리신 피의 인연으로

나는 힘센 쌍봉낙타가 되어
뜨거운 사막 속을 가고 있다.
다락처럼 무거워도
야근처럼 피로해도
엄마는 낙타.
쌍봉낙타는 더 힘이 세다.

하나를 위하여

나는 많은 것을 원하지 않는다.
단지 하나가 되고 싶을 뿐이다.
살았던 것들 중
그중 아름다운 하나가,
슬펐던 것들 중
그중 화사한 하나가,
괴로웠던 것들 중
그중 순결한 하나가 되고 싶을 뿐이다.

나는 많은 길을 원하지 않는다.
오히려 더 많은 길을 버리고 싶고
더 많은 꿈을 지우고 싶고
다만 하나의 길과
다만 하나의 꿈을 통하여
물방울이 물이 되고
불꽃들이 불이 되는
그 하나의 비밀을 알고 싶을 뿐이다.

하나를 이루기 위하여
그 하나에 닿기 위하여
나는, 하나하나, 소등 연습을 해야 할는지도

모른다.
가로등이 다 꺼진 어둠 속으로
솜처럼 착하게 다 적셔져서
세상에서 가장 아름답게 타오르는
하나의 봉화가 되고 싶은지도 모른다.

평화일기 · 1

인생이란 그런 것일까.
저녁을 먹고, 조립식 의자에 엉성하게 앉아
양파껍질을 벗기고 있을 때
미운 일곱 살 말 안 듣는 딸아이가
TV 채널을 이리저리 돌리고 있다.

찰칵찰칵 화면은 신속히 돌아가면서
한쪽에선 청순가련형 미모의 여배우가
알지 못할 대사를 읊조리면서
우산 아래서 울고 있는데
다른 한쪽에선 수사반장
살인추리극을 하고
또 다른 채널에선 젊음의 록 콘서트
우주인 복장의 젊은 남녀 가수가
오 팔레스타인 팔레스타인 하면서
시야 가득히 환상적인 광물로 가득 찬
우주의 무대를 둥둥 펼치고 있다.

오, 모가지가 없는 나의 몸뚱이
오, 몸뚱이가 없는 나의 모가지.
위로.

저벅저벅 날은 저물고
아무도 나를 구원하러 오지 않는 것처럼
나도 누구를 구원하러 떠나지 않으며
이리저리 돌아다니는 화면을 바라보면서
양파껍질을 벗기는
손을 부지런히 움직이다가
누가 범인이고 누가 착한 사람인지조차
알 수가 없어서
다시 수사반장을 보려고 하는데
그 채널에선 이제 막 아방궁 같은
욕조에서 빠져나온 알몸의 여인이
아름다운 머리를 감는
향긋한 샴푸선전이 흘러나오고 있다.

인생이란 정말 그런 것일까.
양파껍질을 부지런히 벗기다가
문득 손을 멈추고
가만히 양파를 더듬어 찾았을 때
양파는 아주 없어져버리고
양파껍질만 희미한 회억의 넝마처럼
무릎 위에 수북이 쌓여있는 것.

이 엉성한 조립이 나의 삶을 이끌어 가고
그렇듯이 TV 밖으로 세상 밖으로
괄호 밖으로, 둥실둥실 떠내려가면서,
모가지가 없는 나의 몸뚱이와
몸뚱이가 없는 나의 모가지가
잠시 기구한 인연처럼 스치기도 하는
이 사악한 평화.

평화일기 · 2

가출을 할까
출가를 할까
이것은 나의 영원한 테마이다.
누군가도 그러하리라.
가출을 하든지
출가를 하든지
어딘가에 평화를 구하러 가고 싶은 심정으로
밤은 저문다.

신촌로터리에서 지하철 구멍 속으로 들어가면
삼 분 자동칼라 사진실이 있지.
시든 베이지색 커튼을 밀치고
들어가면
관 속같이 하얀 네모난 방.
나는 주섬주섬 주머니 속의 동전들을
모조리 꺼내놓고
일금 이천오백 원이 될 때까지
동전을 고백처럼 밀어 넣으며
플래시가 번쩍 하는 동안의
그 작은 재회를 사고 싶다.

동전이 찰칵찰칵 들어가 액수가 차면
관 속의 실내등은 저절로 꺼지고
어둠 속에 갇힌 채로
웃을까 말까 망설이는 동안
나의 인생은 그 일 초 동안의
찬란한 자동 마그네슘 불꽃 안에
영원한 우주의 중심으로 환생하게 된다.

따끈따끈 인화되어 나오는
나의 사진을 기다리며
나는 지하철 정류장을 오고가는 수많은
사람들을
바라본다.
모두다 어딘가로 떠나고 있고
모두다 어딘가로 닿고 싶은 사람들.

자동칼라 사진실의 출납창구 아래로
내 사진이 덜컥하고 완성되어 떨어질 때
나는 행복하다.

어제보다 더 늙었다든지
점점 더 괴상한 추녀가 되어간다고 해도
(추함만큼 우리에게 일상적인 게 또 있으랴)
나는 정말 관심이 없다.
다만 나는 나와 만나는
그 짧은 순간의 영원. 어머니. 자궁.
고향 같은 따스한 어둠을 기억할 뿐.
아무도 이제 내가 안 보인다고
말하지는 못하겠지.

나처럼
자기 스스로와 면회하고 싶은 객지의 사람들이
먼 길을 걸어와
관 같은 자동사진실 근처를
어슬렁거리고 있다.
호적이 없는 부랑자들처럼
니코틴에 물든 입술이 파랗다.

평화일기 · 4

모두들 나에게 숙제를 내주고 있다.
이별하는 사람은 이별의 숙제를
미워하는 사람은
미움의 숙제를
사랑하는 사람은
사랑의 숙제를.

아버지 약이 떨어졌는데 내일은 꼭
다시 … 내일까지 …
… (엄마는 말을 잇지 못한다)
창밖으로 새들이 날아가는데
나는 수화기를 든 채로
저 새는 무슨 숙제가 남아
밤길을 저리 급히 날아가야 하나 …
바람도 구름도 피어나는 꽃도
요즈음 나에겐 꼭 업보적으로 보인다.
전생의 무슨 숙제가 남아
여기 이 자리로 꼭 와야 했다는 듯이.

사랑. 사랑을 생각하면
정다운 지붕도 따스한 밥상도 생각나지 않고

내 복부를 흘러가고 있는
제왕절개 수술자국이 생각난다.
화상 입은 듯한, 다림질한 듯한
상처의 메마른 흙터 속으론
언제나 은하수 같은 아픔의 사연이
반짝반짝
우주의 서정시를 쓰고 있다.

나는 다만 엎드려 서사적으로 숙제를 한다.
죽은 듯이 엎드려 숙제를 하고 있는
나는
그러나 아마 몹시 행복하다고 해야 하리라.
숙제를 하고 있는 동안만은
아무리 바닥에서일망정
화사 구렁이처럼
칭칭 인생을 붙잡고 있는 느낌이 든다.

뚝뚝 애원하며
타오르는 촛불같이
분노와 연민으로 희게 질린
양초같이 …

평화일기 · 5

팝콘을 만드는 오후시간이면
난 아마 질리도록 지루하다고 해야 하리라.
동쪽의 지평선에서부터
서쪽의 지평선에 이르기까지
꽉 차 있는 빨래 같은 하늘 한 벌.
어느 실업의 대낮에
캄캄한 극장의 후문으로 걸어나왔을 때
햇빛은 무수한 살육의 바늘처럼
동시다발적으로 내 온몸을 찌르고 있었지.
히로시마 직후처럼
고요한 파산.

'냄비 또는 깊이가 있는 요리용 그릇(특히 코팅이 되어 있는 냄비)을 바닥에 맛소금 T스푼 1/2과 쇼트닝 또는 식용유(약 1/4컵)로 채우십시오.'

나는 커다란 튀김냄비를 꺼내 가스레인지의 불꽃을 최고치로 높인 후 마가린을 듬뿍듬뿍 던져 넣는다. 마가린은 부들부들 떨다가 희게 머리를 풀어헤치고 조용히 숨을 거둔다.

'식용유에서 김이 날 때까지 가열하다가 두 알의 시험용 팝콘을 넣어 펑펑 튈 때까지 가열하십시오.'

지시에 순응하여 나는 시험용 팝콘 두 알을 뜨겁게 달궈진 냄비 속으로 집어 던진다. 13월의 죽음처럼 단단한 옥수수알이 백옥 같은 미소를 피우며 펑펑 만개한다. 훨훨 부화한다. 서울의 지붕 밑에 반짝이는 나비들을 더욱 점화하기 위하여→

'팝콘 낱알 1개 깊이로 바닥을 채우시고 팝콘 약 1/3컵 정도 부으시고 저어주거나 흔들어 주십시오.'

급히 옥수수봉지를 뒤집어 냄비 속에 부은 다음 투명뚜껑을 꽉 닫고 난 조용히 요리의 세계를 들여다본다. 요리책의 지시대로 요리하는 즐거움을 평화라고 부른 건 여류작가 김지원이었지. 책임질 필요가 없으니 행복하다고. 투명유리의 뚜껑에 온몸을 부딪치며 하얀 꽃 같은 팝콘이 백화만발로 일어서는 것이 보인다. 온누리 사랑 같다. 성불 같다. 해방 같다.

'튀는 것이 완료될 때까지 흔드신 후 가열을 중단하십시오.'

뚜껑을 열고 나는 에테르처럼 가벼운
따끈한 팝콘 꽃송이들을, 꽃다발들을
주걱으로 휘휘 저어
커다란 푸른 칠 쟁반에 퍼 담기 시작한다.
탐스런 꽃잎들의 달콤한 냄새 속으로
분홍빛 부력을 지닌 연등행렬이
부처님 오신 날처럼
둥둥 스쳐간다.

커다란 냄비 맨 밑바닥엔
기어이 팝콘이 못 된 옥수수 몇 알이
우울한 표정으로 나를 바라보고
있다.
나른한 오후의 깊은 시간 속으로
그의 절망과 나의 절망은
사악한 밀애처럼
잠시 얽힌다.

뜨거운 숨결을 식히려고
고개를 들면
빨래 같은 서울의 한 벌 하늘 속으로
나의 혜초 일기가
다큐멘터리 버섯구름처럼 둥둥 떠간다.
아아, 내일은 꼭 비가 왔으면!

연탄재를 바라보며

하얀 연탄재가
인사라도 하는 듯
몸을 웅크리고 서 있는 골목길을 지나며
난 늘 부끄럽다.

너, 그렇게, 열심히 살았구나.
하얀 뼈가 다 타오르도록.

동해물과 백두산이 … 어쩌고저쩌고
하는 사람보다
응달진 골목길에 내버려진
네가 항시 부끄러워

나 고요히 머리를 숙이고
네 창백한 살결 한 번
쓸어보고 싶어. 살아생전 구하지 못했던
내가 그대에게
마치, 옛사랑, 용서받기를 차마 청하려는 것처럼.

나혜석 콤플렉스

친구여, 나에겐 그런 두려움이 있다네,
저녁을 잘 먹고
실내악이 흐르는 유리창 앞에 고양이처럼 앉아
어둠이 글썽글썽
창문을 두드리는 시간이 오면
어디선가 아직 잠들지 못한 바람이 있어
풍선처럼 고요히
내 몸을 내가 찌르는
하얀 바늘의 살육의 느낌 같은 것,
풍선 속의 바람은
고요히 스르르
마치, 아무 일도 아니라는 듯,
간단히 숨을 거두고
부네탈과 미얄탈 같은 것들이
벽 위에서 휴지처럼
구겨져 떨어지는 가벼운 시간

친구여, 세상엔 그런 여인들이 있었다고 하지,
가면을 벗어 조용히 응접실 탁자 위
가족사진 옆에 포개어 놓고
나의 시간도 아니고

너의 시간도 아닌
'가정의 날'이라는 영원한 半空日 같은
어정쩡한 주부의 직업을 닫고
에미는 선각자였느니라—
추운 겨울날
다리를 건너간 여인들이 있었다고 하지

여인에겐 원래 횡단공포증 같은 것이 있어서
다리를 건널 땐 어지럽고 무서워
아버지나 남편의 팔짱을 끼고 걷는 것인데
추운 겨울날,
홀로 다리를 건너간 여인들이 있었지,
부네와 미얄탈이 걸려진
실내악의 방을 나와
다리를 건너
피안으로 홀로 가는 여인들을 보여주지,
사자와 고양이는 똑같이 고양잇과에 속한
맹금류의 동족인 것을,
여인들은 머리칼 위에 빛나는 야성의
화관을 쓰고
조용히 슬픈 선각의 사자후를 남겼네.

에미는 선각자였느니라 — 고

그리고 나혜석은 거리에서 죽었어,
행려병자가 되어 쓰러지면서
그녀는 원시림 같은, 처녀림 같은,
산소용접으로 튀는 파란 불꽃 같은
쓰러지는 두 눈은 어둠 속에서 정녕
아름다웠지,
여자는 三界에 집이 없어
아버지의 집도
남편의 집도
아들의 집도
여자의 집은 아니어서

친구여, 나에겐 그런 예감이 있다네,
나혜석은 죽어서도 옳게 묻히지 못하여
구천을 떠돌다가
이제 나에게로 와서
내 가슴을 위패삼아 머물고 있으니
나 또한 미신처럼
그녀의 神位를 비밀히 모시고 있으니

여자는

왜

자신의 집을 짓기 위하여

자신을 천지사방 찢어버리지 않으면 안 되는가,

검정나비처럼 흰나비처럼

여자는 왜

자신의 집을 짓기 위하여선

항상 비명횡사를 생각해야 하는가

실비아 플라스

너는 어디에선가
오늘 새벽에도 또 죽고 있겠지,
고운 머리칼의 딸들과
아직 우유병을 빨고 있는
네 귀여운 아들을 이층 침대방에 잠재우고
살금살금 아래층으로 내려와
도둑고양이처럼
지하실 계단을 밟고

원, 세상에, 간밤에 이층여자가 죽었다는군.
식탁 위엔 제 새끼들을 위한 우유와
아침식탁을 준비해 놓고
보일러실의 가스를 틀고
잠옷 바람으로 개처럼 뻗어 있더래, 글쎄,
끔찍하지, 암, 끔찍하고말고.
침과 오물과 토사물을 모조리 꺼내놓고
원, 세상에, 더럽기도 하지,
교수부인이라는 여자가

잠에서 깨어날 때마다
난 언제나 그렇게 내 시체가 앰뷸런스에 실려

이미 떠난 후였던 것 같다.
부스스한 머리로 부스스한 아침을 먹고 있는
나를 보면
사람의 일생이란 잘해봐야
자살골을 슛 골인 시키는 일 외에
무엇이 있을까,
오전과 오후가 광명의 보자기처럼
활짝 펼쳐지는 눈부신 대낮에 생각해보면
죽는다는 것이 꼭 포르노그래피 같고
한밤중에 문득 일어나 생각해보면
산다는 것이 또
포르노그래피 같은데

실비아 플라스,
넌 왜 아주 가지 않고
밤마다 내 침실 창 너머에
달빛 같은 검은 상복을 걸치고
안녕을 묻고 있지,
양쪽에 두 아이를 거느리고 누워 생각해보면

실비아 플라스,

자살과 상사병 사이엔 유사성이 있다고 하던
그 말이 에이즈 균처럼 떠오를 뿐이야

성녀와 마녀 사이

엄마, 엄마,
그대는 성모가 되어 주세요,
한국전래동화 속의 착한 엄마들처럼
참, 아니, 사임당 신씨
신사임당 엄마처럼 완벽한 여인이 되어
나에게 한평생 변함없는 모성의 모유를
주셔야 해요,
이 험한 세상
엄마마저, 엄마마저 … 난 어떻게 …

여보, 여보,
당신은 성녀가 되어 주오,
간호부처럼 약을 주고 매춘부처럼
꽃을 주고 튼튼 실실한 가정부도 되어
나에게 변함없이 행복한 안방을
보여주어야 하오,
이 험한 세상
당신마저, 당신마저 … 난 어떻게 …

여자는 액자가 되어간다,
액자 속의 정물화처럼

고요하고 평화롭게,
액자 속의 家訓처럼
평화롭고 의젓하게,
여자는 조용히 넋을 팔아넘기고
남자들의 꿈으로 미화되어
도배되어
'家和萬事成' 액자 하나로
조용히 표구되어
안방의 벽에 희미하게 매달려 있다

모나리자의 미소는 웃는 것인가
우는 것인가,
그녀의 미소는 용서인가
배신인가.
난 알 수 없지만
난 그녀의 그림자 망사옷 같은
검은 가슴 속에서
무서운 화산의 힘을 두근두근 느낄 수 있지,
남자들의 꿈으로 미화될 수 없는
박제될 수 없는
마녀의 부엌 같은 뜨거운 화산이

그녀의 미소를
영원한 무서움으로 낯설게 만들고 있는데,

그녀는 애매하다,
성녀와 마녀 사이
엄마만으로도
아내만으로도
표구될 수 없는, 정복될 수 없는,
저 영원한 회오리의 명화는,
여인에게 사랑은 벌 같은 것이지만
그러나 여인은 사랑을 통해
여신이 되도록 벌 받고 있는 거라고
그녀는 스스로 영원을 표구하면서
세상을 배경으로 거느리고
늠름하게 서 있지

엄마의 발

딸아, 보아라,
엄마의 발은 크지,
대지의 입구처럼
지붕 아래 대들보처럼
엄마의 발은 크지,

엄마의 발은 크지만
사랑의 노동처럼 크고 넓지만
딸아, 보았니,
엄마의 발은 안쪽으로 안쪽으로
근육이 밀려
꼽추의 혹처럼
문둥이의 콧잔등처럼
밉게 비틀려 뭉그러진 전족의
기형의 발

신발 속에선 다섯 발가락
아니 열 개의 발가락들이
도화선처럼 불꽃을 튕기며
아파아파 울고
부엉부엉 후진국처럼 짓밟히어

평생을 몸살로 시름시름 앓고

엄마의 신발 속엔
우주에서 길을 잃은
하얀 야생별들의 무덤과
야생조들의 신비한 날개들이
감옥창살처럼 종신수로 갇히어
창백하게 메마른 쇠스랑꽃 몇 포기를
弔花처럼
우두커니 걸어놓고 있으니

딸아, 보아라,
가고 싶었던 길들과
가보지 못했던 길들과
잊을 수 없는 길들이
오늘밤 꿈에도 분명 살아 있어
인두로 다리미로 오늘밤에도 정녕
떠도는 길들을 꿈속에서 꾹꾹 다림질해 주어야 하느니
네 키가 점점 커지면서
그림자도 점점 커지는 것처럼
그것은 점점 커지는 슬픔의 입구,

세상의 딸들은
하늘을 박차는
날개를 가졌으나
세상의 여자들은 아무도 날지 못하는구나.
세상의 어머니는 모두 착하신데
세상의 여자들은 아무도
행복하지 않구나…

4

미완성을 위한 연가

미완성을 위한 연가

미완성을 위한 연가

— 경주 남산의 새기다 만 마애불 앞에서

하나의 아름다움이 익어가기 위해서는
하나의 슬픔이
시작되어야 하리
하나의 슬픔이 시작되려는
저물 무렵 단애 위에 서서
이제 우리는 연옥보다 더 아름다운 것을
꿈꾸어서는 안 된다고
서로에게 깊이 말하고 있었네

하나의 손과 손이
어둠 속을 헤매어
서로 만나지 못하고 스치기만 할 때
그 외로운 손목이 할 수 있는 일은
다만 무엇인지 알아?
하나의 밀알이 비로소 썩을 때
별들의 씨앗이
우주의 맥박 가득히 새처럼
깃을 쳐 오르는 것을
그대는 알아?

하늘과 강물은 말없이 수천 년을 두고
그렇게 서로를 쳐다보고 있었네
쳐다보는 마음이 나무를 만들고
쳐다보는 마음이 별빛을 만들었네
우리는 몹시 빨리 더욱 빨리
재가 되고 싶은 마음뿐이었기에
어디에선가, 분명,
멈추지 않으면 안 되었네,
수갑을 찬 손목들끼리
성좌에 묶인 사람들끼리

하나의 아름다움이 익어가기 위해서는
하나의 그리움이 시작되어야 하리,
하나의 긴 그리움이 시작되려는
깊은 밤 단애 위에 서서
우리는 이제 연옥보다 더 아름다운 것은
필요치가 않다고
각자 제 어둠을 향하여 조용히 헤어지고
있었네 …

無窮動

4 나누기 3은
영원히 1.33333…
333…
이듯이,
영원히 세월이 흘러도
무궁한 세상이 바뀌어도
작게 그보다 고요하게 1.33333…
333…
이듯이,
끝날 수 없고
끝나지 않아서
잠시 잊어버리기도 하는
피아니시모
나타났다 사라졌다 하는
요술글자처럼
영원히 누군가 오고 있고
영원히 누군가 가고 있는데

미안합니다만 불을 좀 빌려 주시겠어요?
불을
불을

허리를 구부리고
성냥 한 개비의 적선을 바라는
거지처럼
1.3333333…으로
영원히 심령세계의 반딧불처럼
작게
그보다 정처 없이
인도차이나의 검은 밤바다를
오늘도 어제도 보트피플로
떠돌고 있는 것은
어디선가 오고 있는 것은
어디론가 가고 있는 것은

보다 확실한 꿈속에선
보석을 단 一角獸가
우리의 금빛 상여를 느릿느릿 끌고 가고
4 나누기 3은
영원히 1.3333333…
이라고
작은 개미는 더 조그만 개미알을 무궁히
낳고

나의 고통은 단추처럼 단단한
고통의 하얀 알들을
宇宙水의 밑바닥에 딸라이자처럼
수북이
그보다 영겁으로 쌓아놓고 있는데 …

이 불확실성의 시대에
단 하나 확실함으로
나보다 더 오래 살 것이 확실한,
4 나누기 3은
영원히 1.33333 … (천 년) …
333 … (수만 년) …
이라고 …

어두운 계단을 내려가며

나는 어두운 계단 위에 서 있다
어두운 계단 위에 서 있는 것은
한사코 어두운 계단을 내려가라는
무슨 신호인지도 모른다

처음인 양 나는 계단을 바라본다
아무런 장식이 없는 콘크리트 계단
무덤 속처럼 깊고 하얗고 불길한
무표정의 무한
층계 위에서
나는 장의사집의 장롱 같은
영원하고 모호하고도 단호한
하나의 절벽을 느낀다

바닥엔 방이 있을까
내려가고 또 내려가는 것이
평화라면
나는 언제까지라도 내려가는 계단을
내려가고 싶다
내려가고 또 내려가는 것이
사랑이라면

나는 언제까지라도 내려가는 계단으로
그대에게 닿고 싶다

나는 어두운 계단을 내려간다
남보다 늦게 가는 시계처럼
나의 슬픔은 천천히 용기와 닿는다
바닥엔 방이 있을까
콜탈이나 잉크, 구두약이나 흑연처럼
검은 진짜로 검은
바닥의 방이 있을까
꿈이 있을까

나는 생각한다
천왕성 해왕성 명왕성 다음에도 별은 있을까
그 별의 이름은 무엇일까
세상에서 가장 아름다운 천연자원은
슬픔뿐이라고
강해지기 위해선 석탄보다도 더
검어지지 않으면
안 된다고

나는 천천히 계단을 내려간다
나의 발이 막장의 층계 속으로
한 발 아득히 닿고 있을 때
나는 그제야 엄청난 그 무엇이
떠오르는 것을 느낀다
천왕성 해왕성 명왕성 다음에도
별은 있다고,
그 별의 이름은 미완성이라고,
나의 발은 조용히 어두운 계단을
내려가고
나의 손은 조용히 슬픔의 채탄을 하기 위해
바닥의 하늘을
부드러이 껴안는다

슬픔의 날품팔이

나는 열심히 살고 있어요,
열심히 날품을 팔면서,
돌아오는 것은 없지만
돌아오는 것을 믿는 것은 야비한 일이라는
정신적인 금언까지 믿으면서
나는 열심히 살고 있어요,
바퀴벌레처럼 순정적으로

시대는 바야흐로 교환의 시대여서 내가 가진 것으로 품을 팔아야 남이 가진 것을 얻어낼 수가 있지요, 나는 무엇을 가졌던가, 무엇을 가졌기에 무엇으로 나를 팔아넘길 수가 있을까, 나는 교환가치도 없고 생산가치도 없고 소비가치도 없는 그리하여 어디 가서도 교환이 안 되는, 교환불능의 순정이라는 자본만을 가진, 한 마리의 저능한 바퀴벌레처럼

나는 열심히 살고 있어요.
되는 대로 날품을 팔면서
팔 것이 없어서 슬픔을 팔면서,
하얀 적십자병원 뜰에
힘없이 서서

자기 피를 팔려고
서성이는 사람들,
어서어서 피를 팔아
국밥 한 그릇 사먹기가 소원인 사람들,
그것조차 아슬아슬 차례가 안 오는
사람들,

그렇게 살고 있어요,
슬픔을 팔아 끼니를 사고
슬픔을 팔아 별빛을 사며
나는 열심히 살고 있어요,
바퀴벌레처럼 굴욕적으로

엘리베이터 문이 닫힐 때

하얀 문이
관뚜껑처럼 닫혀버린다
아직, 얼굴 위에서
미처 미소가 지워지기도 전에,
일방적인 해고통고와도 같이
하얀 문이
관뚜껑처럼
닫혀버린다
아, 아, 안녕… 하고
말을 맺기도 전에,

사랑하는 이여,
이것이 마지막 인사라면
정녕 그럴 수는 없다,
우린 좀더 사랑했어야 하고
우린 좀더 진지한 고통을
나누어야 했지,
사랑하는 이여, 그대와 나,
우린 좀더 불을 통과하는 뜨거운
길들을 함께
다녀보았어야 했다

언젠가 하얀 문이
그렇게 닫혀지고 말겠지,
불가사의하고도 불가항력적인 — 하얀 —
단절이 — 우리의 —
얼굴 위에 수면마스크처럼
조용히 드리워지고,
비단끈으로 된 하얀 망사처럼
보슬보슬한 음악이
엘리베이터 천정 위에서
세뇌라도 하듯이, 자근자근 소근소근
속삭여대겠지,
잊어버려, 이젠 다 끝장이 났어,
잊어버리라구, 낄, 낄, 낄…

사랑하는 이여,
그대와 나, 이것이 마지막 인사라면
정녕 나는 받아들일 수가 없는데
언제나 마지막 문은
그렇게 닫혀지고 마는 법,
언제나 지고 있는 노름패처럼
열쇠도 없다,

열쇠도 없이
그렇게 우리 홀로 승천의 문 안에 갇혀져야 하는가,
그렇게 홀로 갇혀
멍청히 승천의 길로 올라가야 하는가…

감전된 사람

— 李箱의 노래

불행한 피가 있다
불행한 피가 움직인다
불행한 피가 흘러 돌아다닌다

나는 왜 김해경일까,
왜 김이 내 앞에 있을까,
앞으로 앞으로 가려고 할 때마다
왜 김이
내 앞을 자꾸 가로 막을까,
나는 왜 김보다 앞서가지 못했을까

내 앞을 가로막는 것이
선산의 봉분들일 뿐이라고,
씨족의 글자 한 자일 뿐이라고
그까짓 낡은 족보 몇 페이지일
뿐이라고
뿐이라고

뒤도 안 돌아 보고
거침없이 가기 위해서는
사람을 얼마나 죽여야 할까,

사랑하는 사람의 울음소리를
얼마나 귓가에 쟁쟁이 삼켜야 할까,
나는 과연 삼킬 수 있을까,
나는 과연 죽일 수 있을까,

아버지, 어머니, 동생들
아…!…?……!……
신용카드처럼 소식은 오고
일수이자를 받으려고 딸라돈장수 아저씨는
폭력배를 거느리고
찌그러진 대문을 발로 차며
골목을 돌아서 들어오는데

나는 왜 김해경일까,
왜 김이 해경보다 앞서 와 버렸을까.
도저히 분해시킬 수 없는, 착란시킬 수
없는 슬픈 순서처럼
언제나 김은 내 앞을 사사건건
가로 막고 있는데

보지 않기 위해 눈을 파내고

듣지 않기 위해 귀를 자르고
붙들지 않기 위해 두 팔을 버히고
가지 않기 위해 두 다리를 자른다면,
생각지 않기 위해 뇌엽을 절제하고
그립지 않기 위해 심장을 뭉개고,
퍼버린다면
퍼버린다면
핏톨 하나에 이르기까지 남김없이

고압선 전깃줄에 팔다리눈코입 하나 없는
살덩이 하나가 내걸렸으니
저 정육은 누구의 것인가,
타오르면서도 뭉갠 입술 달싹여
어머니
아버지
용서해 주소서
핏기 하나 없는 몽혼 중에도
작자미상의 용서를
구하고 있음이여

누가 나의 슬픔을 놀아주랴

— 공옥진에게

나는 병신입니다
우리는 병신입니다
이 슬픈 몸을 움직여
이 절뚝거리고 비비적대는
우스운 몸뚱이를 움직여
한판 춤을 추다가
서리 맞은 이 목숨이 허, 허, 웃을
진한 춤을 추다가 가야 합니다

어디까지 놀아야
어디까지 놀아야
우리는 가는 것인가

춤이란 뭐냐 하면
곱게 가다듬어서 되는 것이 아니고
오장육부가 움직여줘야
징그럽게 이뻐지는 것입니다,
당신의 오장육부가 건드리는 대로
춤을 추시오,

팔자병신은 팔자병신대로
문둥병신은 문둥병신대로
육갑이 풀리는 대로 춤을 추시오,
뒤엉키는 살아있음의
신명나는 곡선대로—

生卽願이요
生卽怨이니,
여기는 아쟁과 장고가 부르는
미친 살풀이판이요
히, 히—

哭婢

우는 것 이외에는
다른 아무것도 할 줄 몰라
나는 다만 우는 것으로
세상에 취업하였네,
바람이 지나갈 때도
작은 사랑이 두근두근 발밑으로
실핏줄을 풀며 지진처럼 흘러갈 때도
나는 다만 우는 것으로
그 아름다움에 참여하였네,

이숍은 노예였다네,
어쩌면 노예의 눈에만
더 많은 세상이 보이는 건지도 몰라,
슬픔의 인화지야말로 세상에서 가장
현상이 잘되는
인화지라는 것을
이숍을 만든 신이여, 전능하신
그대는 알려 주고 싶었던 건지도 몰라,

우는 것 이외에는
다른 아무것도 할 줄 몰라

나는 다만 우는 것으로
세상에 취업하였네,
말하지 말라, 우는 사람이
비참한 사람이라고는,
말하지 말라, 제발,
나의 불행을
울음으로 축성하는 것이
부도덕한 광기라고는,

신은 태초에 달걀(卵)을 만드셨지,
알 속에 낙원이
낙원 속에 알이 있었으니
신은 미소하며 이곳을 떠나셨지,
그리고 달걀이 어느 날 깨어지면서
우주의 지도가 생기니
그것이 창생의 상처였지,
어제도 오늘도 흐르는 피
오늘도 내일도 떨리는 상처

그 상처의 지도를 인화하기 위하여
나의 몫은 순결하고

나는 오직 울음으로써만
세상에 고용되었나니,

곡비는
장례의 가장 앞에 가고
무덤에서 가장 늦게 내려오는
실낙원의 도배사

슬픔과 놀며

나는 조용히 골방 속에 앉아 있다,
한 사람만 수용된
우주의 고아원처럼
골방은 언제나 힘겹고 쓸쓸하고,
인생이란 오직
내 방문 밖에만 있는 듯
아무래도 조만간 옥사해버릴 것만 같다.

나는 조용히 벽을 바라본다,
벽 위엔 오죽하면
못 하나 박혀 있지 않다,
내 호주머니 속엔 오죽하면
끈 하나 들어 있지 않다,
끈도 없고
못도 없다면
그렇군, 밀교신도처럼, 오직 나에겐
자가발전밖에 남은 것이 없어

무릎을 꿇은 채로 앞으로 쓰러지면
부드러운 무슨 막이 나를 받아
안아주는 것만 같다,

계란껍질 안에 고요히 잠들어 있는
노른자위처럼
누군가 나를 포태하고 있는 것만 같다.

누구에겐 듯 어머니, 어머니, 부르면서
부드러운 양수막을
손길로 만져보면
모든 육체가 잿빛 눈동자로 되어 있다는
아아 그건 슬픔이라는
어머니,
슬픔이 나를 임신하고 있으니

나는 슬픔과 단둘이
오손도손 소꿉놀이를 시작한다.
슬픔에게 어머니, 어머니 부르면서
아가와 엄마가 병원놀이를 하듯이
침대에 엎드린 시늉으로 아프다고
울고 있으면
어머니는 하얀 붕대와 청진기를 가지고 와
의사시늉으로 도란도란 놀아준다.
어디가 아픈가요? 어디가요?

그리고 의사선생님은 약을 준다,
마늘과 쑥을
백일 동안만 복용하라고

나는 조용히 그렇게 견디고 있다,
나 혼자만 수용된
우주의 보육원처럼
골방은 언제나 무섭고 쓸쓸하지만
봉제공장의 여직공처럼
난 그렇게 숨어서
성불하고 싶다,

슬픔의 어머니가 날 임신하였으니
마늘과 쑥을 항용 먹고 있으니

순정만화

폭력만화 섹스만화 요설만화
속에
순정만화 하나
멍청히 꽂혀 있습니다

시를 쓴다고
새벽 세 시까지 엎드려 있는
너는
커피잔만큼 코피를 쏟고도
종이 위에 다시 엎드리는
백치 같은
너는
세상은 온통 관절이 잘못 되었다고
그래서 시를 써서
세상의 관절염을 모조리 고쳐주겠노라고
되뇌는 머리가 살짝 돈
너는
빈혈엔 연애를 하세요
건강에 좋아요
식욕 성욕이 모두 좋게 생긴 의사가 미워
에잇 연애보다는 애연을 하겠소

담배를 한 대 더 피워 무는 한심스런
너는

천추에 씻지 못할 슬픔 때문에
천추에 씻지 못할 사랑 때문에
단 하나 가진 밑천
제 몸뚱이만 괴롭히는
병신 같은
너는
그래도 시 한 줄 못 쓰는
그래도 시 한 줄 안 써지는
천치 같은
너는

공포만화 외설만화 스포츠만화
속에
순정만화 하나
시대착오적으로 수절합니다

글씨의 촛불

수첩 속에는 글씨가 있다,
작고 희미한 글씨가
작고 희미한 글씨 뒤엔
손들이 있다,
어느 날 밤
크고 빛나게 솟구쳐 오르던 삶의 무서움을
견디기 위하여
촛불 아래
글씨를 썼던 손들이,

손들은 꽃을 들고
어두운 거리를 내려가고 있다,
삶의 무서움을
잠그기 위하여,
무섭게 벌어진 심연의
검은 틈을 잠그기 위하여,
꽃들은 어두운 지상 위에
단 하나의
아름다운 여밈단추가 된다

어둡게 벌어져 펄럭이는

하얀 창포꽃잎들의 사이로
단추,
재봉틀,
아니, 아니, 검고 단단한 박쥐 우산살 같은
글씨들은 찢어진 우주를
홀로 깁고 있다,
꿰매고 있다,
한 줄기의 꿈,
지워져야 할 수첩 속의 주소로 가는
한 줄기 금기의 실을 꿰어서,

수첩 속엔 글씨가 있다,
작고 희미한 글씨가,
작고 희미한 글씨 뒤엔
손들이 있다,
제 몸에 달라붙는 악귀들을 쫓기 위해
혼신을 다하여
글씨를 쓰는 사람,
쓰기 위해 귀신을 부르고
살기 위해 귀신을 쫓는 사람의
희고 풍성한 미지의 손들이,

손목은 잘려져 있다, 팔목들에게서,
피가 흐르고
하얗게 반짝이는 차가운 수갑이
피의 연못 속으로 조용히 침강할 때
신을 폭로하는 고요한 미소,
글씨는 그렇게 쓸쓸히 미소 짓고
죽은 체 살아 있다,

글씨는 그렇게 슬프게 반짝이는
나의
영성체

황혼이면

황혼이면
밥상을 부수고 어디론가 떠나가고 싶다던
한 여류작가가
생각나지,
언제부턴가 하루하루란 사는 것이 아니었고
힘껏 견뎌야만 하는
무엇이었지,

푸른 목숨의 그리움
있는 대로 선혈처럼 다 배어나오는
저 미친 하늘
일그러진 얼굴을 원흉처럼 거느린 채

치마폭일랑은 치렁치렁
난파의 깃발처럼 펄럭이며
아아, 머리칼은 욱죄어 묶은 채로
그대로 두고 말까,
괴물의 마수처럼 훨훨 이글거리며
제 슬픔의 똬리를
힘껏 틀고 있으라고,

밤은 모르는 남자로부터 매일 오는
연서처럼
상냥하고도 은밀한 것,
두근거리며 드럼, 드럼, 드럼,
위험하기 때문에 행복한 것인가
행복하기 때문에 위험한 것인가

나는
더 이상 산이 안 보이는
그런 산 위에 서 있고 싶다.

가라, 가서
루마니아 폴카를
피가 저리도록 루마니아 폴카를
추며 잊으며 돌아오지 말까,
음악이 공범이 될 때까지
춤이 정사가 될 때까지

나는 더 이상
절벽이 안 보이는 그런 절벽 위에
춤추는 사람의 마음을 생각하며

오래 서 있었다,
춤을 추지는 않고
별빛이 내내 뼈에 시릴 때까지 —

흰 노트를 사러 가며

외로운 날엔
흰 노트를 사러 갑니다,
소복소복 흰 종이 위에
넋을 묻고 울어야 합니다,

황혼이 무서운 곡조로
저벅저벅 자살미사를 집전하는
우리의 불길한 도회의 지붕 밑을 지나
나는 흰 노트를 사러 갑니다,
면죄부를 잔뜩 사는
탐욕스런 노파처럼
나는 흰 노트를 무섭도록 많이 삽니다,

간호부 — 수녀 — 어머니 —
흰 노트는 피에 젖은 나의 정수리를
자기의 가슴으로 자애롭게 껴안고
하얀 붕대로 환부를 감아주듯
조심조심 물어봅니다,
고독이 두렵지 않다면
너는 과연 무엇이 두려운가,
무엇이 고통스러운가고

세상에는 너무나 무능하여
성스럽게 보이는 것도 있는 법입니다,
무능한 순정으로
무능한 순정으로
흰 노트는 나를 위해
정말 몸을 바칩니다,

외로운 날엔
흰 노트를 사러 갑니다,
미칠 듯한 순정으로
미칠 듯한 순정으로
또박또박 흰 종이 위에
나는 또 내 슬픔의 새끼들을 수북이 낳아야 합니다

때문에 왕국

사람들이 모두 조금씩 이상해진다,
사람들이 모두 조금씩 이상하기 때문에
나도 조금씩 이상해지고,
이상한 것이 정상한 것이기 때문에
모든 것이 시대 탓이기 때문에
왕이 음주운전을 했기 때문에
너 때문에 너 때문에 바로 너 때문에

나는 스물세 살에 미국유학을 가려고 했는데
어머니 때문에, 아버지 때문에, 동생들 때문에 가지 못했지
그리고 서른세 살엔 인도여행을 가게 되었는데
완고한 남편과 갓난동이 자식 때문에
성당이 보이는 제2한강교 다리 위에서
서류와 여권을 찢어서 버렸다,
때문에 때문에 때문에가
언제나 있었고
때문에 때문에 때문에가 언제나 있었기 때문에
나는 자꾸만 수족마비의 수렁 속으로
빠져들게 되었지

이것을 하려고 해도 무엇 때문에

안 되었고
저것을 하려고 해도 또 다른 무엇
때문에 되지 않았기
때문에
나는 늘상 날갯죽지 상처로 불행하였고
나는 늘상 피해망상으로 우울하였지

우울하였기 때문에
나의 삶은 습진에 걸렸고
습진에 걸렸기 때문에
난 누굴 가까이 사랑할 수가 없었으며
사랑할 수가 없었기 때문에
사랑받을 수도 없었고
습진 때문에
우울 때문에
곰팡이 꽃 때문에

그러나 그 〈때문에〉 속에 숨은 오묘한
이치를 터득하였기 때문에
나의 불행은 갑자기 우회전을 하였기 때문에
나는 갑자기 편안해졌으며

〈때문에〉 속에 숨은 오묘한 법요
때문에

나는 그저 전신마비로 심신이 편해질 수 있었다
이것 때문에 저것을 할 수 없고
저것 때문에 이것을 할 수 없으니
그렇기 때문에
심신이 편하고
저것도 이것도 어차피
안 하느니만 못한 일이기 때문에
공든 탑은 무너지는 것이기 때문에
천 리 길은 한걸음으로는 못 가는 것이기
때문에

때문에와 때문에 사이엔
아무 희망이나 억지가 필요 없기
때문에
모든 것은 64괘 속에 다 들어 있기 때문에
우린 그저 풍선껌이나 불면서
아리랑 아리랑 아라리요 구경이나 하고
있으면 되기 때문에

해가 뜨면 해가 질 것이고
해가 지면 잠이 올 것이기 때문에
(어찌 不亦樂乎아?)

근심을 주신 하느님께

하느님 감사합니다,
나에게 이토록 많은 근심을 주셔서

하늘은 넓고 갈 길은 막막한데
이토록 자잘한 근심들이 없다면
나는 무엇으로 아침을 시작하며
무엇으로 밤을 마감할 수 있을까요
근심이야말로 분명한 행선지
삶의 공허 앞에 비석처럼 세워진
확실하고도 고마운 하나씩의 이정표

세상은 광막하고 시대는 혼란스러운데
나에겐 자잘한 근심들이 있으니
이 얼마나 다행한 일인가요,
취직걱정 건강걱정 자식걱정에 반찬걱정
주택부금 상호부금 월부책값에 세금걱정
연탄가스 주의보와 동파된 하수구걱정,
시어머님 생활비와 친정아버지 병원비와

이 조그만 근심들이 있어서
난 우주가 막막하게 텅 빈 낯선 것이 아니고

쌀독처럼 친숙한 것이며,
밑도 끝도 없는 적막강산이 아니라
한없이 체온으로 정든
내 헌옷 같은 생각이 들어요,
근심이야말로 정다운 여인숙
그것조차 없다면 삶은 정말 매달릴
것이 없는 백골산의 단애와 같아요

작고 미소한 근심들이여
너는 위대합니다,
너야말로 나를 삶에 꽉 매달리게 하는
지푸라기이며,
허무의 양손이 우리 상처의 아가리를
끔찍하고도 냉혹하게
옆을 찢어 벌려
그 속으로 죽음 같은 극약을 부어넣으려고 할 때
넌 작지만 완강한 손끝으로
상처의 벌어진 틈을 재빨리 오므려 주는
전천후의 자동단추와도 같습니다,
그리하여 우린 잽싸게 그 깊은 허무 속의
막막한 무서움을 잊어버리고

일심으로 근심에만 집착하면서
다시 살 길을 재촉합니다,

25시도 지난 지금
우리는 갈 곳도 없는데
하느님 감사합니다,
나에게 그토록 많은 근심을 주셔서,
그 시간이 올 때까지
그 시간이 올 때까지
그 시간을 잊어버리도록
더 많고 자잘한 근심들을 주소서,
길 없는 길을 가기 위하여
문 없는 문을 열기 위하여

마담 X를 위한 발라드

서사시가 될 수 없는 사람들이 있네
서정시가 될 수 없는 여인들도 있네
모노그람 같은 생활의 표지만 한 장 있는
책처럼
한결같이 단조롭고 지루하면서도
한없이 뒤적거려 너덜거리는
독백시와도 같이 긴 이야기

그녀는 먹다만 식탁을 치우네,
흐트러진 접시들과 내던져진 수저들이
급히 뛰어나간 가족들의
그림자를 전해주네,
그녀는 거품통 속에 두 손을 넣고
더럽혀진 식기들을 말끔히 닦아놓지,
그녀의 앙상한 머리카락은
마치 회색 재와도 같이 연기처럼 창백하고
시간의 선이 돌 속의 금처럼
햇빛 아래 자잘히 드러나면
그녀는 가죽가면 같은 슬픔의 얼굴을
뒤집어쓰고
먼지떨이로 온 집안의 먼지들을 결사적으로

내몰고 있지,
말해다오 먼지는 어디서부터 시작되는지를
말해다오
먼지와 싸우는 먼지 같은 이 싸움은 언제
그칠 것인지를

그녀는 어둠침침한 세탁실로 들어가지
세탁통 속에 물과 가루비누를 붓고
정확히 계량컵의 눈금에 맞춰
표백제도 함께 넣지,
남편의 옷과 아이들의 옷과 그녀의 옷들이
세탁기 속에서 빙글빙글 회전할 때
그녀는 남편의 팔이 아이들의 다리가
모가지에 감겨오는 듯한 간지러움을 느끼고 미소하지,
우리들이 완전히 한곳에 있는 것은
이때뿐이거든, 완전한 결혼,
그녀는 미소를 지으며 그 완전한 결혼의
소용돌이치는 동그라미를 바라보고 있네,
흰옷은 더욱 희고 색깔옷은 선명하게*

---

* 산소계 표백제 ○○○의 신문 광고 문구

아름다워지고 있는 동안
그녀는 몽롱하게 침례의식을 연상하면서
희미한 세탁실 벽에 등을 기대고 서 있지

외출을 하는 그녀
커다란 슈퍼마켓 낯선 사람들 속에서
물건을 고르는 그녀
사진관 앞에서 잠시 남의 가족사진을
자세히 들여다보는 그녀,
오늘은 무엇을 기다릴까
내일은 무엇을 기다리며
또 다른 날들이 오고 또 다른 날들이
갈지라도
가망 없는 소망의 기나긴 행렬
그녀는 모르는 사람들과 함께 서서
파랑불이 켜지면 얼른 길을 건너지,

전기오븐 속의 밀가루반죽처럼
오후는 나른하게 부풀어 오르고
고도
아니면 허공의 면적같이

그녀는 우주공간의 투명성을 간직한 채로
조용히 자기 자리에 앉아 있네,
헌 의자나 장롱처럼
붙박이 거울처럼
어쩌면 그리도 잘 그녀는 앉아 있네,

禪 같은 게으름
禪 같은 몽롱함 사이로
그녀는 자꾸만 무슨 소리를 듣지,
손톱발톱 자라나는 소리 머리카락 길어
지는 소리 내장 속의 분비물들 움직이는 소리
하얀 소멸이 각설탕처럼 바스락대는 소리
슬픔의 분말이 화산재처럼 얼굴 위에 내려앉는 소리
이들 소리는
그녀의 만다라가 움직이는 소리들

구원처럼 저녁이 오고
식구들이 오고
목 잘린 꽃들은 화병 속에
따 놓은 사과는 쟁반 속에
식탁 위의 촛불은 켜졌다가 꺼지고

그녀는 혼자만 아주 늦게까지 저녁을 먹지,
천천히, 아주 천천히,
이 세상의 모래알을 다 세고야 말겠다는 듯이,
그리고 어둠 속에서 조용히 벽을 바라보며 혼잣말을 하네,
아무래도 맹장수술을 받아야겠어,
너무나도 아무데도 아픈 데가 없거든

녹음 안 된 빈 음반을
축음기에 걸어놓고
하루가 가고 있네,
하얀 종이 위에 하얀 연필로 글씨를 쓰며
그녀가 가고 있네,
어둠 속에 어둠이
물속에 물방울이
하얀 종이 위에
하얀 글씨가
그녀가,
시간이,
한 사람의 인간의 일생이

야뇨증의 여자

잠 속에서 나는 가끔씩 아주 심한
요의를 느낀다
나무간살막이가 된 창 속에
하얀 여자가
얼굴을 비틀고 체포된 파랑새처럼 서 있고
여자의 얼굴은 기억처럼 아픔처럼
눈물로 젖어 황폐하게 빛난다,
모이그릇 속엔 시든 모이,
좁쌀 한 움큼과 시든 시금치,

시든 시금치의 입술은
가위로 오려 만든 우단 헝겊꽃처럼
물기가 빠져 바삭거리고,
누군가 새장 문 걸어 잠그는 소리,
새장 열쇠를 어느 깊은 고분 속에다
묻어버리는 소리,
잘려진 죽지엔 욕망마저 없고
시든 모이접시 속엔
동에서 떠서 서쪽으로 지는 해의
분명한 발자취,
물시계 위엔 물이 말랐고

시계풀 반지는 시들었는가,

어디선가 신혼부부의 새집들을 짓는지
신축공사장에선
덜 마른 시멘트 냄새가 축축하게 풍겨오고
왜 나는 축축한 시멘트 냄새를 맡으면
에드거 앨런 포
그 검은 고양이를 생각하는 것일까.
아내를 죽인 남자,
시멘트 삽을 들고 지하실 벽에
꽃 같은 아내의 시체를 매장하는 남자,
사랑을 죽음으로 도배하는 남자,
추모의 촛불을 꽃병 속에 담아
밤마다 지하실 계단을 내려가는 남자,

세상의 모든 남자들은
지하실 벽을 두드리는 듯한
검은 고양이 울음소리를 조금씩 두려워하지,
모든 집 속엔
아내를 매장한 지하서랍이 있고
그 속에서 잠든 듯이 순교하며 살아가는

하얀 얼굴의 착한 여자들,

잠 속에서 나는 가끔씩 아주 무시무시한
방뇨를 하네,
방뇨의 홍수 앞에
지하묘지의 탑들은 모두 무너지고
금단의 벽들이 행복하게 수몰될 때
나는 금색 찬란한 행복을 느끼고
시든 입술로 다시 잠드네,

축축한 스펀지 요는 나의 뗏목,
나는 파도처럼 솟구치는 뗏목을 타고
꿈으로 가는 여권을 힘껏 흔들면서
바다로 나가지,
백경을 잡으려고…
죽어도 잊지 못할 첫사랑 같은
아아 하얀 백경을 잡으려고

양수리에 가서

가을이면
양수리에 닿고 싶어라
가을보다 늦게 도착했을지라도
양수리에 가면
가을보다 먼저
물과 물이 만나는 것을
볼 수 있으니

가장 차갑고
가장 순결한
물과 물이 만나
그저 뼈끝까지 가난하기만 한
물과 물이 만나
외로운 이불 서로 덮어주며
서러운 따스함 하나를 이루어
다둑다둑
흘러가는 것을 볼 수 있으니

가난한 것을
왜 그저 외롭다고만 하랴
외로운 것을

왜 그저 서럽다고만 하랴

양수리에 가면
가을보다 늦게 도착했을지라도
가을보다 먼저
물과 물이 만나는 것을
볼 수 있으니
헐벗은 가을나무들
제 유언을 풀듯
조용히 물그림자 비추어
스스로 깊어지는 혼자 외로움
거울같이 전신으로 대면하고 있으니

가을이면
양수리에 가고 싶어라
어디선가 나뉘었던
물과 물이 합하여
물빛 가을이불 더욱 풍성해지고
가을나무 물그림자
마침내 이불 덮어 추위롭지 않으니

홀로 서 있다 하여
어찌 외롭다 하랴
하늘 아래 헐벗었다 하여
어찌 가난하다고만 하랴

어떻게 밖으로 나갈까

5

- 붙들린 여자
- 꿈과 상처
- 유목을 위하여 · 1 —
  누군가 토끼를 몰고 있다
- 유목을 위하여 · 2 — 길의 파시즘
- 유목을 위하여 · 5 — 줄어드는 나
- 유목을 위하여 · 6 —
  상복을 입은 나비
- 유목을 위하여 · 7 — 라파라파
- 울부짖음
- 시작을 위한 난생설화
- 토끼와 주민등록증
- 창문을 닫고 블라인드를 내리고
  커튼을 치고 이불 속에 누워봐도
- 넝마의 운율
- 부패, 농담, 허무
- 벽지 바꾸는 시대
- 뻐꾸기 둥지를 못 날아간 새
- 나는 쇼핑한다 고로
  나는 존재한다
- 떠도는 환유 · 2
- 떠도는 환유 · 5 —
  무어라고 불러야 좋을까
- 하늘빛 달걀
- 딸꾹질
- 진주 기르기 · 1
- 응시

어떻게 밖으로 나갈까

붙들린 여자

원고는 안 써지고
안 써지는 원고를 쓴다고
학교에서 막 돌아온 딸과 어린 아들을
외갓집으로 내쫓고
북한산이 바라보이는
이층 공부방에 앉아 하염없이 바깥을
내다본다.
어떻게 내가 나를 좀 나가볼 수는
없을까???
누가 잠가 놓은 문인지
나는 안 열리고
외출하고 싶어! 아아, 나는, 한 번만,
외출하고 싶어!
유리창 밖의 아름다운 구름을 멍하니
바라본다. (구름은 미칠 듯이 아름답다)

친구여, 나 너에게 전화를 했지
(나처럼 게으른 인간이 어떻게 다이얼을
돌렸을까) 꿈처럼 생각이 안 나고

너는 집에 없었어.
아마도 텅 빈 네 아파트를 윙윙 울려댈
전화벨 소리는, 너를 울리지 못하고
되돌아와, 두통으로 꽉 찬 내 두개골을
나치의 가죽채찍처럼 후려대고 있었고
거미줄을 지키고 앉은 거미가
답답하고 배고프면 무엇 하는 줄 아니?
자기 몸을 좀 열어 보려고
자기 몸을 뜯어먹어 본다는구나, 글쎄

회충도 녹아버렸을
이 캄캄한 몸

꿈과 상처

나대로 살고 싶다
나대로 살고 싶다
어린 시절 그것은 꿈이었는데

나대로 살 수밖에 없다
나대로 살 수밖에 없다
나이 드니 그것은 절망이구나

유목을 위하여 · 1

— 누군가 토끼를 몰고 있다

누군가 토끼를 몰고 있다,
나는 신문을 던져버린다,
누군가 토끼를 몰고 있다,
나는 TV를 꺼버린다,
신문도 안 보고 TV도 꺼버린다면
나에겐 정말 할 일이 없어진 기분이다,
아이들에게 공부나 좀 하라고
잔소리나 퍼붓는 일밖에는.
(나도 토끼를 몰고 있다. 나 같은 토끼에게 또 몰릴 토끼가 있다는 게 먹이사슬의 이해할 수 없는 변주 같지만)

어느 사이엔가
우리는
누군지 모를 토끼를 몰고 있는
몰이꾼이거나
누군지 모를 토끼에게 몰리고 있는
몰리는 토끼이거나 하는 것이다
(十三人의兒孩는무서운兒孩와무서워하는兒孩와그렇게뿐이모였소. 〈다른事情은없는것이차라리나았소〉) 처럼
지평의 속도 위에서는
단지 몰리는 불안과 모든 갈증이

있을 뿐,
그리하여 멈출 수 없는
파시스트적 질주만이 있을 뿐

누군가 오늘도 토끼를 몰고 있다,
몰리는 토끼는 모는 토끼가 되고
모는 토끼는 또 몰리는 토끼가 되는
알 수 없는 공포의 수동태적 빙빙거림 속에서
밖으로 나가려는 토끼는
어디로 빠져나가야 하나?
몰리는 토끼로 살고 싶지 않은 그만치
모는 토끼로도 살고 싶지 않은
그는
어디로부터 욕망의 회로를 끊어
이 무서운 지평의 마수를 빠져나가는 구멍을
발견할(만들어낼) 것인가?

신문 속의 진저리나는 특호활자가
TV 속의 위장된 뉴스특보가
백화점의 바겐세일 광고가

세금고지서 미납자동차세 독촉증서가
점점 떨어지는 아이의 성적표가
더욱더 대담해지는 여성지의 욕망들이
우리로 하여금 그것에 복종하게 하고,
우리들을 지배하고 착취하는
그것을
더욱더 욕구하게끔 몰고 있지 않은가?

불쌍한 토끼는
지붕 위에 올라가 울고 있다,
울면서 피우는 하얀 담배연기는
화장터의 무슨 손수건 같기도 하고
도주를 도와달라고
먼 곳으로 보내는
하나의 봉화의 애소 같기도 하다.

유목을 위하여 · 2

— 길의 파시즘

내가 길을 가는 것이 아니라
길이 나를 가고 있다,
배차시간이 촉박하여
사람을 치어죽여도 모르고 질주한다는
저 무서운
시내버스 아저씨처럼
우리에게도 혹시 촉박한 배차시간이
이미 나름대로 매겨져 있어서인지도 모른다,

흉악한 질주
누가 나 때문에 치어죽었다 해도
무슨 큰 의미가 있겠는가,
배차시간에 쫓겨서
다만 서로 그러는 것뿐이니

전생과 내세가 없어져서인지도
모른다는 생각을 한다.
현세만 가지고
배차쪽지를 배당해 나누어주고 있으니
이 작은 길은 너무 좁고
이 좁은 길은 너무 붐비는 것이다,

현세의 담 밖으로
지금의 담 밖으로
이곳의 담 밖으로
나를 이륙시키는 마음,

전생의 이름으로
내세의 이름으로
현세의 담을 터서(생의 탈영토화)
느리게 한없이 느리게
길의 파시즘을 표류시키는 마음,

유리관 속의 탈지면 위에 표본된
아름다운 나비의 가슴에 꽂힌
제도의 황금핀을 뽑고서 …

유목을 위하여 · 5
— 줄어드는 나

나는 점점 줄어든다,
어제 입었던 옷이 헐렁거린다,
나는 늘 줄어든다,
어제 살았던 괄호가
오늘은 너무 커서
허수아비 누더기처럼 펄렁거린다

내가 줄어드는 그만큼
세상은 늘 넓어져 간다,
나는 늘 보잘것없이 줄어들고
세상은 점령지가 늘 그렇게
늘어만 가는 것이다,
(그러니까 나는 세계의 내면화에
실패했다는 것이 아닌가?
릴케는 내면 말고는 어느 곳에도
세상은 없노니 … 라고
말했는데)

나날이 줄어드느라
입을 옷이 없어진다,
대학 때 입던 옷은
곡두귀신이 뒤집어쓰는 푸새자루처럼

제일 헐렁하고
여학교 때 입던 옷
국민학교 일 학년 때 입던 옷도
적어도 지금의 나보다는 컸던 것이다
(역사 이래로 이렇게 좁은 절망의 궁지만이
자신의 유일한 둥지인
그런 동물이 있었는지 없었는지)

강보에 싸여있던 배냇저고리의
영토 속으로 들어가 본다,
아무것도 가리지 못했던
배꼽만 한 옷,
바람과 비눗방울의 영혼들과
짝을 이룬 포근포근한
숨결,
나에서 당신으로의 한이 없는
따스한 향기,

봄 여름 가을 겨울
나는 누더기들을 버린다,
봄 여름 가을 겨울

누더기를 버리는 날은
누더기 같은 온갖 나를 버리고 싶은 날이다,
봄 여름 가을 겨울
누더기 같은 나를 버리는 날은
나를 점령하고 있는 세상의
피억류자들을 풀어버리고
저기 저 날아가는 나비,
구름처럼 사라지는
장미꽃 위의 이슬 속으로
가벼이 아주 가벼이
작게 아주 작게 환생하고 싶은
끝나지 않은 꿈 때문인지도 모른다.

유목을 위하여 · 6

— 상복을 입은 나비

하얀 배추흰나비 한 마리가
개집 지붕 위로
고요히 날아간다,
루키는 놀라서 멍멍 짖어본다,
멍멍 짖다가 도둑 같은 건 아니군
하는 듯
앞발을 들고
허공에 반원을 그리면서
그것을 잡아보려고 한다,
아마 먹을 것인 줄 알고
잡아먹으려고 하는 것인가…?
끈에 묶인 루키의 앞발이
허공중에 잠시 멈춰
미세하게 떨고 있다,
(짐승의 앞발이 그만큼 대지에서
멀리 떨어진 것을
나는 처음 보았다)

눈부신 햇살 속에서
멍멍하게 깨어난 나는
방금 무언가 경이로운 것을 본 것 같다,

루키야, 너는 지금 도를
행한 것이다,
아름다운 무한에 닿으려고 할 때
우리는 그런 난생 처음 해보는
무상의 무용에
잠시 자신의 모든 것을 고요히 내맡기게
되는 것이다,
(나비 한 마리보다 더 큰
도둑이 어디 있으리)

그런 때 우리는 말뚝을 잊어버린다,
중력의 말뚝,
무거운 땅 속으로 우리를 캄캄하게
끌어당기는
뿌리혹박테리아처럼 주렁주렁 매달리는
죽음의 인력을
우리는 잠시 잊어버리며
네 옆에 놓인 밥그릇과
모가지의 패찰과 쇠사슬들을
고요히 놓아주고 만다,

하얀 배추흰나비 한 마리가 날아간다,
이런 아름다운 나비가
우리의 생 속에 있는 것은
가두어진 담을 허물고
바깥으로 나가는 길이 어디엔가 있음을
암시하는 것이다,
신이 너를 바깥에서
무한히 들어올려 주려고
기다리고 있는 것이다,

하루 속에
하늘을 누각하는 나비,
막힌 창호를 뚫고
나를 구명하려고
번쩍이는 깜박이는
조용한 대형나비들

유목을 위하여 · 7
— 라파라파

말레이 사람들은 대부분 나비를
쿠푸쿠푸나 라파라파라고
부른다고 하네.
나는 라파라파가 좋아.
무언가 음악처럼 생생한 움직임이
바람 속에 팔락이는
무한의 악보가 그려진 날갯짓이
미소처럼 느껴지지,
두 조각으로 나뉘어진
날것 그대로의 생명,
녹색이 많이 묻은 화려한 무용

쿠푸쿠푸는 무언가 기침하는 것 같은
느낌을 주지,
다리 부러진 탈주병이
감기에 걸려 기침하다가
각혈에 이른 것 같은, 그런
패주의 고통스러운 호흡곤란을
쿠푸쿠푸는 가지고 있네,

난 라파라파가 좋아

바깥으로 나가려는 격렬한 욕망과
안으로 가두어두려는
지평의 마수적 욕망 사이에서도
라파라파는 절름거리지 않지,
라파라파는 나처럼 질질 끌려 다니지도 않아,
라파라파는
부드러운 탈주이면서
물과 풀만 있으면 행복한 채로
어디로든 떠돌아다니는
그런 유목의 무상한 숨결을
지녔네,

라파라파
우리는 어찌하여 열차의 선로 같은
삶을 택하였는지,
(선로 위에서는 가든가 아니면
멈추든가,
두 가지의 생사밖에는 없으니)
(선로이탈, 그런 것도 있긴
있으나)
생활이 생각의 열차라면

우리는 칸칸이 끊어진 열차를
매달고 가는 (어디까지?)
부서진 골절상의 행진에 지나지 않는지도
모른다,

라파라파,
안에서 바깥으로 나가려는
신비스런 갈망에 대한 상형문자,
라파라파
너는 무엇보다도
빛나는 변신의 능동태가 아니냐?

능·동·태·로·숨·쉬·기!

울부짖음

최대다수의 최대행복
이런 말을 난 우울하게 바라보았다.
그렇지, 현대적인 너무나도 현대적인
H백화점에 가면
지하 2층 음악분수 광장에서부터
지상 6층에 이르기까지
최대다수의 최대행복을 위해
없는 것이 없이 다 있었다.
행복의 합리성을 완벽하게(상업적으로)
증거하고 있는
그 숨 막히는 공간이 나는 싫었지만

부글부글 끓어 넘치는
행복의 거품들을 피한다는 것이
자동 에스컬레이터에 자꾸 떠밀려
지상 6층으로 자연 올라가게 되었다.

모피가게와 벨지움산 양탄자, 첨단 테크노피아,
악기상점 옆에 문학 코너가 있고
(문학 코너라니? 문학이 코너로 될 일이야?)
베스트셀러 시집들이

스낵 코너 진열창에 내놓인 김밥이나 국수 모형처럼
팔리기를 기다리며
앉아 있다.
고급 패션과 최첨단 헤어아트로 꾸민
초현실 미래파 같은
젊은 여자들이
소유와 소비 사이로 유유히 지나가고
아, 이 도시에선
문학조차도 애완용 문학으로 보인다.
아니아니, 애완용 문학이 되어야 할 것 같다.
애완용 문학이 안 되면 안 될 것 같다.

최대다수의 최대행복에 떠밀려
급행 에스컬레이터에 압송된 채
굿바이 미스터 오웰!
굿바이 미스터 살리에리!
굿바이 미스(미시즈) 캔디다!

우두둑 나는 실족사처럼 지하 3층
주차장으로 찌그러져 떨어진다.
나에게로 가는 귀향.

평화일기 · 2

가출을 할까
출가를 할까
이것은 나의 영원한 테마이다.
누군가도 그러하리라.
가출을 하든지
출가를 하든지
어딘가에 평화를 구하러 가고 싶은 심정으로
밤은 저문다.

신촌로터리에서 지하철 구멍 속으로 들어가면
삼 분 자동칼라 사진실이 있지.
시든 베이지색 커튼을 밀치고
들어가면
관 속같이 하얀 네모난 방.
나는 주섬주섬 주머니 속의 동전들을
모조리 꺼내놓고
일금 이천오백 원이 될 때까지
동전을 고백처럼 밀어 넣으며
플래시가 번쩍 하는 동안의
그 작은 재회를 사고 싶다.

동전이 찰칵찰칵 들어가 액수가 차면
관 속의 실내등은 저절로 꺼지고
어둠 속에 갇힌 채로
웃을까 말까 망설이는 동안
나의 인생은 그 일 초 동안의
찬란한 자동 마그네슘 불꽃 안에
영원한 우주의 중심으로 환생하게 된다.

따끈따끈 인화되어 나오는
나의 사진을 기다리며
나는 지하철 정류장을 오고가는 수많은
사람들을
바라본다.
모두다 어딘가로 떠나고 있고
모두다 어딘가로 닿고 싶은 사람들.

자동칼라 사진실의 출납창구 아래로
내 사진이 덜컥하고 완성되어 떨어질 때
나는 행복하다.

어제보다 더 늙었다든지
점점 더 괴상한 추녀가 되어간다고 해도
(추함만큼 우리에게 일상적인 게 또 있으랴)
나는 정말 관심이 없다.
다만 나는 나와 만나는
그 짧은 순간의 영원. 어머니. 자궁.
고향 같은 따스한 어둠을 기억할 뿐.
아무도 이제 내가 안 보인다고
말하지는 못하겠지.

나처럼
자기 스스로와 면회하고 싶은 객지의 사람들이
먼 길을 걸어와
관 같은 자동사진실 근처를
어슬렁거리고 있다.
호적이 없는 부랑자들처럼
니코틴에 물든 입술이 파랗다.

평화일기 · 4

모두들 나에게 숙제를 내주고 있다.
이별하는 사람은 이별의 숙제를
미워하는 사람은
미움의 숙제를
사랑하는 사람은
사랑의 숙제를.

아버지 약이 떨어졌는데 내일은 꼭
다시 … 내일까지 …
… (엄마는 말을 잇지 못한다)
창밖으로 새들이 날아가는데
나는 수화기를 든 채로
저 새는 무슨 숙제가 남아
밤길을 저리 급히 날아가야 하나 …
바람도 구름도 피어나는 꽃도
요즈음 나에겐 꼭 업보적으로 보인다.
전생의 무슨 숙제가 남아
여기 이 자리로 꼭 와야 했다는 듯이.

사랑. 사랑을 생각하면
정다운 지붕도 따스한 밥상도 생각나지 않고

내 복부를 흘러가고 있는
제왕절개 수술자국이 생각난다.
화상 입은 듯한, 다림질한 듯한
상처의 메마른 흉터 속으론
언제나 은하수 같은 아픔의 사연이
반짝반짝
우주의 서정시를 쓰고 있다.

나는 다만 엎드려 서사적으로 숙제를 한다.
죽은 듯이 엎드려 숙제를 하고 있는
나는
그러나 아마 몹시 행복하다고 해야 하리라.
숙제를 하고 있는 동안만은
아무리 바닥에서일망정
화사 구렁이처럼
칭칭 인생을 붙잡고 있는 느낌이 든다.

뚝뚝 애원하며
타오르는 촛불같이
분노와 연민으로 희게 질린
양초같이 …

평화일기 · 5

팝콘을 만드는 오후시간이면
난 아마 질리도록 지루하다고 해야 하리라.
동쪽의 지평선에서부터
서쪽의 지평선에 이르기까지
꽉 차 있는 빨래 같은 하늘 한 벌.
어느 실업의 대낮에
캄캄한 극장의 후문으로 걸어나왔을 때
햇빛은 무수한 살육의 바늘처럼
동시다발적으로 내 온몸을 찌르고 있었지.
히로시마 직후처럼
고요한 파산.

'냄비 또는 깊이가 있는 요리용 그릇(특히 코팅이 되어 있는 냄비)을 바닥에 맛소금 T스푼 1/2과 쇼트닝 또는 식용유(약 1/4컵)로 채우십시오.'

나는 커다란 튀김냄비를 꺼내 가스레인지의 불꽃을 최고치로 높인 후 마가린을 듬뿍듬뿍 던져 넣는다. 마가린은 부들부들 떨다가 희게 머리를 풀어헤치고 조용히 숨을 거둔다.

'식용유에서 김이 날 때까지 가열하다가 두 알의 시험용 팝콘을 넣어 펑펑 튈 때까지 가열하십시오.'

지시에 순응하여 나는 시험용 팝콘 두 알을 뜨겁게 달궈진 냄비 속으로 집어 던진다. 13월의 죽음처럼 단단한 옥수수알이 백옥 같은 미소를 피우며 펑펑 만개한다. 훨훨 부화한다. 서울의 지붕 밑에 반짝이는 나비들을 더욱 점화하기 위하여 →

'팝콘 낟알 1개 깊이로 바닥을 채우시고 팝콘 약 1/3컵 정도 부으시고 저어주거나 흔들어 주십시오.'

급히 옥수수봉지를 뒤집어 냄비 속에 부은 다음 투명뚜껑을 꽉 닫고 난 조용히 요리의 세계를 들여다본다. 요리책의 지시대로 요리하는 즐거움을 평화라고 부른 건 여류작가 김지원이었지. 책임질 필요가 없으니 행복하다고. 투명유리의 뚜껑에 온몸을 부딪치며 하얀 꽃 같은 팝콘이 백화만발로 일어서는 것이 보인다. 온누리 사랑 같다. 성불 같다. 해방 같다.

'튀는 것이 완료될 때까지 흔드신 후 가열을 중단하십시오.'

뚜껑을 열고 나는 에테르처럼 가벼운
따끈한 팝콘 꽃송이들을, 꽃다발들을
주걱으로 휘휘 저어
커다란 푸른 칠 쟁반에 퍼 담기 시작한다.
탐스런 꽃잎들의 달콤한 냄새 속으로
분홍빛 부력을 지닌 연등행렬이
부처님 오신 날처럼
둥둥 스쳐간다.

커다란 냄비 맨 밑바닥엔
기어이 팝콘이 못 된 옥수수 몇 알이
우울한 표정으로 나를 바라보고
있다.
나른한 오후의 깊은 시간 속으로
그의 절망과 나의 절망은
사악한 밀애처럼
잠시 얽힌다.

뜨거운 숨결을 식히려고
고개를 들면
빨래 같은 서울의 한 벌 하늘 속으로
나의 혜초 일기가
다큐멘터리 버섯구름처럼 둥둥 떠간다.
아아, 내일은 꼭 비가 왔으면!

연탄재를 바라보며

하얀 연탄재가
인사라도 하는 듯
몸을 웅크리고 서 있는 골목길을 지나며
난 늘 부끄럽다.

너, 그렇게, 열심히 살았구나.
하얀 뼈가 다 타오르도록.

동해물과 백두산이 … 어쩌고저쩌고
하는 사람보다
응달진 골목길에 내버려진
네가 항시 부끄러워

나 고요히 머리를 숙이고
네 창백한 살결 한 번
쓸어보고 싶어. 살아생전 구하지 못했던
내가 그대에게
마치, 옛사랑, 용서받기를 차마 청하려는 것처럼.

나혜석 콤플렉스

친구여, 나에겐 그런 두려움이 있다네,
저녁을 잘 먹고
실내악이 흐르는 유리창 앞에 고양이처럼 앉아
어둠이 글썽글썽
창문을 두드리는 시간이 오면
어디선가 아직 잠들지 못한 바람이 있어
풍선처럼 고요히
내 몸을 내가 찌르는
하얀 바늘의 살육의 느낌 같은 것,
풍선 속의 바람은
고요히 스르르
마치, 아무 일도 아니라는 듯,
간단히 숨을 거두고
부네탈과 미얄탈 같은 것들이
벽 위에서 휴지처럼
구겨져 떨어지는 가벼운 시간

친구여, 세상엔 그런 여인들이 있었다고 하지,
가면을 벗어 조용히 응접실 탁자 위
가족사진 옆에 포개어 놓고
나의 시간도 아니고

너의 시간도 아닌
'가정의 날'이라는 영원한 半空日 같은
어정쩡한 주부의 직업을 닫고
에미는 선각자였느니라—
추운 겨울날
다리를 건너간 여인들이 있었다고 하지

여인에겐 원래 횡단공포증 같은 것이 있어서
다리를 건널 땐 어지럽고 무서워
아버지나 남편의 팔짱을 끼고 걷는 것인데
추운 겨울날,
홀로 다리를 건너간 여인들이 있었지,
부네와 미얄탈이 걸려진
실내악의 방을 나와
다리를 건너
피안으로 홀로 가는 여인들을 보여주지,
사자와 고양이는 똑같이 고양잇과에 속한
맹금류의 동족인 것을,
여인들은 머리칼 위에 빛나는 야성의
화관을 쓰고
조용히 슬픈 선각의 사자후를 남겼네.

에미는 선각자였느니라 — 고

그리고 나혜석은 거리에서 죽었어,
행려병자가 되어 쓰러지면서
그녀는 원시림 같은, 처녀림 같은,
산소용접으로 튀는 파란 불꽃 같은
쓰러지는 두 눈은 어둠 속에서 정녕
아름다웠지,
여자는 三界에 집이 없어
아버지의 집도
남편의 집도
아들의 집도
여자의 집은 아니어서

친구여, 나에겐 그런 예감이 있다네,
나혜석은 죽어서도 옳게 묻히지 못하여
구천을 떠돌다가
이제 나에게로 와서
내 가슴을 위패삼아 머물고 있으니
나 또한 미신처럼
그녀의 神位를 비밀히 모시고 있으니

여자는
왜
자신의 집을 짓기 위하여
자신을 천지사방 찢어버리지 않으면 안 되는가,
검정나비처럼 흰나비처럼
여자는 왜
자신의 집을 짓기 위하여선
항상 비명횡사를 생각해야 하는가

실비아 플라스

너는 어디에선가
오늘 새벽에도 또 죽고 있겠지,
고운 머리칼의 딸들과
아직 우유병을 빨고 있는
네 귀여운 아들을 이층 침대방에 잠재우고
살금살금 아래층으로 내려와
도둑고양이처럼
지하실 계단을 밟고

원, 세상에, 간밤에 이층여자가 죽었다는군.
식탁 위엔 제 새끼들을 위한 우유와
아침식탁을 준비해 놓고
보일러실의 가스를 틀고
잠옷 바람으로 개처럼 뻗어 있더래, 글쎄,
끔찍하지, 암, 끔찍하고말고.
침과 오물과 토사물을 모조리 꺼내놓고
원, 세상에, 더럽기도 하지,
교수부인이라는 여자가

잠에서 깨어날 때마다
난 언제나 그렇게 내 시체가 앰뷸런스에 실려

이미 떠난 후였던 것 같다.
부스스한 머리로 부스스한 아침을 먹고 있는
나를 보면
사람의 일생이란 잘해봐야
자살골을 슛 골인 시키는 일 외에
무엇이 있을까,
오전과 오후가 광명의 보자기처럼
활짝 펼쳐지는 눈부신 대낮에 생각해보면
죽는다는 것이 꼭 포르노그래피 같고
한밤중에 문득 일어나 생각해보면
산다는 것이 또
포르노그래피 같은데

실비아 플라스,
넌 왜 아주 가지 않고
밤마다 내 침실 창 너머에
달빛 같은 검은 상복을 걸치고
안녕을 묻고 있지,
양쪽에 두 아이를 거느리고 누워 생각해보면

실비아 플라스,

자살과 상사병 사이엔 유사성이 있다고 하던
그 말이 에이즈 균처럼 떠오를 뿐이야

즐기는 것 같았다. (1991년 1월 19일자 〈동아일보〉 중에서)

엄청난 인명의 살상이라는
대학살의 느낌은 없고
불꽃놀이 생방송과 주가의 폭등과
앵커맨이 영웅이 되는
찬란한 쇼가 있을 뿐이었다.

나는 인간의 모습을 딱 두 번 보았다.
방독 마스크를 쓴 엄마가
우주인 같은 모습으로
병원의 비닐보호막 속에 누워 있는 환자 아기를
들여다보는 장면이었다.
슬퍼하는 여인과 아픈 아기의 눈동자는
서로 부딪치며 이런 최후의 암호를
주고받는 듯했다.
— 인간은 이제 이 세계의 중심명제가 아니지요,
그렇지요? 호모 사피엔스 여러분?

그리고 쇼핑을 하려고 세계 각국의
백화점마다 슈퍼마켓마다 벼룩시장마다

현찰을 든 손들이
달려가고 있었다.
비싸게 팔리고자 하는 욕망과
값싸게 사들이고자 하는 욕망 사이에서
할리우드 쇼보다 더 재미있는 쇼는
시시각각 진행되고
비닐 위에 사진 실크스크린 된 것 같은
인간의 형체 비슷한 뭉그러진 모습들이
이리저리
나는 쇼핑한다 고로 나는 존재한다고
욕망의 질주로 부융하게 떠오르고 있는
몽중보행이여.

떠도는 환유 · 2

여보세요, 385의 2053입니다, 지금 전화를 받을 수 없어 대단히 죄송합니다, 전화거신 분의 성함과 연락처를 말씀하시면 제가 곧 연락드리겠어요, 그럼 삐— 하는 소리가 난 후 말씀을 시작해 주세요…

여보세요, 김 선생님, 저 문학상사 김명순인데요, 〈시녀〉 후기 원고 어떻게 되셨나 해서요, 마감날이 사흘이나 지났는데… 외출하셨나보군요. 빨리 연락주세요! …

여보세요, 박석규 씨? 저 김승휜데요, 물론 열심히 하고 있어요, 그것만 하느라고 다른 원고는 하나도 손도 못 대고, 네, 그런데 원고 일주일만 더 연기해 주면 안 될까요? 물론, 책상 옆을 한 치도 안 떠나고 있어요, 지하도 계단 위의 끈덕진 롯데껌처럼, 염려 마세요, 미안해요. …

승희 언니, 응, 나, 수연이야, 또 외출했나 보지? 지난 번 가져간 돈, 월말에 갚는다고 하고 연락이 없어서, 나 며칠 있다가 유럽 갈 거야, 응, 스키장에 피서삼아 가는 거지, 인생은 바다 돈은 뱃머리라고 하잖아… 돌아오면 연락주세요!

여보세요, 지금 전화를 받을 수 없어 죄송… 아니, 최선 씨 아네요, 하도 정신이 없어서 자동응답기를 누른 채로 전화를 받았지 뭐예요, 《넝마로 만든 푸른꽃》 나왔다구요? 아니, 바쁘지 않아요, 그럼 방금 나가지요, 인사동쯤에서, 평화만들기 … 4시 …

여보세요, 속셈학원이지요? 저 해인이 엄만데요, 해인이에게 엄마가 급히 외출하니까 여섯 시쯤 집으로 오라고, 네 네, 고맙습니다… 여보세요, 이화 바이올린 음악원이죠? 저 왕인이 엄만데요, 왕인이더러 엄마가 급히 외출하니까 누나에게 갔다가 여섯 시쯤 집으로 오라고…

인사동 그 영원한 거리를 걷는다
천 년의 시간을 뚫고
오직 뭉치려는 힘 하나로 자신을 지켜온
자그만 고분 출토 토우들이
유리창 안에서 조용히 날 바라보고 있다.
얼마나 뭉치는 힘이 강했으면
죽음의 세계에서조차
고스란히 자기를 지켜올 수 있었을까?

나에게 그만한 힘이 아직 있을까.
나에게 나라는 것이 여직 남아 있을까.
나 비슷한 것
그런 것들이 잠시 만나 삐걱대며
술렁거리는
이 입속 가득한 먼지, 먼지, 먼지의

삐끗거리는 가장행렬 속에서
한없이 연기된 나.
한없이 미루어지기만 했던 나는
(이미 없어진 지 오래이기에)
나 비슷한 것들만 끝없이 술렁술렁
이렇게 연기의 놀음을 하고 있는지도 모른다.

우우— 하고 도시의 지붕 가득히
걸린 노을이
엎질러진 머큐롬 통처럼
나에게 달려들어
전신에 빨간 약을 칠해 줄 것 같은
황혼.

떠도는 환유 · 5

— 무어라고 불러야 좋을까

사랑도, 눈물도, 진짜가 아닌 것 같애,
사랑 비슷한
눈물 비슷한
흔적 비슷한
분노 비슷한
그런 비슷한 것들이 나 비슷한 것들을
감싸고
한 줄기 햇빛의 선 속에 우우 우우
갇혀 떠도는 먼지처럼
생 비슷한 것들을 이루고 있어

나 비슷한 것들아
시대 비슷한
나라 비슷한
지식인 비슷한
고뇌 비슷한
외침 비슷한
절망도 낙천도 아닌
어스름 비슷한
이 향방의 묘혈 속에서

죽음 비슷한 生이 있어
살지도 죽지도 못하고
엄마 비슷한
아내 비슷한
자식 비슷한
교수 비슷한
시인 비슷한 것들을
배우 비슷하게
은막 비슷한 곳에서

너, 참, 정말, 무엇에 널 걸 거니?, 응?, 말해봐,
참, 무엇에든 널 걸어야 할 거 아냐?
이런 닭달 속에서도, 아무데도 날 걸지 않는,

아무데도 걸 수가 없는, 걸 것이 없는, 파쇄된
나를, 아니 나 비슷한 것들을 데리고,
사전꾼처럼 사기꾼, 아니 무한히 높은 곳에서
밀어버려 무한낙하로 산산이 엎어지고 있는
사닥다리의 해방처럼 …

하늘빛 달걀

아이들이 수채화를 그리고 있는 방 귀퉁이에서
나는 냉장고의 달걀들을 몽땅 꺼내와
달걀 위에 하늘빛을 칠하네.
울면서, 오, 나는 울면서,
내가 가진 모든 달걀 여섯 개 위에
하늘빛 물감
원죄가 있기 전의
원초의 하늘빛 같은
그런 빛깔을 붓으로 칠하네, 부들부들
떨면서

엄마, 내 물감 쓰지 마, 파란색이 다
없어졌잖아, 엄마물감 쓰면 되잖아…
왕인이는 나에게서 물감 튜브를 빼앗고
엄마물감이 어디 있니, 더군다나
파랑색이…
나에겐 실천할 사랑이 없고 갈망만
있네, 갈망만 있고
사랑의 빛은 죄의 먼지와 원진으로
죄다 막혀버렸네.

칠하다 만 달걀들을 바라보네
아직 색칠하지 못한 달걀들은 자학에
빠져, 몹시 추위를 타는 듯하네.
추위를 탄다는 것과
사랑에 빠진다는 것은 다른 것일까?
같은 것일까?

색칠을 해보아도 해보지 않아도
달걀은 무정란이었다는 생각이 드네.
다만 색칠한 달걀이 좀더 커보이고
무궁해보이는 것은
어느 부활절인가 봄의 부활날에
이해인 수녀님이 주신
따스한 하늘빛 달걀에 대한 기억 때문일 거야.
그 달걀엔 채광창 같은
눈부신 창문이
꼭대기에 환히 매달려 있었는데…

딸꾹질

나의 시,
그것이 세상의 유창한 변설을
막으리라고는 생각지 않는다.
나의 시, 그것이
오지 않은 시대의 새벽을 잡아당기리라고도
나는 생각할 수 없다.
적어도 세상은 나보다는 유창하고
적어도 나는 오는 새벽을 막으려고
자기 옷소매 속에 수탉을 감추는
사람들보다 힘이 없다는 것은
사실이다, 아, 그것은 정말
사실이다. 슬프지만, 어찌해볼 수가
없다는 어김없는 사실은
정말 사실인 것이다. (난 슬픈 꾸르륵거림이
내 몸속을 휘달려 다니도록
내버려 둔다.
어느 사이엔지 식도엔 안전차단장치가
뚜껑마개처럼 생겨났음을
나는 알게 되었다)

아라비안나이트 속의

호리병.
그 호리병 속에 갇혀 있던 거인이
반만 년 동안이나
내 몸속 천지를 밀면서
꿈틀대고 있음을 난 알고 있다.
이제 세상은 사악한 선이 오래도록
지배해 왔음을 난 알고 있기에
호리병 속의 거인이
쥐고 있는 깃발을
난 두려워하진 않는다.
난 다만 그것의 뚜껑마개를 열어줄
힘을 가지지 못했을 뿐이다.

호리병 속의 거인이
내 목구멍까지 치받쳐 올라와
식도 속의 안전마개를 딸그락거린다.
뚜껑마개는 딸그락 딸그락
나는 그래도 그 회오리의 말을
참는다.

세상엔 으르렁 말과 가르릉 말이 존재한다고

언어시학자 제프리 리취는 쓰고 있다.
으르렁 말이 검둥이새끼라고 말하면
가르릉 말은 흑인으로 고친다.
그래서 후진국 저개발국(으르렁)은 개발도상국
신생국(가르릉)이 되고
파시즘(으르릉)은 민주 애국 등등의
가르릉 연상망을 거느리게 된다.

으르렁 말과 가르릉 말 사이
나의 시는 딸꾹거린다.
이 딸꾹질로 세상을 어떻게 해볼 수
있으리라고는 생각지 않지만
이 고통의, 딸꾹질,
이 생리의, 참을 수 없는 딸꾹질이
보다 정직하다는 것을 난 느끼고 있다.
딸꾹 딸꾹
그것은 병든 뻐꾸기의 실패한 노래
같지만,
이 딸꾹질로, 난 다만, 홀로 완결되어
가려는 이 시대의 문장이 홀로 완결되는 것을
잠시 방해할 수는 있다는 생각이다.

딸꾹 딸꾹,
그것은 병든 뻐꾸기의 실패한 노래가 아니라
딸꾹 딸꾹,
이 시대의 뻐꾸기는 그렇게 운다.

진주 기르기 · 1

심야에, 멍청히,
제시카의 추리극장을 보며
누워 있는데
긴급한 파발마 글씨로
하얀 자락이 달려간다.
RH마이너스 B형 혈액을 급히 찾습니다 신촌 세브란스 병원 392의 0161 응급실로 빨리 …

나는 RH마이너스 혈액이
없어서
그냥 누워서 양파링을 바삭바삭
먹으며
TV를 본다.

누가 나를 불렀나?
유리창에 가득 찬 밤이
내 얼굴을 쳐다보는 것 같아
등을 돌리고 누우며
홀로 한 번 더 말해본다
나 · 는 · R · H · 마 · 이 · 너 · 스 · 피 · 가 · 아 · 닌 · 데 · 뭘 …

그렇게
80년대는 저물고
피 한 방울 손해 보지 않은 나는
그 시대에 피 한 방울 보태지 않은 나는
양파링처럼 너무도 유순하게
누군가의 깊은 목구멍 속으로
자꾸만 녹아들어가고 있는 느낌이다.

이렇게 녹아버려도 좋은 것일까
이렇게 삼켜져도 되는 것일까
몸속에 자꾸만 돌이 쌓여가는 기분으로
잠들었다가
(목구멍까지 돌이 차오르면
우린 행복하게도 잠수성공 익사성공
을 이룰 수도 있었을 텐데)

아, 안 돼, 잠옷 같은 수의를 떨치고
바람 같은 신발을 신고
어둠의 눈물 묻은 대문을 나서며
나는 신촌 세브란스 병원이 있다는
새벽의 방향으로

푸르게 푸르게 달리기 시작한다.

내 비록

R · H · 마 · 이 · 너 · 스 · B · 형 · 피 · 는 · 없 · 지 · 만…

응 시

사슬에 매인 루키를 한없이 바라보고
있다.
불쌍한 밥그릇 옆에
하염없이 목줄이 매어 묶여 있는 루키
—루키야, 너는 왜 개로 태어났니?

하늘이 비치는 순한 눈동자를 들어
루키는 하염없이 나를 바라보고 있다.
흰 옷 입고 걸어가던
어머니처럼 인자하게 한 번 더 나를 바라보는 루키.
—그런데, 너는 왜 사람으로 태어났니?

루키와 나.
그렇게.

6

세상에서 가장 무거운 싸움

세상에서 가장 무거운 싸움

솟구쳐 오르기 · 1

억압을 뚫지 않으면
억압을
억압을
억압을

악업이 되어
악업이
악업이
악업이

두려우리라

절벽 모서리에 뜀틀을 짓고
절벽의 모서리에 뜀틀을 짓고
내 옆구리를 찌른 창을 장대로 삼아
하늘 높이
장대높이뛰기를 해보았으면

눈썹이 푸른 하늘에 닿을 때까지
푸른 하늘에 속눈썹이 젖을 때까지

아, 삶이란 그런 장대높이뛰기의 날개를
원하는 것이 아닐까,
상처의 그물을 피할 수도 없지만
상처의 그물 아래 갇혀 살 수도 없어

내 옆구리를 찌른 창을 장대로 삼아
장대높이뛰기를 해보았으면
억압을 악업을
그렇게 솟아올라
아, 한 번 푸르게 물리칠 수 있다면

솟구쳐 오르기 · 2

상처의 용수철
그것이 우리를 날게 하지 않으면
상처의 용수철
그것이 우리를 솟구쳐 오르게 하지 않으면

파란 싹이 검은 땅에서 솟아오르는 것이나
무섭도록 붉은 황토밭 속에서 파아란 보리가
씩씩하게 솟아올라 봄바람에 출렁출렁 흔들리는 것이나
힘없는 개구리가 바위 밑에서
자그만 폭약처럼 튀어나가는 것이나
빨간 넝쿨장미가 아파아파 가시를 딛고
불타는 듯이 담벼락을 기어 올라가는 것이나
민들레가 엉엉 울며 시멘트 조각을 밀어내는
것이나
검은 나뭇가지 어느새 봄이 와
그렁그렁 눈물 같은 녹색의 바다를 일으키는 것이나

상처의 용수철이 없다면
삶은 무게에 짓뭉그러진 나비알
상처의 용수철이 없다면
존재는

무서운 사과 한 알의 원죄의 감금일 뿐
죄와 벌의 화농일 뿐

솟구쳐 오르기 · 3

당연의 제국이 있다.
당연의 제국은 생각보다 넓고 단단하다
—이런 세계에서 시는 무엇일까,
고통의 스트립쇼 같은 게 시는 아닐까

오장육부에 가득 찬 어둠은 이 시대의 쇼윈도에
너무 어울리지 않는다,
너무도 투명한 것들에 대한
두려움, 어둠 귀신에 사로잡힌
시인은 이제
우리 시대의 진정한 3D가 아닌가

통조림된 울음들이 슈퍼마켓에 가득 차 있다
통조림된 분노들이 격납고 안에 가득 서 있다
통조림된 하늘들이 향수병 속에 가득 잡혀 있다
통조림된 눈물들이 사제폭탄을 들고
핏줄 속에 일렬로 서 있다

내 속의 검둥이가 말한다,
(나는 아무리 생각해도 혼혈이다,
검둥이가 있고 그것을 누르는 흰둥이가

또 있다)
금고 같은 삶을 원했느냐고
롯데 월드 같은 집을 원했느냐고
고속도로를 신나게 질주하는
관광버스 같은 삶을 살고 싶었느냐고

눈을 씻고 돌아보면
어디든지 유곽의 냄새가 나는데
유곽의 문법에 능통하지 않으면
어느 안으로도 들어갈 수 없는데
바깥에 서 있는 것들은
집 잃은 개들과 택시 운전사들, 외판사원과
신문배달 아저씨, 시간강사들과
우유배달 손수레들

당연의 제국이 있다,
돈이 돈을 끌어당기듯
힘이 힘을 끌어당기고
행복이 행복을 끌어당겨
당연의 제국에 해는 지지 않는다,

아직 없는 것을 위하여
지금 있는 것과 싸우는 사람,
당연의 모욕을 받으며
세계의 낯짝에다 신생의 무엇을 그리는 사람

상처의 더없이 감미로운 힘을 깨닫기 위해
나는 허리를 넘는 내 긴 머리에
성냥불을 당긴다,
화형식장의 마녀처럼 펄펄 뛰면서
환희의 장르를 찾아 껑충껑충 뛰어본다,
내 속의 검둥이는 말한다,
바, 로, 그,
고통의 스트립쇼 같은 게
이, 시, 대, 의, 예, 술, 이, 아니겠느냐고

솟구쳐 오르기 · 8
—나는 웃는다

나의 웃음은 오래된, 아주 오래된
웃음이었다.
태초에 혼돈이 있었을 때부터
그 혼돈과 행복하게 반죽되었던 나의 웃음은
최초의 상처로 우주가 갈라질 때
세상 가장자리로 밀쳐져 대롱대롱 매달려 있으면서부터
시작된, 벼랑을 뒤덮어버릴 웃음으로,
세상의 모든 밤 속에서 웃고 있었는지도 모른다

나의 웃음은 바람이 부는 동안
흔들리는 잎새들의 쓰라림과 원통이었다가
밀물이 들어올 때 빠져나가는
세상의 모든 썰물들의 도주의 웃음소리인지도 모른다

뉴욕 5번가 지하철역에서
지하철을 기다리고 있을 때
내 옆에 서 있던 한 여자가 갑자기 웃기 시작했지,
그르렁그르렁 가래 끓는 소리 같기도 하고
쿨럭쿨럭 기침 토하는 소리 같기도 한 웃음소리는
지하 동굴에 가득 찬 저녁의 무거운 숙명과
삶에 지친 울음이 반죽된, 희망 없는 우울의 둔주곡인지도,

어깨는 파도치고, 얼굴을 가린 손가락 새로
악령의 뜨거운 희열이 넘쳐흐르고 있었는지도,

지하철이 뿌연 빛을 비추며 들어오고 있을 때
그녀는 땅 아래로 몸을 날려, 떨어져
죽고 말았어, 웃으면서, 선로 위에서
지하철의 무게로 삶을 마감한 그녀는 흥건한 피와
뼈다발들, 하얀 머릿수건과 머릿수건에 엉킨
피 묻은 머리칼을 조금 남겼네,
끝까지 웃던, 지하 동굴을 울리던, 낮고 음습한
웃음소리

난 아르헨티나, 오월광장의 흰 머릿수건 두른 어머니들을
갑자기 기억했네,
80년, 5월, 광주, 무명인들의 묘와 실종자들,
이한열의 관을 뒤따랐던 무수한 만장,
화려한 만장이 산 자여, 따르라고
흐느끼는 것처럼 보였던,
다이아몬드 같은 아프리카의 검은 눈물,
내 아들을 쏘지 말아주세요 말하며
침략군의 탱크 앞을 맨몸으로 막아서던

체첸의 어머니들을,

그리고 갑자기 웃음이 터졌어,
멈출 수 없는, 허파와 늑골을 울리는,
팔 다리 허리 어깨를 펼 수 없을 정도로 숨 막히게 터져나오는 웃음소리
뉴욕, 지하철역을, 울리는 웃음소리는
인류의 밤에 대한 캄캄한 나의 답장, 헌사였는가

나의 웃음소리는 아주 오래된, 아주 넓은
영역에 걸쳐 있는 것이다,
숨 쉴 희망이 부족하고 슬픈 희극, 엉터리 비극이
나날이 일어날 때
썰물의 물결 하나하나가 가진
상실, 박탈, 실종의 사연을 생각할 때 나는 웃는다,
연희동을 지나갈 때
여의도를 스쳐갈 때, 언론재벌사를 지나갈 때
나는 웃는다
나는 웃는다

검은 웃음, 석탄처럼 시커먼 절망에 짓이겨진,

까마귀 날개들의 대운하를 토하며
진폐증에 걸린 우리 시대의 폐로
나는 웃는다,
때 묻은 광화문 이순신 장군 동상 옆에서

솟구쳐 오르기 · 10

황금의 별을 나는 배웠다,
어린 시절의 별자리여,
마음속 어느 혼 속에
고통의 상처가 있어
그 혼돈 속에서 태어나는 별,
혼돈과 함께 태어나는 황금의 별이 있다고
나는 배웠고
그 말은 나를 매혹하였다

혼 속에 상처를 간직하지 않으면
무엇이 나를 별이게 하겠는가?
나는 고요히, 울면서,
인생이 나에게 주는 모든 쓰디쓴 혼돈
모든 쓰디쓴 상처
그 상처의 악령들을 나는 사랑하였다,
인생을 구제하는 건
상처의 옆구리에서 흘러나오는 상처의
오케스트라,
그 상처의 오케스트라 속에서만 터져나오는
황금의 별들의 찬란한 음악

상처는 우리를 인간답게 만드는 데
봉사하지 않으면 안 된다
상처의 장대높이뛰기를 하는
존재의 곡예만큼
장엄한 것이 있을까?
불의 운명을 피하니 물의 운명이 나오고
물의 운명을 피하니
가시덤불 언덕을 구르는 형벌이 나왔던
옛날이야기가 있지 않았던가?
그러므로 처음 만난 운명을 피하지 말라던
황금의 별의 잉태를 믿으라던

가끔은 운명의 길이 텅 비고
아무것도 광채 나는 것은 없어
공허가 길을 메우고
허공이 길 위에 내려와
내 길을 지우니
어디로 갈까
갈 곳도 없는 지평선이 나를 가두더라

사랑도 나침반을 잃고
슬픔은 바다의 파도와도 같고
기억은 곪은 상처와도 같이
무거운 독거미의 액을 뿌리고 있으니
무엇을 보고 존재의 황금의 별을 믿어야
할 것인가,
홀로 고통으로만 가득 차 있을 때
모든 것은 아프고 아프다
모든 존재는 아프고
아픈 것은 나쁜 것을 뛰어넘지 못할 때
꿈은 사악해지기도 하더라

내 옆구리를 찌른 장대창을 나에게
다오,
그것을 쥐고 하늘 높이
뛰어올라
황금의 별을 만지리라,
혼 속에 있는 고통이여
혼돈 속에 있는 황금의 별이여

솟구쳐 오르기 · 12

허우적대다
허우적대다
허우적대다
허우적대다
허우적대다

죽었는가
이젠 정말 죽었구나
했을 때
나는
떠
오
르
고
있었다

지상의 가장 끝에서
혼자 본
아침
해

백경의 장엄한 숨쉬기처럼
물방울 분수를 조용히 내뿜으며
수면 위로
머리를 내밀어
고통의 신의 하사품을 받는 것처럼
고
요
하
게

가라앉는 행복조차 빼앗기고
아아, 또 살아났구나
휴우~~~하고 말하려는 것처럼
솟구치는
아
침
해
처
럼

안전벨트를 맨 사람

너무 오랫동안 안전벨트를 묶고 있어서인가
뼈가 펴지지 않는다.
이 몸은 나의 몸이 아니다.
안전벨트의 안전 속에
구속당한 몸.
안전의 골방 속에 너무 깊이 묶여 있으면
안전의 골병이 생긴다.

어떤 격랑 속에서도 안전벨트를 묶고 앉아 있는
오너 드라이브. 그가 묶은 것은 무엇이고
그에게 묶인 것은 무엇인가?

아네모네 꽃이 핀 날부터 · 1

죽도록 사랑하면
죽도록 사랑하면
그렇게 神氣가 오릅니까?

죽도록 사랑하면
죽도록 사랑하면
그토록 검은 질료에서 주황빛 신이 불려 나옵니까?

옛날부터 늘 그래 왔습니까?
목숨을 지나서도 타오르는
무슨 한 덩어리 불이 있겠습니까?

너무 모욕 받았는데 너무 큰 모욕이 내려왔는데
울지 않아도 되겠습니까?

이렇게 괴로운데 이렇게 괴로워도
토막 난 늑대의 이글거리는 횃불처럼
뭉쳐서 뭉쳐서 화려하게 꿈을 꿔도 되겠습니까?

아네모네 꽃이 핀 날부터 · 3

— 궁금해서 한 번 전화해 봤어,
그래, 잘 지내? 잘 지내. 잘 지내!
이런 말도 통신인가?
이런 무책임한 것도 친구인가?
그래도 나는 수년의 침묵을 깨고
그녀에게 전화를 건다.

알코올 중독의 내 친구 니코틴 중독에
우울증 분열증 파라노이아
폐차장 가까운 데 서서
아이라인을 엉망으로 그리고 홀쌍꺼풀
짝짝이 눈으로 웃고 있는
내 친구,
약 먹는 것이 내 유일한 취미야
그 증오하는 몸뚱이에 (그래도) 약까지 먹이고
무공해 사랑을 꿈꾸면서
우표처럼 어딘가로 날아가고 싶어 하면서
(약은 무슨 약이니? 살충제야,
내 몸 속 벌레를 잡아야 해) 말하며 웃는
아침신문에, 보았니? 마리안 앤더슨이 죽었대
우리와 아무 상관이 없는 마리안 앤더슨

마리안 앤더슨과 아무 상관없는 우리의
목소리가 갑자기 뚝, 하고 끊어지면서
두 여자의 떨어지는 몸무게 때문에
깊은 밤의 어둡고 둔중한 현이 텅, 하고 울린다.

우물의 밑바닥까지 떨어지기란 얼마나 어려운지,
먼지의 숨소리까지 다 들리는
메마른 우물의 맨 밑바닥에 던져져서
너와 나는,
(모친상 같은 흰 붕대를, 칭칭 동여감고)
왜 하늘의 별을 쳐다보았는지,
우물에 빠진 여자가 바라보는 저, 바깥,
하늘의 별만큼
목매달기 먼 것이 어디 있겠는가?

아네모네 꽃이 핀 날부터 · 5

죽을 자리에서 타오르는 것이
바로 산다는 것 아닙니까?
죽을 자리에서 사는 것이
바로 목숨이 아닙니까?

토착의 형식이라니, 토착의 형식이 아니고
무슨 방법이 있습니까?
활활 타오르는 것이
훨훨 날아가는 것 아닙니까?

나는 아네모네 꽃잎 가까이, 가까이, 나의 귀를 대어본다. 희디흰 푸른 바다, 망망대해 한복판으로, 검은 모비딕이 나아가고 있다. 한 마리 두 마리, 백 마리 천 마리 수천 마리의 모비딕이 등 한복판에 작살을 꽂은 채 나아가고 있어서 바다는 순간 꽃분수가 누벼진 왕궁의 불꽃놀이처럼 보인다. 얼굴 없는 분노여, 검은 고래들의 분노는 그렇게 성스럽고 숭고하여, 얼굴 없는 고통의 바다는 마치 꽃들의 지배를 받는 봄의 어두운 땅처럼 보인다, 영순아, 미자야, 금이야, 경숙아, 인희야, 등에 작살을 꽂은 친구들이 그렇게 많으리라고는 나는 생각하지 못했었다, 못했었다…

그래,

모비딕은 돌아온다 돌아온다

상처의 성대한 게르니카를 등에 지고
모비딕은 돌아온다
저 검게 타오르는 아네모네 꽃밭으로

콜라병으로 머리를 맞고
음부에 우산대가 꽂히고
신체에 세제가 뿌려져 살해된
한 여인의 몸뚱이가 파묻힌 곳으로

어찌 꽃피지 않고 바람결에
그냥 갈 수가 있습니까?
고통 속에 활활 타오르지 않고
어찌 훨훨 날아가는 다른 방법이 있습니까?

죽도록 사랑해서

죽도록 사랑해서
죽도록 사랑해서
죽어버렸다는 이야기는
이제 듣기가 싫다.

죽도록 사랑해서
가을 나뭇가지에 매달려 익고 있는
붉은 감이 되었다는 이야기며
옥상 정원에서 까맣게 여물고 있는
분꽃 씨앗이 되었다는 이야기며
한계령 천 길 낭떠러지 아래 서서
머나먼 하늘까지 불지르고 있는
타오르는 단풍나무가 되었다는
그런 이야기로
이제 가을은 남고 싶다.

죽도록 사랑해서
죽도록 사랑해서
핏방울 하나하나까지 남김없이
셀 수 있을 것만 같은
이 투명한 가을햇살 아래 앉아

사랑의 창세기를 다시 쓰고 싶다.
또다시 사랑의 빅뱅으로 돌아가고만 싶다.

날개의 파르티타~~~

비행기를 타려고 트랩을 올라갈 때
난 정말 음악적이 되는 거야,
구두를 벗고 강물에 뛰어들려는 사람처럼
어쩐지 이승을 한 번 뒤돌아보고 싶은 사랑까지도
유쾌하게 느껴지지,
안녕~~~이라고 말해야 할 때만큼
무엇을 사랑하는 순간은 없는 것 같애.

이륙할 지점을 찾아
한없이 활주로를 선회하는 비행기 발목의 머뭇거림과
이륙할 때 부르릉거리는 비행기 모터의 진동력은
나의 팔목과 어깻죽지에 피 묻은 것을 느끼게 하네,
노스웨스트의 로고~~어떤 사람만이 어떻게 날아야
하는지를 안다~~~~~라는 글귀를 읽었을 때
나는 왜인지 피냄새를,
비행기 가득한 피냄새를 느낄 수 있었어.

피냄새, 부르릉 부르릉 땅을 할퀴는 소리, 소리, 소리들에
나의 손톱에서 피는 철철 넘쳐흐르고
(지상을 떠나는 것이 그리 쉽지는 않겠지)
그녀가 이륙의 고통을 끝내고 금빛 날개를 활짝

펴고 고도를 찾으면 나도 내 몸을 구름 위로 활짝 펴
구름의 흩어지는 무늬에
가볍게 몸을 실어버리지.

어린 시절 바람 속에 잃어버렸던 연을 찾아서
나는 가는 거라고 중얼거려,
나의 연과 친구의 연이 허공에서 만나
연줄과 연줄이 얽혔을 때
얽혀서 싸우다가 그만 나의 줄이 끊어져서
하늘 저, 너머에, 훨, 훨, 연을 잃어버리고
울면서 돌아오던 저녁길, 그때 만났던 어둡던
아버지의 영상도, 구름 속에 스치고

구름, 구름, 구름, 스침, 스침, 스침들…
스침보다 더 아름다운 만남이란 없는 것 같애,
비통한 할큄을 안 주고 무연하게 헤어지지 않니?
내가 매달렸던 것 나에게 매달렸던 것,
내가 묶여 있었던 것 나를 묶고 있었던 것,
내가 목매고 있었던 것 나를 목매고 있었던 것,
그런 것들을, 2만 8천 피트 고공,
구름 속 어딘가에 흩트려버리고

나는 환희에 차서, 피얼룩이 잔뜩 묻은 얼굴을 들고 미소하지,

땅의 역사를 기억하고 있는
나의 얼굴이 바람 속에 마구 구름을 타고 흩어지는 거야,
난 정말 말할 수 없이 쾌감을 느끼고
우린 정말 소멸을 향해 가는 존재로서
바람 속에 모든 상처를 묻어야 한다고
가볍게, 오, 희열에 차서
끄덕일 무렵이면

내려간다, 내려간다, 지금 착륙을 시도할 예정이오니
승객 여러분은 안전벨트를 묶고 자리에 앉아주시라고
한다,
내 몸은 내려가기가 싫어, 아 내려가기가 싫다고
울먹이고
아, 계속 날고 싶어~~~~~

뉴턴의 사과가 떨어졌던 힘을 따라서
음악은 꺼지고 비행기 바퀴는 무사히 땅바닥에 딱 닿는다.
모가지가 꺼억 하고 꺾이는 것 같고
나는 두 손에 피 묻은 날갯죽지를 들고 서서

어느 공항 대합실, 대형 거울 앞에서,
아직도 울고 서 있는 것만 같다.

비행기 납치

나 언젠가 비행기를 타면
미리 피스톨을 준비해 가야지
비행기가 이륙을 마치고도 한참 날아
아름다운 능금빛 허공 한복판쯤 이르렀을 때

나 호주머니에 피스톨을 감추고 몰래
기장실로 숨어들리라

그리고 죄 없는 기장에게 총을 겨누고
준비해 온 유인물을 공손히 읽어야지,
—나 당신을 납치합니다. 정치적이거나 그런
이유는 결코 아닙니다, 단지 난, 난,
어느 곳에도 도착하고 싶지 않기 때문에,
〈이곳〉도 〈저곳〉도 아닌 허공, 하늘,
그곳에 계속 떠 있고 싶어서, 난, 난,
착륙하지 말고 계속 날아다니기만 할 것을, 명, 명,
명령합니다.

기장은 아마도 참 잘생긴 남자이리라.
그러나 어쩌겠는가,
내 마음은 무정부주의여서

어떤 〈여기〉에도 〈저기〉에도 속하기
싫은 것을,
아마도 그는 말하겠지
— 하늘에서 연료가 떨어지면 추락하게 됩니다

추락? 공중폭발?
— 상관없어요, 오, 그건 신경 쓰지 않아요

어느 허공 한복판에 산산이 흩어지는 연꽃이 될까
어느 바닷속에 침몰하여
하얀 고래에게 남김없이 뜯어먹혀
다시 어린 고래의 순수한 살이 되어
바람 속에 물푸레 무지개를 뿜어대는
장난 많은 어린 동물로 환생할까

내 마음은 무정부주의여서
〈여기〉도 〈저기〉도 아닌
어디 다른 곳에 있고 싶을 뿐,,,,,
,,,,그러니 어, 서, 비행기 한 대를 납, 치, 해, 야, 지,,,

태양의 형식

시퍼런 수박의 냉혹한 살결이
그 아래 이글거리는 숫사자 머리의
붉은 태양을 감추고 있었다는 것은
무서운 일이다,
정말이지 무서운 일이다

아무도 없는 벌판길을 가다가
무심코 가다가
아무도 없는 과수원 숲길에서
푸른 잎사귀 아래 무시무시한 황금빛 사과가
숨어서, 아무도 몰래 숨어서,
태양처럼 불타는 표정으로 익고 있는 것을
마주친다는 것은 무서운 일이다,
정말이지 무서운 일이다

그렇게 사는 것이다,
어느 곳에 숨어 있든지 버려져 있든지
죄 짓지 말고
나에게 알맞은 생명의 제목을 하나 골라
그렇게 태양의 형식으로
익어가는 것이다,
남몰래 익고 있는 것이다

세상에서 가장 무거운 싸움 · 1

'이 문은 자동도어이오니
개폐를 운전자에게 맡겨주십시오'

누군가 나에게 넥타이를 입힌다
그리고 질질 끌고 간다

세상에서 가장 무거운 싸움 · 2

아침에 눈뜨면 세계가 있다,
아침에 눈뜨면 당연의 세계가 있다,
당연의 세계는 당연히 있다,
당연의 세계는 당연히 거기에 있다,

당연의 세계는 왜, 거기에,
당연히 있어야 할 곳에 있는 것처럼,
왜, 맨날, 당연히, 거기에 있는 것일까,
당연의 세계는 거기에 너무도 당연히 있어서
그 두꺼운 껍질을 벗겨보지도 못하고
당연히 거기에 존재하고 있다

당연의 세계는 누가 만들었을까,
당연의 세계는 당연히 당연한 사람이 만들었겠지,
당연히 그것을 만들 만한 사람,
그것을 만들어도 당연한 사람,

그러므로, 당연의 세계는 물론 옳다,
당연은 언제나 물론 옳기 때문에
당연의 세계의 껍질을 벗기려다가는
물론의 손에 맞고 쫓겨난다,

당연한 손은 보이지 않는 손이면서
왜 그렇게 당연한 물론의 손일까,

당연의 세계에서 나만 당연하지 못하여
당연의 세계가 항상 낯선 나는
물론의 세계의 말을 또한 믿을 수가 없다,
물론의 세계 또한
정녕 나를 좋아하진 않겠지

당연의 세계는 물론의 세계를 길들이고
물론의 세계는 우리의 세계를 길들이고 있다,
당연의 세계에 소송을 걸어라
물론의 세계에 소송을 걸어라
나날이 다가오는 모래의 점령군,
하루종일 발이 푹푹 빠지는 당연의 세계를
생사불명, 힘들여 걸어오면서, 세상에서 가장 무거운 싸움은
그와의 싸움임을 알았다,
물론의 모래가 콘크리트로 굳기 전에
당연의 감옥이 온 세상 끝까지 먹어치우기 전에
당연과 물론을 양손에 들고
아삭아삭 내가 먼저 뜯어먹었으면.

제 도

아이는 하루 종일 색칠공부책을 칠한다.
나비도 있고 꽃도 있고 구름도 있고
강물도 있다
　아이는 금 밖으로 자신의 색칠이 나갈까 봐 두려워한다.

누가 그 두려움을 가르쳤을까?
금 밖으로 나가선 안 된다는 것을
그는 어떻게 알았을까?
　나비도 꽃도 구름도 강물도
　모두 색칠하는 선에 갇혀 있다.

엄마, 엄마, 크레파스가 금 밖으로
나가면 안 되지? 그렇지?
아이의 상냥한 눈동자엔 겁이 흐른다.
　온순하고 우아한 나의 아이는
　책머리의 지시대로 종일 금 안에서만 칠한다.

내가 엄마만 아니라면
나, 이렇게, 말해버리겠어.
　금을 뭉개버려라. 랄라. 선 밖으로 북북 칠해라.
　나비도 강물도 구름도 꽃도 모두 폭발하는 것이다.

살아 있는 것이다. 랄라.
선 밖으로 꿈틀꿈틀 뭉게뭉게 꽃피어나는 것이다
위반하는 것이다. 범하는 것이다. 랄라

나 그토록 제도를 증오했건만
엄마는 제도다.
나를 묶었던 그것으로 너를 묶다니!
내가 그 여자이고 총독부다.
엄마를 죽여라! 랄라.

두부 디자이너

이런 방식으로 존재하려고 했던 것은 아니었다,

원하지도 않는데 골다공증으로 뼈는 물렁물렁해지고
원하지도 않는데 살은 두부처럼 흐느적흐느적 무너지고
원하지도 않는데 원하지도 않는데
두부를 디자인하는 재단사들이 우리에겐 왜 이리
많은 것인가? 사정은 너도 마찬가지겠지만

두부 디자이너는 신문 속에도 있고
신문 뒤에도 있고
텔레비전 위에 텔레비전 속에 텔레비전 뒤에
제사상이 차려진 병풍 뒤에도 병풍 앞에도 병풍 속에도
잡다한 모임 속 혹은 태평양 건너의 어떤 곳
포크와 나이프
아니면 숟가락과 젓가락, 오오 모든 리모컨을 든 자들이
안 보이는 곳에서
새로운 통치의 디자인에 몰두하고 있는 것을
(두부 디자인보다 쉬운 일이 세상에 어디 있으리)
정말 이런 방식으로 존재하고 싶지는 않았다,

우리의 마음 밑에는 얼마나 많은 두부들이 경련하며
퍼들퍼들 쌓여 있는가,
넋도 없고 뼈도 없이
오오 저 희끄무레한 면적으로만 존재하는
단지 면적으로만 존재하는
한 모 두 모 세 모 네 모의 두부, 頭部들

왼손과 오른손이 만났을 때

왼손과 오른손이 만난다면
왼손과 오른손이 만난다면
어둠 속에서 성냥불이 켜지겠지,

열한 살 예쁜 딸이 두 손으로 치는
피아노 콘체르토를 들어본 적이 있는가?
두 손으로, 아아,
그 아름다운 두 손으로,
빛을 꿈꾸며, 빛을 부르며, 불 없는 세상을
탄하기보다, 태초의 심한 원시림에서 나무와
나무가 바람에 흔들려 서로 마찰되어
불이 나는 일이 있었던 것처럼,
두 손으로 베토벤의 피아노 5번 콘체르토를,

왼손과 오른손이 만나면
왼손과 오른손이 만나면
어떤 물에 빠져도 두렵지 않을 것 같아,
헤엄을 못 쳐도
헤엄을 못 쳐도
어떻게든 그 물에서 배워서 물에서 배운 것으로써
그물을 뚫고 나올 테니까

나, 오른손을 주머니에 넣고 왼손을 화려하게
휘저으면서 오래된 유럽의 도시를 돌아다니고
있을 때, 잘츠부르크, 모차르트 플라츠 곁에 있는
거대한 돔에 들어갔을 때,
추위와 어둠 속에서 홀로 기도하고 있는
늙고 주름진 한 여인을 만났네
왼손과 오른손을 맞잡고
그 늙고 누추한, 이천 년쯤 늙어 보이는 쭈글쭈글한
두 손으로 신을 부르며,
자기를 위해, 혹은 누구를 위해 기도하는지,
입으로 기도하지 않고 몸으로, 정직하게 고통받는
두 손으로, 정녕 비애의 한복판을 표정하면서

왼손과 오른손이 만난다면
왼손과 오른손이 만난다면
음악이 되고 헤엄이 되고 기도가 되고
성냥불이 켜지고
아아, 또 떠오름이 되고
떠오름이 되어 하늘을 가르고

우란분절

오늘은 우란분절, 효성 깊은 목련존자가
아귀도의 고통 받는 어머니를 구하기 위해
고귀한 불공을 드린 날이었다지, 그 후
여러 가지 음식을 盆에 담아 조상의 영전이나
부처께 공양하는 풍속이 생겼다네.
우란분. 우란분. 심한 고통이라는 뜻이지.

정말로 오늘은 날아보고 싶구나.
마침내 은행에서 주택경매처분을 당한
어머니를 이끌고
한 손에 생활정보지 벼룩시장을
또 한 손엔 파랑새를 들고
월세방, 전세방, 더 싼 단칸방을 구하러
다니며, 다리도 아프고 목도 마르더라.

마침내, 난생 처음 집을 잃어버린 어머니를 위하여
보증금 일천만 원에 사글세 오십만 원짜리
벅찬 월세방을 보고 나오며
행장이 남루하고 몸도 고달퍼
오늘은 한 번 날아보았으면,
어머니를 업고 그만 날아서

어디로, 어디로, 솟구쳐 버렸으면.

생활정보지 속의 벼룩, 파랑새처럼
날아가면 날아가면 또 어디로 날아갈까마는
하늘 한 모금 하늘 한 모금 있었으면 싶더라
아니면 어머니, 우란분 우란분
그 화분 속에 심어
내 두개골의 대지 그 아늑한 밀실 속에
보관하여 세상풍파 더 이상 미치지 못하도록
어머니를 한 번 잉태할 수는 없는 것인가,

하늘을 우러러 막막히 바라보니
음력 7월 우란분의 황금 보름달까지
처처이 우렁우렁 월광의 사다리가 드리워져 있음이여

호랑이 젖꼭지

하늘엔 해도 없네 빈 젖꼭지뿐이네
하늘엔 달도 없네 공허한 목마름 어둠뿐이네
웬일인지 희망이 없고
힘도 없어
희망이 힘이라는 것을 알기 위해서
이렇게 늙는 것이 필요했던가

마흔 넘어의 얼굴은 자기가 만든 것이라고 했지
나의 얼굴은 악마의 얼굴이 점점 되어가네
이제 와 무엇을 더 숨기겠는가?
숨길 것도 없고 숨겨지지도 않아
그래 악마의 젖을 먹고자 이렇게 힘들여 왔노라
서슴없이 말할 수 있도록 늙은 내가 자랑스럽기도 하지

이제 와서 천사의 흉내를 내겠는가
나에게 맞지 않는 기성복들을 진심으로 철폐하고
아, 이 육체에 잘못 들어온 영혼이여
이 영혼에 잘못 짝지어진 육체여
서로 잘못 만난 영혼과 육체를 방면해주고
육체여, 나 너에게 평생의 노비문서를 내주겠으니
찢거나 불사르거라 너의 마음대로

지금 나에게 소망이 있다면
악마의 젖꼭지를 만나 주린 젖을 흠뻑 먹고 싶구나
단군신화에서 쫓겨난 어머니 호랑이
이글이글 털투성이 젖가슴에 얼굴을 비비고
길들여지지 않은 원시의 황금빛 불길을 먹어
그대로 펄펄 넘치는 훨훨 호랑나비의
검고 노란 화려한 줄무늬를 살결에 입고 싶어

이제 와서 무엇을 더 숨기겠는가?
누구나 흠뻑 취할 자기 젖꼭지를 찾아
여기로도 저기로도 가보았지만
찾을 것을 끝내 구하지 못하여
쓸쓸한 뼈에 금이 돌아 금이 돌아
아아, 그만 어둠으로 이제 돌아가는 사람들

7

빗자루를 타고 달리는 웃음

빗자루를 타고 달리는 웃음

7

식탁이 밥을 차린다

식탁이 밥을 차린다
밥이 나를 먹는다
칫솔이 나를 양치질한다
거울이 나를 잡는다 그 순간 나는 극장이 되고
세미나 룸이 되고
흡혈귀의 키스가 되고
극장에서 벌어질 수 있는 여러 가지 일들이
거울이 된다
캘빈 클라인이 나를 입고
니나리치가 나를 뿌린다
CNN이 나를 시청한다
타임즈가 나를 구독한다
신발이 나를 신는다
길이 나를 걸어간다
신용 카드가 나를 소비하고
신용 카드가 나를 분실신고한다
시계가 나를 몰아간다 저속 기어로 혹은 고속 기어로
내 몸은 갈 데까지 가보자고 한다
비타민 외판원을 나는 거절한다
낮에는 진통제를 먹고
밤에는 수면제를 먹으면 된다

부두에 서 있고 싶다

다시 부두에…

시티은행 지점장이 한강변에서 음독자살을 하고

시력이 나쁜 나는 그 기사를 읽기 위해

신문지를 얼굴 가까이 댄다

신문지가 얼굴을 와락 잡아당겨

내 피부에서 떨어지지 않는다

하는 수 없이 나는 그 신문이 된다

몸에서 활자가 벗겨지지 않는다

제국주의가 간다

니나리치가 너를 부른다
향기로운 너를 만들어 주겠다고
크리스찬 디오르가 너를 부른다
불란서 멋쟁이로 꾸며 주겠다고
피에르 가르댕이 너를 부른다
나이키가 너를 부른다
엘리자베스 아덴이 너를 부른다
환상 창조—이브 탄생
에스티 로더가 너를 부른다
너, 너, 너를!

왜 거짓말을 하세요? 거짓말을 하지 말고
속이세요, 속여봐요, 당신의 나이를,
오일 어브 오레이가 너를 부른다
랄프 로렌이 너를 부른다
캘빈 클라인이 너를 부른다
조르지오 아르마니가 너를 부른다
페이즐리 무늬의 매트리스를 구입하라고
랄프 로렌 침대 시트
캘빈 클라인 포푸리
게스의 기저귀 선반

다나 캐런의 티세트
크리스찬 디오르 디너 웨어
글로리아 밴더빌트의 야외용 가구

저렇게 많은 세계적 유명 인사들이
너, 너, 너를 부른다

아, 나는 그 얼마나 특별한 사람인가!

딴사람

딴사람이 되고 싶어 나는 딴 데로 막 걸어갔다 딴 데로 막 걸어가니까 13월 13일 같은 바깥이 나왔다 바깥으로 한참 걸어가다 보니까 그 길이 바로 안으로 휘어져 있었다 안에서는 또 딴사람이 되고 싶은 나와 딴 데서 걸어오는 내가 딱 만났다 만나서 딴사람이 되고 싶어 딴 데로 막 걸어갔던 나와 바깥을 걸어서 어느덧 안으로 들어오게 된 내가 만나서 어쩔 줄을 모르고 잠시 포개졌다가 헤어졌다 그래도 포옹은 해야 하지 않겠나 오렌지 밭이 있는 마을에서 한때 살았다 세상에서 가장 아름다운 바다가 언덕 너머에 있었다 딴사람이 되고 싶은 나는 해안선에 묻은 파도의 거품을 맞으면서 딴사람이 아닌 나를 매장하러 파도 앞에 서 있곤 하였다 하였다 埋葬은 파도를 따라가고 파도의 寺典 속에는 온갖 바람의 燐이 묻어 반짝이고 있었다 맨발을 감싸며 기어 기어 올라오는 물은 모래에 반짝이는 인 같은 거품의 금을 남겼다 서 있어라 바로 그 파도 거품의 금이 묻은 그 선 위에 서 있으면 딴사람이 되고 싶은 나와 딴사람이 된 나 사이에 경계선이 지워졌다 잠시 합치를 느꼈다 파도의 거품 묻은 발을 씻고 있는 나는 또 딴사람이 되고 싶어 안에서 바깥으로 걸어나오는 파도의 거품이 안 묻은 발을 가진 나를 만났다 바깥에서 안으로 걸어가니까 바깥이 나왔고 안에서 바깥으로 나가니까 또 안이 나왔다 안과 밖이 몇 겹씩 포개진 그 겹침의 선 속으로 풍부한 불길이 항용 흐르고 있는 오렌지 밭에서 오렌지만 소리 없이 익고 있었고 거울 속에는 극장 대신 몇 개의 천막 같은 가설물들이 설치되어 있었다 늑대가 풀을 다 먹으면 곧 떠날 눈치였다 딴사람은 꼭 거기 살고 있었고 긴 치마 아래로 보이는 발에는 늑대의 오물이 묻은 향기가 희미하게 풍금을 누르는 듯하였다 천막 있는 곳마다 살고 있는 그녀가 있었고 풍금 누르는 늑대의 발이 식도 밖으로 삐져나오려는 내가 젓가락을 들고 바람 앞에 앉아서 무의식의 극장을 관람하고 있었다

거위를 맛있게 먹는 법

거위를 맛있게 먹기 위해/그들은 모였다/살아 있는 거위의 털을/대가리만 빼고 모두 뽑는다/거위 몸에 양념을 바른 다음/불쏘시개 한가운데 가두고/둘레에 둥글게 불을 놓는다/파티가 무르익는 동안/거위는 익어가는 몸을 식히려고/가운데 놓은 물과 소스를 들이켠다/이 소스와 물을 먹여 내장의 오물을 씻어내려는/것이다/요리 도중 거위가 불시에 죽어버리지 않도록/찬물 스펀지로 계속 닦아준다/거위의 몸통이 노릇하게 구워지고/거위의 정신이 혼미해진 순간/그들의 만찬은 클라이맥스에 도달한다/살점이 뜯길 때마다/거위는 비명을 지른다/그 비명은 하늘을 찌를수록 좋다/마지막 한 점을 입에 넣을 때까지 거위가 살아 있어야/비로소 미식은 완성된다*

1999년 11월 어느 날 세계적 신용 평가 기관인 무디스의 기관원들이 왔다/007 가방을 들고 무엇을 어떻게 조사한 뒤/그들은 한국의 신용 등급을/한 단계 또는 두 단계 상향 조정할 수 있다고 말했다/THANK YOU SO MUCH, MOODIES!/how KIND you are!/007 가방을 들고 제임스 본드는 떠났다/일이 끝나면 그는 머무르는 타입이 아니다/007 가방을 들고 할 일이 많은 제임스 본드/어딘가 잘못된 사람을 고쳐주고 고통 받는 사람을 해결해주려면/제임스 본드는 급히 떠나야 하는 것이다/아 참 잘 먹었다/좋은 식사였다/성조기여 영원하라!/GOD BLESS AMERICA!

신촌 로터리 현대 백화점 모퉁이에
켄터키 후라이드 치킨 할아버지가
인자한 얼굴로 웃고 서 있다
노란 얼굴의 소년 거위 소녀 거위들이
햇빛 잘 드는 투명 유리창 안에서
사은 쿠폰을 모으기 위해
열심히 후라이드 치킨을 뜯어 먹고 있다

---

* 손일락, 〈혀끝에 몰두하는 인간들이여〉, 〈시사저널〉 352호, 1996년 7월 25일자, 102쪽.

〈다친 무릎〉에서 시작된 인생

인디언 처녀가 뉴멕시코 어디쯤에 있는
원주민 보호구역에서
들판을 보며 홀로 북을 치고 있다

그 북은 내 머릿가죽으로 만든 것이다
그 북소리는 나보고 들으라고 치는 것이다
그 북소리는 나더러 나오라고 치는 것이다

모카신을 신고 인디언 처녀는
들의 한가운데로 날아간다
바람을 타고 늑대가 온다
모래 상자가 엎질러지고
거기서부터 역사의 바깥이 시작된다
모래 상자 속에 묻혀 있던 빨간 심장이
혀를 빼물고 석류 한쪽이 깨어진 듯하다

인디언 처녀야 모래 상자를 넘어서
거기서 만나자 북을 계속 쳐다오
학살은 이미 완수되었고
다친 무릎에서 세상은 이미 시작하였으니
보호는 그렇게 옛적부터 강화된 것이다

보호구역 안에 사는 사람들이 나날이 많아지고
보호구역은 나날이 넓어진다
북소리는 나날이 위험해지고

나는 너를 듣고 있구나
머릿가죽을 벗겨라 모래 상자를 엎질러라
시계를 풀어라 손목과 발을 구르며
선댄스를 추어라 대지 어머니의 혼령을 불러내라
정수리에서부터 발가락 끝가지 내 피를 빨대로 들이켜라
다 들이켜고 붉은 입술에 달리아가 피면
내 두 입술에 입을 맞추러 들판을 건너
네가 오면
지평선도 너를 따라 나에게 오리라

반도에서도 언제나 북소리를 듣고 있는 나
다른 북소리를 따라가는 나
교통사고로 어젯밤 신촌 로터리에서 다쳤던 나
다친 무릎에서 시작된 인생을 끌고
아직도 더듬더듬 걸어가는 나

주전자의 물이 끓을 때

주전자의 물이 끓을 때
거친 파도가 바위섬을 삼킬 듯이 몰아칠 때
세계의 집에서 지붕들이 고요히 벗겨지고
유리창들이 환상의 격투로 부서질 때
주전자의 물이 끓을 때
삶은 거기에서 발레리나, 발뒤꿈치를 힘껏 높여들고
두 팔을 하늘로 쳐들고, 춤추는 발레리나,
관절이 연결된 척추 마디에 삐걱거림의 꽃송이가
벙글어지듯 솟아나고
바알갛게 신음하는 복숭아뼈를 견디며
바닥을 차고 올라가는 하얀 높이로의 힘겨운 이행
발레리나의 춤이 그 연루된 뼈들의 고통을 잊을 때
꽃이 고통의 연루로 피어난다는 것을 잊을 수 있을 때
주전자의 물이 끓을 때
목 없는 닭이 어두운 구름을 앞질러 날아가는
새떼들을 쳐다보는 시선으로
주전자 입에서 펄펄 날아가는 흰 김을 바라볼 때
혁명은 힘겨운 척추뼈와 복사뼈 사이의 연루에 있고
목 없는 닭의 떨리는 눈 속에 있고
하얀 김이 펄펄 나며 하늘을 조금 밀어내고 있는
그 공기의 힘겨운 파장 속에 있고

환상이 상심과 더불어 솟구쳐 일어나고
사랑이 한 번만 사랑일 때
혁명이 한 번만 혁명일 때
주전자 뚜껑이 팔팔 끓어오르는 김의 힘에 밀려
딱, 하고 저절로 벗겨져 떨어질 때

〈일상〉에서 ㄹ을 뺄 수만 있다면

〈일상〉이란 낱말을 고요히 들여다보네
고요히 끓고 있는 못(沼) 같은 일상
풍경에 울타리를 치고
아무나 다 잡아먹을 수 있을 것 같은
고요한 익사

〈일상〉이란 낱말을 고요히 들여다보네
ㄹ은 언제나 꿇어앉아 있는 내 두 무릎의 형상을 닮았네
일상은 어쩌면 우리더러 두 무릎을 꿇고 앉아
자기를 섬기라고 강력히 요구하고 있는 것도 같네
무릎을 꿇고
상이용사처럼 두 무릎을 꿇고
ㄹ로 두 다리를 포개고 앉아 있으라고
그러면 만사 다 오케이라고

〈일상〉이란 낱말을 더 들여다보네
(일상은 역사보다 더 오래되고
전쟁보다 더 많은 상이용사들을 낳은 것)
ㄹ을 한 번 움직여보네, 바퀴처럼, 썰매처럼
밀고 가보네, ㄹ을 달리게, ㄹ을 구르게, ㄹ을 구루마처럼
굴리며 굴려가 막 밀어보네,

제 속도에 취하여 ㄹ은 즐겁게 굴러가고 즐겁게 달려가네
절벽이 있는 데까지 굴러가서

절벽 아래엔 절이 있거나 벽이 있거나 하겠지만
ㄹ은 멈출 수가 없어 아래로 곧장 굴러 떨어지네
너무 멀리 온 거야, 이렇게까지 올 줄은 몰랐어,
웃다 만 반 조각의 얼굴을 허공중에 설핏 남기며
분해된 ㄹ은
투신자살, 혹은 미필적 추락으로

〈일상〉이 ㄹ을 잃어버린 날
땅 위에선 국경선이 모두 지워지고
아담의 목에 걸린 사과는 사과나무로 돌아가고
뱀의 뱃가죽에선 허물이 떨어져 승천이 돋아나고
여인의 밥상으로 붉은 황토의 푸른 보리밭이 침투하고
시계는 침대가 되고
침대는 시계가 되고
바다가 침대가 되었기 때문에
남자는 여자가 되고 여자는 남자가 되고
아이는 왕이 되고

13월 13일의 사랑

그런 사랑
13월 13일 같은 그런 사랑
토끼와 거북이가 뒤로 달리는 경주를 하고
싱그러운 초원 위에 뒹굴고 노는 그런 사랑
동서남북 어디인지 알 수 없게
방향을 지우고 놀다가
끝내는 이름도 얼굴도 잃어버리는
낙원 같은 그런 사랑
토마토 한복판을 가운데로 잘라내
똑똑 떨어지는 붉은 태양혈을 배꼽에 칠하고
응애 놀이를 하며 다시 태어나는 그런 사랑
우리는 세계와 국가의 요구에 부응해야 합니다
당신은 세계와 국가의 요구에 부응…
안 하는 그런 사랑
인디언 추장을 만나 손을 잡고
바람의 질주를 그리며 달리는 그런 사랑
세상의 달력을 잊어버리는
총, 성경, 질병을 잊어버리는 그런 사랑
탈주하는 사랑
탈주를 웃는 사랑
탈주조차를 잊어버리는 사랑

눈보라처럼 부응할 방향 자체가 없는 그런 사랑
반대로 달려가면서도 웃을 수 있는
즐거운 즐거워서 원기 왕성해지는
13월 13일만 같은 그런 사랑

암과 제국주의

암, 보, 다, 더, 제, 국, 주의적인, 것, 은, 없, 다,
암, 앞, 에, 서, 는, 어, 느, 육, 체, 도, 제, 3,
세, 계, 가, 된, 다

어느 날 문득 정체를 드러내는 그것
입국 서류 심사도 거치지 않고
합방을 선포하지도 않고 아무도 몰래
돌이킬 수 없을 정도로 전국을 점령, 토착화한 다음에야
그 정체를 드러낸다
(도착함이 곧 정복의 진행인 그것)

다른 세포들을 다 자기와 똑같이 만들어 점령한다
차이를 허용하지 않는 동일화의 법칙이다,
전선도 없다, 도시 게릴라처럼 여기저기에서 불시에
얼굴을 내민다,
정복이 완성된 순간에야 처음으로 병명이 발설된다
원주민의 몸을 상하지 않고서
도려낼 수도, 말려 죽일 수도,
멸망시켜버릴 수도 없다
(함께 사느냐, 함께 죽느냐 — 해로운 동반 관계에 의해
합병된 그 길을 — 주체와 타자의 자리가 뒤바뀌고)

육체는 이미 한참 전부터 식민화가 이루어져 왔던 것
고향 없는 추방자가 된, 원주민, 아니
타자들의 목소리는 원천적으로 봉쇄되고
뇌세포에까지, 사방에 전이를 이루고, 절정에 이르러서야
그는 화려하게, 의기양양한 정복의 꽃다발을 만천하에
흔든다
제국의 형성이 완성되었음을 선포하고
스스로도 그 아름다운 정복에 그만 심취하여
황홀하게 만다라적 대관식을 거행한다
(그것은 병마가 아니라 권력처럼 보인다)

암, 은, 그, 렇, 게, 제, 국, 주, 의, 적, 이, 고
제, 3, 세, 계, 같, 은, 육, 체, 는, 누, 구, 에,
게, 나, 있, 다

빗자루를 타고 달리는 웃음

웃음이란 상징적 사과 속에 들어 있는 수많은
씨앗 중의 하나 — 보들레르

바보 산수
정자에서 네 팔을 벌리고 낮잠을 즐기는
바보 산수
빨래하는 여인을 훔쳐보는 동네 영감이 있는
바보 산수
엿장수를 반기는 즐거운 아이들이 웃는
바보 산수

중력의 악마를 뿌리째 뽑아내려는 듯
질질 끌고 가다가
휘두른 듯이 내려친 자루걸레
그 봉 걸레에 먹을 듬뿍 찍어
병풍 위로 질질 끌고 다니며
불굴의 한 획으로
웃고 달려가는
잇달아 파고들며 웃고 달려가는
달아날수록 웃고 덤벼드는 뭉클뭉클한 千의 산맥을 그린
걸레 수묵
후려치는 봉 걸레
빗자루를 타고 달려가는

웃는 웃음

그 웃음의 산맥을 타고 달려가는

꿈틀대는 웃는 웃음

그 웃음

빗자루가 휘갈기는 그 웃음

바보 웃음

한국은 노래방

당신은 노래를 잘 부르지 못하는 사람
노래방에서 당신 혼자만 노래를 부르지 않고
삼십 분 넘게 앉아 있어 본 적이 있는가
당신의 친구들은 당신에게 노래를 부를 것을
권한다 강요한다 강제한다 애소하고 명령한다

노래방에서 당신 혼자만 노래를 부르지 않고
삼십 분 넘게 앉아 있어 본 적이 있는가
당신은 남북통일에 반대하는 사람
DMZ를 만든 사람
수원지에 독극물을 붓는 사람
성수대교를 무너뜨린 사람
백범 김구를 암살한 바로 그, 그, 그 장본인이 된다

길은 이것뿐이다
노래를 부르는 사람들을 남겨두고 노래방 문을 닫고
나가버린다
(당신은 아웃사이더가 된다),
노래를 부르라고, 부르라고 잡아끄는
친구들의 팔목을 절단해버리고
친구들을 모조리 죽여버린다

(당신은 체제 부정자가 된다),
(이제 당신은 비로소 노래부르기로부터 자유로워질 수 있다)
아니면 노래를 권하는 친구들의 끈질긴 권고에 항복하여
잘 부르지 못하는 노래지만 한 곡조 마지못해
불러본다,
(당신은 그 순간 자랑스런 한 패, 믿음직스런 한 패로 승격된다)

노래방 바깥으로 홀로 나간다
노래방 간판의 번쩍이는 네온 붉은 조명이
밤도 별빛도 다 삼켜버린 천지,
눈물을 문지르며 그대는 깨닫는다,
노래방은 만유에 편재하고
노래방 바깥에는 아무것도 없다,
노래방 체제가 한국의 유일한 체제이며
그 바깥에는 다른 어떤 체제도 없다는 것을

한국식 죽음

● 김금동 씨(서울 지방검찰청 검사장), 김금수 씨(서울 초대병원 병원장), 김금남 씨(새한일보 정치부 차장) 부친상, 박영수 씨(오성물산 상무이사) 빙부상—김금연 씨(세화여대 가정과 교수) 부친상, 지상옥 씨(삼성대학 정치과 교수) 빙부상, 이제이슨 씨(재미, 사업) 빙부상=7일 하오 3시 10분 신촌 세브란스 병원서 발인 상오 9시 364-8752 장지 선산

그런데 누가 죽었다고?

한국식 실종자

● 부음

이상준(골드라인 통상 대표), 오희용(국제 가정의학 원장), 손희준(남한 방송국), 김문수(동서대학 교수) 씨 빙모상=4일 오후 삼성 서울 병원. 발인 6일 오전 5시.

누군가 실종되었음이 분명하다

다섯 명씩이나!

순교 문화의 품위를 지키면서
손수건으로 입을 막고 다소곳이

남근 신의 가족 로망스 이야기

한국사 강좌

〈급정거나 급회전시
매우 위험하오니 손잡이를 꼬—옥 잡으십시오〉

앉을 좌석이 하나도 없는
이 무시무시 심야 좌석버스

아무리 둘러봐도
손잡이가 없다

신촌 맥도날드 점

> 이것이 얼마나 죄가 많은 다리인 줄 모르고/
> 식민지의 곤충들이 24시간을/자기의 다리처
> 럼 건너다닌다 — 김수영

맥도날드가 신촌 로터리까지 와 있구나.
피 흘리며 허공중에
솟구쳐 매어달린 젖가슴.
여기까지 먹여주려고 어느새
반도에까지 맥도날드가 왔구나.
나보다도 더 먼저
도착해
금빛 유방을 보란 듯이
반도의 하늘에 걸어놓은 맥도날드여.

폐암 수술을 받은 이모부를 뵙고
아침에 텍사스를 떠나 꼭 그 밤 안으로
산타페에 도착하려고
뉴멕시코를 달리던 어느 밤, 밥을 굶고 손을 떨면서
운전대에 매어달려
어둠을 달리고 있던 나의 허기진 얼굴 위로
어느 숲을 돌자 네온의 피가 와락 쏟아져 내리던
금칠한 맥도날드의 네온 유방이여.
어머니의 피 흘리는 밥상이여.

그날 먹은 빅맥은 하나의 성찬식, 배를
채운 금빛 기운으로
어둠을 지나고 숲 또 대평원을 달려 산타페,
그리운 나의 산타페에 입성하였으니.
그러나 그리운 산타페. 나의. 그런 것은
어디에도 없는 그런 곳.
스페인 기병대에 학살당하고 능욕된
학살은 옛날옛날 그 옛날에 이미 완결되었고
산타페 박물관은 학살 박물관, 5·18 기념 박물관.
용산 전쟁 박물관
이미 찢어진 홍인의 어머니와 딸들의 유방
식민지의 유령이 떠돌며
담요와 벽걸이와 은세공 목걸이들을 파는 것을
보았는가.
모카신을 신고 아직도 대평원을 날아다니는
인디언 처녀의 유령이여. 전사여. 관광 상품이여.

식민지의 입들이여.
맥도날드여, 나는 너를 특별히 규정하려는 것은 아니다.
피식민의 유방들은

어디에서도 지금 능욕되고 있을 것이다.
대로에서 잘려진 유방은
1980년 5월 19일 광주
좌유방부 자창 우측흉부 관통상
열아홉 살 처녀 손옥례만의 것은 아니다. 아니지만.
신촌 로터리에 서서
나의 허공에 전시된 너의 금빛 유방을 보면서
원주민을 말살해서는 안 된다.
원주민을 먹여주어야 한다—는
먹이는 제국주의. 강간이 아닌 유혹으로
이제 정책을 바꾼.

나는 지금 좀
그런 얼떨떨한 제목으로 서서
내 식민지의 허기를 좀 바라보고 있는 중인 것이다…

사랑 · 0
— 저 몇 발자국

풍문으로만 알고 있던 심장의 존재를 오늘 나는 느껴보았다 심장이 공격해 오기 전까지 나는 그것의 존재를 모르고 있었다 모르고 있었다 모르고 있었다 강한 바람이 부는 걸까 단단하게 묶인 것으로 보였던 붉은 달리아 꽃받침이 뿌리치듯 위태로이 흔들리면서 급한 숨을 몰아쉬며 쉬면서 자, 나와 함께 이제 썰물을 탈 시간이라고 말하려는 듯 벌거벗은 두 팔을 내밀며 내밀며 달려들 때… 하얀 계엄령 도미노처럼 고요히 무너지는 저 심. 장. 마. 비…

…전차를 타고 가다 유리 지바고는 유리창 밖에서 걸어가는 라라를 보았다 헤어진 지 몇 년 만에 우연히 보게 된 라라는 긴 머리를 날리며 햇빛 속을 무심히 걸어가고 있었다 전차는 달리고 지바고는 달리는 전차 유리창을 손으로 마구 두드렸다 라라는 길을 걷고 있었다 햇빛 속에 가방을 메고 천천히 걸어가고 있었다 전차가 멈추자 그는 전차에서 내려 라라를 향해 달려갔다 향해 달려갔다 달리는 그의 눈동자 바로 앞에, 저기 앞에 라라의 어깨가 라라의 등이 라라의 긴 머리가 바로 저기, 저기에 있었다 바로 저기 잡을 듯이 보였다 라라 라라 그는 소리치려고 했다 소리쳐 부르려고 했다 소리는 나오지 않았다 라라는 햇빛 속을 무심히 걸어가고 있었고 그는 가슴을 감싸안고 길바닥에 쓰러졌다…

조용한 살육이, 만나지 못한 육신 위에 닿을 수 없는 라라가, 영원의 계엄령이, 아아 마지막 침묵의 고요한 계엄령이, 언제나 라라는 그렇게 가고 있을 것이고 언제나 지바고는 그렇게 몇 발자국 그녀의 뒤에서 쓰러지고 있을 것이다, 언제나 그렇게 우리에게 닿을 수 없는 몇 발자국은 남아 있을 것이다, 그렇게, 닿을 수 없는 몇 발자국은, 가고 싶은 몇 발자국은, 닿고 싶은 몇 발자국은… 도미노처럼 고요히 심장마비가 오고 그렇게 쓰러질 것이다, 아무데서나, 아무데서나, 그리고 쓰러진 빨래 같은 누구나의 육신 위로 바람은 불고 하늘엔 허공이 떠 있을 것이다, 바람은 불고…

사랑 · 5

— 결혼식의 사랑

성채를 흔들며 신부가 가고
그 뒤에 칼을 든 군인이 따라가면서
제국주의가 시작되었다고 한다

부케를 흔들며 신부가 가고
그 뒤에 흰 장갑을 낀 신랑이 따라가면서
결혼 예식은 끝난다고 한다

모든 결혼에는 흰 장갑을 낀 제국주의가 있다
그렇지 않은가?

사랑 · 13

언제부터인가 나는 일인칭이
하나의 명사에 지나지 않는다는 것을 알게 되었다
그것은 한낱 하나의 문법적 요소,
허구적 자칭으로 반죽된 것임을 바라보았다

이인칭의 시대 — 너 — 자네 — 당신 — 그대,
너 — 자네 — 당신 — 그대, 거울이 있는 방
불기 없는 파스텔 톤의 실내
아름다운 대칭의 삶이
신성한 촛불과 백합꽃에 둘러싸여 주술적으로 상연되고
대칭을 위한 일인분으로 허용된 꿈,
혹은 허용되지 않는 꿈들 사이
그대 — 라고 그대를 부르는 것들이
나를 내 속에서 쫓아내고 있다는 것을 알게 되었을 때
그리움조차 사치가 될 수 있다는 것을 보았다
신경숙의 소설이 그만 읽혀지지 않았다

나 속에서, 너 속에서, 자칭/대칭을 넘어서
삼인칭의 차를 타고 떠난 그녀를
철컥 하고 문이 닫히고
활주로에 피어오르는 흙먼지 속에서 잃어버렸을 때

후일담 속의 그녀는 남대문 헌옷 지하상가에
나와 있는 그것이거나 저것이거나
국경선 근처 언덕을 굴러다니고 있는 빈 깡통,
검은 비닐봉지, 밀폐 용기 타파웨어 속의 야채샐러드,
그것,
저것,
아·무·것

그런 날, 어느 날, 만유인력이 무너진 날, 그런 날, 어느 날, 아무 날 아무 시에, 장화 홍련이요 심청이요 옥봉이요 오필리어요(원 이렇게 물에 빠져 죽은 여자들이 많어), 숙향이요 향단이요 팥쥐요 장쇠 엄마요, 그런 날 어느 날 만유부력이 떠오르는 날, 4인칭이 되어, 떠도는 것들은 떠도는 것들대로, 끊어진 것들은 끊어진 것들대로, 편린들은 편린대로, 따스한 거품 속에, 허우적대며 솟아오르는, 이름을 아 알지 못하는 4인칭의 바닷속에, 어느 날, 아 아무 날, 어 얼굴들을 다 용해시키는 4인칭의 즐거운 바다, 그 그런 날…

8

냄비는 둥둥

냄비는 둥둥

별

별
에서
ㄹ이
떨어져서
무릎 같은 ㄹ이 떨어져서
땅에 내려와서
논에 들어가
벼가
되어서
벼로 패어서

일하는 농부의 다리
힘들어서
꺾어져서
주저앉아서
겹친 다리
꺾인 무릎
ㄹ이 되어서
벼를 모시고 쉬는데
때
그런 때

벼가
별이 되어서

저 산을 옮겨야겠다

저 산을 옮겨야겠다
저 산을 내가 옮겨야겠다
오늘 저 산을 내가 옮겨야겠다

먼저 저 산에서 ㄴ을 빼고
ㅏ ㅏ ㅏ ㅏ
목놓아 바깥으로 아를 풀어놓으면
산은 마침내 ㅅ만 남게 된다
두 사람 비스듬 몸 맞대고 걸어가는 모습이 보인다

ㅅ...... ㅅ....... ㅅ....... ㅅ......
저 산이 움직인다
ㅅ...... ㅅ....... ㅅ....... ㅅ......
저 산이 걸어간다
ㅅ...... ㅅ....... ㅅ....... ㅅ......
산을 움직이는 두 사람
ㅅ...... ㅅ....... ㅅ....... ㅅ......
사랑하는 두 사람이다

갑자기 그럼에도 불구하고! 라는 말이 들렸다

폭설의 밭 속에서 살고 있는 것들!
백설을 뻗치고 올라가는 푸른 청보리들!
폭설의 밭 속에서 움직이고 있는 것들!
시퍼런 마늘과 꿈틀대는 양파들!
다른 색은 말고 그런 색들!
다른 말은 말고 그런 소리들!

하루를 살더라도 그렇게
사흘이나 나흘을 살더라도 그렇게!

호텔 자유로

자유로는 이제 호텔이 되었다.
자유로에서 자유는 이렇게도 많이 밀리고 있다.
처참한 브로콜리 같은 아침의 얼굴이여.
누가 이 아침 얼굴을 이토록 뭉개어놓았나.
자유로에서 밀리는 것은 정말 자유만이 아니다.

때 묻은 얼굴에 머리카락을 풀어헤친 맨발로
조그만 베개를 가슴에 안고
아가야, 아가야, 젓 줄까, 베개를 토닥이며 돌아다니던
그 미친년의 마음을 알 수 있을 것 같다.
그런 미친 그리움을 살아본 적이 있는가,
그리움이 앞으로 더 나아갈 수 없을 때
그리움이 앞으로도 뒤로도 다 막혀 있을 때
나도 얼마든지 그렇게 미칠 수 있을 것 같다

미치거나 황토 귀신이 되어서 반쯤 졸거나 반쯤 자는 길.
서울로 가는 전봉준도 그리하였으리라. 깃발은 들었고
자유는 밀리고. 황토재 떠나 황룡촌 지나
첩첩 그리움은 막혀가고. 보은 지나 금강이여.
서울로 가는 길목마다 그렇게도 어려웠으리라
자유로에 점점 떨어진 푸른 알들이여

녹두꽃잎이여 …

호텔 자유로. 인디언 담요를 몸에 두르고
스티로폼 도시락에 담긴 김밥과 샌드위치를 먹으며
그렇게도 싫어했던 실려가는 삶에 대해
실려갈 수밖에 없는 삶에 대해
밀려 있는 자유에 대해
밀고 가는 자유에 대해.
그리고 또 다시 언젠가 꽃피어날 녹두꽃에 대해
피기도 전에 공습 탄환에 스러진
카불 소녀의 녹슨 녹두빛 눈동자에 대해 …

냄비는 둥둥

텔레비전 화면을 통해
아르헨티나 아, 아르헨티나가 냄비 두드리던 소리,
부에노스아이레스의 한여름 밤거리를 뒤흔들던 소리,
남녀노소 가릴 것 없이 냄비 · 프라이팬 · 국자 · 냄비뚜껑까지
들고 나와 두드려대던 소리,
사람들이 한목소리로 내지른 비명 소리
아르헨티나 아아
빚과 실업자, 극빈자, 점쟁이와 정신과 의사,
사망자와 부상자들, 그 한숨소리
나도 프라이팬을 들고 뛰어가 섞인 듯
입을 꽉 다문 채 몇 시간씩 은행과 직업소개소 앞에 늘어선 모습들
이런 광경 고요함

비 내리는 텔레비전 화면을 쳐다보며
묵묵히 밥을 먹는다
다리 하나 부러진 개다리 밥상
아무도 그에 대해 말을 하지 않는다
냄비 밑바닥만 우두커니 들여다본다
냄비 안에 시래깃국, 푸르른 논과 논두렁들,
쌀이 무엇인지 아니? 신의 이빨이란다,

인간이 배가 고파 헤맬 때 신이 이빨을 뽑아
빈 논에 던져 자란 것이란다,
경련하는 밥상, 엄마의 말이 그 경련을 지긋이 누르고 있는
조용한 밥상의 시간,
비 내리는 저녁 장마,
냄비는 둥둥

110층에서 떨어지는 여자

— 9 · 11에 죽은 여자를 추모하며

110층 화염의 하늘에서 떨어지면서
여자는 핸드폰을 목숨처럼 껴안고
사랑했다, 사랑한다고 말하며
110층에서 떨어지는 여자는
두 신발에 오렌지색 불이 붙은 것을 느끼면서
너를 사랑했다, 너를 사랑한다고 말하며
110층에서 떨어지는 여자는
꼭두서니빛 불타오르는 화염으로 치마를 물들이면서
너를 사랑했으며 너를 사랑한다, 영원히 사랑한다고
말하며
110층에서 떨어지는 여자는
엉덩이를 다 먹고
허리 한복판을 너울너울 화염이 베어먹는 것을 느끼면서
110층에서 떨어지는 여자는
이 불타는 허리 이 불타는 등줄기 이 불타는 모가지
110층에서 떨어지는 여자는
누구나 자기 무덤을 만들 시간은 없지만
너를 사랑했다고 말하는 여자는
난폭한 머리카락 난폭한 두 귀가 갈기처럼 일어서는 것을 느끼
110층에서 떨어지는 여자는
죽지 마, 죽어선 안 돼, 라고 연인이 말할 때

불길이 하얀 그녀의 두 손을 먹고 핸드폰을 녹여버릴 때
그때
바로 그때까지
죽어선 안 돼, 절대로 안 돼, 라는 연인의 말이 전해진
귀 두 짝을 소중히 움켜쥔 채
110층에서 떨어진 여자는
사
랑
해
!

콩나물의 물음표

콩에 햇빛을 주지 않아야 콩에서 콩나물이 나온다

콩에서 콩나물로 가는 그 긴 기간 동안
밑 빠진 어둠으로 된 집, 짚을 깐 시루 안에서
비를 맞으며 콩이 생각했을 어둠에 대하여
보자기 아래 감추어진 콩의 얼굴에 대하여
수분을 함유한 고온다습의 이마가 일그러지면서
하나씩 금빛으로 터져나오는 노오란 쇠갈고리 모양의
콩나물 새싹,
그 아름다운 금빛 첫 싹이 왜 물음표를 닮았는지에 대하여
금빛 물음표 같은 목을 갸웃 내밀고
금빛 물음표 같은 손목들을 위로 위로 향하여
검은 보자기 천장을 조금 들어올려 보는
그 천지개벽

콩에서 콩나물로 가는 그 어두운 기간 동안
꼭 감은 내 눈 속에 꼭 감은 네 눈 속에
쑥쑥 한 시루의 음악의 보름달이 벅차게 빨리

검은 보자기 아래 — 우리는 그렇게 뜨거운 사이였다

달걀 소포

한 사람이 걸어간다
몹시 가난한 사람인가 보다
겨울 추위에도 입을 옷이 없어
넝마 위에 푸대 종이를 걸쳐 입었다

무엇을 담았던 푸대였을까
푸대 종이 걸친 등짝에 이런 글자가 인쇄되어 있다
'이 물건은 연약하니
함부로 취급하지 마십시오'

그렇게 당신은 내 앞에 놓여있다
소포로 배달된 달걀꾸러미처럼
갈비뼈와 갈비뼈 마주치며
한 사람은 한 사람을 처음인 듯 전율한다

푸른색 · 1

푸른색
석란희의 보라가 섞인 듯한 푸른색
푸른색
김환기의 회색이 섞인 듯한 푸른색
푸른색
반 고흐의 미친 주황이 소용돌이치는 푸른색
푸른색
모네의 아침 햇빛 일렁거리는 잠이 덜 깬 푸른색
푸른색
모딜리아니의 누드에 설핏 끼쳐 있는 서러운 푸른색
푸른색
천경자의 푸른 독사에 나온 광나는 푸른색
푸른색
색상은 건반이고 영혼은 피아노
그러면 빨강은 '도'
파랑은 '레'
초록은 '미'라고 했던 어디에도 없는 칸딘스키의 푸른색

이 모든 푸른색
그 모든 푸른색
내가 죽어도 남아 있을 저 이유 없는 행복

빨강색

빨강
펄펄 끓는다
홍역이다
빨강
희망이 미처 빠져나오지 못한 판도라의 상자의 내부는
무척 소란스러웠을 거다
119다
빨강
클림트의 입맞춤 남과 여의 소용돌이
빨강
살기 위하여 필요한 몇 개의 벼락같은 환상
그 때문이다

정지

노랑색

누구의 노랑색이 가장 아름다운가요,
나는 반 고흐를 생각해요,
이글거려요, 출렁거려요, 소용돌이쳐요,
기다림의 속성을 그렇게 잘 보여준 화가는 없어요,
빨강보다 더 소용돌이쳐요,
하늘도 땅도 보리밭도 별빛도
다 일어서요, 만세를 불러요,
조이 투 더 월드—기립박수를 치기 직전이에요,
무대가 바뀌어요,
먼 호텔 욕조 안에서 헤어스프레이를 물속에 넣고
파랑빛 튀기는 감전으로 일렁거리며 죽어가는,
그런 여행자가 있어요,
그때 보는 그런 노랑색이에요,
그래요, 그런 것을 가진 거예요

신이 감춰둔 사랑

심장은 하루 종일 일을 한다고 한다
심장이 하루 뛰는 것이
10만 8천 6백 39번이라고 한다
내뿜는 피는 하루 몇 천만 톤이나 되는지 모른다고 한다
지구에서 태양까지의 거리가 1억 4천 9백 6십만 km인데
하루 혈액이 뛰는 거리가
2억 7천 31만 2천 km라고 한다
지구에서 태양까지 두 번 갔다올 거리만큼
당신의 혈액이 오늘 하루에 뛰고 있는 것이다
바로 너, 너, 너! 그대!

그렇게 당신은 파도를 뿜는다
그렇게 당신은 꺼졌다 살아난다
그렇게 당신은 달빛 아래 둥근 꽃봉오리의 속삭임이다
은환의 질주다

그대가 하는 일에 나도 참가하게 해다오
이 사업은 하느님과의 동업이다
그 속에서 나는 사랑을 발견하겠다

평범한 달력

처음 달력이 올 때 누구나 두 손으로 공손히 받아들였을 것이다
고맙다고 고개를 숙이기도 하였을 것이다
처음에 달력은 평범한 숫자들의 나열이었을 것이다
검은 숫자와 빨간 숫자는 평범한 약정에 불과했을 것이다
평범한 숫자에서 시작된 달력은
자신도 모르는 새 운명이 되기도 하였을 것이다
기념일은 되도록 없는 것이 좋지만
운명의 기호가 차곡차곡 쌓여
운명 아닌 숫자가 차츰 줄어들기도 했을 것이다
거기서 아주 새로운 일이 벌어지기도 하였을 것이다
무덤에서 아기가 나오고
물 위의 수련들이 하얀 거북알을 낳고
진홍보다 더 붉은 선홍빛 죄가 흰 눈보다 더 하얘지고
하늘의 해가 두 개 뜨고
헬리콥터가 보리밭에서 이륙하면서
결혼사진을 찍고 있던 어느 신부의 면사포를 찢고
바퀴에 휘감긴 면사포에 질질 끌려가다가
허공중에 목이 졸려 죽은 여자도 있었을 것이다
누군가 울면서 세례를 받고
다 있었을 것이다
평범한 달력 안에서 이루어질 수 없는 일은 없었을 것이다

이루어지지 않았던 일도 없었을 것이다
달력은 더 이상 평범한 숫자가 아닐 것이다
기어코 누구에게나 평범하게 끝날 수는 없었을 것이다

사랑은 ㅇ을 타고

사랑은 움직인다
사랑이 동그란 바퀴를 타고 있기 때문에,
당신밖에 할 수 없는 일,
사람에서 ㅁ을 깎아 ㅇ을 만들어서
.....ㅇ....ㅇ....ㅇ.....ㅇ......ㅇ......
동그란 바퀴는 구르고 움직이며 때로 미끄러지기도 한다,
ㅇ....굴렁쇠...... 사랑은 누군가의 목을 조이기도 하고
들판 밖으로 나가 굴러 널브러지기도 하고
정착을 모르고 여기저기 쓰러지기도 하지만
깊고 찬 우물, 광야에서 발견한 우물의 ㅇ

아리랑.......쓰리랑........이란 말도 그렇다,
그런 말이다,
마음에 바퀴를 달고 있다는 것이다,
시베리아 남부지역, 바이칼 호숫가에 살고 있는 에벤키족의 언어에서
아리랑(alirang)은 '맞이하다'는 뜻을,
쓰리랑(serereng)은 '느껴서 알다'는 뜻으로 사용되고 있다고 한다,
영혼을 맞이해봐라
이별의 슬픔을 참아봐라,

아리랑 쓰리랑 두 개의 바퀴를 타고 가서, 나아가서,
찬 새벽 사막에서 우물 ㅇ을 만나봐라

마음을
.....ㅇ....ㅇ....ㅇ.....ㅇ......ㅇ......에 올려두고
일평생 미끄러져봐라
앉아 있는 사람에서 ㅁ이 ㅇ이 될 때까지
둥글게 둥글게 모서리 뼈를 깎아봐라,
ㅁ이 ㅇ이 될 때까지 아리 아리게 쓰리 쓰리게
뼈를 깎는 그 고통이 지나야만
웃는 웃음 ㅇ이 바퀴를 굴려 나가리니
깊고 찬 우물, 광야에서 발견한 우물의 ㅇ
당신밖에 할 수 없는 일,
어떤 사막에서도 멈출 줄 모른다,
사랑은 ㅇ을 타고 있기에

빨랫줄 위의 산책

빨랫줄 위를 걷는 것이다,
구름 위에 걸린 빨랫줄을 걷는 심정으로,
위기를 과장하지 않으면서
위기를 미학화하는 사업에 나는 필히 골몰하고 싶다,
필생의 사업이라면 이제 그것이 대문자로 대두되는 세월
시인의 사업이라면 필경 가내 수공업 수준이겠지만
그런데 말이다, 그것이 만만치 않은 우주적인 함량을 지녔다는 것이다,
이 반달리즘 자본의 세월 속에서
못 먹고 못 입고 지지리 궁상인 극빈의 연필심처럼
앙상하게 마른 시인이라는 동물이
자기 손금을 파서 우물을 내고 그 위에 빨랫줄 같은
한 그루 몽환의 무지개를 심으면서
빨래를 미학화하고 극대화하고 있다는 것,
크리스털 워터보다도 인디언의 물 에로우 헤드보다도
더 아름다운 생수를 자기 손금에서 파내면서
그 분출로 이루어진 무지개의 빨랫줄 위를 걷고 있다는 것,
이런 것이야말로 역사적인 일이 아니랴,
안심하라, 내니 두려워 말라,*

---

* 〈마가복음〉 14장 27절 중에서.

무지개 위의 구름보다도 더 우아하고 절실하게
피를 머금고 수반 위에 꽃피어난 글라디올라스,
주렁주렁 매어달린 숙명의 측량할 수 없는 홍염,
동대문 의류시장에서 장사를 하던 내 친구의
시체가 서해 바닷가 어느 모텔에서 발견된 날,
세상에 보호자가 없어도 그렇게 없어서
내가 빨랫줄에서 내려와 경찰서 안치실에까지 불려갔는데
나 캄캄한 극장에서 불이 난 것과 같았어,
허무처럼 간단한 것이 없더군, 허무처럼 간단한 것이 좋아,
그런 표정으로 구름 위에 누워있는 그녀,
빨랫줄 위에서 왜 좀더 버티지 못했어, 왜 그렇게 추락했어,
울고 싶어도 울 수가 없고
날고 싶어도 날 수가 없어,

우아하게 살기로 한다,
구름 위에 걸린 빨랫줄을 걷는 심정으로,
밤마다 지하주차장 벽에 차를 박아도
빨래를 미학화하는 사업에 나는 필히 골몰하여야 한다

무지개의 약속

무지개를 보았니,
정맥이 파랗게 튀어나오고 울퉁불퉁한 두 팔을 가진
한국의 노동하는 여인들이
시퍼런 물에 공들여 세탁한 고운 천들을 걸어놓은
높은 빨랫줄이야,
거기 색색이 펄럭이는 채색 붕대들을 보았니,
심장의 유혈을 막으려고 여인들의 심장 속에 말없이 뭉쳐놓았던
몇 천 톤의 붕대들이
푸른 하늘을 배경으로 그렇게 채색층층 하늘하늘 걸려 있어,
무지개를 기억하지,
어떻게 가슴속의 붕대들이 거기까지 도달할 수 있었을까,
얼마나 많은 몇 천 톤의 여인들의 심장에서
얼마나 많은 몇 억 광년의 피 묻은 붕대들이 끌려나왔다는 것일까,
그렇게 멀리까지,
그렇게 높이까지,
아니, 더 갈 수 있었는데도
꼭 그만큼 중천에 멈추어 둥그렇게 서서
수려한 이마를 숙이고 지상을 내려다보고 있는
참 깊은 채색 고운 마음 같은 눈썹

빨래가 날아가 하늘에 걸렸던 것은 날갯짓을 했던 까닭이다,
어느 날 혹은 바람이 빨래를 떨어뜨릴 수도 있었지만
떨어뜨리는 이유는 울퉁불퉁 피투성이 날갯짓을 하라는 거다,
다시 올려 색색 고운 채색으로 하늘에 심으신다는
무지개의 약속 그 때문이다

여자의 지중해

대보름날, 걷기 시작한 것이 어떻게 한강변에 닿아 언덕에 섰다,
달은 크고 둥글고 단물에 흠뻑 취해
단 한 번의 달꽃으로 피어나고 있는 중이었다,
지중해, 언제나 그 말은 꿈을 주었는데
여자의 지중해,
보름달은 그런 말을 생각나게 하였다

달의 뒷모습을 본 적이 없었는데
그때 임종 직후 혼자 버려져 있던 그녀의,
초고속으로 졸아붙은 울퉁불퉁 검은 뒤통수가
달의 뒷모습이었을까,
지중해, 여자들이 몸속에 하나씩 가지고 있는
지중해라는 슬픈 사랑

보름달 아래서 달집을 태우는 사람들이 있었는데
한 해의 액운을 가지고 말없이 타올라
재앙을 한 몸에 거머쥐고 홀로 떠나는 달집의 지푸라기에서
화장터에서 고독하게 타오르고 있던
시어머님의 마지막 모습이 떠올랐다

그렇게 조상들은 자손들의 달집으로 태워져야 하는 것인지도 모른다,

나도 어느, 날, 어, 느, 어, 느, 고, 유, 한, 날,
이 땅의 액운과 재앙들을 한 몸에 거머쥐며
다시는 되풀이될 수 없는 불의 춤을 그으며
달집인 양 타서 가야 하는 것인지도 모른다
달집인 양 타서, 가서, 달빛의 풍요에 몸을 보태야 하는 건지도 모른다

한 방울의 눈물이 몸 안의 지중해를 일으킨다,
일렁이는 지중해는 높이 파도쳐 올라
달의 손에 닿으려고 혼신으로 물의 날개를 퍼덕인다,
달은 오늘 다 되었다, 저 언덕에 이르렀다,
오늘 달은 다다, 다 왔다,
나의 지중해는 오늘 달에 닿으려고
심장의 두 꽃잎을 북으로 가득 두드리고 있다

레몬즙을 짜는 시간

레몬… 이라고 말만 해도
입안에 그득 고여오는 연두빛 나는 노란색
그렇게 향그럽고
그렇게 쓸쓸하고
그렇게 시디신…

누구의 손이
누구의 머리에 닿아서
누구의 손이
누구의 뼈에 닿아서
누구의 손이
누구의 골수를 찔러서

세월이여, 레몬즙을 쥐어짜는 하느님,
뼈도 뼈 중에 가장 시디신 뼈,
살도 살 중에 가장 달디단 살,
피도 피 중에 가장 화려한 피
그 모든 것들을 짜내시고
저으시고 흔들어 부어
손가락 사이로 흘러넘치게 만드시는

레몬즙을 쥐어짜는 시간엔
말이 없다, 레몬—타임
두 손에 힘을 더하고 더하며
눈을 감고 조용히 기다려라, 레몬—타임
끝까지 방울방울 다 나올 때까지

혼자 하지 마라, 레몬—타임
기다림은 하늘과의 동업이다

부부의 性

당신과 나의 성 사이에는
너무 많은 국제정치와 사회상과 경제의 이면이 흘러가고 있다,
사랑과 성은 너무 많은 과부하를 받고 있다,
이 침대, 허공에 장칼이 드리워져
언제 몸과 몸 위로 떨어져 내릴지 모르는
이 중년의 침대
성은 단지 성일 수만은 없다

부시 대통령이 고이즈미 일본 총리와 텍사스 별장에서 만나는 사진
영변 폐연료봉 8천 개의 재처리 완료 소식
이라크 아이들이 미군과 축구를 하며 웃고 있는 사진
탈레반이 파괴한 바미안 계곡의 석불 잔해며
부동산 담보대출 융자 이자에 상환기간
종합소득세, 재산세, 부동산 취득세, 주민세며
내년 봄 선산 이장 문제
기타 등등 너무 많은
등등, 기타

당신과 나의 성 사이에는
너무도 많은 신자유주의적 유교적 경제적 교육적 민족적 과부하
가 걸려 있다

사랑도 과부하가 걸려 있다
성이 단지 성일 수 있을 때
사랑도 사랑이 될 수 있고,
사랑이 단지 사랑일 수 있을 때
성도 성이 될 수 있고

허공에 장칼이 드리워져 언제 떨어질지 모르는
이 아슬아슬한 중년의 침대
신문지로 도배된 몸과 몸이
타임, 뉴스위크, USA Today로 도배된 침대 위에서
뒤척이다가 간혹 슬프게 만나기도 한다

구름 밥상

검은 리본이 둘러쳐진 영정사진 아래서
밥을 먹는다.
모란꽃 같은 구름이 밥상으로 내려왔다.
아니 모란꽃 같은 밥상이 구름 위로 올라갔다.
이 꽃 같은 구름 밥상,
어이, 어언, 어이, 그런 밥상.

검은 리본이 둘러쳐진 영정사진 아래서
밥을 먹는다.
모란꽃이 뚝뚝 지기 시작하는 밥을 먹는다.
흘러가는 밥상,
언제나 모든 밥상은 흘러가는 밥상이었다,
어이, 어언, 어이, 그런 밥상.

어느 화창한 날
어느 고유한 날
검은 리본 둘러쳐진 영정사진이 되어
나도 식구들 밥 먹는 것을
내려다보고 있을 때.
어이, 어언, 어이 그런 날.

피란 원래 구름으로 만들어졌고
정액도 원래 구름으로 만들어졌고
달도 원래 구름으로 만들어졌고
해도 원래 구름으로 만들어졌고
태초에 구름 밥상
어이, 어언, 어이 …

새벽밥

새벽에 너무 어두워
밥솥을 열어 봅니다
하얀 별들이 밥이 되어
으스러져라 껴안고 있습니다
별이 쌀이 될 때까지
쌀이 밥이 될 때까지 살아야 합니다.

그런 사랑 무르익고 있습니다

여 보

사랑한다는 것
미워한다는 것
같이 살자는 것
같이 죽자는 것

손금이요
지문이다
같이 사는 동안
손금과 지문이 닮아졌네

배와 배가 만나야만 잉걸불이 탈 수 있는
배밀이 불새

향연, 잔치국수

어수룩하게 넓은 국수 막사발에
물에 삶아 찬물에 헹궈 소반에 건져놓은
하아얗게 사리 지은 국수를 양껏 담고
그 위에 금빛 해 같은
노오란 달걀지단 채 썰어 올려놓고
하아얀 달걀지단 따로 채 썰어 올려놓고
파아란 애호박, 주황빛 당근도 채 썰어 볶아 올려놓고
빠알간 실고추도 몇 개 올려드릴 때

무럭무럭 김나는 양은 국자로
잘 우려낸 따스한 멸치장국을 양껏 부어 양념장을 곁들여 내면
헤어진 것들이 국물 안에서 만나는 그리운 환호성,
반갑고 반갑다는 축하의 아우성.
금방 어우러지는 사랑의 놀라움,
노오란 지단은 더 노랗고
새파란 애호박은 더 새파랗고
빠알간 실고추는 더 빠알갛고

따스한 멸치장국,
아픈 자, 배고픈 자, 추운 자, 지친 자
찬란한 채색 고명과 어울려

한 사발 기쁘게
모두 모두 잔치국수 한 사발 두 손으로 들어올릴 때
무럭무럭 김나는 사랑 가운데,
화려한 한 그릇의 사랑 그 가운데로 오시는 분
마침내 우리 앞에도 놓이는 잔치국수 한 사발

(여자와 아이들을 제외하고도 오천 명을 그렇게 먹이셨다)
(오늘도 그렇게 하셨다)

희망이 외롭다

9

- 낙원역
- 시의 응급실에서
- 진주 기르기 · 2
- 바람의 바느질
- 희망에는 신의 물방울이 들어 있다
- 가슴
- 희망의 연옥
- 그래도라는 섬이 있다
- 하얀 접시에 올라온 하얀 가자미 한 마리
- 자유인의 꿈
- 모차르트의 엉~덩이 · 1
- 서울의 우울 · 1
- 서울의 우울 · 2
- 서울의 우울 · 17
- 忽然
- '부디'라는 말
- '이미'라는 말
- '아랑곳없이'라는 말
- 희망이 외롭다 · 1
- 천의 아리랑

희망이 외롭다

낙원역

이것은 영화다…
이런 생각을 한다
이런 생각을 하는 한
고통은 나의 고통이 아니다
핸들을 놓아버리면 죽겠지…
절망은 나의 신경이자 실핏줄
절망은 자폭을 향해 간다
강변도로를 달리며 시나리오를 넘기듯이 생각한다

이것은 영화다…
그런 생각을 하는 한
절망은 나의 절망이 아니다
욕망이라는 이름의 전차에 올라
'묘지'로 갈아탄 다음 '낙원'역에서 내리세요…
어느 영화에서 들은 말이다
영화 제목은 잊어버렸는데 마치 그 주인공이 자기 같다

영화를 찍는다고 생각하면
오늘이 오늘이 아니고
자기는 자기가 아니고
내일은 내일의 태양이 뜨겠지요…

절망엔 비약이 있다
폐허에 내일의 태양이 떠오른다
손에 흙을 쥐고 내일, 내일, 내일… 고향으로 돌아간다고 말하는
붉은 여왕, 흙의 딸

이것은 영화다…
생각하는 동안
해가 지고 해가 뜨고
흰건반이 검은건반이 되고 검은건반이 흰건반이 되고
집도 절도 없이
둘 사이는 멀어지고 멍하고 멍멍하고
고통은 타인의 고통
주인공은 늘 고난에 처하지만 사랑을 독려한다
죽음보다 고독이 더 무서워
시멘트 속에서 어린 시절의 꿈을 생각하네

심장이 총알에 뚫렸을 때도 죽지 않는다
총알 구멍 사이로 파란 하늘을 본다
이것은 영화다…

시의 응급실에서

시는 응급실, 시는 산소텐트, 시는 시린 사과 속의 빨간 피,
슬픔은 비료와 같아
시의 이곳저곳에 뿌려둬야지,
시는 임산부의 날
언제가 해산의 날인지 아무도 알지 못하는 날,
시는 폭탄을 안고 달린다,
구름 위로 달린다,
그런데 다랑논 하나만 한 논에서
누런 벼들이 익어가고 있다,
밥 한 공기만 한 논, 삿갓으로 덮어도 될 만큼
작은 한 공기의 삿갓 논,
죽그릇, 밥그릇 하나만 한 죽배미, 밥배미,
삿갓배미여,
무릇 환자는 죽 한 그릇으로 원기소성하노니
가을 다랑논 한 배미의 힘으로
나를 살리고 너를 살려
다시 논에 엎드려 언어의 이삭을 줍고
언어의 씨앗을 심게 하나니
층층이 겹쳐진 황금빛 다랑논
당신의 시 한 편
김이 펄펄 나는 밥 한 공기 당신의 서정시 전집

진주 기르기 · 2

오선지의 악보는 굳어버린 듯하였다.
저공비행의 헬기 위에서
화염방사기로 하얀 폭양을
무차별 난사하고 있는 듯한
여름날 오후,

도 레 미 파 솔 라 시…
도 레 미 파 솔 라 시…
그 불안한 '시'에 걸려
아무것도 올라가지 못하고 있었다.

뜨거운 아스팔트 위에서
노점상 아줌마는 구루마 위에
화덕 두 개를 올려놓고
하얀 김이 펄펄 날리는 옥수수를
찌고 있었다.
한 화덕 위에선 홍합 조개 국물을 끓이는
흰 수증기가 부들부들 떨면서
아줌마의 얼굴과 목을 마구 조이고 있었다.

사람마다 자기 아우슈비츠를 갖고 있다고

말한 사람이 있었지,
아우슈비츠,
아우슈비츠,
양계장의 닭들이 삼천 마리나 떼죽음을
당하던 시간,
사천 마리의 돼지떼들이 폭염 때문에
한꺼번에 몰살당하던 시간,
대체 저 여인은 누구를 사랑하기에
이 뜨거운 아스팔트 위에서
화덕을 두 개나 껴안고도
지상에서 유일하게 움직이는 생물이
될 수 있었을까,

도 레 미 파 솔 라 시…
도 레 미 파 솔 라 시…
그 뜨거운 '시'에 걸려
아무것도 움직이지 못하고 있을 때
화덕을 껴안은 그녀의 사랑은
그 불안한 '시'의 목울대를 훌쩍
뛰어 넘어
흑인 영가처럼

재즈, 블루스처럼
푸른 옷소매의 높은 生의 옥타브를
푸르게 푸르게 탄주하고 있는 것이었다.

바람의 바느질

자아
신주단지처럼 모시고 다녔다
자아의 문학을 한다고 했다
행여 부서질까
세상의 중심처럼 갓난아기와 같이 안고 다녔다
구심력이었다
어찌나 끌어안고 다녔던지
자아의 못에 박힌 가슴이 되었다
자아는 가슴에 박힌 못이 되었다

자아는 세상만큼 커지는 것은 아니었다
바위도 아니었다
내가 밀어뜨리지 않아도
시간이 와서 그것을 잘게 부수는 날이 왔다
마사토나 모래나 혹은 더한 흙의 가루같이
색동저고리 옷고름같이 갈기갈기 갈라진
그것은 목을 간질이고 목을 감는 끈이 되었다
목을 매라고 하는 것 같았다
괴롭고 성가셔
63빌딩 꼭대기 층 화장실에 들어가
변기 속에 넣고 물 내리는 스위치를 눌러버렸다

자아
너는 또 나를 절벽으로 이끌어 갔다
한계령 바람 속에 섰다
바람과 바람이 허공 속에 잠시 매듭으로 묶였다가
풀어졌다가 한다,
모가지에 허공과 바람의 손이 간지럽다
가슴에 파란 이파리가 돋아난다

하얀 구름의 하얀 스크린 위에
'자아'라는 말이 흰 글씨로 흘러간다
그래, 결국, 그것은 말들 속의 한 단어였다
하얀 말들 속의 하얀 한 단어였다
생각해보면 자신이 없다
인생은 그런 단어들을 중심으로 스타카토로 끊어지기만 한다

끊어진 스타카토들을 모아 바람이 넋의 바느질을 한다
그러면 자아가 되고 내가 되고 그대가 되고
또 훨훨 날아가 구름의 자취가 된다
밀가루가 바람에 날아가듯
세상의 오만가지
자아가 원심력의 궤도를 타고 날아간다

아니 궤도 따위는 없다
얼굴 없는 시간이 된다

꽉 다문 이빨 사이로
피가 배어 나오는
석류의

수평선으로 수평선으로
홀로 날개를 저으며 나아가는
갈매기의

밀물에 들고 썰물에 나고
물결에 숨을 맞추고
그윽하게

스페인어로 "나다 이 뿌에스 나다"
우리말로 "아무것도 아냐. 그리고… 어 아냐, 아무것도"

얼굴 없는 얼굴로 구름 위에 눕는다
시간 없는 시계로 바람 속에 흩어진다
공허가 나보다 더 큰 그곳에서

그제야 비로소 가슴의 못을 뽑는다
당신의 손을 잡는다

희망에는 신의 물방울이 들어 있다

꽃들이 반짝반짝했는데
그 자리에 가을이 앉아 있다

꽃이 피어있을 땐 보지 못했던
검붉은 씨가 눈망울처럼 맺혀져 있다

희망이라고 …
희망은 직진하진 않지만
희망에는 신의 물방울이 들어 있다

가 슴

세상에서 말 한마디 가져가라고
그 말을 고르라고 한다면
'가슴'이라고 고르겠어요,
평생을 가슴으로 살았어요
가슴이 아팠어요
가슴이 부풀었어요
가슴으로 몇 아이 먹였어요
가슴으로 산 사람
가슴이란 말 가져가요
그러면 다른 오는 사람
가슴이란 말 들고 와야겠네요,
한 가슴이 가고 또 한 가슴이 오면
세상은 나날이 그렇게 새로운 가슴이에요
새로운 가슴으로 호흡하고 맥박 쳐요

희망의 연옥

> 이 세상은 항상 폐허야. 하지만 우리에겐 작은 기회가 있어. 만약 우리가 아주, 아주 열심히 노력한다면, 우리는 선을 상상할 수 있을 거야. 우리는 파손된 것을 복구할 수 있는 방법들을 생각해낼 수 있어. 조금씩, 조금씩 — 제이 파리니, 《벤야민의 마지막 횡단》에서

그리고 그는 피레네산맥을 넘어
스페인 작은 마을
안전지대에 도착한 뒤
자살로 생을 마감하였다

이 세상은 항상 그런 최후들로 가득 차 있다
파손된 것들을 복구하는 방법 너머로
가을이 온다
어딘지 그런 절벽들이 푸른 포도밭 과수원 뒤에 아득하다

포도밭 주인은 어디로 갔을까
피레네산맥을 백 번을 넘어도 그 너머 그 너머에도
폐허와 절벽이 가득 차 있는 가을 풍경
팔 하나 주면 안 잡아먹지, 눈 하나 주면 안 잡아먹지 …
감옥 그 너머의 감옥, 절벽 그 너머의 절벽, 최후 그 너머의 최후

산맥을 넘고 넘어도 산맥
산맥 그 너머의 산맥, 절벽 그 너머의 절벽, 최후 그 너머의 최후

우리는 그런 것을 감옥이라고 부른다
희망의 연옥이라고

그래도라는 섬이 있다

가장 낮은 곳에
젖은 낙엽보다 더 낮은 곳에
그래도라는 섬이 있다
그래도 살아가는 사람들
그래도 사랑의 불을 꺼뜨리지 않는 사람들

세상에서 가장 아름다운 섬, 그래도
어떤 일이 있더라도
목숨을 끊지 말고 살아야 한다고
천사 같은 김종삼, 박재삼,
그런 착한 마음을 버려선 못쓴다고

부도가 나서 길거리로 쫓겨나고
인기 여배우가 골방에서 목을 매고
뇌출혈로 쓰러져
말 한마디 못 해도 가족을 만나면 반가운 마음,
중환자실 환자 옆에서도
힘을 내어 웃으며 살아가는 가족들의 마음속

그런 사람들이 모여 사는 섬, 그래도
그런 사람들이 모여 사는 섬, 그래도

그 가장 아름다운 것 속에
더 아름다운 피 묻은 이름,
그 가장 서러운 것 속에 더 타오르는 찬란한 꿈
누구나 다 그런 섬에 살면서도
세상의 어느 지도에도 알려지지 않은 섬,
그래서 더 신비한 섬,
그래서 더 가꾸고 싶은 섬, 그래도
그대 가슴속의 따스한 미소와 장밋빛 체온
이글이글 사랑의 눈이 부신 영광의 함성

그래도라는 섬에서
그래도 부둥켜안고
그래도 손만 놓지 않는다면
언젠가 강을 다 건너 빛의 뗏목에 올라서리라,
어디엔가 걱정 근심 다 내려놓은 평화로운
그래도, 거기에서 만날 수 있으리라

하얀 접시에 올라온 하얀 가자미 한 마리

나는
'나는'이라든가 '내가'라든가 하는
말을 잊어야만 한다고
또한 '나의'라든가 '내'라든가 하는 말도 다 버려야만 한다고
바다처럼 푸른 식탁보가 깔린
작은 나무 식탁 앞에서
하얀 접시에 올라온 하얀 가자미 한 마리를 보면서
문득 생각나는 것이다

이 은은하고 도도한 광채어린, 이 접시는 나에게 속삭인다
흰 살 가자미의 껍질, 지느러미, 빼낸 창자, 형제자매, 부모, 고향
그런 것을 다 복원해낼 수 있는가,
내가 주어가 될 수 없다는 것
나의 소유격도 결국은 다 파도거품처럼 무의미하다는 것
그렇다면 여기서는 접시가 주어란 말인가?
푸른 칼자루가, 모래밭이 주어란 말인가?
오른쪽으로 두 눈이 쏠려있는 가자미
껍질을 다 벗기우고 하얀 살만 접시 위에 올라와 있다
희망의 현실적 근거가 하나도 없지 않은가?
희망이란 원래 그런 것이 아닌가?

갈 데까지 다 간 마음….
접시에 대한 좌절, 몸부림, 굴종이 오고
이 시대에 누가 장편소설, 대하소설을 쓰는가?
있는 것은 몽따주, 토막토막 단상밖에는,
이 은은하고도 도도한 광채
접시 하나가 세계 전체와 맞먹는 것일 수도
전혀 아름답지 않은 이 접시 위의 몰락
외부는 언제나 파괴적인 힘으로
우리에게 관여한다
이 하얀 접시 앞에 놓인 나이프와 포크
앞의 신경증

그런 식으로 그날 별이 칼집 난 내 가슴에 소롯이 들어왔다

자유인의 꿈

자유인…
그건 오해야,

땅끝에서 바다를, 바다의 끝에서 하늘을
그렇게 도화지를 다 지워버렸다고,
처음인 양 푸른 파도, 흰 구름, 갈매기를 바라보고 있다고

그건 오해야,
홀로 가는 구름은, 새는, 파도는 자유를 어쩌지 못해

자유는 그런 데서 오지 않더라,
죄의 깡통을 들고 피를 빌어먹더라,

장터에서 지는 싸움을 다 싸우고
시선으로 포위된 땡볕, 장마당 한복판에
피 흘리는 심장을 내려놓았을 때
징 소리가 울리고
막이 내리고
그런 패배를 견뎌야 자유인이 되더라

소금을 뚫고

꿈,

미친년의 머리에 꽂은 꽃 같은 거더라

모차르트의 엉~덩이 · 1

모차르트의 손가락
신의 물방울을 우리 가슴에 떨어뜨려주는
손가락,

잘츠부르크 궁정에서 열리는 연주회 직전
콘스탄체와 음란한 농담을 하느라고
연주회에 늦은 모차르트,
내가 고용한 하인 때문에 내가 왜 망신을 당해야 하냐고
대주교로부터 야단을 맞고 나가다
문 앞에
자기 음악을 듣고 환호하는 사람들이 모여 있는 것을 보고
대주교에게 엉덩이를 흔들며
엉덩이로 인사를 하고 나가는 모차르트,

게임에 진 벌칙으로
엎드려서
혹은 뒤로 눕혀져서
두 눈을 가리고 피아노를 치는 모차르트의 손가락,
〈피가로의 결혼〉을 지휘하는 손가락,
파파게노 파파게나를 부르는 손가락,
한없는 기쁨에 가득 차서

무엇인지도 모를
신의 즐거움에 항상 참여하며
들떠서 피아노를 치다가
일어나 엉덩이를 들썩 보여주는 모차르트,

황제의 조카 엘리자베스의 가정교사를 구한다며
작품 악보를 가져 와보라는 시종장의 말에
내가 최고인데
왜 음악을 알지도 못하는 사람들이 심사할
음악을 제출해야 하냐고 항의하는 모차르트,

모차르트의 엉덩이는 바로 그 항의다,
눈물이다,
떠들썩한 웃음이다,
가발 사회에 던지는 천진의 폭탄이다
코앞에서 빵~ 터지는 찬란한 방구다

서울의 우울 · 1

쇼팽은 쇼팽이 무거워
고개를 숙이고 있고
조르주 상드는 조르주 상드가 무거워
고개를 숙이고 있고
환자는 환자가 무거워
도둑은 도둑이 무거워
노동자는 노동자가 무거워
의사는 병이 무거워
고개를 숙이고 있고
아버지는 아버지가 무거워
어머니는 어머니가 무거워
아들은 아들이 무거워
딸은 딸이 무거워
고개를 숙이고 있고
해바라기는 해바라기가 무거워
달개비는 달개비가 무거워
민들레는 민들레가
자운영은 자운영이
칸나는 칸나가 무거워
고개를 숙이고 있는데

힘들어라
내가 내 이름으로 사는 것이 힘들어라
달빛으로 햇빛으로 고발장을 두르고
마음에 들지 않아라
이름 앞에서 고개를 숙이고 사는 것은

서울의 우울 · 2

어제 조간신문을 깔고 누운 등뼈가 아프다,
아픈 뼈에는 양들의 침묵이 가득 차 있다
노숙자는 아닌데 늘 노숙의 마음이 있다,
검은 장맛비도 가득 찼는지
어둠 속에서 장맛비 가득 찬 뼈는 흔들거리며 운다,

오늘 여기에서 하루하루는 유격전이다,
유격대는 아니지만 늘 유격의 마음이 있다,
서울은 날이면 날마다 유격전이다,
역사는 잘 가다가 되돌아와서 유령처럼 빛 속에 나타나기도 한다,
지금 대낮이잖아,
대낮인데도 죽은 역사의 얼굴에
갑자기 플래시가 번쩍번쩍 터지고

언제부터인가 종로구 중학동 근처가 환해졌다,
나날의 어둠과 영원의 햇빛,
일본 대사관 앞 소녀상 머리 위에 누군가 신문지를 접어
햇빛 가리개를 씌워 놓았다,
간호사는 아니지만 늘 간호의 마음이 있다,
소녀는 소녀들이고, 소녀의 맨발은

아직도 차디찬 빙하의 역사를 딛고 있다,
소녀상의 맨발에 양말을 신겨주고 싶으나
그녀의 발가락은 잊을 수 없는 대지에 아프게 붙어 있다,

나날의 어둠 속에, 낡아가지만
우울을 통과하여 나는 믿고 싶다,
영원의 햇빛이 그 가냘픈 어깨 위에
나날이 내리고 있고 침묵 속의 의미는 날개를 달고 있다,
역사는 일방통행로는 아니지만
나날의 어둠 위에 영원의 햇빛이
하얀 미사포처럼 내리고 있다…

서울의 우울 · 17

돌아와 옥중일기 같은 밤의 일기를 쓴다,
"내일의 빵으로 나는 살 수가 없다"는
랭스톤 휴즈의 말도 쓴다,
언제 오늘의 빵만으로 살아온 사람이 있었던가,

언제나 내일의 빵이었다고 쓴다,
고치는 것보다 허물어버리는 것이
더 나을 것 같은
오늘에

내일의 빵이 모든 희망의 할머니였다고 쓴다,

서울이여, 서울에서,
희망도 스펙이라고 쓴다, 지우고
희망은 오늘
차마 입에 담기 어려운 외설이 되었다고 쓴다

忽 然

홀연… 아름다운 말이다
홀리는 말이다
상상력을 주는 말이다
고도를 기다리는 말이다

그 말에 기대어 아침을 본다
그 말에 기대어 기도한다
철로에 누워 하늘을 보는 마음
서로 사랑한다면 두려울 것 없으리, 그런 마음

홀연… 누구나 그 꿈을 갖는다
홀연 누구나 그 사랑을 갖는다
홀연 누구나 어깨를 기대고 싶은 말이다
누구나 알고 싶은, 그러나 알 수 없는
슬픈 내일 같은 말이다

'부디'라는 말

바람은 불며
부디라는 말을 남기고
꽃송이는 떨어지며
부디라는 말을 퍼뜨리고
논밭은 하늘을 보며
부디라는 말을 올리고
폐허 가운데 지어진 병원은 하늘을 보며
부디라는 말을 남기고
세상은 어찌 보면 그런 말들로 이루어져 있고
수평선 지평선
그런 말들의 숨결
그런 말들의 안부
그런 말들의 당부로 얼룩져
나무들은 자라나며
나비는 날아가며
파도들은 춤추며
해와 달과 별들은 노래하며
장미 꽃잎 위에 장미꽃보다 더 커지는 이슬의 몸을 붙잡고
흔들리는 여자의 몸은 삐걱이며 덜그럭거리며
순식간에 무너져 내리며
햇빛도 물도 바람도 숲도 바다도

부디 부디 부디…
우리의 말은 이 세상에 있을 곳이 없어
달에 가서 쌓이고…

'이미' 라는 말

이미라는 말,
그런 것이다
언제 찬란했냐는 듯
겨울의 눈송이가 다 녹아 스며들었다는 말이다
아마 그럴 것이다

이미란 말은
그런 것이다,
공중에 뜬 리프트 상태에서 추락해 전신에 큰 부상을 입은 발레리나,
노을이 가슴에 내려와
한 사발 가득 목울대부터 채우던 울음,
언제 찬란했냐는 듯
빈 사발에 쓸쓸한 물빛만 맴돌고
벌써 그렇게 되었다는 것이다,

모기장처럼 빵빵 뚫린 가슴 안에 모기는 이미 들어와 있다,
움직일 때마다 모기소리가 식식거리는 흉곽,
어차피 그렇게 되었다는 것이다,
얼어붙은 가슴팍 밑으로
이미, 터무니없이,

언제 찬란했냐는 듯
그런데
봄눈 녹아
복수초부터 수선화, 유채꽃, 노루귀, 한계령풀, 나도바람꽃, 너도바람꽃,
개나리, 진달래 …
줄을 이어 꽃잔치가 올라온다는 것이다,

덜어내고도 다시 고이는 힘!
이미란 말이다

'아랑곳없이' 라는 말

결국 모든 시의 제목은 이런 것이 아닐까?
나는 이렇게 위독하다 … 는

이상은 그렇게 위독의 문학을 했다,
나는 이렇게 위독하다고,
김유정도, 카프카도 그런 위독의 문학을 했다,
폭설이 가혹해지면
봉쇄 수도원처럼 침묵과 폐쇄의 자리가 된다,
나가지도 들어오지도 못하고
극한의 맹지, 봉쇄 추위 속에 누워
백 년 전쯤 태어난 이상, 김유정, 윤심덕, 백석들의
고독과 위독을 생각하고 있는데
멀리 제주도에서부터 수선화와 유채꽃이 피기 시작했다는
샛노란 소식들이 올라오기 시작한다,
수선화와 유채가 꽃망울을 터뜨리기 시작했다는 …
혹한에도 아랑곳없이 수선화가 무리지어 꽃을 피워
싱그러운 향기를 …
아, 제발,
아랑곳없이…
그런 말

위독의 문학도 그런 최후의 경지에서 이루어졌을 것이다,
아랑곳없이…
폐결핵 3기에서도
심장에서 더운 김이 펄펄 나고
구름도 얼어붙은 차디찬 푸른 하늘에 링거 병을 매달고
아랑곳없이…
더할 나위 없이 좋은 최후의 그런 말…

희망이 외롭다 · 1

남들은 절망이 외롭다고 말하지만
나는 희망이 더 외로운 것 같아,
절망은 중력의 평안이라고 할까,
돼지가 삼겹살이 될 때까지
힘을 다 빼고, 그냥 피 웅덩이 속으로 가라앉으면 되는걸 뭐…
그래도 머리는 연분홍으로 웃고 있잖아, 절망엔
그런 비애의 따스함이 있네

희망은 때로 응급처치를 해주기도 하지만
희망의 응급처치를 싫어하는 인간도 때로 있을 수 있네,
아마 그럴 수 있네,
절망이 더 위안이 된다고 하면서,
바람에 흔들리는 찬란한 햇빛 한 줄기를 따라
약을 구하러 멀리서 왔는데
약이 잘 듣지 않는다는 것을 미리 믿을 정도로
당신은 이제 병이 깊었나,

희망의 토템 폴인 선인장…

사전에서 모든 단어가 다 날아가버린 그 밤에도
나란히 신발을 벗어놓고 의자 앞에 조용히 서 있는

파란 번개 같은 그 순간에도
또 희망이란 말은 간신히 남아
그 희망이란 말 때문에 다 놓아버리지도 못한다,
희망이란 말이 세계의 폐허가 완성되는 것을 가로막는다,
왜 폐허가 되도록 내버려두지 않느냐고
가슴을 두드리기도 하면서
오히려 그 희망 때문에
무섭도록 더 외로운 순간들이 있다

희망의 토템 폴인 선인장…
피가 철철 흐르도록 아직, 더, 벅차게 사랑하라는 명령인데

도망치고 싶고 그만두고 싶어도
이유 없이 나누어주는 저 찬란한 햇빛, 아까워
물에 피가 번지듯…
희망과 나,
희망은 종신형이다
희망이 외롭다

천의 아리랑

1. 가슴속의 피아노

누구나 한번은 떨어지고 싶어 한강으로 간다,
가슴에 검은 피아노 한 대를 질질 끌고
한강 다리를 취중 횡단…
야, 이 미친년(놈)아, 너 죽고 싶어?
흠뻑 쌍욕을 먹어본 적이 있다, 죽고 싶으면 저나 혼자… 환장…
뒤통수에 따라오는 빛나는 쌍욕의 훈장을 끌고 강가에 서면

그런 떨어지는 것들이 모두 모여 강물이 숨을 쉰다,
이렇게 많은 피아노들이 한강에 떨어졌는가,
달을 주렁주렁 매달고 미친 피아노들이 숨을 쉰다,
강물은 숨결, 숨결은 이야기, 누군가의 숨결, 산맥의 이야기,
오늘밤에도 누군가
한강 물속에서 녹슬고 부서진 벅찬 피아노의 탄식을 듣는다,

사랑이란 그렇게 시작되는 것이다,
나의 가슴 안에 있는 아리랑이
너의 가슴 안에 있는 아리랑을 알아보는 것이다,

1890년대 후반 이자벨 버드 비숍 여사는 4번의 조선 여행 중에 알아보았다,

조선 백성들의 존재 이유는
오직 피를 빨아먹는 흡혈귀들에게 피를 공급하는 것뿐이라고,
아리랑이 있었고 아리랑은 명사가 아니라
동사요
서로 가시를 내밀어 부비며 쑤시며 마구 찔렀어도
다만 흘러내리는 피가 더웠기 때문이다

사랑이란 그런 것이다,
너의 가슴 안에 있는 아리랑이
나의 가슴 안에 있는 아리랑을 만났을 때
모든 피아노에 흰건반과 검은건반이 있듯
생소하지가 않아서, 혈연처럼 참회처럼
온갖 독극물과 피와 쥐약과 정액에 시체 방부제까지 섞인
더러운 한강 물속으로 뛰어들려다가
잠시 멈춰
네 가슴의 녹슨 피아노를 손으로 어루만지듯
미친 아리랑을 피아간에 아득하게 들어주는 것이다

2. 부용산

장사익의 〈찔레꽃〉이나
이애주의 〈부용산〉이나
그런 노래 듣고 있을 때
일천 개의 가을 산이 다가오다가
일천 개의 가을 산이 무너지더라도
13월의 태양처럼
세상을 한번 산 위로 들었다 놓는 마음

노래가 뭐냐?
마음이 세상에 나오면 노래가 된다는
장사익의 말…
그래서 아리랑이 나왔지,
하얀 꽃 찔레꽃 찔러 찔려가며
그래서 나왔지, 찔리다 못해 그만 둥그래진 아리랑이
둥그래진, 멍그래진,
찔렸지 울었지 그래 목놓아 울면서 흘러가노라

장사익의 〈찔레꽃〉이나
이애주의 〈부용산〉이나

그렇게 한번 세상을 산 위로 들었다 놓는 마음
13월의 태양 아래
찔레꽃 장미꽃 호랑가시 꽃나무가
연한 호박손이 되고 꽃순이 되고
흩어지는 민들레 홀씨로 날아갈 때까지
마음이 마구 세상에 흘러나오고 싶은 그 순간까지
숨을 참고 기다리다
하늘만 푸르러 푸르러
그런 아리랑

3. 론도 카프리치오소

피를 팔아 산 피아노의 이야기와
피를 팔아 산 피아노가 밥이 된 이야기와
피를 팔아 산 쌀이 밥이 되었다 똥이 된 이야기와
그런 똥과 오줌이 또 내 피가 된 그런 이야기
피아노에 묻은 피, 그런저런 이야기들이
강물 속으로 흘러들어가고 있다

돌 속의 물고기와

빙하 속의 물고기와
청산가리 속의 물고기여
5·18 부상자 중 10%는 자살이요
자살이라네
가자 가자 흘러가자
세상에서 가장 아름다운 빛깔
델마와 루이스가 영화 마지막에 차를 몰고 투신하던
그 절벽,
그 절벽의 분홍색 흙의 빛깔, 극락의 빛깔,
그랜드 캐년도 먼 옛날엔 바다 밑에 있었다
어떻게 해서 그렇게 아름다운 빛깔을 얻었다,
그렇게 갑자기 바닷속의 피아노가
피 묻은 가슴으로 산 위에 우뚝 솟았다,

물속의 피아노가 갑자기
산 위의 피아노가 되는 날,
갑자기 절벽의 이야기가 되는 날, 솟구쳐
돌 속의 물고기와 빙하 속의 물고기와
청산가리 속의 물고기가
다 같이 함께 만세 부르며
푸르른 하늘 밑에 분홍색 극락으로 푸르러 푸르러

4. 배고픈 승냥이의 노래

어디야, 어디야,
명사계가 어디야,
어디야, 정말, 명사계가 어디야,
누구야, 정말, 응?, 어디 가야, 어디 가야?
거울이 원죄야, 이름이 원죄야, 아니 다,
밥이 원수야, 꿈이 원수야

오늘도 그냥 일용할 고통이
쓰레기 같은 거울 산을 이루고
거울 앞에 나를 세워놓고 부려먹고 부려먹고 또 부려먹고
이 산 너머 가면 명사계 있냐고
저 산 너머 가면 명사계 있냐고
거울 뒤로 가야 명사계 나오냐고
태산 같은 땀과 태산 같은 피 흘리며
명사계가 어디냐고

어디 가야 우리 어머니 만나요?
어디 가야 내 사랑 다시 만나요?
어디 가야 해와 달 함께 만나요?

5. 밥의 아리랑

용산이나 마포, 밥집이 많은 거리로 올라가
밥을 먹는다,
곡기를 끊고
하늘도 무심하시지… 땅을 쳐야 할 상황인데도
무심하지 않으면 하늘이 아니지… 의젓하게
혼자서 밥을 먹는다,
아리랑은 밥이다… 아니 물에 만 밥 같은 것…
얼굴에서 얼이 다 빠지니
굴만 남았다

굴속으로 설렁탕 국물이 막 흘러들어간다,
생판 첨 비가 너무 많이 와
얼이 다 빠져수다…
괜히 제주 방언을 말해본다,
부담주기 싫다며
허리에 돌 24kg을 묶고
자기 집 우물 속으로 몸을 던져
빠져 죽은 어느 할머니가 있다,
첩첩 굴속에서 정선 아리랑이

설렁탕 국물을 따라 아련히 휘돌아든다,

윤무…
뱃속으로 휘돌아드는 노래가 있다,
얼이 다 빠져수다… 의젓하게
얼이 빠진 굴을 들고 앉아
거울 너머 창자 속으로 흘러가는 아리랑을 바라본다,
하늘도 무심하시지…
무심하지 않으면 하늘이 아니지,
설렁탕 국물이 아련히 창자 굽이를 휘돌아든다,

그 노래가 쓰리다…

6. 흙보다 아름다운 책은 없다

어쩌다 하늘 공원까지 왔어요,
하얗게 머리 풀고 흔들리는 망초꽃 홀씨와 억새들,
저 스스로 왔다가 저 홀로 물결처럼 흔들려요,
그때는 사랑인 줄 모르고
발버둥 치며, 지나간 시간들,

구름에 목을 걸고 살아요,

구름이 흔들리면 온몸이 나부껴요,

밥줄이란

목에서 위까지 걸려 있는

그 줄이래요,

밥이 법이다

그런 말은 싫은데

몸의 한가운데, 흉곽에 피아노 철사 줄이 흔들거릴 때

엘리 엘리 라마 사박다니

목구멍 속으로 울부짖는 피아노가

터져 나오려고 해요

입을 다물고 가만히 있으면

할머니도 그렇게 아팠을 거예요,

할머니도 그렇게 외로웠을 거예요,

흙이 불러요

산이 불러요

물과 바람이 불러요

막 불러요, 뿌리쳐도 불러요,

소리치며 불러요, 휘몰아치며 불러요,

흙이 그리워져요,

흙이 향기로워져요,

흙 속에 기억들이 빛나요,
할머니,
흙이 막 날아와요,
흙 묻은 억새 풀잎들이 마구 휘몰아쳐
얼굴을 덮으며 날아와요,
흙에도 날개가 뻗치는 그런 날이 있나 봐요,
그런 날
흙이 시집이에요,
흙이 傳記예요,
흙이 자서전이에요,
흙보다 더 아름다운 책은 없는 듯해요
그러고 보니 할머니, 할머니란 말 속에 흙이 들어있네요
흙은 여인들의 아리랑이에요
할머니 …

10

《희망이 외롭다》 이후 신작

- 고요의 노동
- 아무도 아무것도
- 사랑의 동쪽
- 사랑의 서쪽
- 달의 뒤편
- 저 슬픔 으리으리하다
- 천지창조 이후 오고 있는 것
- 무지개의 기지개
- 자작나무 자작자작
- 나에게 나만 남았네 —
  사랑의 북쪽

《희망이 외롭다》 이후 신작

고요의 노동

주변이 매우 소란스러운데도 여기는 고요하다,
비극…. 그런 단어가 귀에 들어온다,
비극이라니…. 그런 것은
인제군 북면 용대리
황태 덕장에 널린 겨울 명태처럼 흔해 빠진 것이다,
그것만으로는 안 된다,
끝낼 수도 없고 끝날 수도 없다,
얼었다 녹고 녹았다 얼면서
황태 덕장에 널린, 꾸덕꾸덕 말라가는 명태야,
얼음과 수증기 사이에서
울며불며 덕걸이에 걸린 명태야, 그렇지 않을까?,
덕걸이에 걸려 있는 것만으로 비극을 말하기엔, 그것만으론,
무언가가 모자란 것이다,
비극은 비극에 걸려 있지만 말고
겨울바람을 타고
자기를 넘어 더 나아가야 한다,
삶을 몇 바퀴 돌아 명태가 황태로 거듭나는,
꿀 같은, 노란 송홧가루 순간 같은
비극적 황홀이라는 산마루에 올라야
거기서 제대로 소리가 나온다는 것이다,

나는 고요하다,

바흐의 〈무반주 바이올린을 위한 파르티타〉처럼

얼음과 수증기 사이에서

홀로 열심이다,

홀로 언덕을 막 올라가는데

산마루 어느 환한 지점에 김영랑 시인이 북을 잡고 나온다,

"자네 소리하게, 내 북을 잡지", *

"진양조 중모리 중중모리 엇머리 자진머리

휘몰아 보아",

그렇게 둘은 북 치고 소리한다,

서편제의 오누이처럼 산을 넘고 물을 건너

멀고 먼 하늘나라로 아름다운 색동 두견을 날리며

"이렇게 숨결이 꼭 맞아서 이룬 일"

소리와 소리는 얼싸안고 황홀하다

비극이 비극을 넘어서는 지점이다,

그 지점에 가야 비극이라는 둥 그런 말을 할 수 있다,

그 지점에 가야 비극이라는 둥 그런 말을 잊을 수 있다,

황태 덕장에 걸려 눈 맞고 있는 명태들,

얼음과 수증기 사이 지금 울고 있는 너

---

* 인용 부호 안의 시구는 모두 김영랑의 시 〈북〉에서 인용한 것임.

아무도 아무것도

죽음의 문제는 죽음 혼자 풀 수 없고
삶의 문제도 삶 혼자서 풀 수가 없듯이
낮의 문제도 낮 혼자 풀 수 없고
밤의 문제도 밤 혼자 풀 수가 없다

밤의 문제를 밤 혼자 풀 수가 없어
새벽이 오고 태양이 뜨고 대낮이 오듯이
하늘은 바다를 그리워하고
모래도 모래를 그리워할까

남의 문제를 남 혼자서 풀 수가 없고
북의 문제도 북 혼자서 풀 수 없듯이
나의 문제도 나 혼자 풀 수가 없어
나의 곁에 더불어 네가 있다,
잊어도 좋은데 한사코 너의 이름을, 너의 이름만 부른다

추수감사절 저녁
속을 파내고 불을 켜 놓은 커다란 호박의 내부 속에
내부의 사랑을 내부 혼자 풀 수가 없어
코를 파묻고 불 주위를 맴도는 가을 꿀벌처럼
아무도 아무것도 혼자 어둠을 밝힐 수는 없다

사랑의 동쪽

사랑은 그렇게 하는 거라더라,
목숨의 제사처럼 하는 거라더라,
목숨은 한 개밖에 없는데
그 한 개밖에 없는 것으로
그 한 개밖에 없는 것을 바치니까
사랑은 찬란한 목숨의 제사가 된다더라

사랑은 동산의 동쪽 사과나무 아래
파묻은 알몸, 하얀 사과꽃 그늘 아래
산 채로 태우는 茶毘 같은 것,
번제,
알몸 위에 오래오래 불꽃이 타올라
뼈에 꽃무늬 같은 꽃물결 질 때까지
사랑은 그렇게 기어이 찬란한 목숨의 제사가 된다더라

사랑의 서쪽

해가 있다면
달이 있더라,
해가 있다면
해에게 하는 말이 있고
달이 있다면 달에게 하는 말도 있더라,

어쩌면 이제 우리에겐 해에게 할 말보다도
달에게 할 말이 더 많을지도 모른다는 이 잔혹한 예감,
해도 해지만 달궈진 인두같이 뜨거운 햇빛,
논밭도 양철지붕도 역사책도 불처럼 달궈져
만물 곡식이 다 타죽을지도 모른다는 이 예감,
다리가 아예 끊어졌을지도 모른다는 소식,

그런 날은 달이 떠도 캄캄하더라,
캄캄하기만 하더라,
다리는 끊어졌더라,
나의 시계를 잃어버렸다고 세계의 시간이 멈추는 것이 아니듯
세계의 시계가 꺼졌다고 해서
내 시간이 끝나는 것도 아니어서
아니더라, 간극이 있더라, 견뎌야 할 시간이더라,
그래서 더 슬프더라,

시간이 안 맞는 시계만 천지에 가득하더라,

당신은 새 하늘과 새 땅을 말하지만
시인은 새 언어와 새 땅을 말하더라,
새 언어가 와서 새 땅이 열려야
그렇게 하늘은, 새 하늘은 열리더라
달에게 그런 말을 하더라,
새 언어와 새 땅,
반달을 부여잡고 달에 제 반쪽 가슴을 꼭 맞춰보더라

달의 뒤편

태양은 모두의 태양인데
달은 누구에게나 나의 달이다
달은
나의 달이라고 말한다

낮은 모두의 낮이지만
밤은 누구나 나의 밤이라고 말하듯이
달은
나의 달이라고 말한다

다시 한 번 말한다
나의 달, 나의 밤이라고 말한다

풍성한 빛의 여울, 달의 얼굴 뒤편으로
강물과 구름과 바람이 흘러간다
흘러가는 것들은 모서리를 만들지 않는다
나의 달,
나의 밤에도 모서리가 없다

모서리 없는 뒤편으로 가만 돌아가
귀 기울여 엿보면

오래된 갑골문의 속삭임들이 도란도란 살아난다,
들판에 금빛으로 가득 찬 옹골찬 추석을 너끈히 돌아
갑골문의 가을이 모서리를 돌아 올라간다,

이상하게도 백발의 노모가 밀가루 포대를 들고
달 아래에서 한 줌씩 밀가루를 뿌리고 있다,
밀가루는 바람을 타고 날아가 어둠의 능선을 올라간다,
월광이 훅, 하고 더 밝아진다,
어디서부터 어디에까지인지
알지 못할 속삭임들이 달의 뒤편에 수런수런 가득하다,

나의 달, 나의 밤이여

저 슬픔 으리으리하다

슬픔이 으리으리하다는 게
말이 될까요?
인간으로 태어났는데
낙원을 꿈꿀 수가 있을까요?
낙원을 꿈꾸는 그 마음이 끊이지 않는다는
바로 그 자체가 지복의 순간일까요?
그것만이 다 일까요?

택배 배달이 와서 상자를 열었어요,
복숭아 한 상자가 온 거예요,
복숭아 한 상자는 녹아 흐르는 향기로
무르익은 분홍의 색으로, 뭉긋하고 풍만한 크기로,
그렇게 한 상자로 왔어요,
복숭아 한 가운데를 잘라보자
아름다운 핏빛, 선홍 빛깔이 가슴에서 光背처럼 퍼져나가요
光背요, 光背?, 光背요,

복숭아 한가운데
핏빛 가슴이 선홍빛 光背를 키우고 있어요,
저 살결, 참 살가와요,
배달이 오래 왔는지 복숭아 살결이 좀 뭉그러졌어요,

뭉그러지면서 향기가 너무 현란한데요,

그래요, 다치면서 깊어지는 저 마음,

뭉그러질 때 향기는 더 진해지고 낙원은 더 가까워요,

저 슬픔, 참 으리으리하네요

천지창조 이후 오고 있는 것

천지창조 이후
'이미'와 '아직'은 단 한 번도 서로를 만난 적이 없다,
오직 풍문으로만 들었을 뿐이다

천지창조 이후
누구나 언제 어디서나
이미와 아직이 만나는 꿈으로 밤을 새워 울었다,
벽을 치며 울었다,
일찍이 이미와 아직만큼 더 먼 거리는 없었다.

천지창조 이후 아직은 이미를 기억하지 못하지만
이미는 아직을 얼마나 사랑했던가?
이미는 아직을 보지 못하고 늘 먼저 죽었고
아직은 늘 너무 늦게 홀로 와서
花葉不見草…
한 줄기에서 나왔지만 서로 보지 못하는 잎과 꽃처럼

그렇듯
아직은 언제나 밀애를 키우고
네가 고개를 숙이고 구근을 심으려고
언 땅을 한사코 숟가락으로 파내고 있을 때에도

네 등 너머, 저기 어디,
미래는 그렇게 밀애의 힘으로
남몰래 수맥을 밀며 오고 있는 것이다

무지개의 기지개

오늘은 갔는데
내일은 올까,
누가 오는 것처럼 내일은 올까,
내일은 미래, 미래는 있을까,
미래가 올까,

선택은 없었다,
선택한다고 해도
어차피 나의 몫은 아니었다,
방주 위로 비가 오고 있었다,
비는 하나하나 합창은 아닌데 검은 합창처럼 들려오고
그래, 꿈이구나, 저 검은 비 끝나면 무지개가 오겠지
비도 지치면 밤도 그치겠지,

나쁜 꿈같은 검은 비 위에 검은 비 오고 검은 비 오고
또 검은 비 오다 오다 지쳐 해가 뜨더니
횃대 위에서 아침 새떼들이 몸서리를 치며
날개의 물기를 퍼득퍼득 털어내고 있었고
나무들은 사무치게 온몸을 비틀며 수천의 팔을 흔들고
무지개의 발들이 부은 땅속에서 봉긋 솟아오르려
하고 있었다,

무지개는 비를 기억하지 않지만
비는 얼마나 무지개를 열애했던 것일까?
오죽했으면 땅이 다 봉긋 일어서려고 할까?
내일이 온다면 다름이 아니라
네 마음의 밀애가 당겨서 오는 거라더라,

열애가 아니라 밀애라니까!
응? 밀애가 당겨야 미래가 온다니까!

자작나무 자작자작

외딴 마을 산골집 둘레에
작은 자작나무 묘목을 심었다,
그 나무를 심으니 숲속의 귀족, 백석의 고향 같기도 하다,
암수 한 그루여서 홀로 있어도 고고하고 충만하다,
하얀 피부가 엷은 창호지처럼 얇게 벗겨지면서
자작나무는 자란다,
하얗게 몸피가 벗겨지면서 몸에 속눈썹 새카만 눈동자가 생겨난다,
하체에도 생기고 배에도 가슴팍에도
목에도 턱에도 속눈썹 새카만 눈동자가 생긴다,
얼굴의 눈동자는 늘 완성되지 않는다,
계속 얼굴이 올라가고 있기 때문이다,
늘 시간이 흐르고 있기 때문이다,
그 검은 눈동자들로 자작나무는 자작자작 나를 보고 있다,
나도 자작나무를 보고 있다,
슬라브에서는
신이 보호하기 위해 자작나무를 외딴 마을에 보낸다고 했는데
엷은 창호지처럼 벗겨지는 피부를 잘 모아
사랑의 편지를 쓰면
진실로 순수한 사랑의 편지를 보내면
그 사랑이 이루어진다고 했는데,

하얀 껍질을 잘 벗겨서 시신을 싸
미이라를 만들기도 했다는데
자작나무는 자기 몸으로 쓴 사랑 편지,
죽은 몸이 사랑의 편지가 될 때까지
몸 바쳐 사랑을 바치라는 것인가

자작나무는 언제 어디서나 나를 바라보고
나는 자국자국 멀리 떠나서도
자작자작 자작나무 타는 소리를 심장의 운행 속에 듣는다,
왼발 오른발, 왼발, 오른발, 왼발 오른발…
자작자작 타는 심장의 잉걸불 소리에 언 몸을 녹이며
또 사랑이라는 위험한 꿈을 꾸라고 한다

나에겐 나만 남았네

— 사랑의 북쪽

어느덧
나에겐 나만 남았네
나에겐 나만 남고 아무도 없네
나에겐 나만 남고
당신에겐 당신만 남은
그런 날
당신은 당신이 되고
나는 내가 되고
서로 서로 무죄일 것 같지만
그렇게 남으면 나는 나도 아니고
당신은 당신도 아니고
당신도 나도 아무도 아니고

단어들이 먼저 부서지네
문장이 사라지고
폐가 찢어지고
사전이 날아가고
책이 산화하고

진흙 속에 고동치는 가슴소리 뿐
진흙 속에 눈을 감고 중얼거리네

나에겐 나만 남았네
진흙만 남았네

11

소설

11

- 산타페로 가는 사람
- 호랑이 젖꼭지
- 진흙파이를 굽는 시간

소설

11

산타페로 가는 사람

아침 신문인 〈데일리 이블린〉이 복도에 떨어져 있다. 언제나 나의 아침은 조간신문을 복도에서 줍는 일로부터 시작된다. 문을 닫으면서 보니 조간신문의 앞면 중간에 남자 무용수들이 허공 높이 뛰어오르는 사진이 커다랗게 실려 있다. 두 팔을 하늘로 치켜들고, 머리카락이 새의 깃처럼 허공으로 솟구치고, 두 다리는 L자로 접혀 허공에 그대로 멈추어 있다. 그 사진 위에는 '나는 중'이라는 제목이 실려 있다. "남자 무용수들이 발레수업 시간에 완전한 스윙을 연습하고 있다. 월요일 오후, 헬시 홀에서, 프랑수아즈 마리네트가 발레수업의 교수."

날개가 휘파람을 부는 것 같다. 날개가 없으면 날 수가 없다고 말한 사람도 있었고 나는 것이 두렵다고 말한 사람도 있었지만 이렇게 날개 없이 나는 사람들을 보니까 나의 아침에 행복한 휘파람의 사닥다리가 세워지는 것 같은 기분이 든다. 보아라, 어젯밤 중국식당에서 뽑은 행운의 쿠키 종이에 뭐라고 씌어 있던? "당신은 지금 유례없이 성공하려 하고 있다"고 씌어 있지 않던가? 두 다리를 날씬하게 하늘로 접고 황금빛 어깻죽지에서 나비의 힘 같은 가벼움이 솟아오르는 남자 무용수들의 얼굴에서 나는 하염없는 행복과, 무게를 뛰어넘는 자의 흘러넘치는 영광을 느끼고 전율한다. 우리는 모두 중력에 굴복하는 무거운 사람들이 아닌가?

도대체 이런 아름다운 예술사진이 신문 1면의 한가운데 실린다는 자체가 이블린이 얼마나 평화스럽고 작은 예술도시인가를 단적으로 보여주는 예가 된다. 처음 나는 미국의 이미지답지 않은 이 작은 대학촌 도시의 평화스러움에 놀랐었다. 강물도, 다리도, 물론 사람들도, 나무도, 건물도 어찌 그리 평화스러운가? 평화스러운, 너무 평화스러운 것이 나에게 충격을 주었다. 그 평화의 충격으로부터 내가 깨달은 것은 우리는 태어나면서부터 휴전선 아래서 살았기 때문에 한 번도 평화라는 것을 체험하지 못한 세대라는 것이었다. 그래서 나에게 평화란 낯선 것이었고 너무 이상한, 비정상적인 충격으로 다가왔는지도 모른다. 우리의 무의식 깊은 곳에는 휴전선이 있고 그것이 우리의 격한 행동(빨리빨리)의 양식, 행복에 대한 죄의식, 날개에 대한 원천봉쇄적 사고를 형성했는지도 모른다. 누가 알겠는가, 무의식이 운명의 형식이라고 말한 사람도 있지 않은가? 그러나 오늘도 창밖은 회색이다. 나는 강물을 내려다본다.

강물을 내려다볼 때마다 중력을 느끼는 나의 마음을 어떻게 설명해야 할까.

어머니 날 낳으실 적에
바람은 가던 길을 멈추고
우리 집 봉창문 밖에서 바람의 딸이 태어나기를 기다렸다.
어머니 날 낳으실 적에
무서워라, 달빛 하나 없는 초하룻밤이 무서웠다.
아가야, 엄마의 딸이 달빛 하나 없는 밤길, 삭망의 길을 걸을까봐…

회색의 흐린 강물이 물결을 저으며 흘러가는 것을 유리창을 통해 내려다보고 있으려니 상여꾼의 노랫소리 같기도 하고 강원도 정선이나 혹은 영월같이, 첩첩 막힌 벽지에서 구술 전승되어오는 민요가락 같기도 한 어두운 노랫소리가 나의 귓가에 들려오는 것 같다. 어디에서 오는가, 이 노랫소리는, 하늘에서 오는가, 아니면 내 방 유리창 아래를 흐르는 저 이블린의 강물의 어느 밑바닥에서 웅얼거리며 퍼져 나오는가. 어느 때 나는 강물만 보면 떠오르는 그 시구 같기도 하고 정선아리랑 같기도 한 민요조의 비탄가가 어디에서 오는가 궁금하여 강물의 밑바닥을 하염없이 들여다보며 강변에 앉아 시간을 보내기도 했었다. 강물 속에 무엇이 있겠는가, 강원도 정선이 미국 중서부의 이 평화로운 강물 속에 있겠는가? 도대체 이 비탄의 노래가 솟구쳐 나오는 근원, 중심, 원천은 어디인가 알기 위해 아침이나 저녁이면 나는 그렇게도 긴 시간을 강변을 산책하며 걸었다. 아아, 잡을 수 있는 것은 흔적과 이미지뿐, 원천을 발견하지는 못하였다. 강물은 그냥 회색이거나 푸른색이거나 해가 질 때면 타오르는 붉은 색이거나 할 뿐이었다.

"아가야, 우리는 하나의 콩줄기에 묶인 깍지콩과 같으니 부디 저주하지 말고 …."

노래는 또 그렇게 이어지고 나는 나의 어머니, 정선아리랑의 안 보이는 원천이자 내 모든 비탄의 근원인 어머니를 잊기 위해, 커튼을 닫아버린다. 강물의 중심에 빠져 환생한 것은 심청이다. 유교 이데올로기는 그녀에게 최고의 중력의 현실을 보여주었다. 이때 나의 꿈결 같은 시간을 현실의 시계로 돌려놓고 싶다는 듯 전화벨이 울린다. 나의 아침은 늦은 오전 속으로 황급히 굴러 떨어진다.

명확하고 이지적인 음성의 에리카다. 그녀는 인도 출신이기 때문에 영어실력이 좋고 자신의 지성과 영롱한 사고를 영어로 밝힐 수 있기 때문에 매사 다른 행동에도 자신이 있다. 나이지리아 남자와 결혼하여 아프리카 국적이 되었지만 그녀는 인디언 여인이고 영문학 박사이자 교수이다.

"킴, 너 방에 있으면서 왜 꼼짝 안 하니? 너, 빨리 결정해라. 너 때문에 우리가 미챔 회사와 확실한 계약을 못하고 있어. 네가 잘 몰라서 그렇지 미국은 땡스 기빙 데이에서 크리스마스 사이가 가장 비행 스케줄이 바쁜 시즌이야. 지금이 11월 중반이 아니냐. 빨리 결정해야 돼. 내일까지 확실한 것을 알려주렴."

또 그 소리다. 나는 솔직히 너무도 명확한 그녀에게 싫증을 느낀다. 그러나 사실 에리카는 결코 차가운 여자가 아니다. 그녀의 말이 오늘 차갑고 사무적으로 들리는 것은 그녀가 오늘이야말로 나의 우유부단하고 지겨운 머뭇거림에 종지부를 찍어주고자 마음먹고 있기 때문일 것이다. 나는 뭐 우유부단하고 싶어 그러는 줄 아니? 매일 매일 나는 산타페를 들렀다 갈까, 집으로 그냥 갈까? 를 내 필생의 제목으로 정해놓고 연구하고 있다.

우리는 미국의 작은 도시 이블린의 세계예술가대회에 석 달간 참가하고 이제 각기 자기 나라로 돌아가려는 참이다. 그런데 여성 시인과 화가들이 몇 명 모여 이블린에서 자기 나라로 그냥 돌아갈 것이 아니라 산타페에 일주일 정도 들렀다가 거기에서 헤어지자는 것이다. 우리는 거의가 제3세계의 여성 예술가들이고 중년의 나이이기 때문에 이번 여행을 무언가 결정적인, 다시는 없을 기회로 생각하고 있다. 우리 생전에 언젠가 또 유나이티드 스테이츠 오브 아메리카에서 이런 자유로운 시간을 다시 가지리라고 생각하는 사람은 거의 없다. 집에 돌아가면 누구나 자기 현실 속의 직업인으로, 어머니로, 아내로, 자기 사회의 한 구성원이 되어 다시 자기 나사의 원래 위치로 돌아가 나사 맞추기의 노동을 해야 한다는 것을 잘 알고 있기 때문이리라. 중력에의 복종.

그리고 지금은 중력이 거의 없는 희귀한 계절의 마지막 순간들이 아닌가. 그리고 예술가란 언제 어디서나 죽음의 향기를 누구보다도 먼저 맡는 사람들이기 때문에 시간을 향해 무언가 죽음에 항의하는 행동의 기념탑을 세우고 싶어 한다. 하나의 시간이 끝날 때 거기에서 풍겨오는 죽음의 냄새. 모든 끝은 죽음의 예행연습이고 우리는 누구든지 간에 죽음의 약혼녀들이다. 죽음이 있기 때문에 우리는 모든 작은 끝을 애도한다. 하다못해 종강파티, 쫑파티라는 것도 인간이 기본적으로 죽음을 의식하는 동물이기에 거행하는 의식이다. 그래서인지 프로그램의 마지막 날을 앞두고서는 모두들 조금씩 우울증 비슷하기도 하고 무너져 내리는 환상의 끝에서 경험하는 극심한 허무감 비슷한 것을 앓고 있었다. 그것은 그만큼 이블린에서의 생활이 일상을 떠난, 현실 시간이 아닌, 가벼움과 날갯짓으로 가득 찬 시간이었기 때문이리라. 결코 다시는 ….

그래서 생각한 것이 산타페였다. 산타페에 무엇이 있는지, 그것을 구체적으로 아는 사람은 아무도 없었지만, 어느 사진작가가 산타페의 자연 속에서 누드사진을 찍었는데 그것이 그렇게 아름답다는 것, 정말 원시라는 것, 20세기의 문명이 오염시키지 않은 순수원초의 미를 가지고 있다는 것 외에는 아는 것이 아무것도 없다는 것이 우리가 마지막 이별파티의 장소로 산타페를 택한 유일한 이유였다.

산타페에서의 며칠… 원시의, 근원의, 원색의 시원기를 찾아서, 억압 이전의 삼원색을 찾아서. 나이지리아의 교수인 에리카와 이집트의 작가 모하마드, 한 남자와 두 번 결혼하고 두 번 이혼하고 혼자 소설을 쓰며 살고 있는 라틴아메리카의 모니카, 전위무용가인 케냐에서 온 님페, 작가이자 비디오 예술가인 마리안, 그리고 나의 친한 친구이자 루마니아에서 온 탁월한 시인인 타타넬라 … 이렇게 모여 찬성을 하고 서로 격려하면서 선택한 곳이 산타페였던 것이다. 왜인지는 아무도 모르고 구체적 이유도 없다. 순수원초. 자유. 뉴멕시코. 모든 중간색의 파생 이전의 원색 그 자체.

언제나 11월은 흐리다. 서울의 11월도 안개의 구름으로 흐려서 나는 11월에는 언제나 인생의 안개주의보를 느낀다. 모든 나뭇잎들은 떨어져 자기 집으로 돌아갈 채비를 하고, 새들도 어딘지 우리가 알지 못할 자기 집으로 돌아갈 준비를 하고, 뱀 · 다람쥐 · 나비 · 잠자리… 그것들은 이미 우리가 모르는 자기 집을 예비해놓고 어디론가 돌아갔고, 돌아가려 하고 있다. 나… 나도 어딘가… 나의 집으로 돌아가야 하지 않는가? 산타페로 가는 것에 내가 동의도 안 하고 완전한 거부도 안 하며 어정쩡한 머뭇거림을 계속하고 있는 것은 바로 이 11월 때문이다. 11월의 안개주의보는 나에게 말한다. 11월은 길을 묻는 계절이 아니라 집으로, 어느 회색의 길 끝에 있는 집으로 돌아가는 귀소의 계절이라고. 집이라니… 집!… 집? 집으로!!!

―어제도 보증보험회사에서 전화가 왔다. 12월 7일까지 부채를 상환 안 하면 집달리를 보내 집을 차압한다는 마지막 경고장을 어제 발송했다고 하더라. 그러니 네가 빨리 귀국하여, 그 전에 얼굴이라도 보험회사에 비치고 연기를 탄원하면 또다시 봐줄지는 모르겠다만 지금으로 봐서는 12월 7일 날 차압 들어오는 것은 사실 같다. 내가 무슨 죄가 많아 너에게 지금 이 말을 하는지는 모르겠다만… 핏줄이 원수니 어떡하겠냐. 네가 우리 집안 장녀니 집안의 모든 손재수를 한 몸으로 막고… 너야 아버지 덕에 박사 공부까지 했고. 아무튼 12월 7일 전에 무슨 조처를 해야 하는데 이 추위에 어린것들 데리고 길바닥에 나갈 수는 없지 않느냐. 에미는 아무 힘이 없어 태평양 건너 늬 얼굴만 바라본다. 동기간에 보증서는 것이야 인간지상정이니 너무 저주하지 말고.

바로 며칠 전 이런 편지를 어머니에게서 받은 것이다. 세상에 동생이라는 인물이 다방 하나를 인수하고 오천만 원 은행융자를 받을 때 보증을 서준 것이 이 년간, 파우스트를 따라다니는 메피스토의 저주처럼 나를 따라다니고 있는 것이다. 나의 동생이라는 인물은 다방 뒷방에서 나오다가 나를 보더니 배시시 웃으며 미국 가기 전에 은행융자건 해결해주고 가야지 어떡하느냐고 오히려 나를 나무란다. 나는 말을 잃고 다만 한 개의 콩줄기에 묶인 깍지콩 같은 그 사악한, 불행한 핏줄이라는 것을 증오할 뿐이었다. 인연. 연좌제. 보증인. 연대보증인의 의무와 책임. 피의 함성과 분노. 누가 누구를 보증 설 수 있으며 누가 누구에게 보증이 된다는 발상 자체가 나에게는 무의미했기에, 유언과도 같은 "에미의 마지막 간청"이라는 엄마의 말을 받아들여 보증보험회사에 동생과 같이 가서 창구 앞에 서 있다가, 보험회사 직원의 "보증인은 여기 저기 거기에 도장을 찍으세요" 라는 상냥하기 짝이 없는 지시에 따라 몇 군데, 도장을 찍은 죄밖에 나에게는 아무 책임도 없었다.

사실을 말하자면 이 세상에서 내가, 우리 가족이, 가장 보증할 수 없는 인간이 있다면 바로 그라는 인물이었다. 그가 "이번 기회를 마지막으로 알고" 장소가 좋고 매상도 좋은, 퇴계로에 있는 다방 하나를 인수해서 사업을 잘해서 어머님 잘 모시고 자기 자식들 잘 부양하겠다고 하도 엄마를 구슬리는 바람에 내가 보증의 앞잡이로 뽑힌 것뿐이었다. 어떻게든 그 싫은 의무에서 벗어나려고 도망칠 궁리를 하고 있을 때 나는 저승에 계신 아버지의 음성을 꿈에 들었다.

"탄아, 내 딸아, 너는 얼마나 강한가." 오직 그 말 한마디뿐이었지만 나는 주술에 걸린 듯이 아버지가 바라는 강한 딸이, 어려서부터 신동 소리 듣던 아버지의 자랑스러운 딸이 다시 되기 위해, 다음날 이른 아침 세종로에 있는 보증보험회사로 동생과 함께 걸어 들어갔던 것이다.

보증인이 된다는 것에 대한 심리적 실감이 전혀 없었기에 나는 그저 도장 세 번 찍은 기억밖에 아무런 책임감을 느끼지 못했다. 융자금에 대한 이자 납부가 늦어져 다달이 나에게 이자 독촉이 오고, 원금상환 독촉까지 날아들어 올 때도, 원금상환을 더 이상 미루면 나의 집을 차압한다는 계고장이 올 때도, 나에게는 보증인의 위치에 대한 심각한 각성이 없었다. 엄연히 돈 쓴 사람이 따로 있고 그 돈으로 운영하는 다방이 있는데 왜 나의 집을 차압하겠느냐는 원론적인 도덕적 분개 때문에 나는 보증보험회사의 계고장을 무시해버렸다. 자본주의 사회의 기초지식이 나에게는 결여되어 있다고 보아야 하리라. 워낙 기초지식이 없는 사람은 때때로 그렇게 용감하고 오만할 수 있다.

그 집은 남편이 나에게 남긴 유일한 유산이고 나와 두 아들이 살아야 할 마지막 공간이기 때문에 '차압', '경매' 따위의 단어들이 너무나 우습게 느껴질 뿐이었다. 참, 웃겨, 감히 누가 이 집을? 하는 나의 심리적 절대주의가 모든 현실적 진행을 비현실적인 것으로 얕잡아보게 만든 것이다. 다방은 손님도 없을뿐더러 동생의 이름으로 계약된 것도 아니고, 우리 가족은 생판 듣지도 못한, 어느 여자의 이름으로 계약된 것이어서 이 융자금 상환과는 아무 관계가 없다는 것이 밝혀졌을 때가 내가 미국으로 떠나기 사흘 전이었다.

"이제 이 문제는 엄마가 책임지세요. 나는 더 이상 모르겠으니까. 지난번 원금상환도 내가 온갖 고생 다 해서 일부 갚았으니까 이제 나머지는 좀 제발 그 새끼하고 알아서 해요. 아, 지겨워, 내가 이 집안의 종신노옌가, 남들은 출가외인이라고 시집간 딸은… 아무튼 지겨우니까 다 내 앞에서 꺼져버려요!"

동생은 내 앞에 아예 나타나지 않으니 꺼지고 말고 할 필요도 없고 우리 엄마는 꺼지는 게 아니라 손자들을 돌보기 위해 오히려 나의 집에 와서 살림을 살아주고 있는 형편이니 그 싫은 피를 바꾸기 위해서는 동맥이라도 끊어 피를 다 쏟아버리지 않는 한, 그래서 백지장같이 텅 빈 피가 되지 않는 한 불가능한 일이었다. 아, 이블린의 강물에서 들려오는, 정선아리랑, 그 흐리고 침울한 어둠의 노래, 단종이 어린 세자비와 함께 귀양 와서 일천 날, 일천 밤을 울고 울다가 목소리를 잃어버려 소리가 나오지 못하였다는 영월. 그래서 정선아리랑에는 억장이 무너지는 숙명의 먹구름이 끼어 있는가. 나는 아리랑 중에서는 정선아리랑을 가장 좋아한다. 뭐랄까, 밀양아리랑은 정서 부족이고 진도아리랑은 정서는 있으나 너무 청랑하다. 너무 맑게 햇빛이 찰랑인다. 11월의 하늘에는 정선아리랑의 아라리가 어둡고 서사적으로 잠겨 있다.

노크 소리가 급하게 들리더니 타타넬라가 화장까지 화려하게 한 모습으로 들어온다. 까만 가죽 재킷에 내가 준 빨간 실크 블라우스에 까만 가죽 바지를 받쳐 입은 모습이 자못 생기 있고 야성적이다.

"얘, 너는 오늘 왜 꼼짝을 안 하니? 나 지금 대학교에 가다가 뉴스 듣고 들어왔어. 너희 나라에 무슨 일 있나봐. 노스코리아가 휴전선 근처에 수천 명의 군인들을 이동시키고 있다는 거야. 아주 젊은, 대학생 또래의 군인들인데 모두 머리카락을 깎았다는구나. 머리 깎은 군인들은 무섭지 않니. 일본 카미카제 군인들이 자신의 신인 천황을 위해 죽기를 결심할 때 머리를 깎는 거 아냐? 동양의 스님들이 부처가 되기 위해 산으로 들어갈 때 머리를 깎는 것이고. 노스코리아의 움직임이 심상치 않으니 너희 나라에 전화해봐. 나도 그것밖에 모르니까. 수업 갔다 와서 다시 올게. 참, 너는 안 나가니?"

"응, 나 오늘 움직이기 싫어. 패널시간에는 가야지…."

타타넬라는 노스코리아에 깊은 관심을 가지고 있다. 그녀의 관심은 긍정적인 관심이 아니라 냉소적인 호기심이다. 그녀는 70년대와 80년대를 거쳐 독재에 저항하고 독재를 뚫고 나온 힘 있는 시인이다. 차우셰스쿠 독재에 저항하고 공산독재를 무너뜨린 민중민주파의 시인으로서 차우셰스쿠가 무너진 후 그녀는 의회의 의원으로 선출되기도 했다고 한다. 물론 투표를 통해서. 4년 임기가 끝나고 이제는 그녀의 남편이 의회에 들어가고 그녀는 시를 쓰며 출판사의 편집주간으로 나가고 있다. 그녀의 노스코리아에 대한 관심은 차우셰스쿠에 대한 증오와 관련된 것이다. 차우셰스쿠는 자신의 권력유지에 위기를 느낄 때마다 노스코리아를 찾아가 김일성으로부터 독재유지 통치 기술을 한 가지씩 배워왔다는 것을 루마니아 사람이면 누구나 알고 있다는 것이다.

그런데 북한의 움직임은 무엇을 의도하는 것일까. 남한정부는 이것에 대해 어떤 반응을 보일까? 3공화국이나 5공화국 때 같으면 이만한 북한의 움직임만 가지고도 전국에 비상계엄령이 내려졌으리라. 전쟁·동란·38선·사변·동족상잔… 우리의 상상력은 이런 식의 위기상황에 대해 너무도 도식적인 연상의 그물망을 가지고 있다. 대체 무슨 일이… 나는 급한 생각에 TV를 켜고 CNN을 찾았다. 마침 CNN의 화면에는 금강산인지 휴전선 부근의 희미한 산이 보이고 무언가 희뿌연 행렬이 움직이는 것이 보이는데, 뉴스 진행자의 너무 빠른 영어를 정확하게 알아듣지 못하니 그것은 사건이라기보다는 하나의 이미지로만 멍멍하게 다가올 뿐이다. 그것이 지금—여기—있는 나와 서울에—살고 있는—나의—두—아들에게 무슨 의미가 있는지 전혀 실감으로 다가오지가 않았다. 그것은 단지 CNN이 제공하는 이미지였다. 세상의 어느 누구도 CNN의 눈을 피할 수는 없고 그 나라 정부도 모르는 일을 CNN은 누구보다도 빨리 알고 있으며 그래서 CNN은 지구 위의 가장 큰 정부라고 말하지 않는가?

정보화 사회에서는 모든 정보가 파편화되고 모든 사건이 이미지화되어서 삶 그 자체가 가지는 절박한 아픔이나 사건 그 자체가 가지는 무거움이 감소된다고 말한 것은 확실히 사실이다. 그래서 역사도 영상이 되고 전쟁이나 학살 같은 끔찍한 사건도 하나의 화면이 된다. 화면은 또한 연속적인 인과관계의 의미론적 사슬을 갖는 것이 아니라 편집의 불연속성을 갖는 것이기 때문에 우리는 하나의 이미지와 다음 이미지 사이에 논리적 인과관계를 가질 수 없다. 그래서 정보화 사회의 사람들은 필연적으로 표면 위의 삶을 살 수밖에 없으며 삶의 단편(斷片) 밖에 가지지 못하고 가볍고 부유하는 삶을 살 수밖에 없게 된다. 걸프전쟁 때 우리는 보지 않았는가. 미국과 연합군의 바그다드 공습 때 전 세계인이 숨을 죽이고 관찰, 아니 관람한 것은 한 나라의 비극적 운명, 거기 사는 사람들의 처절한 운명과 무서운 권력투쟁에 대한 끔찍한 전율이 아니라 새로운 무기에 대한 호기심과 전쟁영화 촬영을 보는 것 같은 구경심리뿐만이 아니었던가. 미국은 그 영화를 제작하고 감독 촬영했고 할리우드판 대형 전쟁영화는 전 세계에 위성방송을 통해 즉각 동시 생방송되었다. 그것이 정보화 사회의 생의 양식이다. 전쟁도 이미지가 되고 인간의 죽음, 전쟁의 참상 등은 실체감을 잃고 간접화되어 전달된다. 그러므로 이 정보화 사회 속에서는 아무것도 무겁지가 않다. 모든 것이 가볍다.

CNN이 북한의 움직임을 계속 보도하지 않는 걸 보면 심각할 것이 없다는 이야기다. 오늘밤 위성방송으로 KBS를 봐야겠다. 이블린에는 밤 열시 반에 한국 KBS의 위성방송이 나온다. 〈일월〉이라는 KBS 연속극도 한다. 우리의 머리 위에는 정보위성이 떠 있으니 항상 조심해야 한다. 또한 그 덕분에 북한의 움직임에 대한 걱정을 잊을 수 있으니 고마운 정보위성이기도 하다.

느릿느릿 점심을 챙겨먹고 나는 대학으로 간다. 오늘 오후엔 타타넬라를 포함한 공산권에서 온 작가들과 독재를 경험했던 나라의 작가들이 '검열, 자기검열'이라는 제목으로 패널 디스커션을 한다. 이것이 우리 프로그램의 마지막 공식토론이다. 케냐에서 온 전위무용가인 님페는 독재가 한창 심할 땐 그녀가 빨간 끈으로 머리를 묶고 맨발로 거리를 걷는 것 자체가 저항행위로 비쳐져 감시당했고, 방글라데시의 시인은 과거 자기 나라의 독재정부가 남자의 머리카락이 긴 것을 반정부행위로 판단해 길에서 경찰들이 가위를 들고 머리를 깎았다는 이야기를 했다. 모두들 배꼽을 쥐고 웃었으나 나는 3공 당시 우리 대학시절의 장발단속이 생각나 쓴웃음이 나왔다. 후에 나의 남편이 된 운이 유학시험 준비로 시간이 없어 머리를 못 깎고 다니다가 신촌에서 장발단속반에 딱 걸려 마포경찰서에 하루 구금되었던 생각이 났다. 운은 나에게 아들 둘과 집 한 채를 남기고 먼저 갔다. 교수생활 이십 년에 과로사. 얼마나 무거움에 시달렸으면 그렇게 가볍게 갈 수 있는가?

마지막 차례로 타타넬라가 나와 흥분된 목소리로 차우셰스쿠 당시 정부의 검열과 그런 공권력의 검열에 시달리다보니까 어느 때부터인지 자기가 자기를 검열하는 자기검열이 자기도 모르게 시작되었고 항상 안전선을 찾다보니까 수사학이 발전되어 그때의 문학이 할 말을 모조리 지껄이는 요즈음의 루마니아 문학보다 더 좋았다는 말을 했다. 그녀는 전체주의 사회의 제도권적인 검열은 작가를 안전선 안에 가두는 비인간화를 저지를 뿐만 아니라 위험한 것과 타협하는 협정선을 개인에게 준다는 의미에서 가장 비열한 미끼라고 말하고, 정부 검열관의 시선을 자기 내부에 갖게 되었을 때 그녀는 심각하게 자살을 고려했었다고 고백했다. "검열당하는 자는 검열관을 닮고, 억압당하는 자는 억압하는 자를 닮는다." 그녀는 가택수색의 위험에 항상 노출되어 있어서 자신의 시를 이모집 지하실의 양파자루 속에 숨겨놓았었고 그래서 자신의 시에서는 양파 냄새가 난다고 웃으며 말했다. 양파 냄새는 그녀의 안전선이었던 것이다.

검열당하는 자가 검열관을 닮는 것이 진실이라면 우리는 얼마나 휴전선을 닮아 있을까? 휴전은 전쟁이 끝난 것이 아니다. 백록담은 휴화산인가. 사화산인가? 휴화산 아래 사는 사람은 화산 없는 마을에 사는 사람과 또 사화산 아래 사는 사람과 근본적으로 다른 운명의 형식을 가지고 있으리라. 안정된 평화가 항상 나에게 낯설고 미래에 대한 확신을 한 번도 갖지 못했던 것도 혹시 휴전선 증후군이 아닐까. 루마니아의 공산독재가 무너지고 자본주의화가 시작되자 이제 공권력의 검열은 사라졌는데 더 무서운 검열이 시작되었다고 타타넬라는 말했다. "그것은 상업주의의 검열이다. 공산독재 아래에서 우리가 이데올로기 검열관과 함께 일했다면 이제 자유 루마니아에서 우리는 상업주의의 검열관과 함께 일해야 한다. 상업주의 검열관이 내 안에 들어와 살면서부터 자기검열이 또 시작되었다. 이 책이 팔릴 것인가, 말 것인가 하는. 나는 여전히 행복하지 않다." 안전선과 휴전선은 누구에게나 있는 것인가?

정말 타타넬라는 지성적이고 강력하며 흑백이 분명한 발언을 잘한다. 그녀는 자신이 무엇을 원하는가를 알고 있고 자신의 정열을 실천할 줄 아는 여자다. 나는 타타넬라의 그 강력한 지성과 과격한 열정이 좋다. 나도 그녀처럼 분명하고 싶다. 나는 왜 내가 무엇을 원하는지를 모를까? 항상 될 대로 되겠지의 사상을 나는 가지고 살았다. 비틀즈의 〈렛 잇 비〉를 너무 좋아했던 탓일까? 질문이 이어지고 우리의 마지막 공식 활

동은 끝났다. 타타넬라가 여자들끼리 푸른 오리온에 모이자고 한다. 푸른 오리온은 타운에 있는 레스토랑의 이름이다. 끝을 애도하고 축하하자는 거겠지. 좋다. 나도 끝은 애도하고 축하하고 싶다. 그런데 문제는 아직도 시작이 안 보인다는 거구나. 산타페로 갈지, 집으로 갈지. 회색의 11월 때문에.

푸른 오리온에 앉았을 때 타타넬라는 가죽 재킷을 벗고 먼저 담배를 피우기 시작한다. 빨간 실크 블라우스가 푸른 오리온의 푸른 조명과 어울려 아주 강인하게 보인다. 아침에 조간신문에서 보았던 남자 무용수들의 나는 모습에서 느꼈던 강력한 날갯죽지의 힘과 중력을 거부하는 탄력을 나는 그녀에게서 느낀다. 그 빨간 실크 블라우스는 그녀가 워낙 좋아한다고 조르기도 했지만 내가 진정으로 그녀에게 미안해서 준 것이다.

우리가 처음 이블린에 와서 서로를 아직 잘 모르고 있을 때였는데 그녀는 내가 한국에서 온 사람인 것을 알자 모든 사람이 다 있는 데서 "물론 사우스코리아겠지?" 하더니 북한에 대한 비판을 늘어놓기 시작하는 것이었다. 그녀가 아는 소설가가 있는데 그는 중국여행을 간 김에 북한을 여행하고 싶어 공식적 외교루트를 통해 허가를 받고 북한에 갔다. 호텔에 며칠을 묵었는데 어느 날 아침 무심코 그 전날 쇼핑한 신발이 눈에 띄어 마침 방에 있던 신문지로 그것을 싸놓았다. 그런데 몇 분 후 노크 소리가 들리고 누군가가 방안에 들어와 그를 연행해 갔다. 어느 어두운 방에 갇혀 그는 영문도 모르고 취조를 받았는데 "왜 신문지로 신발을 싸놓았느냐?" 는 것이었다. 왜 신문지로 무엇을 싸면 안 되는가? 우리는 신문지로 먹던 밥을 덮어놓을 수도 있고 개똥을 치울 수도 있고 누군가 길바닥에 토해놓은 것을 덮어놓을 수도 있다. 왜 그것이 문제인가? 그는 그동안 자신의 방안에서의 행동조차 낱낱이 감시당하고 있었음을 알았고 공포와 불안으로 하룻밤 사이에 백발이 되어버렸다. 왜 신문지로 무엇을 싸놓으면 안 되는가? 그는 그것을 이해하지 못한 채로 하룻밤의 지옥을 보내고 다음날 자기 대사관의 도움으로 풀려나게 되었다.

하룻밤 사이에 백발로 변한 그는 환한 햇빛 아래서 대사관 직원에게 물었다. 왜 여기서는 신문지로 무엇을 싸놓으면 안 되는가? 그것은 신문이 Holy Paper이기 때문이라는 것이었다. 왜 그것이 Holy Paper인가? 모든 사람의 시선이 타타넬라의 입에 모아졌다. "김일성의 사진이 신문에 실리기 때문"이라고 그녀가 말하자 모든 사람이 눈물이 나도록 웃으며 일제히 나를 응시하는 것이었다. 나의 얼굴은 수치와 분노로 새파래졌다. 나는 더듬거리며 "우리는 안 그래. 사우스코리아는 너무 자유로워서 우리는 아노미를 앓고 있다"고 말했는데 사람들의 침묵의 응시 속에는 "우리라니? 그 우리 속에는 노스코리아는 안 들어가나? 같은 동족이면서" 하는 멸시의 눈빛이 있는 것을 나는 느꼈다. 그 뒤 타타넬라는 가끔씩 그 이야기를 했고 그때 일을 당한 사람이 지금도 얼마나 건강이 안 좋은가를 누누이 나에게 말하는 것이었다. 미안함의 표시로 나는 그녀가 그렇게 갖고 싶어 하는 내 빨간 실크 블라우스를 그녀에게 주었다. 우리가 한 것은 아니지만 그래도 '우리가 아니라고 부정해버릴 수도 없는' 사람들이 한 야만적인, 건전한 감각을 잃어버린 상식 이하의 행동이 아무튼지 미안했기 때문에.

모두들 다 모였다 싶을 때 에리카가 입을 연다. 아침처럼 날카롭지 않고 어딘가 어둡다.

"산타페에 가자고 처음 말이 나왔을 때는 모두들 찬성이었는데 내일까지 예약을 안 하면 안 되는데도 오늘 이 시간까지 불투명한 사람이 많다. 내가 하나하나 물을게" 한다. 타타넬라는 자신은 노 프라블럼이니 오케이라고 하고 이집트의 모하마드는 잠시 머뭇거리더니 안 간다고 하면 배신자가 되는 거냐고 묻는다. 모슬렘들은 신의를 굉장히 중요시 여긴다고 몇 번씩 그녀가 말한 바 있어서 다들 웃으며 그렇다고 하니까 그녀는 무겁게 입을 연다. "나는 그동안 이블린 대학교 영문학과 박사과정에 입학허가를 받을 수 있는지 알아보고 있었어. 그런데 오늘 응답을 받았는데 오케이래. 나는 내년 가을에 다시 여기 와서 공부하게 되었어. 그러니까 나는 빨리 집에 가야 해. 가서 내년을 위한 준비랑 여러 가지 처리를 서둘러야 해. 나의 남편이 마취과 의사잖아. 그도 여기 대학병원에 교환프로그램을 알아보고 있고."

모하마드의 나이가 52세이다. 52세의 나이에 무엇을, 외국유학을 시작할 수 있는가? 나는 기가 막혀 심한 우울증이 몰려오는 것을 느낀다. 갑자기 심한 상대적 박탈감이 드는 것이다. 내가 집에 차압이 오느냐, 마느냐? 하는 저주스런 신용보증보험 문제로 그토록 고통에 빠져 있을 때 바로 나의 옆방에서 이렇게 미래를 준비하는 사람이 있으리라고는 꿈에도 생각하지 못했다. 모두들 모하마드의 용기를 찬탄하고 부러움의 머나먼 시선으로 바라본다. 멀다. 그녀는 먼 곳에 있다. 그녀에겐 산타페가 필요하지 않다. 우리는 순식간에 심한 허기에 빠져드는 것 같다. 안전선을 부수고 스스로 전쟁이 된 여자의 용기.

그때 모니카가 무겁게 입을 연다. "요즈음 마리안 못 보았지? 진작 말했어야 하는데… 마리안 지금 다른 주에 가 있다. 그녀 임신이래. 여기는 낙태가 허용이 안 되잖아. 그녀는 아마 산타페에 못 가. 여기 돌아오면 자기 나라에 금방 가야 돼."

임신이라니? 여기 온 지 3개월밖에 안 되는데? 그럼 요즈음 같이 다니던 그 젊은 학생? "아니지. 자기 나라에 있을 때 방송국 PD랑 가깝게 지냈는데 부인 있는 남자래. 싱글 마더가 돼서 일생을 그렇게 망치고 싶지는 않대."

싱글 마더인 님페의 얼굴이 굳어진다. 그녀는 가방을 어깨에 메더니 홀쩍 나가버린다. 생을 망친다는 말이 그녀를 화나게 했으리라. 남은 사람들은 모하마드의 충격에 이어 마리안 임신의 충격, 님페가 준 충격으로 아주 멍청한, 물속 깊이 빠져버린 사람의 표정으로 앉아 있다. 에리카는 나에게 묻는다.

"탄은 아마 어려울걸. 오늘 뉴스에 보니까 코리아에 이상한 일이 생기려나봐."

타타넬라는 나의 대변인처럼 심각하게 말한다.

나는 긍정도 부정도 못 하고 앉아 있다. 아무 일도 아니라고 할 수도 없고 큰일이라고 할 수도 없는 것은 우리가 한 치 앞을 못 내다보기 때문이다. 그러나 나는 모하마드의 용기에 기운을 얻어 솔직해지기로 결심했다. 회색을 걷어라, 회색을 걷고 새 길을 내라. 왜 선택하기를 주저하는가 항상? 제발 안전선을 철폐하고 모하마드처럼 새로운 길을 만드는 용기를.

"그 문제는 우리 정부 발표를 들으니까 심각한 게 아니라고 하더라. 나는 정치적인 문제가 아니고, 사실 집에 심각한 문제가 있어. 두 아들도 나만 기다리고… 난 집에 빨리 돌아가야 돼. 산타페에는 확실히 못 갈 것 같애. 정말 미안해."

모두들 나를 멍하게 바라본다. 너만 자식이 있느냐는 표정과 너마저 빠지면 어떻게 되느냐는 표정이다. 일주일의 여유를 못 내느냐는 표정인데 내가 12월 7일이라는 지상 최후의 심판의 날을 앞두고 있다는 것을 누가 알겠는가. 12월 7일 날 차압이 들어오겠다니 나는 이제 내일이라도 집에 돌아가 누구에겐가 빚을 내든가 아니면 보증보험회사에 가서 나의 모든 것을 걸고 심판의 날을 연기해야 한다. 한마디로 기적이 일어날 것을 나는 기대하고 있다. 보증보험회사를 상대로 휴전협정을 다시 맺어야 하는 것이다. 나를 세상에 있게 한 핏줄의 대가로. 인당수에 빠지는 심청이보다는 낫겠지. 나올 것도 없다. 황후로 환생할 것도 아니고 오천만 원 값을 궁리를 하다 보면 나의 일생이 다 가리라. 은행을 상대로 계속 휴전협정을 연기해가면서. 눈물이 눈을 가려서 나는 푸른 오리온을 나와 버린다. 어둠속에 바람이 무섭게 불고 있다.

너희는 산타페를 가서 무얼 하려는가. 너희는… 다만 조금 더 자유를 연장하고 싶고 언젠가 나중에 아주 늙었을 때 벽장 속에 넣어둔 사진을 꺼내보며 아, 나에게도 이런 날이 있었다고 환상의 거울을 삼으려고 하는 거지. 나도 알아. 아름다운 거울 하나를 만들어놓고 그것을 중심으로 너의 자아와 행복한 관계를, 안전협정을 맺으려는 거야. 그래, 우리에겐 그런 거울의 행복한 관계가 필요하다. 아름다운 시간을 갖고 행복한 추억을 만들고 그것을 자기 삶의 원천으로 삼으려는 거야. 중심 — 원천 — 근원으로.

버스를 기다리는 사람이 아무도 없어서 밤바람이 더 무섭게 느껴진다. 희미한 상점 불빛 아래로 신문지며 낙엽이며 비닐봉지 따위가 바람에 무섭게 휩쓸려 다니는 것을 본다. 어떤 신문지는 마치 생물인 양 퍼덕거리며 회오리를 타고 하늘로 막 올라가기도 한다. 술 취한 남자가 저 모퉁이로 돌아가려다가 너무 센 바람에 비틀거리더니 벽에 딱 하고 이마를 묻고 두 손으로 벽을 의지한다. 바람벽이 때로는 중심을 잡아주기도 하는구나. 다시 한 번 바람이 회오리를 그려 비닐봉지며 신문지며 가랑잎들이 공중곡예를 하는 듯 붕붕 뜬다. 나는 아침신문의 남자 무용수의 나는 모습을 회상하고 그것이 아름다웠던 것은 중력과 싸우는 힘을 스스로 가지고 있기 때문이었다는 것을 안다. 중력.

추운 바람이 다시 한 번 무시무시하게 불어와 나를 쓰러뜨리려고 한다. 나는 반사적으로 가로등 옆의 가로수 몸을 붙든다. 따뜻하다. 뿌리 있는 것은 결코 완전히 흔들리지는 않는다. 어두운 밤하늘의 색채가 정선아리랑을 부르는 것 같다. 나의 발끝에서부터 실뿌리가 돋아나는 것 같고 마구마구 하늘의 색채를 먹어 나무의 몸통처럼 나의 몸이 우뚝 서는 것 같다. 아아, 집으로 가야지, 부디 …

(1994, 〈동아일보〉 신춘문예)

호랑이 젖꼭지

백두산 호랑이를 보러 가자고 나선 길이었다. 아침부터 서둘러 가려고 마음먹고 있었으나 어젯밤 늦게까지 탈상 제사를 모신 데다가 그 뒤치다꺼리를 하고 잠든 것이 새벽이었다. 게다가 학교 가는 아이들과 남편의 도시락까지 싸 보내고 나니 벌써 아홉 시가 되어가고 있었다. 잠에서 덜 깬 명화를 일으켜 세워 목욕탕으로 밀어 넣고 나는 그냥 대문 밖으로 나와 차의 시동을 걸고 차 앞을 서성이고 있었다. 거실에 아직도 놓여 있는 병풍 하며 부엌 식탁에 아직도 놓여 있는 북어포며 과일들, 생선찜과 고기전과 여러 가지 떡들 등 대강 치워놓긴 했지만 그래도 제사 모시고 난 후의 집안은 어수선하여 주부의 손을 하염없이 기다리고 있는 형국이었다.

시몬 드 보부아르가 말했던가. 여자의 일생이란 먼지와의 전쟁에 바쳐진 소멸의 토템 같은 것이라고. 아침마다 눈만 뜨면 제일 먼저 달려오는 먼지, 먼지, 허섭스레기 일상들의 대행진. 그것들에 한 번 휘말리다가는 모처럼 마음먹고 세운 오늘의 계획도 늘상 그렇듯 수포가 되고 말 것이다. 그래, 오늘 아침엔 나에게 매달리려는 것들, 내가 관성의 법칙으로 매달려 있던 것들, 나를 목매다는 것들, 내가 어쩔 수 없이 목매달고 살고 있는 것들을 다 뿌리치고 싶기도 했다. 인생이란 것 속에는 '내가 아니고 싶어 하는 나들'이 얼마나 많이 있는가. 그 '내가 아니고 싶어 하는 나들'을 나에게서 다 제거하고 나면 남아 있는 나는 무엇인가. 글쎄, 그런 것들이 있기나 할 것인가.

차 유리를 닦을 헝겊을 찾으려고 트렁크 문을 열러 가면서 나는 왼손에 쥐고 있는 차 열쇠를 느끼면서 조금 애매한 미소를 지었다. 마음속에서 나도 모르게 이런 노랫가락이 맴돌아 나에게 최면을 걸고 있었던 것인가. “어느 날 갑자기 그녀는 왼쪽으로 걸어갔네/갑자기 반대편으로 놓인 전화 수화기/그 옆에 손잡이가 왼쪽으로 돌려진 찻잔/왼쪽으로 깎다 만 사과/왼편 주머니에 들어 있는 열쇠꾸러미/이렇게 그대는 드디어 그대 자신을 드러냈구나/왼손잡이 여인이여….” 남편이 십여 년쯤 전 독일에 갔을 때 당시 선풍적인 인기를 끌고 있던 페터 한트케의 소설을 노래로 만든 그 테이프를 사 온 적이 있었다.

그때 난 남편이 내가 어릴 때 이미 고친 왼손잡이를 어떻게 알고 이 노래를 사 왔나 생각하면서 그가 나의 범상한 얼굴 아래 숨어 있는 무섭도록 숨 막히는 야성의 지하세계를 이미 다 알고 있는 듯한 느낌을 받았다. 그것이 떳떳했다기보다는 부끄러웠다. 땅 밑에 있어야 할 지하실이 어떻게 해서 햇빛 속에 잘못 드러나 감추어야 할 무엇을 갑자기 들켜버려 모든 것을 도굴당해야 할 처지에 빠져버린 것처럼.

그래, 모든 언어에는 표준말과 사투리가 있지 않니. 그렇듯이 나의 감정 속에도 표준말과 방언이 언제나 혼재하고 있음을 나는 알고 있다. 삶이라는 것은 거의 언제나 표준말을 하는 나를 요구하지만 그러나 가끔은 어쩔 수 없도록 밀치고 올라오는 방언의 어두운 욕망을 뿌리칠 수가 없다는 것을 안다. 아내로서 어머니로서 딸로서 며느리로서 올케로서 누군가의 친구, 후배, 선배, 선생으로서 쓰는 표준말을 우리는 가지고 있어야 하지만 그러나 미친 듯이 어두운 내부에서 얼굴의 탈을 벗기면서 격류처럼 올라오는 그리운 원시신화의 감정의 사투리들을 다른 사람들은 어떻게 처리하고 사는지 나는 때때로 그것이 몹시 궁금하였다. 억눌린 방언들의 격류는 때로 우리를 무척 해치기도 하지 않는가. 〈왼손잡이 여인〉이라는 그 노래는 이렇게 이어진다. "왼손잡이 여인이여, 너는 나에게 어떤 신호를 보내려고 하는가/나 어느 낯선 대륙에서 그대를 만나고 싶어…."

유리창을 닦다가 고개를 드니 언제나처럼 저만치 구파발 너머 북한산의 봉우리들이 눈에 들어온다. 북한산은 바위와 소나무 같은 상록수들이 많아서인지 계절의 변화를 별로 느낄 수가 없다. 푸른 아침 하늘을 배경으로 내가 늘상 바라보는 젖꼭지봉이 보인다. 내가 젖꼭지봉이라고 이름붙인 그 산봉우리는 모양이 꼭 어머니 젖가슴처럼 생겼고 흰 바위가 많아 색깔도 하얗고 꼭대기가 유두처럼 꼭 그만큼이 볼록 나와서 젖꼭지가 하늘을 향하여 봉싯 솟아오른 듯한 모습을 하고 있다. 바위가 많은 봉우리이기에 그것은 이제는 더 이상 모유를 생산하지 않는 불모의 유방처럼 보이기도 했고 안개가 내린 어떤 때는 어슴푸레한 관능의 물기가 대리석 같은 피부 위에 차갑게 빛나는 것 같기도 했다. 심장병으로 고생하는 어머니를 내가 모시고 있었을 때는 꼭 그것이 메마른 엄마의 생명처럼 보이기도 했고 또 어떤 저녁 무렵엔 사람 여자가 되고 싶어 21일 동안이나 어두운 동굴 속에 갇혀 있었다던 어느 무거운 곰의 웅크린 모습 같아 보이기도 했다.

그때 저 위 산길에서 연한 갈색 머리에 창백한 피부를 한 소년이 내려오는 것이 보인다. 은수다. 은수는 내가 백미러를 통해 저를 발견한 것을 느꼈는지 얼른 뛰어내려와 나와 백미러 사이의 틈새로 살짝 고개를 들이밀고 볼록거울에 대고 혀를 낼름 한다. 자그만 볼록거울에 은수의 얼굴이 확대되어 얼른 비치다가 금세 사라진다. 다시 은수가 고개를 거울 앞으로 쓱 내밀자 거울 속에는 볼록 확대된 고무로 만든 괴물 같은 은수가 먼저 있고 그 뒤에 내가 서 있다. 우리의 두 얼굴이 포개지도록 하기 위해 은수는 백미러 앞에서 얼굴을 이리저리 해보지만 제 얼굴이 나를 가리거나 아니면 제 얼굴이 없어지거나 할 뿐이어서 두 얼굴이 동시에 겹쳐질 수 없음을 깨닫고 얼굴을 찡그리며 나를 본다.

"아줌마, 오늘 학교 가세요?"

아니, 어디 다른 데 간다 라고 미소를 지으며 말하자 은수는 다시 한 번

"아줌마, 오늘 어디 가세요?"

라고 묻는다. 아까는 학교에 강세를 두더니 이제는 어디에 강세를 둔다. 십여 년 나가던 대학 강사를 이제 그만둔 것을 그는 모르는지 내가 외출하려고 차를 끌고 나오기만 하면, 언제나 학교 가느냐고 묻는다. 그 말은 한때는 상처였으나 이젠 아무렇지도 않다. 모든 상처엔 딱지가 앉긴 앉나 보다. 무감각의 외피를 찾지 못하면 출혈이 계속되니까. 은수는 오늘도 여전히 무언가를 열심히 찾고 있다. 고개를 빼고 열심히 차 속을 들여다보더니,

"참, 아줌마, 혹시 제 하늘색 모자 보지 못하셨어요?"

하고 묻는다. 나는 웃음이 나오려는 것을 참으며 아아, 미안해, 못 보았단다 라고 대답해주었다. 은수는 아주 실망한 듯이 네, 그래요…? 하며 또 유심히 고개를 밀고 내 차 속을 들여다본다.

그때 명화가 방금 샤워한, 물방울이 뚝뚝 떨어져 내리는 머리칼을 출렁출렁 흔들며, 한 손엔 바바리코트를 한 손엔 숄더백을 들고 오른편 겨드랑이엔 화장품 케이스를 끼고 나오다가, 털투성이 루키가 길길이 뛰어오르며 매달리려고 하는 바람에 화장품 케이스를 떨어뜨려 그것을 줍느라고 몸을 굽힌다. 파란 터틀넥 티셔츠에 파란 쫄바지를 입은 명화는

몸짓 그대로가 한 편의 싱싱한 현장예술 같다. 굽이 없는 황금빛 중국 신발을 신은 명화는 소리도 없이 잔디밭을 가로질러 계단을 내려온다.

나는 명화가 한 가지 일에만 몰두하고 있는 것을 본 적이 없다. 그녀는 언제나 두 가지 이상의 일을 한꺼번에 하는 ~ing족이다. 편지를 쓰며 음악을 듣고, 전화를 받으며 혹은 걸면서 무용 동작들의 스케치를 그리고 있다든가, 걸어가면서 루주를 바르고, 머리를 빗으면서 빵을 먹는다. 항상 '무엇을 하면서 무엇을 하는' 동작의 복합적 동시성이 몸에 밴 명화의 행위는 그러나 불성실하거나 산만해 보이지 않고 씩씩하고 치열해 보인다. 그녀는 아직도 혼의 내부에 정복되지 않은 아름다운 황무지를 많이 갖고 있어서일까?

루키는 명화가 대문을 쾅 닫고 나오자 대문 틈으로 바깥을 내다보며 미친 듯이 대문을 긁고 소리를 친다. 루키는 언제나 밖으로 나가는 사람을 미칠 듯이 부러워한다. 애들이 나갈 때나 남편이 나갈 때도 그렇지만 내가 나갈 때는 더 미칠 듯한 갈망을 나타낸다. 나랑 저랑 비슷하게 말뚝 끈에 묶인 것을 아는 것일까. 마구 짖어대는 소리가 오늘따라 더 우렁차서 담을 넘고 골목을 지나 하늘까지 우렁우렁 울리는 것 같다.

루키가 처음 집에 왔을 때 그는 아주 어렸는데 음식을 주면 그 자리에서 먹지 않고 언제나 마당 귀퉁이로 끌고 가서 땅을 파고 그것을 묻어두곤 했다. 그것은 야생생활의 습관이 남아 있어서라고 했다. 옛날 길들여지기 이전 시간의, 늑대였던 원초적 야생시대의 습성이 남아서 그렇다는 말을 듣고 인간의 내부도 고고학적으로 파보면 그런 야생시대의 습성이 남아 있을지도 모른다는 생각을 했다. 뿌리칠 수 없는 감정의 방언들이 이성을 밀치고 올라올 때, 내 몸의 어디선가 원손잡이 여인이 숨어 있다 불쑥 나타날 때….

명화의 얼굴은 분만 하얗게 바르고 급히 나와서인지 밀가루 반죽가면 같아 보인다. 기다리게 해서 미안해, 그런데 왜 이렇게 서두르는 거야. 천천히 해도 오늘 안에 갔다 올 수 있잖아, 잠이 와 죽겠는데… 밤낮 아프다고 누워 있기만 하더니 오늘따라 부지런을 떨고 난리야. 웬 난리야, 정말… 명화는 투덜투덜거리며 차 앞에 와서 오른쪽 문을 열고 앞좌석에 털썩 주저앉는다. 그러자 그녀의 무릎 위로 아이섀도며 눈썹연필이며 분첩과 루주까지 우르르 쏟아진다. 명화는 두 다리를 오므려 그것들을 얼른 모아 헝겊 주머니에 넣는다.

"미국 아줌마도 가세요? 네?"

갑자기 은수가 앞을 가로막는다. 내가 그래, 하며 차에 올라 문을 닫으려 하자 은수가 급히 유리창 너머로 가슴에 안고 있던 꽃다발을 내민다. 하얗게 머리 푼 억새 다발과 자주색 싸리꽃 비슷한 알갱이가 촘촘히 박힌 산꽃들의 다발이다. 그리고 은수는 헤어지는 것이 너무 서운해 못 견디겠다는 듯한 표정으로 우리의 멀어지는 차를 향하여 손을 흔든다. 그의 모습은 하얀 연기 속에 점차 지워져가다가 차가 굽잇길을 돌자 더 이상 보이지 않고 소실되어버렸다. 차의 앞턱에 놓인 야생 꽃다발 때문인지 차 안엔 은은하게 야생 산향기가 고이는 것 같다. 명화는 무르팍에 놓인 것들 중에서 눈썹연필을 들더니 백미러를 거울삼아 눈썹을 그리려고 하면서,

"언니, 아까 그애 좀 이상한 애 아냐? 학교도 안 다니나? 좀 나사가 빠진 것 같기도 하고…."

라고 묻는다. 나는 명화의 그 말에 괜히 가슴 깊이 상처받는 것을 느끼면서 한숨을 섞어 말한다.

"아냐. 그애 참 똑똑한 아이였다. 국민학교 다닐 때만 해도 전교 일등

을 한 애라더라. 그런데 어느 날 학교 앞에서 트럭에 머리를 받힌 거야. 어떻게 학교 앞에서 하교시간에 교통사고가 날 수가 있니? 등하교 시간엔 교통제한 구역인데 말이야. 그 후 그 부모가 서울 살기 싫다고 여기 삼송리로 이사 나온 거야. 은수… 중학에 들어가서도 공부도 잘하고 착했는데 이상한 징후가 나타났대. 갑자기 하루 종일 무엇을 찾아다니는 거야. 가령 조용히 공부하는 옆 반 교실에 문을 드르륵 열고 들어가 선생님, 혹시 제 일기장 못 보셨어요? 묻고 교장실에 가서 선생님, 혹시 제 가방 못 보셨어요? 묻질 않나, 언젠가는 음악실에 가서 피아노 다섯 대를 다 해부해놓고 건반을 뜯고 있길래 선생님이 기겁을 해서 뭐 하냐고 물으니까 자기 사진이 피아노 뒤에 들어간 것 같아서 찾아보려고 했다는 거야. 그래도 학교에선 공부도 잘하고 한없이 착하니까 이해해주고 감싸주고 하는데 자기가 바빠서 학교를 못 가겠대. 하루 종일 무엇을 찾아야 되니까 바빠서 못 간다는 거야. 은수네 집안, 엘리트다. 아버지는 종합상사 과장이고 엄마는 신문사 기자야. 참 안 됐어, 한없이 착하고 머리도 좋은 앤데….”

명화는 아, 그랬구나 하는 듯이 후후 웃으며 열심히 초록색 색연필로 아이라인을 그리려고 한다.

“내가 미국서 오고 며칠 있다 말이야, 형부가 하도 뒷산에 올라가 운동 좀 하라고 해서 산에 갔다가 저애를 만났지 뭐야. 그런데 무슨 애가 모르는 사람한테 와서 아무 거리낌도 없이 아줌마, 제 공룡 모양으로 된 미니카 못 보셨어요? 손가락만 한 건데요. 우리 아빠가 토론토에서 사온 건데 하는 거야. 내가 하도 어이가 없어서 언제 잃어버렸는데? 했더니 이년 전이라고 하잖아. 그래서 내가 그랬지. 나는 그저께 미국에서 온 사람이에요… 라고. 그런데 아이가 네, 그래요? 하는데 그 눈동자를 잊을 수가 없는 거야. 너무 슬퍼, 그 눈빛이… 내가 장난 비슷하게 대한 것이 가슴 아파지더라구 … 그 다음부턴 꼭 미국 아줌마, 미국 아줌마, 하는 거야."

그때 초록색 눈썹연필이 툭 하고 부러지자 명화는 또 가방을 부스럭거리며 다른 연필을 꺼내려고 한다. 그러더니, 검정뿐이잖아… 한숨을 내쉰다. 명화는 또 그 까만 연필심에 침을 묻혀 열심히 눈화장을 하려고 하는데 차가 구기터널 쪽으로 좌회전을 하려고 하는 바람에 손을 놓고 잠시 쉰다. 그러더니 한숨을 깊이 내쉬며

"아까 그애 말이야, 은수…? 난 그애 볼 때마다 꼭 그 인간 생각나…."

하고 말을 멈춘다.

"그 인간이라니? 이 서방 말이냐?"

차는 터널 속으로 들어간다. 명화는 검정색이라고 아까 불평했던 그 연필을 열심히 눈에 칠하며 말한다.

"그래, 이 서방 말이야. 엄마는 돌아가셨는데 언니가 이 서방이라고 부르니까 이상하다. 언니가 엄마가 된 것 같기도 하고… 그 이 서방이라는 남자를 내가 만난 것이 그랬어. 어느 날 학교 식당에서 줄을 서고 있는데 어떤 남자가 내 뒤에 줄을 서면서 묻는 거야. 저, 혹시 한국분이세요? 그래서 내가 네, 라고 했지. 그랬더니 자기가 찾는 사람이 있다는 거야. 한국 유학생 중에 E여대 나오고 서양화 하는 여자인데 이름이 아무개인 사람을 아느냐는 거야. 그래서 내가 그랬어. 이 대학에서 공부하는 건 확실한가요? 내가 아는 한에서는 그런 여자가 없었기 때문에. 그랬더니 그 사람이 뭐랬는지 알아? 전혀 우리가 기대할 수 없는 대답을 하는 거 있지. 모르겠어요… 샌프란시스코에서 공부하다가 미시간 호수 있는 데로 갔다는 말만 듣고 왔는데… 그러는 거야. 그때서야 난 그 사람 얼굴

을 똑바로 쳐다봤어. 좀 나사가 빠진 사람이 아닌가 하고 말이야. 그랬더니 생긴 건 수려하데. 멀쩡해….”

명화는 눈썹을 다 그렸는지 연필을 가방에 넣더니 부스럭부스럭하며 루주를 끄집어낸다. 참 그 가방 속에 든 것 많다 … 난 마음속으로 어릴 때부터 명화가 가방 속에 무용 타이츠며 토슈즈며 갈아입을 팬티며 브래지어까지 챙겨가지고 다니던 것을 생각하며 푸우! 하고 웃음이 터져 나오려는 것을 참는다. 마주 보지 않아도 한쪽 눈두덩엔 초록색을 바르고 또 한쪽 눈엔 검정색을 바른 그녀의 모양을 상상할 수 있었다. 그녀는 항상 파격을 찾고, 찾았고, 또 찾고 있다. 찾지 않아도 방금 초록색 연필이 한쪽 눈만 그렸을 때 부러져 못 쓰게 된 것처럼 파격의 조건이 찾아왔다.

그래서 엄마가 항상 그랬지. 명화는 이름값을 한다. 이름이 채천이가 아니었니? 채색 채(彩) 자에 샘 천(泉) 자… 아버지 친구 중에 작명가가 있었는데 채천이란 이름 못쓴다고 바꾸라고 해서 평범하게 바꿨지. 칠면조 같은 고양이가 된다는 거야. 아니나 다르냐? 지금도 바람처럼 살지. 면사포 안 써 에미 가슴 못 박고… 나는 그런 넋두리에 몹시도 길들여졌음에도 불구하고 엄마의 그런 남루한 가치관이 혐오스러웠다. 엄마는 자신이 인습의 감옥 안에 살고 있음조차 인식하지 못하면서, 가장 많이 그 인습으로부터 피해를 보았음에도 불구하고 그것을 옹호했다. 엄마의 토템이 있었다면 그것이었겠지… 참고, 견디고, 어디까지나 운명의 동굴을 지키는 것. 동굴, 엄마의 유일한 실존의 행위는 동굴 지키기. 쑥과 마늘, 그런 것들.

“그러다가 어느 날 미시간 호수에 갔는데 거기서 그 남자를 다시 만난 거야. 내가 그때 외로워서 미시간 호수 옆에 있는 교회에 자주 갔거든. 바하우라 교회라고… 얼마나 아름다운지 몰라. 바하이교는 종합적인 종교야. 기독교와 마호메트, 부디즘까지 합쳐서 종합적으로 교리의 좋은 점만 모아놓았어. 나는 무신론자는 아닌데 어느 한 종교를 딱 선택을 못 하잖아. 교회 가면 교회 믿고 싶고 성당 가면 또 가톨릭이 좋아. 그런데 절에 가면 부처님과 사천왕과 향냄새가 좋고 또 목탁 소리도 좋고 스님들도 막 좋아지고 하잖아. 그리고 한 종교를 선택하면 다른 종교를 잃게 되잖아. 내 앞에서 우상을 섬기지 말라… 이런 종류의 금기와 배타성을 갖게 될 수밖에 없잖아. 난 그런 종교의 배타성이 싫은 거야.

그러다가 시카고에서 바하우라 교회를 만났어. 미시간 호수 옆에 아주 아름답게 지어졌어. 백 년 동안 지었대. 신에게 바치는 최고의 성전을 짓는 거니까. 브라질의 제일 높은 산 위에도 하느님의 성전을 짓고 봄베이에도 짓고 호주에도 제일 아름다운 곳에 지었다는데 아주 아름다운 교회야. 모든 신의 선지자들은 모두 같은 신앙을 가르친다는 게 그 교회의 모토지. 예수나 부처, 마호메트 모두를 어떤 큰 신의 예언자들로 보는 거야. 너희는 한 나무의 열매요 한 가지의 잎사귀들이다 … 이런 말로 인종분리주의, 종교분리주의에 저항하면서 세계를 하나로 묶는 큰 종합적인 종교를 지향하는 거야. 난 그래서 그 교회를 좋아해.

그런데 그날 바하우라 교회에서 나와 한참을 걸어 미시간 호수로 갔는데, 그날 내 차가 고장 나서 맡겼거든. 그런데 거기서 그 남자를 또 만난 거야. 그런데 그는 학교 식당에서 나를 만난 걸 잊어버렸는지 또 묻는 거 있지. 한국분이세요? 하면서 그 여자에 대해 묻길래 내가 그랬지. 샌프란시스코에서 공부하다가 미시간 호수 있는 데로 옮겨왔다면 그건 바로 나인데요… 라고. 왜 내가 서부가 있다가 시카고로 갔잖아. 그랬더니 그 남자가 아, 그래요? 하면서 내 눈동자를 들여다보는 거야. 나도 눈동자를 들여다봤어. 아름다운 미시간 호수의 녹회색 물결이 넘치고 있는 눈동자는 참 아름다웠어. 왜 그런 거 있지. 언니는 문학을 하니까 알 거야. 무한한 것을 찾는 사람의 눈빛… 푸른 꽃이라고 하나, 그것을 찾는 무한한 슬픔의 멈출 수 없는 꿈을 보았어. 그날 그 사람 차를 얻어 타고 시내로 갔지."

광화문을 지나면서 빌딩군들이 나타나기 시작하자 차량이 많아지기 시작하면서 나는 몸으로 짜증이 나타나는 것을 느꼈다. 이상하게도 요즈음은 짜증스런 일을 만나면 머리로는 조절이 되는데 몸으로 히스테리 같은 것이 마구 올라오는 것을 느낀다. 이런 꼴이 보기 싫어 피곤한 몸을 이끌고 아침부터 서둘러 나온 건데… 나는 시청 앞 광장에 햇빛을 반사하면서 서 있는 무수한 차량의 흐름을 절망적으로 바라보면서 한숨을 쉬었다.

명화는 차가 서 있는 틈을 타서 얼른 루주를 바르더니 아, 스칼렛 오렌지 루주 하나 사야지, 이런 초콜릿색은 이젠 지겨워… 한다. 나는 열심히 루주를 바르고 있는 명화 쪽을 바라보면서 어딘가 좀 삐걱거리는 음성으로 말을 시작했다.

"그래도 너 이 서방 만나서 효도는 했지. 엄마가 밤낮으로 그 면사포 소리 하는데 정말 끔찍하더라. 그놈의 면사포 소리가 정말 혐오스러워서 나는 웨딩드레스 안 입고 양복 입고 결혼해버렸잖아. 네 결혼사진 엄마가 베개 밑에 넣어두고 있더라. 앰뷸런스 와서 엄마 입원시키려고 일으키다 보니까 베개 속에서 네 면사포 사진이 나오는 거야. 난 그때 정말 선명하게 느낄 수 있었어. 엄마의 토템은 면사포였다는 것을 말이야. 엄마가 그 고생하면서도 아버지를 포기 안 한 건 아마 결혼의 약속이 종교였기 때문일 거야. 난 그것을 사춘기 때부터 증오하지 않았니? 증오, 정말 그건 증오였어… 아버지가 은행 그만두시고 나랑 영월 살 때 아버진 하루 종일 마을로 들어오는 길이 바라다 보이는 언덕에서 동구 밖만 바라보고 계셨어. 아버지는 자기의 퇴직이 부당하다고 느끼셔서 해고취소 통고만 기다리고 계셨어. 어릴 때 그것이 그렇게 끔찍하더라. 해고취소 통고와 재임명 통고가 함께 오리라는 기다림으로 사십대 아버지가 하루를… 단종능이 있는 바로 그 마을에서… 난 정말 그것이 싫었거든."

명화는 루주의 키를 줄여 가방 속에 넣더니 이제 주위를 좀 돌아보겠다는 듯이 아, 참, 은수가 준 산꽃하고 억새가 참 멋지구나, 한다.

"아버지도 그때 자신의 기다림이 가망 없다는 것을 느끼고 계셨을 거야. 그 기다림을 포기했기 때문에 그 여자와 만나졌을 거야. 난 아버지와 그 여자가 사는 집, 최 부잣집이라지, 거기 가서 등록금 탈 때가 제일 비참했어. 그래도 넌 그때부터 서울 살아서 모를 거야. 넌 그래도 엄마의 돈으로 공부하지 않았니."

명화는 또 한숨을 쉰다. 아버지가 은행을 퇴직하고 엄마와 명화는 서울 사는 이모네 약국 뒷방에서 살면서 수예점을 열려고 준비하고 있을 때 나는 시골에서 할머니와 아버지와 살았다. 그 기간이 조금만 짧았더라도, 삼 년까지 걸리지만 않았더라도, 아버지의 기다림이 조금만 더 지탱될 수만 있었더라도… 그 캄캄했던 시절, 나만 영월에서 노환으로 아픈 할머니와 남겨지고 아버지는 그 여자의 집으로 갔을 때, 첩첩산중 어린 폐왕의 울음소리가 들려와, 들려와… .

"그런데 내가 이 서방하고 처음부터 사랑에 빠졌던 건 아니야. 외국생활이 그렇잖아, 항상 쫓기고 바쁘고 하니까 그 사람을 잊어버렸지. 그런데 내가, 왜 우리 무용단 마이클 있잖아, 그 사람하고 뉴욕 갔었어. 공연 때문에 장소 섭외가 왔는데, 무대를 미리 봐야 되거든. 그 무용은 마이클이 안무를 했으니까 마이클이 굳이 무대를 미리 보고 싶다는 거야. 그래서 뉴욕 갔을 때, 참 웃기지, 굉장히 통속적인 재회를 했어.

워싱턴 광장, 뉴욕대학 있는 거리 말이야, 거기서 주스 마시며 벤치에 앉아 있는데 어떤 남자가 옆 벤치에 앉아 있는 거야. 동양사람이니까 눈에 얼른 띄어. 보니까 기억이 나. 왜 여기 있는 거죠? 내가 물었어. 그 사람도 역시 날더러 왜 여기 있는 거죠? 라고 묻는 거야. 마이클이 애인인 줄 알았는지 말을 별로 못 하길래 내가 다음 달 여기서 공연할 거니까 '로프트'로 오라고 했거든. 로프트란 소극장이 있어. 아주 조그만 창고 같은 무댄데 모던 댄스야 뭐 그런 데서 하는 거지. 그런데 그 다음 달 공연 때 그 사람이 온 거야. 그래서 몇 번 만나기 시작했고 그도 시카고로 와서 자리 잡으려고 하는 것 같았어. 증권사에도 한국인이 많이 필요하거든. 코리안 아메리칸들이 돈은 있어도 증권투자 같은 것엔 생소해서 잘 안 뛰어들잖아. 그러니까 증권사 쪽에서 보면 코리안 딜러가 많이 필요한 거야. 시카고 시장이 큰가 봐. 그래서 직장이 되니까 시카고에 정착하고 나랑도 다시 만나 이렇게 된 거지."

3호 터널을 지나고 보니 길은 좀 한가한 느낌이 들었다. 그 무수한 빌딩에서 그 무수한 사람들이 쏟아져 나오는 점심시간이 되기 전에 도심을 통과했으니 이젠 됐다, 하는 생각에 안도의 숨이 저절로 나왔다. 억압받고 있던 몸이 스스로 긴장을 푸는 것 같은 가벼운 기분이 들었다.

"가끔씩은 지금도 그래. 문득 샌프란시스코도 가고 뉴욕도 가고 LA도 가고 한인 사회가 크게 형성된 곳으로 출장 가는 건 그의 일이기도 해. 그래서 아마 그 직업을 가졌는지도 모르지. 하루 종일 대도시의 전화번호부 책 펴놓고 킴이나 팍이나 리 씨 성 가진, 코리안 비슷한 이름의 사람들에게 전화 걸어 투자의향을 묻고 자기 이름과 전화번호 주고 하는 게 일이니까 언젠가 그 여자 만나질 수도 있겠지. 난 아무렇지도 않아.

사람마다 찾는 것이 있어야 살아. 몸속에서 본능적으로 먼 데로 뻗어가는 푸른 추구가 멈추면 누구나 죽는 거야. 지금의 나처럼 말이야…. 그래서 난 이 서방을 이해할 수 있어. 때때로 멍청해 보이는 게 싫어서 뺨을 한 대 후려쳐주고 싶을 때도 있지만… 언니는 형부가 착실하고 건실하니까 그런 것 잘 모를 거야."

난 명화의 생기와 생명력으로 가득 찬 몸과 고등학교 때부터 가혹한 훈련으로 단련된 빛에 찬 무용가의 근육을 보며 경탄과 신기함을 가지고 있었는데 그러나 명화도 요즈음 말끝마다 환멸 비슷한 말을 했다. 무용가는 나는 것을 생명으로 하는데, 맨발로 리듬을 맞추며 중력을 뿌리치고 상승하는, 날아가는, 땅을 뿌리쳐, 살의 부대로 가득 찬 이 오장육부의 창자를 뿌리쳐, 바닥을 힘차게, 더 힘차게 치며 느끼는 비상의 기쁨, 앙트르샤의 즐거움, 빙빙 도는 회전과 삐루엣의 황홀함, 날개를 타고 신비의 세계에 도달하는 새로운 기쁨을 너는 알고 있지 않느냐고 너무도 무력하고 중력에 길들여진, 시든, 망가진, 관절이 늘어진, 두 아이를 낳고 산후조리도 못하고 학위 받는답시고 밤새워 공부하느라고 오랫동안 신경통으로 고통받아온 나의 마른 몸이 명화의 몸을 향하여 마구 쓰러지며 그 말을 묻고 싶어 하는 것을 나는 느꼈다.

수직이동을 하며 수직이동을 하는 동안 무게를 극복하여 점점 더 위로 위로 몸을 땅으로부터 떼어내는 비법을 아는 너! 무게를 극복해온 경험이 있는 너! 그 비현실적 생성을, 어릴 때부터 그 연약한 발로 바닥과 허공에 신비스러운 비약의 단어들을 그릴 줄 알았던 너! "니진스키의 발꿈치는 한 번도 바닥에 닿지 않았다!"라고 고등학교 때 책상 앞에 붙여놓았던 너!

나의 몸은 울먹이며 그 모든 명화에 대한 나의 미움, 나의 고통에 대한 억울함, 나 혼자만 버려진 채로 영월에서, 할머니의 임종을 보아야 했던 것에 대한 분노를 그녀에게 전하고 싶어 하였다. 엄마가 심장병에 걸렸을 때 우리 집으로 모셔와 돌아가실 때까지 삼 년간, 아, 삼 년간, 시아버지가 편찮으셨을 때는 전혀 돌보지 않고 이기적으로 살더니 제 친정어머니는 모신다고 시댁 어른들과 시누이들로부터 그 무수한 비난을 받으며, 그 동그란 비난과 냉랭한 직시의 한복판에서 매일매일을 시선의 화살에 할퀴어 상처받는 짐승처럼 비틀거리며… 엄마는 명화 네가 돌보아야 한다고 생각했는데… 오늘의 너를 만든 건 엄마의 수예점이었지. 물론 너도 장학금도 받고 식당에서 일도 하고 했다지만.

"그이가 그렇게 그 여자에게 집착하는 건 아마 처녀성 때문인 것 같아. 대학 때 첫 미팅에서 만나 사귄 여자였는데 군대 가기까지 삼 년을 사귀었다는 거야. 둘 다 처음이었대. 순결한 채로 서로 처녀성과 동정을 나누었나봐. 그러다 그이가 군대에 있을 때 여자가 미국 유학을 갔는데 여자의 집이나 친구들이 모두 가르쳐주지 않는 거야. 아마 여자 쪽에서 무슨 이유가 있지 않았겠어? 그것을 모를 만큼 멍청한 건 아닐 텐데도, 아니 그인, 분명히 알고 있을 거야, 그럼에도 불구하고 그 여자를 찾는 것을 멈출 수가 없는 거겠지. 숨을 들이쉬고 내뱉는 것처럼, 파도가 밀려왔다 밀려갈 수밖에 없는 것처럼, 달이 차고 기우는 것처럼 그에게는 그것이 자연법칙인 것 같아. 아, 내버려두자, 한 사람의 자연을 파괴하면서까지 나의 것으로 만들어야 할 절체절명의 이유가 있는가… 라고 생각하려고 노력해. 사랑이 집착이 될 때만큼 추한 건 없다고 우리는 인생으로부터 배웠잖아.

예술가란 말이야, 언니도 알겠지만, 얼마나 자신의 뜨거움을 오래 보존할 수 있느냐에 성패가 달려 있어. 파리 오페라좌 정면 벽에 무어라고 씌어 있는지 알아? 무용의 꽁세르바뙤르… 꽁세르바뙤르라는 말이 나는 예술학교라는 말인 줄 알았어. 그런데 보존이란 말이래. 그렇지, 보존! 그것이 얼마나 어려운지 언니도 알잖아? 그런데 무용이란 눈송이처럼 일회적인 것이야. 누가 눈송이의 일회성, 순간성을 보존할 수 있단 말이야? 모순이지, 모순. 모순인 줄 알면서도 아름다움이라는 불안정한 것을 창조하려고 하지. 아름다움만큼 불안정한 게 또 있을까? 눈송이 같은 아름다운 화려함은 금방 시들어. 그래서 마이클도 무대를 포기하고 안무로 간 거고. 젊음이란 정말 좋은 거야. 젊었을 때는 마치 옛날 고대 사람들이 봄이 오면 무언가 알지 못할 기운에 이끌려 대지 위에서 맨발로 춤을 추었듯이 그렇게 몸이 순수하게 움직였는데, 순수함 속에 엮어지는 순간만큼 귀중한 건 없나봐…."

나는 핸들에 손을 올려놓고 단지 액셀러레이터만을 간간이 밟으며 한가한 반포대교를 질주한다. 명화가 온 지 보름 가까워오지만 그녀와 이렇게 깊은 이야기를 나누기는 처음이었다. 그래, 나도 이 서방을 처음 보았을 때 어딘가 몽상적인 것을 느끼기도 했다. 〈라 실피드〉라는 발레 생각이 났다. 〈라 실피드〉, 생각나니? 아마도 고전 발레에선 가장 중요한 작품일 거야. 그만큼 낭만주의적 불멸성을 가진 발레는 없을 거야. 사람들이 발레에 대해 꿈꾸는 모든 것을 가진 작품이기도 하고.

제임스는 결혼식 전날 벽난로 곁 의자에 앉아 신부가 오는 것을 기다리는 동안 홀연 공기와도 같은 환상적인 실체 — 날개 달린 실피드를 만나게 되지. 그녀는 날아갈 듯 빠르게 춤을 추는데 그러자 착실하고 견고한 스코틀랜드 농가인 그 가정은 돌연 붙잡히지 않는 비현실적인 아름다움의 향기로 충만하게 되지. 그 남자는 혼란스럽게 그 날개 달린 실피드를 쳐다보지. 그러자 기척을 느낀 실피드는 재빨리 커다란 벽난로 속으로 달려가 굴뚝 속으로 사라져버렸어. 신부가 들러리가 될 친구들과 함께 왔을 때 제임스는 멍청한 환상에 빠져 순박한 시골 처녀인 에피를 냉대했어. 에피를 사랑하던 순박한 청년 거언이 그것을 보고 제임스에겐 결혼 못할 비밀이 생긴 거라고 짐작해. 에피가 떠나자 실피드는 다시 나타나 높은 창턱에 앉아 있어. 그녀는 가볍게 떠다니며 문턱에서 테이블로 의자 위로 마루 위에 차례로 내려와 앉고 그와 함께 춤을 추고 사랑에 빠졌지… 사랑에. 실피드는 그가 다른 사람과 결혼하면 안 된다고 말하고 제임스는 고통을 느끼지만 결국은 모든 약속과 의무를 마을에 남겨둔 채 숲으로 따라가지. 숲속의 실피드는 다른 요정들과 춤을 추며 제임스를 넘어 휙휙 날아다니고 거의 스칠까 말까 할 정도로만 내려올 뿐 발을 땅에 대지 않아. 날아가버린 실피드. 안타까운 제임스는 마녀에게 부탁하여 둘의 결합을 위한 약을 주문하고 마녀는 독약을 바른 스카프를 주며 그것이 날개 달린 우아한 실피드와 필멸의 인간 제임스를 결합시킬 것이라고 했지. 결국 실피드가 그 독약 바른 마법의 스카프에 몸이 닿자 연약한 날개는 떨어지고 그녀는 천천히 땅에 떨어져 죽게 된다. 실피드의 친구들이 하늘에서 내려와 팔에 죽은 실피드를 안고서 엄숙한 춤의 장례를 치른 후 하늘을 향해 천천히 날아간다 … 숲의 바깥쪽 마을에선 제임스의 약혼녀였던 에피와 그녀의 충직한 숭배자였던 거언의 결혼식이 진행되고 실피드는 하늘로 돌아가고 제임스는 울부짖는다 … 정령 실피드와 인간의 남자 제임스를 결합시킬 마법은 결국 아무 데도 존재하지 않는다는 것인가? 그래 결국 남는 건….

"그래, 실피드를 쫓아가는 제임스처럼 이 서방도 꿈을 꾸고 있는 것 같구나. 그렇지만 결국 실피드와의 결합은 죽음밖에 없다는 걸 알게 되겠지. 좋은 결혼이란 에피와 거언 같은 충직하고 현실적인 견고함을 가진 사람끼리 하는 것이라는 걸 암시하고 있는 건지도 몰라. 그런데 난 이런 생각이 든다, 실피드는 결국 순박한 시골 처녀인 에피의 낭만적 자아, 아무 데도 구속되지 않고 훨훨 공기처럼 날아다니는 이상적 자아의 모습이고 제임스도 역시 한평생 가족을 부양해야 할 의무를 지게 된 충직한 거언의 환상적 자아가 아닐까 하는. 결국 실피드는 제임스와 에피가 결혼과 동시에 버려야만 하는 공기처럼 가벼운 자유주의, 환상적인 낭만주의 뭐 그런 것의 화신이 아닐까? 우리가 남편과 아내라는 사회적 계약의 페르소나(*persona*)를 뒤집어쓰기 위해 학살해야 하는 낭만적 자아… 생각해봐라, 나도 나의 실피드를 오래 전에 잃어버리고 생활에 억눌려서인지 글을 못 쓴 지 오래돼 가… 결혼생활이 십오 년 가까워지고 애들이 점점 커가면서 그들의 몸무게가 늘어나는 것만큼 내 현실의 면적이 널찍해지고 이 마른 몸이 고구마 포대 자루처럼 무거워져. 아무리 발버둥 쳐도 의욕이 없어. 너무 무기력하고 땅바닥으로 가라앉을 것 같거든. 이것을 보면 결혼한 남자들의 마음속에 아마도 실피드 콤플렉스라고 부를 수 있는 그 어떤 것들이 있을 거야. 공기처럼 가벼운 날개달린 정령을 찾고 싶은 낭만적 꿈이 있을 때 덜 무기력해지고 더 창조적이 되지 않을까."

명화가 조금 냉소적으로 웃는 소리가 들린다.

"그래, 언니. 클래식 발레에 대해서 언니가 그렇게 잘 알고 있는지 몰랐어. 역시 내 언니야. 그런데 이 서방의 마음속에 실피드 콤플렉스가 있는 건 그렇게 이해를 잘하면서 왜 언니는 아버지를 그렇게 증오하는 거야? 내가 보기에 그건 자기분열이야."

핸들 위에 올려놓은 손이 갑자기 떨린다. 그래, 어젯밤, 어머니의 탈상을 다 모신 후 제상 앞에 붙여놓았던 지방 종이와 우리가 입었던 상복을 가지고 한탄강 근처 모래사장에 가서 그것들을 태워버릴 때 나는 어머니가 손수 만들어 보관해두었던, 아버지가 끝내 입지 않은 상복을 태우며 얼마나 아버지를 원망했던가. 어머니는 언제 만들었는지 장롱 속에 자신의 장례식에 입을 우리 가족의 상복들을 다 만들어놓았었다. 어머니는 자신의 장례식에 그래도 아버지가 와주실 것을 기대했던가?

나는 대학병원 응급실에서 아버지에게 시외전화를 걸었었다. 이제 어머니가 더 이상 가망이 없으신 것 같다고. 급성 심장발작으로 일곱 번째 입원했을 때였다. 가을밤이었다. 아버지는 희미한 목소리로 그래, 그렇구나… 하실 뿐이었다. 어머니가 숨을 거둔 뒤 나는 병원 영안실에서 또 전화를 걸었다. 아버지, 어머니가 돌아가셨어요… 아버지는 다시 한 번 그래, 그렇구나 하실 뿐 전혀 다른 이야기가 없었다. 네가 혼자 애쓰겠구나….

"난 인간으로서의 아버지는 이해할 수 있을지 모른다. 그러나 아버지로서의 아버지, 엄마의 남편으로서의 아버지는 증오하지 않을 수 없어. 엄마의 편지를 가지고 네가 서울서 영월로 내려왔을 때, 내가 고1, 네가 중2였나? 엄마가 편지에 이렇게 썼지. 이제 당신 생활도 그런 식으로 안정되었나 봅니다. 그러니 이제 어머님은 당신 집으로 모셔가고 명수는 저에게 보내주세요. 어린것이 기동이 어려운 할머니 곁에서 공부하는 것 생각하면 뼈가 아픕니다. 서울로 데려와 공부 잘 시키겠습니다. 명수야 당신 닮아 총명하기가 영월 제일인데 서울서 공부시키면 어느 집 아들 부럽겠습니까? 저에게 주세요. 당신은 최 여사와의 사이에 또 아이 생기면 그만이겠지만 저에게는 두 딸이 저의 두 눈동자 같습니다. 제발 엎드려 비오니… 아버지는 그 편지를 구겨서 버리면서 아들 없는 집 큰딸은 장손이다, 명수 너 다른 생각하면 가만있지 않겠다, 이렇게 말씀하시더라. 아버지는 젊은 나이에 지점장도 해보고 대접만 받고 살아서인지 차갑고 인간미가 부족했어. 그러다가 일 년 후 나 혼자 할머니 임종을 보았잖니. 돌아가신 할머니 눕혀놓고 아버지 집, 아니 최 여사 집으로 뛰어갈 때, 그때 전화가 있었니 뭐가 있었니. 가서 아버지! 할머니 돌아가셨어요! 하고 외치자 아버진 그때가 밤 두 시였는데도 전혀 흐트러짐이 없는 단아한 차림으로, 안방에서 나오지 않고 서재에서 나오시면서 그래, 그랬구나… 하셨어. 첫마디가 말이야. 할머니 장례식에서도 울지도 않을 만큼 차가웠어. 엄마는 무슨 이미지 중독자처럼 아버지의 어떤 이미지 하나에 중독되었었나 봐. 그렇게 냉대를 받았으면서도 아버지 상복까지 지어놓으신 걸 보고 나는 할 말을 잃어버렸으니까… 할머니는 늘 엄마에 대해 에잇, 곰 같은 년. 그렇게 불렀다. … 최 여사와 아버지가 그렇게 되었을 때 엄마가 가서 끊어놓았어야 했다는 거야. 그러나 내가 봐도 최 여사는 엄마와 비교가 되지 않아. 젊은 나이에 미망인 되어 아이도 생산해보지 않아서 외모도 곱지, 부잣집 외동딸에 여학교 때부터 아버지를 흠모해왔대잖아. 그러다 아버지가 은행에서 부당하게 퇴직당하고 시골에 낙향해 있으니 얼마나 애틋했겠니. 두 사람은 잘 어울렸어. 끝내 이혼 안 해준 엄마가 가해자처럼 느껴질 정도로 잘 어울리는 사람들이야. …"

나는 격한 슬픔이 또다시 밀려오는 것 같다. 항상 나갔다가 다시 해변으로 돌아오고야 마는 물결의 운명처럼, 그것은 나에게서 썰물처럼 나갔다가도 언젠가 다시 나에게로 되돌아오고야 마는 해일의 물결과도 같다.

"할머니 장례식 끝나고 아버지가 최 여사 집으로 되돌아가셨을 때 그날 밤 최 여사가 나를 찾아왔다. 최 여사는 내 손을 어루만지며 조용히 말했다. 명수 겁먹지 않았니? 아직 어린데. 넌 정말 강한 아이야. 너 아버지랑 여기서 살겠니, 아니면 서울 어머니께 가겠니? 너의 결정에 우리는 따르기로 했다. 최 여사의 얼굴은 엄숙했고 그러나 우아한 목단 꽃처럼 아름다웠다. 난 고개를 숙이고, 명화랑 엄마 있는 데로 가겠어요, 했어. 그러고 싶니? 네··· 최 여사는 내 손에 무언가를 쥐여주더라. 할머니가 가지고 있던 집문서와 정선의 땅 문서더라. 이런 것 필요 없어요. 무언가 무척 서러운 느낌이 들었어, 아버지와 완전히 끝나는 듯한··· 그때가 내가 고2였던가? 그녀는 내 손에 그것을 꼭 쥐여주더니 이건 할머니 유산이야, 서울 어머니 드려, 했어. 그날부터 보름간 최 여사는 내 곁에 살며 나의 이사를 도와주었어. 그녀는 명주처럼 부드럽고 착했어. 생활의 극악한 현실로부터 한 번도 박해받아본 적이 없는 사람은 심성도 부드러운 것 같더라. 우리도 그건 그랬지 뭐. 아버지 직장 다니실 때야 은행 지점장 딸에 우리가 부족한 게 뭐가 있었니? 너만 해도 그 시대에 발레학원 다닐 정도였으니··· 서울 와서부터 난 황폐해졌지. 왜 그랬는지 몰라. 엄마하고 다시 합쳐 사는 게 난 불편하고 싫었어. 어두움 때문인가?"

명화는 그냥 조용히 창밖만 내다보고 있다. 사춘기 무렵 이야기만 나오면 그녀는 나에게 빚진 것 같다고 한다. 그때 그녀는 서울에서 토슈즈를 신고 벽을 따라 설비된 바를 붙잡고 높이까지 다리를 올리는 연습을 하고 따띠, 따띠, 따띠, 따땀··· 소리에 맞추어 무릎을 굽히는 쁠리에와 다리를 엉덩이 높이까지 던져 올리는 바뜨망, 공중에 떠서 두 다리를 십자형으로 엇갈리게 부딪치는 앙트르샤, 쁘왕뜨, 아라베스끄 등 하늘로 날아오르는 훈련을 받고 있었기 때문이다.

그녀의 재능을 발견해준 중학교 무용선생님은 명화에게 발레 훈련을 혹독하게 시켰으며 그녀의 천부적 재능을 키워주었고 그녀는 주저 없이 대학 무용과를 지망했다. 중학 때의 그 무용선생님이 마침 신설된 여자 대학 무용과 교수로 가게 되어 그녀는 특별히 운이 좋았다고 말할 수 있으리라. 세종문화회관에서 〈백조의 호수〉를 할 때의 명화는 깃에 묻은 물방울을 털며 하늘로 올라가려고 하는 마력의 날개를 가진 백조였다. 명화는 언제나 나보다 3미터쯤 높은 공중에 솟구쳐 있는 백조였다. 어떤 중력도 그녀를 해치지 않기를, 해칠 수 없기를 나는 기도했다. 그러나 이런 시가 있지, 누가 작년에 내린 백설의 눈을 다 가져갔는가…?

차는 이제 고속도로를 버리고 과천 길로 접어든다. 여기만 나와도 하늘이 다르다. 청청한 푸른빛의 하늘이 산 위에 걸려 있다. 표구 안 한 원래의 그림을 볼 때처럼 갑자기 너그러운 원초감각 같은 것이 툭 터져오는 것 같다. 그래, 백두산 호랑이가 과천에 왔다는 이야기를 들었을 때부터 난 정말 보러 가고 싶었었다. 여름방학 때 아이들을 데리고 빨리 와 보고 싶었었지. 그러나 생활이란 것이 그렇게 만만치가 않다. 어제 오늘 내일, 어제 오늘 내일 — 시간은 물처럼 모든 것을 매몰시키며 흘러간다. 그래서 맘속으로 어머니 탈상 때 명화 귀국하면 함께 보러 가야지, 엄마 탈상 끝나면, 그 다음날 명화와 함께… 그렇게 수없이 다짐했었다. 엄마 탈상 끝나면… 왼손잡이 여인이여, 너는 나에게 어떤 신호를 보내려고 하는가, 나 어느 낯선 대륙에서 그대를 만나고 싶어….

우리나라 대통령이 중국에 갔을 때 중국이 우호의 선물로 백두산 호랑이 한 쌍을 보내겠다고 약속한 것이 작년이었다. 그때부터 난 그것을 기다렸다. 그러던 유월의 어느 날 TV에서 그것들이 비행기를 타고 정말 우리나라에 온 것을 보았다. 검은 줄무늬가 쭉쭉 그려진 백두산 호랑이를 처음 바라보았을 때 난 정말 마음이 벅찼다. 울컥 하고 뜨거운 것이 목울대를 넘어 솟구쳐 오르는 강한 힘을 느꼈다. 환희라고나 할까? 낯선 대륙에서 온 그대를 나 만나고 싶어….

적응기간이 끝나면 서울대공원에서 일반 관람객에게 공개한다는 아나운서의 말을 듣고 그때가 언제일까를 손꼽아 기다렸다. 그러던 칠월 어느 날 드디어 적응기간이 끝나 백두산 호랑이를 일반인에게 공개했다는 신문기사를 보았다. 푸른 들판인가… 수컷의 호랑이는 그 평원의 푸르름 위에 앉아 이글거리는 눈동자로 먼 곳을 응시하고 있었고 암컷의 호랑이는 왼쪽의 앞발을 내밀고 서 있었는데 생각보다 다리가 길었다. 암컷은 금방이라도 웅비할 것처럼 서 있었다. 나는 암컷의 호랑이 사진에 내 얼굴을 가까이 대고 무언가 엄청난 따스함을, 이글거리는 원초의 무슨 힘, 건강하고 튼튼하며 무언가 강력한 체험, 털이 북실북실하게 일어나고 몽실몽실한 생명에 넘치는 어떤 젖가슴 같은 것이 나에게 뭉클 다가오는 마술적인 체험을 기대하였다. 왜 그런 것 있지 않은가. 단테가 베아트리체를 흘러가는 강물 위의 다리에서 만났을 때… 같은 것!

그러나 나는 그만큼 강력한 전율을 체험하지 못하였다. 사진이 아니냐. 그리고 그때부터 나의 마음속엔 꿈이 생겼다. 백두산 호랑이를 보러 가야지. 이상하게도 나는 백두산 호랑이가 왔다는 그 소식을 들은 순간부터 내가 아주 오래 전부터 기다리고 기다렸던 어떤 것, 내 메마르고 앙상한 삶을 치유해주고 부서진 관절을 고쳐주는 신비로운 마술이며 치유제인 어떤 존재, 어릴 때부터 병든 할머니와 숙명에 굴종하는 어머니 곁에서 그토록 오랫동안 기다려왔던 내 기다림의 제목이 드디어 선명하게 나타난 것을 보았다. 나는 지금껏 백두산 호랑이를 기다려왔던 것이다!

그 많은 나날, 지루하고 의욕 없이 지나간 그 무수한 견딤의 시간들. 그래, 어느 시인이 말하지 않았던가. 삶이란 어떻게 사느냐가 문제가 아니라 어떻게 견디느냐가 문제라고. 회색의 죄수복을 누가 나에게 입힌 것은 아니지만 하루 세끼 밥에 정신없이 살림 치다꺼리를 하고 십 년이 넘는 동안 바퀴벌레처럼 납작 엎드려 시간강사 생활을 해오면서 느꼈던 무기력과 자기 훼손, 인간의 자기 존엄에 상처를 입히는 시시각각의 모독 같은 것들, 어머니의 심장병에 휘둘리면서 고개를 숙이고 참아왔던 내 생명의 소진, 결혼생활 속의 하찮은 그러나 도저히 탈출할 수 없는 작은 일상들의 되풀이, 글을 쓰지 못했던 그 암담한 동굴 속의 어두운 시간들… 그 모든 슬픔과 왜소함의 시간들 속에서 내가 의식하지 못했던 분노를 가지고, 그러나 내 몸을 항상 이유 없이 아프게 만들었던 그 분노를 가지고, 그토록 기다려왔던 것이 바로, 아, 바로 그 백두산 호랑이 암컷이었던 것이다! 탐스럽고 몽실몽실한 암호랑이의 젖꼭지!

난 그 털이 북실북실하고 살이 몽글몽글한 암호랑이 젖가슴에 얼굴을 박고 울면서 호랑이의 젖을 먹어보고 싶어 했던 것인가? 아사달의 찬란한 햇빛을 못 보고 쫓겨나간, 아니 스스로 도망쳐간, 우리의 또 하나의 어머니가 오랜 세월 동안 미지의 대륙을 헤맨 끝에 이제야 드디어 야성의 방랑을 마치고 돌아왔다는 소식을 들은 것처럼 가슴이 뛰었다.

왜?

왜라니?

왜…?

명화는 말없이 창밖을 바라보고 있을 뿐 조용하다. 명화가 조용하면 나는 침몰하는 기분이 든다. 명화는 기본적으로 생명에 차 있기 때문에 명화와 있으면 나도 모르게 생명의 리듬감이 옮아오는 것을 느끼게 되기 때문이다. 리듬감의 전염이라고나 할까. 명화가 귀국해서 우리 집에 있는 동안 우리 집에는 알지 못할 생기 같은 것, 무언가 야성적인 기운 같은 것이 감돌고 있었다. 말은 하지 않아도 남편이며 애들까지도 무기력과 관성의 늪에서 빠져나온 듯이 들뜬 기분이 아니던가. 흑백 TV만 보던 사람에게 갑자기 컬러 TV 화면이 나타났을 때처럼.

"명화야, 자니? 이제 거의 다 온 것 같은데."

나는 서울대공원으로 들어가는 진입로로 좌회전을 하며 명화를 부른다. 평일날 아침이라 그런지 서울대공원 가는 길은 비교적 한산하다. 가을의 쓸쓸한 기운이 한산한 거리엔 배어 있다. 커다란 플라타너스들이 양쪽에 가로수로 심겨져서인지 아주 운치 있는 가을 분위기가 났다.

"아니야, 자지 않아. 좀 졸리긴 하지만. 그런데 이번에 와서도 아버지 못 뵙고 가서 어떡하지? 이번에 가면 나 당분간 다시 오기 어려울 것 같은데… 아버지도 연세가 있으신데 언제 또 뵐 날이 있으려나? 엄마 탈상 전날에 나 언니 몰래 시골에 전화했었잖아. 최 여사가 받았어. 내가 그랬지, 엄마 탈상 때문에 귀국했다고. 그랬더니 아, 참, 그렇구나, 하더니 아버지 바꿔 주더라구. 아버지, 서울 한번 오시면 좋겠어요. 형부 보기도 민망하고, 엄마 초상 때도 아버지가 참석을 안 하셔서 언니가 형부 보기 민망해 하더라구요. 이젠 탈상이니까…! 난 맘속으로 아버지를 기다렸다구. 끝내 안 오셨지만. 아버지는 아직도 엄마를 증오하는 걸까? 끝내 이혼을 안 해준 것 때문에?"

나는 한가한 대공원 주차장에 차를 주차하느라고 대답을 못했다. 문을 잠그고 왼쪽 호주머니에 열쇠를 집어넣고 바깥 공기를 마시자 피곤한 기운이 흩어지면서 언제 신경통으로 밤낮을 누워 있었던가 싶게 다리에 힘이 뻗쳤다. 아, 참 좋구나! 나도 명화도 동시에 소리를 쳤다. 여름날에는 힘차게 하늘을 향해 올라가던 분수대의 물줄기가 오늘은 멈추어 있었다. 멈추어진 분수대만큼 보기 싫은 육체는 없다. 그 아름다운 분수를 형성하고 있는 앙상한 쇠파이프하며 녹슨 뼈다귀들, 해골의 뻥 뚫린 눈동자 같은 물 나오는 꼭지 같은 것들을 보는 것은 참으로 가슴 아픈 일이다. 텅 비어 한산하다고 생각했던 대공원에 유치원 아이들이 소풍을 왔는지 유치원 원복을 입은 아이들이 코끼리 열차표 끊는 곳에 줄지어 서 있었다.

"여기서 코끼리 열차 타고 가야 해. 코끼리 열차 타고 가서 동물원 앞에서 내리면 돼. 난 정말 백두산 호랑이 볼 생각하면 가슴이 뛰는구나…."

명화는 다시 한 번 묻는다. 명화의 목소리가 갈라져서 나온다.

"아버지는 엄마를 증오하는 것일까? 아직까지도? 토템처럼 결혼 하나만을 신봉하여 아버지와 최 여사에게 어둠을 내려준 것이 엄마의 복수였다고 생각해? 아버지는 그렇게 믿고 계신 것 같아, 난 그것을 엄마의 복수였다기보다 엄마의 우둔함으로 보는데. 결혼의 약속을 파하고선 달리 어떻게 살 방도가 있다는 것을 믿으려 하지 않았어. 관성에의 복종이랄까? 아버지가 남편이기를 거부한 마당에 그것이 무슨 의미가 있느냐구. 응? 어떻게 생각해, 응?"

그때 아이들의 와아 하는 함성이 들려서 보니 왼편에서 코끼리 열차가 들어오고 있었다. 나는 얼른 명화의 팔을 붙들고 장난감 같은 코끼리 열차에 오른다. 명화는 갑자기 심각해져서 계속 묻는다.

"명예박사 학위증처럼 허울뿐인 아내 자리에 엄마가 그토록 집착한 것을 난 정말 이해할 수 없어. 내 나이가 서른일곱 아냐, 이 나이가 되도록 계속 생각해봤는데… 언니는 나중에 엄마 모시고 있었으니 나보다 더 잘 알 것 아니야?"

아버지가 오셨으면, 어머니가 돌아가신 그때 아니 그 뒤라도, 어젯밤 탈상을 치를 때라도 아버지가 오셨으면, 난 하고 싶은 말이 있었다. 아직 아무에게도 소리를 내어 발설하지 않은 그 말 한마디, 어머니가 동굴 같은 시간 속에서 병과 외로움과 싸우고 있을 때, 몸이 퉁퉁 부어올라 얼굴 하나가 베개만 해졌을 때 그녀가 꿈꾸고 있었던 것이 무엇이었던지를, 난 정말 아버지에게 그 말 한마디만을 해야 하지 않을까? 그래야 어머니의 탈상을 했다고 말할 수 있지 않겠는가? 그녀를 이 땅의 모든 구속, 모든 인연으로부터, 모든 착심(着心)으로부터 해방시켜 진정한 탈상을 했다고 말할 수 있지 않겠느냐는 말이다. 육신이 죽으면 사람의 넋은 혼(魂)과 백(魄)으로 갈라져서 혼은 하늘로 올라가고 백은 땅속으로 떨어진다는데 어머니의 혼은 하늘로 갔을지 몰라도 어머니의 백은 동굴 같은 무덤 안에 무겁게 갇혀 울고 있을지 모른다. 자신의 진정한 소망이 알려지지 않았기 때문에.

코끼리 열차를 탄 아이들의 천진하고 귀여운 지껄임에 감싸여 있어서인지 명화는 더 이상 따져 묻기를 포기하고 그 앙증맞고 예쁜 아이들을 쳐다보고 있다. 난 문득 그녀가 왜 아이를 낳지 않는 것인지, 아니면 이 서방과 그녀 사이에 아이를 갖지 말자는 무슨 약속 같은 것이 결혼 전에 있었던 것인지를 지금껏 한 번도 묻지 않았다는 생각이 떠올랐다. 무용 때문일까? 서른일곱이니 이제는 늦었지, 뭐… 그나저나 이 서방은 지금 어디에 간 것일까? 어디에 갔길래 시카고 시간으로 밤에 전화를 걸어도 받지 않는 걸까? 모든 유(有)는 정(定)함이 없다는 말이 있지. 정말 그런가봐. 애들 옆에 척 앉아 있는 명화는 얼마나 그들과 잘 어울리는가. 아름다운 젊은 그대로가 아닌가. 그래도 서른일곱이니 무용가로서의 수명에 한계가 온 것은 분명해. 왜 이렇게 사는 게 모두들 아스라한가… 살아 있는 것들은 살아 있기 때문에 정함이 없다는 《조주록》의 말은 자신이 생을 끝없이 만들어갈 수 있다는 이야기일 수도 있고 정함이 없기 때문에 불안정하다는 것일 수도 있겠지….

내 마음의 분위기와는 너무도 안 어울리게 우리는 유치원 아이들과 함께 동물원 앞에서 우르르 내렸다. 백두산 호랑이 공개를 시작했다는 때늦은 현수막이 동물원 입구에 상당히 성대하게 내걸려 있어 난 기대감으로 가슴이 부풀었다. 푸른 하늘에 바람이 불어와 그 현수막이 공중에서 펄럭펄럭거릴 때 난 나도 모르게 마음속에서 그 오래된 노래가 새의 날개처럼 용솟음쳐 오르는 것을 느꼈다. 나 어느 낯선 대륙에서 그대를 만나고 싶어, 너는 나에게 어떤 신호를 보내려고 하는가 ….

동물원의 초입엔 야생 얼룩말과 타조, 아프리카 초식동물 등이 있었고 더 올라가니 원숭이, 고릴라들의 우리가 있었다. 난 그런 것들에 관심이 없어 '백두산 호랑이!' 라는 화살표를 따라 계속 올라갔다. 언덕길은 생각보다 높고 길었다. 가는 동안 몇 번이나 호랑이 울음소리가 어흐응! 어흐흥! 울려왔다. 눈앞의 아름다운 청계산이 호랑이 울음소리에 흔들리는 것 같은 커다란 진동을 느끼며 나는 마음이 성큼성큼 초조해져 다리가 멀리 길어진 것처럼 걸음을 크게 옮겼다.

그 어두운 영혼의 시간들을 나는 기억하고 있지, 동굴 속에 갇힌 것처럼 우울이 몰려오고 덧없이 주저앉을 것만 같던 맥 빠지는 시간들을, 모든 것이 상처요 왜 시간시간마다 영혼에 상처를 받곤 했는지를. 나는 기억한다, 그때마다 마음속에서 회오리처럼 일어나던 노랫소리, 나 어느 낯선 대륙에서 그대를 만나고 싶어 라는 노랫소리를. 그 '그대'가 누구인지를 모르는 채로 살아오는 동안, 상처는 상처를 낳고 동굴 속은 무서웠네. 동굴 속에서 태어나 동굴 속에서 죽어간 여인을 어머니로 가지고 사는 동안, 이 세상에 음식은 쑥과 마늘뿐인 줄 알았지….

그러면서도 깊은 영혼의 밑바닥에서 가끔씩 이런 소리가 들려오는 것을 난 잊을 수 없어. 자주 포효하라! 라는 말. 자주 포효하라, 그러나 어디에서 포효할 것인가? 어느 장소, 어느 공간, 어느 야성의 등성이에서? 우리에게는 대부분 표준말을 써야 할 장소밖에 허락된 곳이 없지 않은가?

'백두산 호랑이!' 라는 화살표를 따라 우리는 언덕으로 올라갔다. 꽤 올라왔는지 산의 능선들이 저 아래로 아스라하게 펼쳐지고 있다. 우리는 스무 개쯤 되는 돌계단을 따라 위로 올라갔다.

그곳에도 유치원 아이들이 올망졸망 모여서 두 개의 우리 앞에 서 있었다. 아마 그곳이 백두산 호랑이 우리인 듯하여 나는 명화보다 한걸음 앞서서 마구 뛰어갔다. 마음이 흥분되어 어찌할 바를 몰랐던 것 같다. 아이들의 등 너머로 나의 눈은 마구 백두산 호랑이, 세계에서도 몇 마리 남지 않았다는 그 시베리아 호랑이의 용맹스런, 억압받아본 경험이 없는 그 야성의 에너지, 검정 줄무늬가 죽죽 입혀진 그 이글이글한 붉은색 도는 갈색의 털, 호기심이 강한 긴 다리, 탐스런 젖가슴과 숯불처럼 예쁜 눈을 찾았다. 그런데 아무리 찾아도 호랑이는 보이지 않았다. 아사달의 태초의 햇빛을 맞이하지 못하고 동굴 속에서 도망쳐 사천여 년 동안이나 먼 데를 헤매 다니다 온 우리의 또 하나의 어머니, 늑대와 같이 강하고 고양이처럼 예쁘고 용암처럼 이글거리는 암호랑이 어머니!

난 내가 아무래도 잘못 온 것이 아닌가 하고 아이들의 등 너머로 안내 표시판을 읽어보았다.

사이베리안 타이거(Panthera Tigris Altaica)

분포: 한국 · 중국 · 러시아

사는 곳 : 산림지대(개울 낀 침엽수 · 활엽수 숲)

먹는 것 : 동물성(멧돼지 · 사슴 · 노루 · 토끼)

번식 : 한배 2~6마리, 임신기간 105일

수명 : 20~25년(동물원에서 30년 산 기록도 있다)

이 한 쌍의 호랑이는 백두산에서 자라던 선조들의 핏줄을 이어받아 3세(♂)와 4세(♀) 손으로 1994년 한국 대통령의 중국 방문시 장쩌민 주석이 기증한 것이다.

털이 길고 빽빽하며 여름에는 적갈색, 겨울에는 황갈색이 되며 다리 안쪽과 턱 밑, 가슴, 배 부분이 희다. 꼬리의 검은 고리무늬는 대개 10개 이내로 남방계의 10개 이상보다 적다. 고립성이 강하고 야행성이며 겨울에는 40㎞ 범위를 행동한다.

분명 백두산 호랑이 우리는 맞는 것 같다. 옆에 와서 우리 속을 바라보던 명화가 아니, 저게 백두산 호랑이야? 하고 손가락으로 가리켰을 때까지 난 백두산 호랑이의 모습을 찾지 못하고 있었다. 어디? 하며 내 눈이 명화의 손가락을 따라갔을 때 풀과 바위로 엉성하게 산림을 모방해놓은 우리의 저 안쪽 귀퉁이에서 정신없이 엎드려 자고 있는 호랑이 한 마리를 발견할 수 있었다. 호랑이는 정신없이 자고 있었다. 우리의 맨 안쪽에서 웅크리고 자고 있었기에 호랑이의 손톱이나 발톱 같은 것은커녕 탐스런 꼬리나 희고 신성한 가슴과 배 부분, 출렁이는 꼬리 같은 것은 아예 보이지도 않았다. 전체적으로 너무 어렸다. 너무도 어린 호랑이가 너무도 졸려서 잠에 취해 있는 모습은 힘의 원천, 야성의 원천을 찾고자 했던 나에게 눈물이 나올 만큼 실망을 안겨주었다.

이번에 꼭 백두산 호랑이를 보고 가야 한다고 출국 날이 코앞에 다가와 바쁜 명화를 설득해서 여기까지 온 나를 명화는 이해할 수 있을 것인가?

아아, 꼭 고양이 같애. 너무 어리잖아. 명화는 아까의 침잠에서 깨어나 환하게 웃는다. 언니가 백두산 호랑이를 만나서 정신적 비타민을 구하려 하는 것 같았는데 너무 안 됐어. 실망하지 마. 우리는 옆 우리에 있는 수컷 호랑이도 잠에 취해 엎어져 있는 것을 보고 터덜터덜 언덕길을 내려온다. 암호랑이와 수호랑이는 다른 우리에 살고 있지만 뒤쪽으로 동굴 같은 터널이 뚫려 있어 서로 왔다 갔다 할 수 있도록 되어 있었다.

난 명화의 말끝에 정신적 비타민이라니… 그것보다 더 큰 어떤 것, 단군신화가 억압하기 이전의 여성의 어떤 원초성, 사천여 년 이전의 야성적인 양성구유(兩性俱有)의 맨얼굴을 보고 싶었던 것이라고 혼잣말을 했다. 환웅이 나가버린 동굴 속에서 그래도 천명처럼 쑥과 마늘을 이십년도 넘게 홀로 먹고 견디며 기다려온 여인의 옆에서 살았기에, 그 여인의 딸이라는 인연으로, 난 오늘 여기 아사달의 햇빛을 거절하고 동굴 속을 탈출하여 머나먼 야성의 땅으로 도망친 또 다른 여인을 보러 온 것이라고. 그래서 나의 피에 이글거리는 태양빛을 보충하고 싶었던 거라고. 신의 품에 기대는 듯한 느낌으로 그 야성적 젖꼭지에 몸을 부비고 싶었던 거라고… 명화야, 미안해. 난 정말 크고 으리으리한 야성적 생명을 너에게 보여주고 싶었는데, 그래서 미국 돌아가서도 잊지 못할 만큼 뜨거운 창조적 힘의 원천이 될 체험을 주고 싶었는데, 이 서방의 실피드 콤플렉스를 뛰어넘을 수 있는 창조적 에너지를 보여주고 싶었던 거야… 라고 혼잣말을 하면서 나는 다리에 힘이 하나도 남김없이 빠져나간 것을 느꼈다.

그때 언덕길 아래 귀퉁이에 공중을 가는 리프트의 매표소가 있는 것을 보았다. 리프트를 타고 내려갈까? 주차장 있는 데로 곧바로 내려갈 수 있을 거야… 다리도 아프고 배도 고프고 갑자기 피곤도 몰려오는데 명화도 기운이 없는지 그러지 뭐, 라고 동의한다. 우리는 매표소 창구로 가서 표를 사고 잠시 기다렸다. 그 사이에도 계속 호랑이 울음소리는 산을 흔들고 있었다.

“저 소리가 백두산 호랑이 울음소리인 줄 알았지 뭐야.”

명화가 쓰디쓰게 웃는다.

“다른 호랑이 울음소리인가? 벵골 호랑이 같은 건 아주 클지도 모르지?”

“글쎄 말이야. 그러나 호랑이는 야행성이라니 지금은 다른 호랑이들도 다 자고 있을걸?”

호랑이 울음소리가 어흐응! 어흐응! 들리는 언덕을 등지고 우리는 저 아래 주차장이 있는 곳으로 내려가는 리프트를 기다렸다. 햇빛 하나하나까지도 힘을 잃어, 핏빛을 잃어 가을도 힘이 없고 산야도 힘을 잃어 모든 것이 그림자 속에 잠겨드는 것 같았다.

잠시 후 공중에서 은하철도라는 이름의 리프트가 서서히 내려오며 다가오고 있었다. 나는 리프트라길래 케이블카처럼 지붕과 벽이 있는 것인 줄 알았는데 다가오고 있는 것을 보니 지붕도 벽도 없는, 단지 두 사람이 앉는 간이의자 같은 것이었다. 우리는 안내원이 권하는 대로 의자에 앉아 안전벨트를 허리에 묶고 다리 사이에 쇠로 만든 안전장치를 끼웠다. 의자가 서서히 공중으로 떠오르기 시작하더니 호랑이 우리가 있는 언덕을 등지고 앞으로 나아가기 시작했다. 항상 높이를 동경했던 나는 얼마나 허구적인 인간이었나! 리프트가 앞으로 움직이기 시작하자 나는 떠오르는 것에 대한 두려움으로 새파랗게 얼어붙기 시작하였다. 나는 겁에 질려 명화의 팔을 붙들었다. 명화는 높이 올라온 것이 좋은지

더욱더 신선해졌다. 바람결에 명화의 긴 머리칼이 내게로 날려 왔다. 나는 무서워서 그 머리칼이라도 붙들고 싶은 심정이 되었다. 그러나 명화는 나의 두려움에 상관치 않고 큰 목소리로 말을 하였다.

"아, 참 좋구나. 산들이 어쩌면 저렇게 아름다울까. 정말 한국의 산들은 아름다워. 미국 중서부는 평원지대이기 때문에 가도 가도 산이 없어서 나는 가끔 산이 올망졸망 항상 눈앞에 보이는 한국을 그리워하곤 했어. 가도 가도 산이 없는 평원에선 지루함을 뿌리칠 수가 없어. 가끔씩 이상(李箱)의 글귀를 떠올리곤 했지. 아아, 산들은 어쩌자고 저렇게 초록색이냐. 그는 오직 초록 하나로 통일된 푸른 산에서 권태를 느낀 것이었지. 난 산이 없어 오직 평야, 수평으로만 구성된 대평원만 있는 곳이 권태스럽더라구. 땅덩이는 넓기도 하다, 그러나 수직으로 이루어진 산이 없고 오직 수평만 있으니까 긴장과 탄력이 없는 거야. 사람에겐 수평선도 필요하지만 수직선도 매우 필요한데…."

나는 내 몸을 막아주는 차단벽이 전혀 없는 상태에서 둥둥 공중에 떠 있는 것이 이렇게까지 무서운 줄은 몰랐다. 고층아파트에 살아본 적도 없는 나로서는 사실 몇 번 비행기 탄 것을 제외한다면 높이에 대한 체험은 거의 없는 셈이 아닌가. 발끝부터 머리끝까지 살얼음이 끼듯이 올라오는 번개 같은 차가움이 온몸을 급속으로 냉각시켜가고 있는 것 같았다. 발아래 있는 나무들과 동물원 안에 있는 구조물들의 지붕과 옆으로 스쳐가는 산들과 그 위에 걸린 하늘까지도 마치 우주에서처럼 무중력상태로 떠오르면서 균형을 잃고 나를 덮쳐오려는 것 같았다. 금방이라도 추락해서 나뭇가지 사이에 몸이 찢겨 산산이 떨어질 것 같은 공포로 나는 명화의 오른팔을 붙잡았다.

"아, 언니 아직도 무서워? 애들도 다 타는 건데… 뭘 그래?"

명화는 나의 두려움을 완화시켜 주느라고 큰 소리로 웃으며 말을 계속 한다.

"무엇이 무서울 땐 다른 생각으로 얼른 머리를 바꿔야 해. 이크, 이젠 죽었구나, 이렇게 생각해봐. 그러면 새로운 것에 적응할 힘이 생겨. 이크, 죽었구나 생각하고, 자, 아제 다른 생각을 해보자구. 아까 하던 이야긴데 난 이제 엄마를 잊어버리고자 노력할 거야. 그래서 지금 굉장히 복잡한 시기인데도 이번 탈상에 꼭 오려고 얼마나 무리를 했는지 몰라. 아버지 오시면 언니가 하고 싶다던 이야기가 뭐였어? 난 그 이야기를 꼭 들어야 마음의 상복을 벗을 수 있을 것 같은데."

나는 저 멀리까지 뻗어 있어 끝이 보이지 않는 은하철도가 얼마나 더 가야 끝나는지 아득히 먼 앞을 바라보면서 긴장 속에 앉아 있었다.

"언니, 아직도 떨고 있는 거야? 자, 몸에 힘을 빼고 따띠, 따띠, 따띠, 따땀… 힘을 빼! 아니, 저 유치원 애들도 재미있게 타고 오는데 왜 그래?"

명화가 내 왼팔을 잡아 흔들다가 저 앞쪽을 가리키는 것을 보니 우리가 앉은 왼쪽으로 유치원 아이들이 은하철도를 타고 다가오고 있는 것이 보였다. 공중의 의자에 두 명씩 앉은 아이들은 하늘을 난다는 사실에 흥분되어 볼이 붉게 물들었고 머리카락은 바람과 마주 비끼는 은하철도의 속력으로 잔잔히 흩날리고 있었다. 나에게는 이 하늘을 타고 가는 은하철도가 공중의 참수형인데 아이들에게는 환희구나… 하는 생각이 드니 나 자신이 한심해지면서 몸의 긴장이 줄어드는 것 같았다. 그래, 다른 생각을 해보자. 나는 조금 용기를 내어 명화를 바라본다. 왼쪽엔 푸른 아이섀도, 오른쪽엔 검정 빛깔을 칠한 명화의 눈은 여전히 우스웠다. 나도 명화를 따라 움츠러든 사지를 좀 펴보면서,

"그럴지도 모르지. 그런, 그 이야기를 누구에게 하는 것이 어떨는지 난 모르겠어. 물론 널 '누구'라고 부를 순 없지만 말이야. 그건 엄마의 아주 깊은 무의식 안에 숨겨져 있었던 아픈 비밀이었을 거야."

하다가 그래도 망설임이 들어 말을 끊었다. 하늘이, 푸른 하늘이 나의 눈썹을 비껴가고 숲들이 나의 발아래로 멀어져가고 있었다. 눈동자 속으로도 하늘의 푸른빛이 마구 흘러들어왔다. 그래, 어차피 탈상은 끝났다. 이젠 정말이지 마음의 상복을 벗어야 할 때다. …

"엄마가 심장발작을 일으킬 때는 정말 무서웠다. 주로 밤 시간에 급성발작이 오는데 앰뷸런스 불러 타고 간 적도 많아. 엄마가 심장발작을 일으키면 나는 니트로글리세린인가 하는 알약을 먼저 엄마의 혀 밑에 넣고 급히 병원 응급실로 전화를 하러 가지. 응급실에 앰뷸런스 신청하고 방으로 돌아갔을 때 난 정말 놀라운 장면을 보았단다. 엄마는 그 사이에, 전화 거는 시간이 얼마나 걸리겠니. 그 짧은 시간에 분을 하얗게 바르고 새빨간 루주… 그런 빨강색 루주를 나는 어디에서도 본 적이 없어. 아주 울긋불긋한 빨강색인데, 그런 피 같은 빨간 루주를 입술에 칠하고, 그것도 너무나 넓게 칠해서 아래뺨까지 빨간 루주가 마구 뭉개져 있는 거야. 그렇게 괴물 도깨비 화장을 하고 있었어. 그건 화장이 아니라 하얀 분가루를 바께쓰에 담아 마구 쏟아 부은 것 같은 얼룩덜룩한 그런 것이었어. 내가 병원에 가려고 앰뷸런스를 부른 것이 일곱 번이었지. 그때마다 그러셨어. 나중엔 전화 걸고 엄마 방문 열고 들어가기가 무섭더라. 형부 보기도 창피하고, 의사들 보기도 창피했어. 나는 앰뷸런스 속에서 슬퍼할 겨를도 없었어. 늘상 크리넥스로 엄마의 화장을 지우는 것이 일이었으니까…."

"그러면 엄마는 앰뷸런스 타고 병원에 입원하면, 혹시 그렇게 임종을 하게 되면 아버지가 오시리라고 생각했던 거야, 그렇지?"

명화는 정말 어쩔 수 없다는 듯 머리를 절레절레 흔들며 묻는다. 그런지도 몰라, 그런지도 모르지, 그런 것 같았어… 나는 아픔으로 가슴이 쪼개지는 듯하였다. 어머니는 나를 좋아하지 않았다. 아버지 성격 닮아서 차갑다고 나를 가까이 느끼지 않았다. 그런 내가 오늘 기어이 엄마의 비밀을 햇빛 아래 처음으로 발설하는구나. 눈물이 우두둑우두둑 떨어진다.

"아, 정말 사랑이었나? 엄마는 끝끝내 그 줄을 놓지 못하였나? 부부가 뭔데 그렇게까지… 사랑이 그렇게도 무서운 것인가? 아버지도 그래, 엄마가 이혼을 안 해줘서 자기가 사랑하는 사람의 가슴에 못을 박았다고 생각하니까 끝내 엄마 장례 때도, 어제 탈상 때도 나타나지 않았던 거야. 엄마를 자기들 두 사람의 가해자로 생각한 거야. 참 도대체 가해자가 누군데? 아니, 도대체 가해자 피해자가 어딨어? 어긋난 사랑이 무섭고 그 어긋난 사랑의 인연을 만난 세 사람이 다 불행했던 거지. 난 정말 엄마의 그 점만은 아직도 이해가 안 돼. 왜 이혼을 안 해주려고 끝끝내…."

명화는 혀를 끌끌 차며 마구 격앙된 목소리다.

"엄마가 마지막으로 입원했을 때, 나중에 보니까 엄마의 베개 밑에 네 결혼사진하고 그때 최 여사가 나 주었던 할머니 집문서와 땅문서가 있더라. 엄마는 결국 그것들을 손가락 하나 안 대고 보관하고 있었고 그것을 몽땅 아버지에게 돌려주려고 했던 것 같아…."

명화는 고개를 계속 흔든다. 해결할 수 없는 아픔이 치미는 것 같다. 엄마는 아무도 주저앉힐 수 없는 명화의 야성의 힘 같은 것을 고양이 같다고 두려워했지만, 그렇다 하더라도 무척 명화를 사랑하였다. 그녀의 유학 뒷바라지를 할 때 엄마는 무슨 신명에 들린 것 같았었다. 내 딸이 미국 무대에 선다, 내 몸으로 생산한 내 딸이 무용을 하는 내 딸이… 억눌려 무겁게만 보이던 그녀의 몸에 신이 가득 차오르는 것처럼 느껴지는 거의 희유한 순간들이었다.

"난 이제 아버지도 잊어버리고 싶어. 지난번 혜경궁 홍 씨가 쓴 《한중록》을 읽다 보니까 아버지가 사도세자의 아버지 영조와 성격이 많이 닮았더라. 혜경궁이 시아버지에 대해 쓴 대목 중에 이런 것이 있어 — 자기가 사랑하는 사람의 집에 사랑하지 않는 사람이 있지 못하게 하시고, 사랑하는 사람이 다니는 길을 사랑하지 않는 사람이 다니지 못하게 하시고… 하셨더라… 사랑이란 것 자체가 그렇게 독재적인 것인가 봐. 사랑하는 사람은 화원옹주고 사랑하지 않는 사람은 세자였대."

명화는 갑자기 의자 아래로 다리를 쭉 뻗으며 두 팔도 공중으로 번쩍 치켜든다. 그런 만세를 부르는 듯한 자세로 얼굴을 공중으로 치켜들고서 단호한 자세로 말한다.

"난 그런 사랑의 자폐증이 싫어. 사랑은 본질적으로 그런 자폐증을 갖고 있는 것 같아. 어떤 사랑, 누구의 사랑이든지 말이야. 그런 사랑의 자폐증은 인생의 모든 보편적 윤리, 자아에의 의무 그런 것을 지워버리지. 집착하지 않고 사랑해야 한다… 그런 걸 역설적이게도 엄마에게서 배웠지. 나 당분간은 오기 어려울 거라고 했잖아. 뉴욕으로 옮기려고 해. 무대 위로 오르는 것은 이제 확실히 포기를 했고 그렇다고 시카고에서 그냥 애들이나 가르치고 무용교습소 선생으로 돈이나 벌다가 늙기에는 너무 억울해. 난 무용 외에는 아무것도 못하잖아. 정말 생활 백치잖아. 이번에 마이클 무용단이 뉴욕으로 간다니까 나도 거기 가서 안무를 다시 공부하든지…."

하늘이 눈앞으로 다가오고 숲이 어깨 옆으로 휙휙 날아가는 것이 이젠 무섭지 않았다. 이제야 높이에 적응이 되었나보다. 하늘에 걸린 의자 위에 두 여자가 앉아 있다. 어젯밤 어머니의 탈상 제사를 치르고 오늘 호랑이를 보러 왔다가 하늘에 걸린 의자에 두 발을 걸치고 앉아 말하는 공중의 여자들. 은하철도는 천천히 움직이고 저기 저 앞으로는 호수가 반짝이고 있는 것이 보였다. 아, 우리는 저 호수 위를 건너가야 하리.

"그럼 이 서방은 어떻게 하고?"

"모르겠어. 미국엔 그렇게 떨어져 사는 부부가 많아. 이 서방이 하는 대로 해야지. 그도 양해할 거야. 아니면 뉴욕으로 직장을 옮겨서 같이 가면 더 좋고. 어차피 평생직장이란 개념은 없는데, 뭘…."

나는 이제 여유가 생겨 왼쪽으로 밀려오는 공중의 빈 의자들을 바라보기까지 한다. 새들이 눈썹을 스치듯 바로 옆을 지나간다. 포르릉 하고 깃털과 죽지 비비는 소리도 난다.

"너, 마이클하고 이상한 관계 아니니? 이 서방의 첫사랑에 대해서도 그토록 관대한 걸 보면 무언가… 너 결혼 전부터도 엄마가 마이클하고 너 이상한 관계 아니냐고 의심 많이 했는데…."

명화는 정말로 유쾌한 듯이 소리 내어 웃는다.

"언니, 마이클은 그저 동료야. 이 세상에 마이클만 한 안전한 동료는 없어. 남녀, 이성간에 그이만큼 안전한 사이는 없어. 왜냐하면 그이는 게이야."

나는 조금 충격을 받아 말을 잃었다. 누군가 나와 가까운 사람이 게이와도 가까울 수 있다는 것을 한 번도 생각해보지 않았기 때문이겠지. 게이?

"마이클은 게이이고 나는 물론 세상의 어느 여자에게도 성적으로는 관심이 없어. 그런데 나는 남자들이나 남편하고 있는 것보다도 마이클하고 있는 게 훨씬 편해. 그냥 여자친구하고 있는 것보다도 더 편해. 마치 평화가 확실히 보장된 아늑한 관계라고나 할까? 남녀가 있으면 무언가 마음이 안 편하고 불안과 격동을 느끼는 것은 아마 성 때문이겠지. 섹스의 가능성이 있는 관계는 가능성이 있기 때문에, 섹스의 가능성이 아예 없는 관계는 없는 관계대로 남녀의 관계는 어딘가가 불편해. 아마 성이 권력이기 때문일 거고, 섹스의 가능성이 없는 관계에서는 권력은 개입되지 않지만 교환할 게 없기 때문에 일어나는 문제가 많아요. 결국 섹스는 교환이니까 말이야. 그런데 마이클과 나 사이엔 어떤 권력도 개입되지 않고 교환의 의무도 없으니까 아주 평화로운 것 같애. 모든 인간관계는 교환이잖아. 특히 이 자본주의 시대에는… 그러나 마이클과 나 사이에만은 그야말로 순수라는 게 존재할 수 있어요. 권력도 끼어들지 않고 교환의 원리도 개입될 수 없는…."

그런 인간관계도 있을 수 있니… 무언가 혐오스러웠지만 항상 내가 모르는 어떤 것을 이해하고자 하는 미지에 대한 나의 동경심은 그것을 그것대로 받아들일 수 있게 했다. 그래, 이 세상의 평화, 이 세상의 사랑이란 것에는 얼마나 많은 형태가, 아니 형식이 있을 수 있겠는가. 내가 모르는 진실도 세상엔 많이 있을 거야. 제도 밖의 사랑, 제도 밖의 진실, 제도 밖의 증오들도 왜 없겠는가?… 호수가 우리의 발아래로 다가오고 있다. 우리의 공중 의자가 호수 위로 날아 지나가려고 하고 있었다. 비행기를 타고 태평양을 건넜을 때보다 마음은 더 감격스러웠다. 나의 몸이 하늘에, 그리고 물 위에 그대로 노출되어 있지 않은가. 어떤 차단벽도 없이, 눈을 가리는 어떤 차단 바닥도 없이, 우리의 의자는 호수 위를 지난다. 나는 이제 겁이 완전히 없어져 호수의 표면을 내려다본다. 호수 위에 은하철도의 그림자와 우리의 옷 색깔이 떨어져 일렁이다가 햇빛의 반사 때문에 흰 물맴 속으로 모든 것이 지워진다.

"내가 재미있는 단편소설 하나 보내줄게 읽어봐. 미국 여류작가가 쓴 건데 〈그 후 항상 슬프게〉라는 작은 소설이야. 젊은 여자 키티가 어느 날 레스토랑에서 아주 마음에 맞는 청년 칼로스를 만나. 그녀는 그와 이야기하는 동안 그와 무언가 마음이 맞는 것을 느껴. 몇 번을 만난 뒤 키티가 칼로스와 결혼하고 싶어졌을 때 그가 이야기하지. 자기는 게이라고. 그것을 알고도 그녀는 결혼을 해. 무언가 예전의 인간관계에서 한 번도 느껴보지 못한 평화를 느꼈기 때문인데, 그녀는 그 이전 한 남자로부터 아주 가혹하게 버림을 받았대. 그들은 신문광고를 보고 셋집을 구하러 다녀. 마침 아주 아름다운 집이 있었어. 그 아름다운 집에 맨 처음 세든 남자인 피터가 혼자서는 집세 내기가 벅차서 광고를 냈던 거야. 그래서 키티와 칼로스는 피터와 함께 살기 시작해. 그런데 월세가 비싸서 세를 더 나누어 낼 사람이 필요해져 칼로스의 친구인 윌리를 데리고 오게 되지. 윌리도 게이야. 한 명의 여자와 세 명의 게이가 만들어내는 기묘한 평화를 생각해봐. 그러나 에이즈에 걸려 먼저 피터가 죽고 그 다음엔 키티의 남편 칼로스가 아파. 마지막으로 윌리도 죽어. 키티는 안전하지. 그녀는 누구와도 성적 접촉은 없었으니까. 세 명의 남자가 다 죽고 키티만 남았을 때 키티는 집세를 감당할 수 없어 다시 신문광고를 보고 새 집을 구하러 다녀. 그때 그녀는 다시 게이 친구들을 만났으면 좋겠다고 희망해. 왜냐하면 전통적인 인간관계 — 부모와 자식이라든가 남편과 아내라든가 이성의 연인이라든가 여자 룸메이트라든가 하는 관계가 모조리 생소하게 느껴져서 무언가 자기와 맞을 수 없을 것 같은 고통을 예감하게 된 거야. 맨 처음 그 소설을 읽었을 때 혐오감이 들었던 것도 사실이야. 그런데 가만히 생각해보니 이 소설은 현대인들이 전통적으로 자연스럽다고 느끼고 있던 사랑의 형태, 인간관계의 여러 유형들에 대한 절망을 그리고 있다는 것을 깨닫게 되었어. 왜 안 그러겠어? 가족관계, 친구관계, 부부관계 모두 집착과 욕망과 권력 싸움으로 그토록 얼룩져 있는데…."

공중에 걸린 의자는 호수를 서서히 서서히 횡단하고 있다.

왼손잡이 여인이여, 나 그대를 어느 낯선 대륙에서 만나고 싶어….

호수를 지나면 어느 낯선 대륙으로 가게 될 것인가? 만일 그렇지 않은 것이라면 공중의 은하철도여, 한없이 한없이 나를 싣고 영원히 이 공중 의자에 앉아 머무르게 해다오. 아까는 무서웠던 높이가 이제는 한없이 다정한 평화로움으로 우리 두 사람을 원광처럼 부드러이 감싸고 있는 것 같다. 오, 우리의 그림자가 떨어진 호수의 물결이여, 오늘 이 두 여자가 여기 호수 위를 지나가면서 떨구어놓은 그 그림자를 제발 잘 간직해다오. 언젠가 한 사람이 여기 와서 너에게 그때의 우리의 그림자를 보여 달라고 말할는지도 모른다. 다른 사람들도 그럴는지 모른다. 어느 외로움 속에서 먼 시간 속의 그림자 한 자락이라도 구하려는 사람이 있거든 어느 날 너에게 와서 말하리라, 그 어느 옛날 우리는 이 호수 위를 지나갔습니다. 그 시간을 보여주십시오… 라고. 우리는 한참을 호수 위로 건너간다.

이제 호랑이 우리에서 한참을 멀어졌는데도 어디선가 어흐응! 어흐응! 하는 호랑이 울음소리가 간간이 들린다. 그때 나의 머릿속으로 아, 그랬었구나! 하는 사소하지만 꽤 중요한 깨달음이 번개처럼 빠르게 스쳐간다.

"아, 그렇구나, 저건 백두산 호랑이의 울음소리가 아니야. 아니, 저 울음소리는 백두산 호랑이의 진짜 울음소리가 아니라구. 저건 녹음된 울음소리였어! 왜 그 생각을 진작에 못했을까? 아까 그 어린 호랑이를 보고 실망했을 때 알아챘어야 했는데. 잠든 호랑이가 어떻게 그토록 온 산이 우렁우렁 울리도록 포효할 수가 있었겠니? 그리고 깨어 있었다고 하더라도 말이야. 서너 살밖에 안 된 아주 귀여운 꼬마 호랑이들이 아니었어? 그 어린 호랑이의 목소리일 수가 없다는 것을 왜 진작 몰랐을까?"

나는 갑자기 스스로도 놀란다.

사천 년도 훨씬 더 전에 단군신화 속을 탈출해나간 또 하나의 어머니인 백두산 호랑이를 만나려고 그렇게 서둘러서 온 길이었다. 이글이글한 암호랑이 젖꼭지에 입술을 박고 사천 년도 더 넘는 세월 동안 우리가 먹어보지 못한 야성의 모유를 먹어볼 수 있을까 꿈을 꾸었지. 불이 이글이글하고 털이 북실북실한 야성의 젖꼭지에 입술을 박고 불같은 피를 먹어 불같은 피를 먹어 어제의 어머니에게서 이유(離乳)하고 이 땅을 더 잘 견디기 위한 뜨거운 힘을 구하려고 하였나? 아사달에 사는 사람들은 결코 체험할 수 없었던 어느 낯선 대륙의 야성의 태양빛의 황금빛 이야기를 그토록 갈구하였나. 나의 메마른 입술에 그 탐스런 젖꼭지를 물고 한 번만, 아, 한 번만, 울고 싶었나.

명화도 기가 막혀 웃으면서 소리친다.

"그래, 녹음된 목소리였구나. 아니 왜 그것을 우리가 이제야 알았을까? 서너 살밖에 안 된 호랑이들이 저런 우렁우렁한 목소리를 낼 수 있어? 더구나 다 잠들어 있었는데 어떻게 울부짖었겠어? 왜 그것을 이제야 깨달았지? 너무나 당연한 거였는데 우리가 너무 늦게 깨달았을 뿐이야… 그래, 이젠 이런 말을 언니에게 하고 싶어. 가끔 내가 이 서방에게도 하는 말이긴 한데… 이 세상에 자기 꿈의 오리지널 텍스트, 즉 꿈의 원본이 있는가? 이데아로서의 푸른 꽃이 이 세상에 존재하느냐 그 말이야. 원본이 있다고 하더라도 어차피 그것을 찾을 수 없는 거라면 오리지널을 되찾으려고 회한의 세월을 보내지 말고 새로운 오리지널을 시간시간 창조하려고 노력하라고 말이야. 어쩌면 언니에게도 꼭 필요한 말일지 몰라 …."

나는 그 말을 들으며 문득 은수를 생각했다. 은수가 많이 자라 인생의 더 많은 것을 이해할 수 있을 때 저 말을 은수에게 꼭 해주어야지 생각하고 있는데 명화가 힘차게 기지개를 켜듯이 사지를 공중으로 쫙 펴면서,

"언니, 우리도 저 소리 한번 흉내내볼까? 진짜 백두산 호랑이처럼 한번 울어볼까?" 한다.

나도 가슴이 벅찬 것 같아서 그래, 그러자꾸나 하고 대답한다.

두 여자가 하늘에 걸린 의자에 앉아 어흐응! 어흐응! 하고 소리를 친다. 우리가 어흐응! 어흐응! 하고 외치는 소리에 화답이라도 하듯이 맞은편 골짜기에서도 어흐응! 어흐응! 하는 녹음된 호랑이 울음소리가 우렁우렁 울려온다.

자주 포효하라!

그 좌우명을 오늘에야 실천해보면서 나와 명화는 떨쳐버릴 수 없는 모든 질곡에도 불구하고, 그럼에도 불구하고, 하늘에 걸린 의자에 앉아 웃고 있다.

자주 포효하라!

(1994, 〈문학사상〉 12월호)

진흙 파이를 굽는 시간

카시오피아, 나, 조지아야. 왜 계속 전화를 받지 않니? 무슨 일이 있는 거야? 너 자신이 바로 대구 지하철 방화사건의 범인이라고 말해서 나는 설마, 하고 부정하면서도 혹시나, 하고 마음 졸였는데 대구 지하철 방화범이 잡힌 지 오래되었더라. 텔레비전에서 방화범의 모습을 보았는데 그냥 평범한 중늙은이 아저씨더라. 중풍을 앓은 지 오래되어서 몸이 자유롭지 못하대. 마스크를 쓰고 야구 모자를 푹 눌러쓰고 있어서 아닌 게 아니라 누가 누군지 모르겠더라. 미리 보도를 통해서 중년의 남자라고 들어서 그렇지 그 화면에 등장한 모습만 가지고는 남자인지 여자인지 피부가 하얀 편인지 검은 편인지 선한 표정인지 아니면 표정부터가 잔혹한 편인지 아무리 해도 감을 못 잡겠더라. 너는 왜 네가 그 지하철의 방화범이라고 생각하는 거야? 그것을 막지 못했기 때문에? 그렇다면 그것을 막지 못한 모든 사람이 다 방화범이 된다는 논리가 되는데, 방화의 욕망을 가지고 있기 때문에?, 약국에 있는 모든 약을 다 써도 고칠 수 없는 우울증을 앓고 있기 때문에? 우리 모두가 다 방화범이 된다는 논리인데, 그래서 말인데 네 말도 맞겠다 싶어. 텔레비전 화면에 방화범, 아니 방화 용의자의 용모가 철저하게 가려져서 누가 누군지 알 수 없게 감추어져서 나온 모습을 보니 그 가려낼 수 없는 익명성이 바로 우리 모두의 정체성일 수도 있겠다 싶어졌어.

우리 모두는 버려진 인간이야. 버려진 인간들의 모습은 어딘가 비슷

비슷하잖아. 모습은 비슷비슷해도 또 각자 버려진 양태는 다르지. 그런데 오늘 밖을 보니 개나리, 벚꽃, 목련이 십 리나 피었어. 아니 십 리의 두 배, 왕십리나 피었어. 카시오피아. 내가 요즈음 집필하고 있는 논문 중에 김소월에 관한 것이 있어. 아니, 요즈음은 일거리가 거의 없어. 지난번 텔레비전에 대서특필로 나온 것 보았지? 학위논문 대리 집필이 성행하고 있다고. 우리 사회의 참을 수 없는 부패가 가장 신성해야 할 대학까지 썩게 만들고 있다고. 어제 오늘 시작된 일처럼 대서특필을 하고 기를 쓰고 목청을 돋워가며 난리법석을 떠는데 며칠 그런다고 누가 눈이나 깜짝할까? 아니 잠시 눈은 깜짝하지. 그래서인지 논문 의뢰가 거의 좀, 소강상태야. 당장 내가 손해를 보고 있지.

마음에 비는 내리는데… 십 리 십 리 왕십리 …. 어느 비 내리는 날, 내가 비를 내려다보며 생각해 봤는데 김소월의 〈왕십리〉는 왕십리라는 장소에 비가 온다는 뜻이 아닌 것 같아, "십 리 십 리 왕십리 비가 오네"는 '십 리를 가도 가도 가도' 비가 온다, 이런 뜻인 것 같아, 왕(往)이란 '갈' 왕이잖아, 그래서 거기는 '십 리 십 리 또 간다 십 리 더'로 그러니까 십 리를 세 번, 곧 삼십 리를 가도… 이런 뜻이 아니야? 삼십 리를 가도 비가 온다 …. 십 리가 몇 km지? 1리가 0.4km이니까 삼십 리는 별거 아니네, 하지만 그러나 그 시에선 가도 가도 온 천지에 비가 온다… 이렇게 되는 것 아니야? 울고 있는 마음은 언제나 왕십리야.

내가 남편이 교수다 보니 별것에 다 아는 척을 하네. 그러나 내가 교수는 아니지만 나도 논문 대필을 하려면 교수보다 더 많은 지식이 필요해. 남편이 지방에 있는 동안엔 남편의 서재가 곧 내 도서관이잖아, 요즈음 신랑감 중 으뜸은 지방대 교수라더라. 남편이 지방대 교수면 지방에 있는 시간이 많지, 또 빈 서재를 여유 공간으로 남기고 가지, 게다가 책까지 공짜로 볼 수 있지. 별로 간섭 안 하지, 끼니때마다 밥 안 줘도 되지, 또 등등… 아무튼 난 10대, 20대 땐 김소월을 안 좋아했는데 요즈음 막 김소월이 좋아지는 것 있지? 〈나무리벌 노래〉인가? 그런 시 알아? 그런데 정말 웃기는 건, 어제 텔레비전에서 말하는데, 대리 집필한 부실 논문을 가지고 학위를 도둑질한… 그런 말을 하는데 정말 웃기지, 대리 집필한 논문이면 모두 부실 논문이야? 그런 말이 어딨어? 자기들이 다 읽고 조사해 봤어?

또 교수들이 쓰는 논문은 별거야? 요즈음 논문이란 그냥 형식만 갖추면 되는 거야. 좀 유명한 학자들의 좀 괜찮은 듯한 말을 인용한 뒤 꼭 각주를 달고 뒤에 꼭 참고문헌을 붙이면 되는 거야. 원서를 꼭 참고문헌에 넣도록 하고. 가급적 영어 책이 많으면 많을수록 좋을걸? 그래야, 뭐, 좀, 식자깨나 먹은 것 같잖아. 그리고 요즈음엔 꼭 또 유행으로 영문 초록을 뒤에 붙이더라. 그런데 내가 볼 때 그 논문 평생 가야, 아니 동해물과 백두산이 마르고 닳아도, 영어권 학자가 단 한 번이라도 읽어볼 가망과 필요가 없는 논문인데도, 왜 꼭 영문 초록을 붙이는지, 난 정말이지 우스워 죽겠어. 영문 초록을 좀 읽어보면 영어도 엉망이고 뭐가 뭔지 알 수도 없어. 난 정말이지 논문 대리 집필을 하면서 느낀 건데 교수 논문도 별거 아니라는 거야. 형식만 갖추면 돼. 그리고 어떤 학술지에 냈느냐에 따라 평가가 달라지기 때문에 논문 내용은 신경 쓸 필요도 없대. 거지같은 논문도 큰 학술지에 실리기만 하면 그냥 점수가 높다는 거야. 질적 평가는 못하니까 브랜드가 좋은 옷만 걸치면 된다는 거지. 브랜드가 좋은 옷을 사 입으려면 먼저 돈이 있어야 하잖아. 그러니까 돈을 벌려고 십대 아이들까지 매춘시장에 나서는 거 아니야.

응? 교수들이 브랜드가 있는 학술지에 논문을 실으려면 돈을 내야 하냐고? 아니, 그러진 않을걸? 그런 게 아니라 논문의 내용을 평가하지 못하고 형식만, 그리고 그것이 실린 지면만 평가한다는 것이 세계 명품 브랜드만 쫓아다니는 십대들의 심리와 뭐가 다르냐는 것이지. 그만큼 껍데기를 평가하는 시대라는 거야. 논문도 형식만 갖추면 된대. 그러니까 나같이 대학 중퇴한 사람도 밥 먹고 사는 거지만. 한때 탈식민주의적 글쓰기라는 논쟁이 있었잖아. 난 그 논쟁 참 좋아했었거든? 가장 독창적이어야 할 교수들이 쓰는 논문에서 왜 꼭 각주를, 그것도 가급적 외국 저서에서 인용을 해서 각주를 붙여야 하고, 얼마나 외국 논저를 인용했느냐에 따라 지식의 등급이 형성되는 듯한 분위기, 그런 식민주의적 형식을 꼭 따라야만 논문이 형성된다는 허위의식, 그런 가짜 지성의식이 우리 학문풍토를 병들게 하고 있다고, 젊은 교수들이 주축이 되어 탈식민주의적 글쓰기 논쟁을 일으켰는데 흐지부지 되고 말았지. 그런 논쟁이 불붙듯이 일어나서 한국의 모든 교수들이 남의 눈 빌리지 않고 자기 눈으로 독창적인 사고와 글쓰기를 해야겠다고 각성을 한다면 사실 나 같은 곰팡이는 발붙일 수가 없게 되는 거지. 그러나 걱정 마. 탈식민주의 글쓰기라… 그런 자생적 각성을 하는 사람이 얼마나 되겠니.

카시오피아. 너를 만나려면 어서 가을이 와야 하나? 너는 가을에 북쪽 하늘에 보이는 별자리의 하나. 다섯 개의 별이 'W'자 모양을 이루며, 북극성을 중심으로 북두칠성과 대칭적 위치에 있잖아. 카시오피아의 별칭이 닻별이라지? 너는 닻을 원하는 거야? 너는 닻별이다 — 왜 그런 이름을 지었지? 그런 이름의 중요성을 알아챈 것은 롤랑 바르트야. 롤랑 바르트는 그런 이름을 환칭이라고 불러. 환칭(換稱)이란 영어로 antonomasia야. 그것은 등장인물의 이름을 완곡하게 특징을 나타내는 일반명사로 대체하는 기법이지. 즉, 인간의 고유명사를 없애고 일반명사로 갈

아치우는 거야. 예를 들어봐? '사랑의 독재자', '수전노' 또는 '위선자' 등을 들 수 있는데 이것은 표현적이고 인물의 심리상태를 분명하게 나타낸다고 야후 백과사전을 보면 나와 있어. 프랑스의 평론가 롤랑 바르트는 고유명사에 함축되어 있는 의미가 풍부하고 사회성을 띠고 상징성을 가지기 때문에 늘 주의 깊게 관찰해야 한다고 말하였대. 요즈음은 무식하려야 무식할 수가 없잖아. 인터넷 조금만 하면 다 알 수 있고 인용할 수 있고 각주처리도 할 수 있는걸, 뭐. 그러니까 내가 조금 인터넷 뒤져서 쓴 논문을 가지고 석사학위도 받고 그러잖아. 내가 참 학위가 없어서 그렇지 나도 참 학위깨나 배출한 사람이야. 그러고 보면 나도 참 굉장하지. 쓰레기보단 나아. 식빵에서 피어난 곰팡이, 더러운 유리창에 번져가는 흐린 눈물.

울지 마. 결코 울지 마. 네가 말했잖아. 울면 네 몸이 묽어진다고. 그러면 진흙이 흘러내린다고. 우리는 간신히 버티고 있는 진흙 파이잖아. 물기가 없어 버석버석하긴 하지만 울면 진흙이 흘러내려. 진흙이 마구 흘러내리면 우리는 자신을 잃게 되잖아. 굽자. 굽자. 또 굽자. 흘러내리려는 내 몸을 굽기 위해 나는 너에게 전화를 거는 거야. 비 내리는 마음의 왕십리에서… 진흙 파이를 굽기 위해. 구워야만 해. 구워야만 하지. 비 내리는 왕십리를 헤쳐 나가기 위하여.

허긴 너도 흘러가고 있어. 흘러가는 육체야. 아니 육체는 없고 흘러가는 목소리야. 네 목소리 들으면 정말 근사해. 네 목소리는 옷을 벗기는 목소리라고 그때 왜 전화방 주인 남자가 말했잖아. 정말 그래. 네 목소리는 옷을 벗기는 목소리고 네 목소리를 듣고 있노라면 정말 옷을 벗고 싶어져. 하나하나 옷을 벗고 꽃술에 손을 가져갈까? 네 목소리를 들으며 남자들은 또 하나하나 옷을 벗고 자기 꽃술을 닦으며 황홀에 잠기나?

잠깐만, 회사 전화가 울린다. 전화 좀 받고 또 전화할게.

전화기를 들면 나는 연인이 된다. 남자들은 다 내 목소리가 얼마나 멋지며 은근하며 깊은지 감탄하며 칭찬해 준다. 나와 연결되는 남자는 대부분 지식수준이 높은 사람들이다. 허긴 나도 대학 중퇴이자 학위논문도 많이 배출한 경력인데 학벌로나 지식으로도 나는 누구에게도 꿀릴 게 없는 사람이다. 또 내 문화와 수준에 맞게 회사에서 손님 배당을 해주는지도 모른다. 조지아와 남자의 대화는 텅 빈 말이 아니다. 꽉 찬 에너지의 말이며 리비도의 출렁이는 말이다. 실체와 분리된 표류하는 말이며 미끄러지는 파도 거품, 춤추는 음악일 뿐.

남자와 여자는 얼굴이 안 보이는 전화선을 통해 스스럼없이 고백을 주고받는다. 옷의 솔기가 터지면서 눈부신 맨살이 드러나듯이 간신히 영혼을 봉합해 놓았던 사회적 실이 터지면서 무언가 분노를 닮은 기쁨이, 억압받은 것들의 슬픔과 자유가, 무의식의 검은 물결들이 따스하게 막 올라와 흘러넘친다. 인간은 누구나 외롭다는 명제에서 전화는 시작되고 인간은 누구나 남모르는 상처와 격정이 있다는 명제에서 통화는 진행된다. 말을 애무하고 말을 포옹하고 말을 입 맞추고 말을 학대하고 말을 채찍으로 때리고 말을 침대에 묶어놓고 칼로 찌르고 말을 쓰다듬고 말을 입 안 가득 삼키고 말을… 말을… 말을 …. 입가에 거품이 묻어나올 때까지 대화는 진행되고 말과 말 사이 어찌 보면 사도마조히즘이 오고 가고 혁명의 봉화가 일어나고 어쩌면 시디신 네크로필리아가 일어나기도 한다.

어떤 날은 달콤하고 어떤 날은 씁쓸하며 어떤 날은 역겹고 어떤 날은 흥분되며 어떤 날은 슬프고 어떤 날은 혐오스럽다. 말들이 교미하게 내버려두며 나는 남자들이 '조지아' 라고 부르면서 어떤 일종의 허영심을 느끼는 것을 느낄 수 있다. 남성처럼 뻣뻣한 이름이면서도 어딘지 또 에로틱한 이름이어서 무언가 정복하기 어려운 것을 정복했다는 그런 심리를 조지아란 이름이 주는지도 모른다. 흔히 개 이름을 매리나 세라라고 부르는 것이 자연스럽듯 나도 자연스럽게 그 이름에 적응한다.

남자를 다 벗기면 버터 스틱이 되고 여자를 다 벗기면 복숭아가 된다. 무르익은 복숭아 속으로 버터 스틱을 찔러본다. 버터가 묻은 손가락을 빨아보면 아무 맛이 없다. 말이 훨씬 더 맛있고 에로틱하다.

이 꽃술과 저 꽃술은 만날 길이 없다. 평화롭다.

조지아. 나야. 난 지금 항아리 속에 들어왔어. 난 요새 계속 항아리 속에 들어앉아 있어. 계속 굶어서 지금 기운이 하나도 없어. 정신도 어지럽고 머릿속엔 노오란 개나리꽃 무리가 어울거려. 어울어울. 개나리꽃무리가 십 리도 더 어울거리며 펼쳐져 있어. 십 리, 십 리, 하고 거리를 세지. 십 리, 십 리, 왕십리인가, 가도 가도 개나리 꽃밭인데… 개나리 꽃밭 어느 지점에선가 경찰이 잠복하고 있는 거야. 경찰이 나를 체포하러 튀어나올 것만 같은데 그가 튀어 나오기 전에 기척만 들리면 내가 먼저 외칠 것만 같아. "내가 지하철 방화범이에요. 나예요. 바로. 내가, 내가 여기 있어요"라고. 대구 지하철 방화사건의 용의자가 잡혔다고? 그럴 리가. 난 지금도 분명히 기억해. 내가 그날 배낭에 석유통을 넣어가지고 그 지하철에 탄 것 같아. 참 이상하지. 지금도 내 손가락엔 석유 냄새가 묻어있고 내가 라이터를 꺼내서 석유 엎지른 지점에다 불을 붙이려고 할 때 옆에서 어느 남자가 내 팔을 사납게 붙들었는데 지금도 그 팔 할퀸 자국이 남아있고 꽉 잡힌 데가 시퍼렇게 멍이 들었어.

사람이 극한상황에 처하면 힘이 어디에서 그렇게 나오는지는 몰라도 갑자기 위험에 처하거나 너무 큰 고통에 처하면 자기도 모르는 괴력이 나오나 봐. 내가 왜 명옥이 낳을 때 산고에 시달리던 중 엄마가 좀 늦게 병실에 왔는데 내가 침대 위에서 엄마 팔을 꽉 잡았는데 그게 그렇게 시퍼렇게 엄마 팔뚝에 남아있더라. 꽤 오래 남아있던데? 그때 지하철에서 내 팔을 잡았던 남자도 그랬던지, 어, 어, 미친 여자… 등등 소란을 떨면서 라이터를 켜는 내 팔뚝을 심하게 비틀어 잡았는데 내 오른쪽 팔뚝에 그것이 시퍼런 자국으로 남아있는 거야. 가만히 멍을 들여다보면… 잘 보이지도 않아. 고개를 외로 심하게 비틀어야만 보이는데, 아무튼 무청처럼 시퍼런 색이 가장자리로 연두가 되면서 번지고 있어. 검은 녹색 가운데에서부터 연한 연두 약한 색으로 번져가는 푸른 멍. 멍. 멍. 멍. 왜 '멍'이란 말에서는 개 짖는 소리가 들릴까. 지금 내 팔은 계속 멍 – 멍 – 멍… 하는 소리가 들려와. 항아리 속에 있으니 소리가 더 울리는 것 같아.

이 항아리? 아니, 답답하지 않아. 내가 왜 너에게 말했잖아. 언젠가 교외지역을 차를 타고 가다가 어느 흙 항아리 만드는 예술가의 공방을 지나친 적이 있다고. 그 남자 되게 근사하더라. 머리카락을 길러서 뒤로 묶고 인디언 목걸이 하고 다니잖아. 그때 내가 상당히 큰 흙 항아리 하나를 맞추었잖아. 유약을 바르지 않는 것으로. 난 그냥 그 흙의 살결을 무척 사랑해. 유약을 바르지 않은 그 부드러운 흙의 살결. 흙… 그것은 나에게 많은 여자들의 이야기를 들려주는 것 같아. 왜 그럴까. 흙을 만지면 왜 여자들의 살결, 뼈, 골분, 속삭임이라는 생각이 들지? 아니, 여자들의 이야기는 민담이지. 구술(口述)이고 설화야. 그 민담의 목소리가 흙 속에 주절주절 만져지는 거야. 흙 한 톨, 한 톨… 흙을 한 톨이라 말할 수 있을까?, 또는 한 올? 베로? 그 한 올, 한 올에 여자들의 목소리, 여자들의 웅얼거림, 여자들의 혀의 전설이 들려오는 거야. 여자들의 언어는 혀인 것 같아. 나불나불 주절주절… 남자들의 언어는 성대이고. 남자들의 언어는 어딘지 어디선가 깊은 데서 울려나오는 게 있고, 말하자면, 뱃심이 있어서 거기서부터 성대를 거쳐 나오는 것 같은데 여자들의 말은 왜 혀에서 나오는 것으로 비하되지 않아? 그래서인가? 흙은 여자들의 혀의 베틀이야. 한 올 한 올 엮어서 베를 만들 듯 그 산화된 목소리가 흙이 된 거라고 ….

그런데 그 항아리 만드는 예술가 남자가 그러는 거야.

"조금만 몸을 웅크리면 이 항아리 속에 들어가 앉아있을 수도 있답니다" 라고.

그리고 장난인 양 그러는 거야.

"항아리 뚜껑에다 구멍을 뚫어드릴까요? 이 흙 항아리는 스스로 숨 쉬는 항아리이지만 공기가 좀 많이 통하도록?"

그래서 내가 그랬어. 나도 장난기가 동했지.

"구멍을요? 그러면 카시오피아 별자리 모양으로 뚫어주실래요?"

남자가 말했지. 장난처럼.

"카시오피아 별자리로요? 카시오피아 별자리가 무슨 모양이더라?"

내가 말했어. 장난기가 동하여.

"영어로 대문자 W 모양이 아닐까요?"

그 공방 남자가 작은 끌과 망치를 가지고 왔어. 항아리의 복부에다 한번 도구를 대보더니 그러더니 고개를 흔들며 "아니요. 지금 이 항아리로는 안 되지요. 다시 만들어야지요. 굽기 전, 말랑말랑할 때 구멍을 뚫어야 확실히 뚫리지요" 하는 거야. 나도 다시 장난기가 동했어.

그것이 내가 카시오피아 별자리 모양으로 다섯 개의 구멍이 뚫린 뚜껑을 가진 항아리를 갖게 된 사연이야. 그리고 그 카시오피아 별자리 구멍을 가진 흙 항아리를 만들어준 그 남자하고 알게 된 거고. 그 남자는 나에게 안식과 타락을 동시에 주었어. 그 남자가 아니었더라면 혹시 그 전화방 일을 시작하지 않았을지도 모르지. 그 남자가 에로 전화를 사용하고 있었어. 내 목소리가 참 근사하다고, 나더러 옷을 벗고 싶게 만드는 목소리라고 하더라. 그 남자가 전화방 주인 남자냐고? 아니? 그들은 친구인가 봐.

아니 요즈음 세상일은 모든 것이 다 매춘조직과 연관되어 있는 것 같아. 아침마다 전자 메일함을 열어 봐라. 정말 낯 뜨거워 볼 수 없는 살덩어리 직설적인 영상들이, 그것도 동영상으로 눈앞으로 쏟아져 나오지. 포르노 코리아. 움직이는 성기들. 엉덩이와 남근들. 너무 많은 남근들은 오히려 아무 느낌도 안 주지. 요즘 같은 시대엔 모든 길이 다 매춘으로, 포르노로 통하는가 봐. 우리 시대의 로마는 돈이야. 그러니까 모든 길이 포르노로 흘러가는 거야. 나는 이 항아리 속에 앉아 있으면 참 기분이 좋아. 졸음이 밀려오지. 이 항아리는 나에게 엄마의 몸이야. 카시오피아 별자리를 머리에 이고 엄마의 자궁 같은 흙 항아리 속에 그윽이 웅크리고 있으면 나는 나를 용서하고 싶어져. 나를 버리고 떠난 남편도 용서할 수 있을 것 같아.

IMF가 참 여러 사람 이상하게 만들었지. 우리 남편도 IMF만 아니었으면 지금쯤 자기 애니메이션 영화 많이 만들고 우리 가정도 그 모습 그대로 평탄하게 흘러갔겠지. 명옥이도 당연히 음악대학 가서 지금쯤 바이올리니스트로 이름을 날리고 있을지도 모르고. 옛날 우리 살던 아파트 위층에 어느 여교수가 살고 있었는데 그 여자가 아침마다 몇 시간씩 연습하는 명옥이의 정열에 감탄하여 "명옥이는 바이올린으로 꼭 성공할 거예요" 라고 말한 적이 있어. 바이올린 연습소리가 얼마나 스트레스를 주니. 머리채를 막 휘어잡고 질질 끌고 가는 것 같잖아. 그런데도 그 여교수는 시끄럽다고 타박하기는커녕 일부러 내려와서 초인종을 누르고 그 말을 해주는 거야. 우리 명옥이는 그런 애야. 걔는 정말이지 뛰어난 애야.

그런데 그 IMF 때문에 명옥이가 대학을 못 갔잖아. 그 IMF 때문에 걔 아빠 미국으로 도망가고, 그때 어찌어찌 가지고 있던 미국 비자 기한이 살아있어서 이런저런 생각 없이 막 미국으로 도망갔잖아, 우리한테 빚더미 피해 안 주려고. 그나마도 지금 생각해 보면 사랑이야. 그때는 그게 가족에 대한 그의 사랑이었어. 그것밖에 없었지. 도망가서 할리우드 만화영화 하청 받아서 일하는 교포 애니메이션 회사에서 하루 18시간씩 만화만 그린다고, 많이 그려서 빚 갚고 우리 세 식구 행복하게 다시 합쳐 살자고 했는데, 팔목 뼈가 시큰시큰할 정도로 혹사를 시키는데 정말이지 혀를 모래바닥에 콱 박고 죽고 싶더래. 그만큼 일하는데, 그러다 비자기간 끝났지, 교포들도 불법체류 동포 등쳐먹고 사업하는 놈들이 많은 모양이야. 뼈 빠지게 일 시켜 먹고도 고작 최저 생계비 정도 주지, 비자가 죽었으니 다른 데로도 못 가지, 그러다 그 여자 만나서 그저 합법 체류자만 되려고, 오직 그것만 생각하고 그 여자 만나서 공식적으로 살게 된 거지. 비공식적인 것은 모르겠어. 어쨌든 돈 많이 벌어서 다시 합쳐 살기는커녕 제 한 몸 구하기도 어려워서 그렇게 된 거야. 나는 잘 알 것 같아. 그의 마음을. 마음으로 그냥 알아. 그는 악한 사람은 아니거든.

그런데 우리 명옥이 ….

우리 명옥이는 지금도 음악학원에서는 제일 알아주는 명강사인데, 물론 그 학원 학생들은 다 명옥이가 서울 음대 나온 줄 알지, 정말 걔는 바이올린의 혼을 불러내서 그 혼을 향유할 줄 아는 애거든. 학생들은 다 명옥이가 서울대학 나온 줄 안대, 그만큼 뛰어나니까, 아니 원장이 그렇게 광고했겠지. 학원가에선 다 서울대학 출신이라고 하니까, 그렇게 날리는 명강사인데도 명옥이는 삼류대학 다니는 강사들보다 월급이 적어. 학생들은 다 명옥이한테 레슨받으려고 새벽에 엄마들이 나와 등록하고 난리인데도 명옥이는 대졸강사, 아무리 멍청이 같은 대졸강사들보다도, 월급이 적어. 걔 밤에 보면 혼자 울더라. 혼자 울고 있어. 정말 줄리아드 음대 나왔다고 해도 세상 사람들이 다 믿어줄 그런 실력인데.

울지 마라, 울지 마. 나는 말하지. 울면 네 진흙 파이가 엉망이 되고 말지. 엉망이 되어 흘러내리면 자기를 잃고 말아. 울지 마, 울지 마, 진흙 아가야.

그런데 내가 왜 그때 그날 대구 지하철에 타고 있었을까? 난 지금 생각해도 이상해. 내가 조지아, 처음 너를 만났을 무렵 나는 남편을 자유롭게 풀어주려고 가정법원에 갔었어. 미국에서 건너온 서류들과 내가 준비한 서류들을 제출하고 돌아온 지 몇 달 만에 그들의 결혼 수속도 끝났다는 편지를 받았어. 남편의 언어는 차가울 정도로 공식적이고 어색할 정도로 엄숙했어.

"당신의 커다란 희생으로 나는 또 하나의 미래를 준비하게 되었소. 사실 막다른 골목에서 또 하나의 막다른 골목으로 이사 가는 것뿐인지도 모르오. 그러나 명옥이, 우리 명옥이는 하나의 새로운 미래를 가지게 될 것이오. 여기서 보니 이민 1세대야 성공했다 해도 비참하다면 비참하고 외롭다면 외로운데 이곳 1.5세 아이들은 바르게 잘 자란 것 같소. 1.5세 아이들은 정말 성공한 축도 많고 영어도 잘하고 적극적이고 멋있는 것 같아요. 당신은 명옥이를 그렇게도 사랑했으니 아이가 아메리칸 드림을 품고 위로 커다랗게 올라가는 나무처럼 상승하는 미래를 가질 수 있도록 인내심을 가지고 축복해 주시오. 수속이 끝나 곧 영주권을 얻게 될 것이오. 그러면, 그때가 오면, 그날이 오면, 그러나… 친자 초청에도 시간이 많이 걸린다고 하니 명옥이가 좀 기다려야만 하겠소. 그동안 당신에게 고생을 또 시켜야 하오."

그런데 그 대구 지하철 방화범이 잡혔다고? 응? 정말이야? 어떻게 그런 일이 있을 수가 있을까? 내 팔에 피멍이 시퍼렇게 아직 물들어 있는데… 명옥이는 정말 레슨시간에 쫓겨 끼니도 굶고 공기도 나쁜 학원에서 부엉부엉 악기를 가지고 씨름을 하는데 아메리칸 드림… 어쩌고 하는 편지는 환각에 지나지 않지. 환각이야. 그리고 명옥이가 뭐 지금 십대 소녀야? 그렇다면야 아메리칸 드림 어쩌고 하는 환각에 속아볼 수도 있겠지만 명옥이가 벌써 나이가 얼만데. 미국에 불법 체류하는 그 시간부터 남편의 시계는 멈추어 버린 것 같아. 자기가 떠날 때 그대로 우리 나이도 멈추어 있는 줄 알더라.

그런데 그렇게 만난 그 여자가 무서운 여자인가 봐. 그렇게 냉혹하고 계산에 밝을 수가 없대. 모르지. 착취의 방법에는 여러 가지가 있을 테니까. 허긴 미국의 국시가 기브 앤 테이크라던가? 내가 주었으니 나도 받아야지. 뭐 그런 철학이겠지? 철학은 무슨 철학, 미국 같은 나라에 뭐 철학이 있겠어? 기브 앤 테이크만 알면 되지. 기브를 했는데도 테이크할 것을 안 주려고 하는 것이 도둑놈 심보겠지, 기브 앤 테이크 자체야 나쁘겠어? 왜? 모르겠어. 판단중지야. 왜? 요즈음엔 판단중지가 너무 많아서 오히려 생각을 안 하고 살아도 돼.

잠깐, 회사 전화가 온다. 항아리를 나가야겠네. 전화 좀 받고 또 이야기하자.

입이 고픈 시간.

마음이 고픈 시간.

위장이 고픈 시간.

입이 고픈 시간.

창자 속의 회가 동하는 것처럼 우울이 발광하는 시간.

카시오피아와 손님의 대화는 서로를 어루만질 수 있다. 귀신과 귀신의 대화에 가까운 그 말은 하염없이 서로의 아픈 데를 만져주고 외로운 데를 따스하게 만들어 줄 수 있다. 쓰레기 같은 카시오피아와 쓰레기 같은 그 남자의 대화는 애잔한 혀의 무도회다. 부드러운 혀, 미친 혀, 광폭한 혀, 빙빙 도는 혀, 춤추는 혀, 이마를 짚는 혀, 머리를 쓰다듬는 혀, 술과 용연향 향기가 복도 굽이굽이 넘쳐 흘러나는 혀, 골짜기 속을 헤매는 혀, 산자락 밑에서 우는 혀, 육으로 만든 언덕 등성이에서 금빛 하프를 뜯는 혀, 몇 천 겹 나부끼는 양귀비가 하아얀 사발 위로 흩어지는 혀 ….

나, 스펀지야. 애, 조지아, 너 카시오피아. 너희들은 왜 요즘 〈십자매 옷〉에 나오지 않니? 너희들이 안 나오니까 나하고 안드로메다하고 우물 속으로 가라앉는 것 같아. 여기도 왕십리야. 항상 비가 오지. 우물 속으로 떨어지는 빗소리, 들어봤니? 그러나 바깥은 대도시의 소음으로 가득 차 있어. 이 왕십리의 모서리는 밤이면 취객들의 왕래로 가득 차고 술 먹고 거리에 앉아있거나 누워 있는 사람들이 많아. 그래서 심야엔 아리랑치기가 빈번하게 일어나는 그런 곳이지. 그러나 이 내부는 괴괴할 정도로 조용해. 가게 셔터를 내리고 그 좁은 방에서 코가 닿을 듯이 둘이 마주 앉아 인형을 만들고 있으면 인형 뼈 맞추는 소리만 또각또각 들리고 하나하나 인형 관절뼈를 맞추는 우리의 일이 귀신 작업처럼 느껴져. 탁자 위에 쌓아놓은 인형 얼굴이며 팔 다리 어깨 손가락 발목 발가락, 금발 머리, 검은 머리, 핑크 머리, 파랑 머리들이 흩어져 있을 때면 정말 귀신 집처럼 보이지. 그러나 우리가 팔 다리 어깨 허리 뼈를 다 맞추고 그 위에 얼굴을 세우고 손가락 발가락 관절들을 다 맞추고 머리카락들을 붙이고 예쁜 코스튬까지 입히고 나면 하나하나가 얼마나 예쁘고 신기한지. 인형들이 주욱 늘어서 있는 이 방은 공원묘지처럼 보이지만 그것들에게 갖가지 사랑스러운 포즈를 주욱 주고나면 얼마나 신기한지 몰라. 다들 자식같이 느껴져. 그러나 이것들이 말을 못한다는 점에서 내 아이들보다 더 귀엽기도 하지. 아이들은 입만 열면 반항을 하잖아.

안드로메다, 약국에 있는 모든 약을 다 먹어도 병을 고칠 수 없는 안드로메다가 요새도 너무 힘들어서 금요일 저녁에 나와도 일에 진척이 없어. 천식 기운이 요사이는 너무 심해서 기침만 하다가 돌아가지. 그래도 안드로메다, 약국에 있는 모든 약을 다 먹어도 고칠 수 없는 병을 가진 안드로메다는 인형을 만들어야 밥을 먹는데 그렇게 진행이 어려우니 걱정이야. 안드로메다가 십자매 팬티를 만들었던 때를 기억하니? 우리가 맨 처음 인형과 인형 옷 등을 만드는 일을 시작하게 된 것이 십자매 팬티에서부터잖아. 아파트 사람들이 베란다에 새장을 놓고 십자매를 기르는데 그러면 나무와 나무 사이를 날아다니는 십자매 때문에 숲속의 정취가 난다고 한때 십자매 기르기가 유행이었잖아. 그런데 배설물을 아무데나 싸서 집안을 어지럽히기 때문에 걱정이라는 말을 들은 안드로메다가 십자매 팬티를 만들어본 것이 우리 사업의 독창적인 시작이니까. 십자매에 팬티를 입혀 자유롭게 집안을 날아다니게 하자 깊은 숲 속처럼 분위기가 너무 좋다고 아파트 사람들이 광적으로 십자매 팬티를 샀잖아. 그게 그렇게 붐을 일으켰잖아. 그때 참 귀여운 십자매 팬티 많이 만들어 팔았지. 돈도 좀 만들었지. 안드로메다도 그때가 좋았지. 아들도 어렸고 아직 정신이상 증세를 보이지 않았잖아.

어제도 안드로메다 아들은 왜 자기 눈썹을 없앴느냐고 씨도 안 먹힐 말을 몇 시간씩 늘어놓더니 급기야 엄마 얼굴을 쥐어뜯으며 마구 여기저기를 구타하기 시작하더라. 주먹으로 얼굴을 치고 발로 차고 마구 목을 졸라. 안드로메다의 눈썹을 마구 뽑다가 눈썹 주위를 마구 짓이기면서 허우적대는 엄마를 죽어라 때리더니 급기야 땅바닥에 쓰러뜨려서 모가지를 발로 척, 누르는 거야. 숨이 막혀 죽게 된 안드로메다가 젖 먹던 힘을 다해 아들을 밀쳤어. 내가 막으려고 해보았지만 그애의 힘을 당해내진 못해. 나도 가게 유리창에 부딪쳐 허리를 다쳤는걸? 그래도 내가 막 밀치고 안드로메다의 모가지를 누른 발길을 빼내려고 하니까 금세 호주머니에서 손 전화기를 꺼내더니 엄마가 자기 목을 졸라 죽이려고 한다고 경찰에 신고를 하는 거야. 경찰은 처음엔 엄마가 아들을 죽이려고 목을 졸랐다고 하니까 존속 상해? 하면서 경청하는 거야. 요즈음 왜 우울증 때문에 자기 아이들 죽이고 자기도 죽으려다가 엄마는 미수에 그친 사건이 더러 있었잖아. 주변에서는 그애 엄마가 우울증이라는 사실을 전혀 알지 못했다고 하지? 그런데 아들의 말이 진행될수록 그가 정상이 아니라는 것을 알게 되지. 씩 웃으며 안드로메다의 아들을 정신병원으로 끌고 가지. 사이렌 소리가 울리고 구급대가 와서 안드로메다의 아들을 실어 가고 나는 또 그녀의 눈물에 흡수되어 무거운 스펀지가 되고 말아.

약국의 약을 다 먹어도 고칠 수 없는 병을 가진 안드로메다, 그녀의 아들을 정신병원으로 보내고 나는 집으로 들어갔어. 온몸이 허물어질 것처럼 흐물흐물했지. 집에는 새어머니가 또 거실에 누워 계시지. 효는 그녀의 독점 품목이야. 효의 담론을 쥐고 있는 한 삼강오륜과 풍습과 저널리즘이 모두 그녀의 보호자야. 언젠가 빌 게이츠의 마이크로 소프트가 독점 금지법을 어겼다고 하여 재판에 회부되었다가 패소하여 엄청난 벌금을 물고 회사를 쪼개라는 판결을 받았을 때 빌 클린턴이 이렇게 말한 것을 나는 기억하지.

"우리는 한 사람의 빌 게이츠보다는 수천, 수만의 빌 게이츠를 원한다. 한 사람의 빌 게이츠가 시장을 독점하는 것을 내버려둔다면 수천, 수만의 미래의 빌 게이츠가 죽게 되기 때문에 우리는 마이크로 소프트사의 독점을 용납할 수 없으며 대법원의 판결을 긍정한다."

나는 독점을 반대한 클린턴을 좋아했었어. 그것이 어떤 독점이든지, 독점이란 나쁘지. 게다가 진리를, 진리라는 것을 누구 한 사람이 독점한다는 것처럼 나쁜 것은 없어. 클린턴의 극점에 서 있는 분이 바로 당신이지. 나는 피식, 웃음이 나오고 말아. 어머니를 클린턴에 비교한다는 자체가 좀 부당하다고 생각되기 때문이야. 더구나 어머니는 섹스 스캔들 때문에 클린턴을 금발의 동물로 보고 있거든. 인륜을 어긴 놈. 금발, 아니 백발의 푸른 눈을 한 짐승. 그렇게 인륜은 언제나 어머니의 편이야. 지엄하신 효의 병풍을 머리 위에 거느리고 어머니는 그렇게 하루 종일 거실에 누워 텔레비전을 시청하신다.

"내가 친엄마면 너희들이 이렇게 하겠느냐." 이 담론은 힘이 세다. 사실 무얼 그렇게 잘못한 일이 없는데도 이 말은 누구나 그녀의 발 앞에 엎드리고 말게 하는 위력을 가지고 있지. 이상하게도 이 말엔 사람의 가슴을 찌르는 데가 있어. 우리 형제들의 마음속엔 고생스러웠던 시절 급환으로 일찍 돌아가신 생모에 대한 절절한 그리움이 있거든. 그 절절한 그리움, 천하에 사무치는 애절한 사랑 때문에, "아아, 만일 엄마가 살아만 계신다면 나는 가슴살이라도 베어서 엄마를 드렸을 거야. 꿈에도 그리운 어머니"라고 생각하고 있기 때문에, "내가 친엄마라면 너희들이 그렇게 하겠느냐?" 라는 말에 선뜻 비수에 찔린 것처럼 피가 철철 흘러내리는 것이야. 그렇게 해서 천륜과 인륜은 마냥 어머니의 편이 되었어.

칠순이 넘었는데도 그녀의 얼굴은 정말 수레국화처럼 아름답지. 처녀 때 다녔던 학교에서도 유월의 미녀로 뽑혔다는 당신. 저 남쪽지방에서 생산되는 유명했던 소주공장의 사장 딸로 태어난 당신. 화려한 당신. 없는 것이 없이 자라나 결핍이라고는 절대로 못 참는 당신. 모든 풍속적 담론까지 독점하고 있는 당신.

동생 연수의 시어머니도 그랬어. 그 아이는 왕산 이 씨 십육 대 독자(獨子)의 집으로 시집 간 지 사 년 만에 결혼생활에 종지부를 찍었잖아. 결혼 초 연수의 남편은 박사과정 공부를 하느라고 경제력이 없었고 신당동에 있는 27평짜리 개인주택이 그와 어머니가 가진 전 재산이었어. 연수는 두 팔을 걷어붙이고 남편이 공부할 동안 살림을 살겠다고 나섰고 중, 고생들에게 수학이며 영어, 국어 개인교습을 하여 간신히 생활을 꾸려가고 있었지. 그런 와중에서도 법도에 바른 그 시어머니는 삼시 세끼 식사를 며느리의 손으로 받아야 했고 시시철철이 한약을 드셔야 했어.

"언니, 책상이 밥상 위에 있다고 생각해? 밥상이 책상 위에 있어야 한다고 생각해? 둘 중 하나를 딱 고를 순 없지만 책상이 밥상 위에 올라앉아 있는 건 정말 힘들어. 책상이 밥상보다 초월적 가치를 가졌다…? 남자의 책상은 여자의 밥상보다 더 절대적 가치를 가지고 군림해도 좋다…?"

만삭의 몸으로 과외교습을 하러 이 동네 저 동네로 다니다가 급기야 택시 안에서 피를 쏟고 유산을 하고 만 것이 두 번이나 되었지. 두 번째 유산을 하던 날 연수는 피 묻은 옷을 입고 친정이라고 우리 집으로 기어들어왔지. 자기 남편의 집으로, 아니 시어머니의 집으로 갈 수가 없더래. 유산한 몸으로 집에 들어가서 낙태했다는 비난을 들으며 부엌에서 밥까지 해야 할 그것이 너무도 두렵더래.

"언니. 내가 밥하기가 무서워서 집을 나왔다면 누가 믿겠어? 하혈을 한 몸으로 부엌에 들어가 김치며 된장찌개를 끓일 나 자신이 무섭고 싫어서 다신 들어갈 수가 없는 거야. 시어머니는 '이집은 보통 집이 아니다. 왕산 이 씨 16대 독자의 집이다. 손이 귀한 집인데 허구한 날 피를 쏟는 대체 너는 어떻게 된 애냐' 고… 또 그렇게 말하실 분이란 말이야."

연수는 독하게 마음먹고 미국 유학을 갔고 갖은 고생 끝에 박사학위를 받아 이젠 캘리포니아의 작은 커뮤니티 칼리지에서 여성복지학을 가르치는 교수가 되었어. 그래도 우리 새어머니는 연수를 비난해. 그집 귀신이 되지 못한 것 자체가 연수의 결함이라는 거야. "연수가 그집 귀신 안 되기가 얼마나 다행이에요?" 라고 그녀에게 대꾸하면 그녀는 지금도 여전히 자신의 견해를 고수할 뿐이야. 어머니는 여전히 '그집 귀신 담론'을 진리로 떠받들고 있지. 엄마, 나는 정말 귀신처럼 살고 있어요 …. 나는 꿈속의 생모에게 대들지. 머리를 마구 풀어헤치며 발악하듯 대들어. 그 집 귀신이 되지 않기로 결행한 연수가 난 부러워요. 연수는 능력이 있지요. 그러나 난 아무 능력도 없고 새 팬티나 인형이나 만들고 있으니 ….

연수야, 넌 그렇게… 이제, 어차피, 잘 되었어 …. 그러나 백인 혼혈아를 낳았다니 어떻게 된 거야? 아기 아빠는 누구야? 아니 넌 그리 쉽게 다시 결혼이라는 제도를 받아들일 순 없을 거야, 연수야, 그래도 아무리 미국이라 하지만 미혼모되기를 결심하기까지가 쉬웠겠어? 어떻게 된 건지? 그 남자가 아이를 책임지지 않겠대? 네 아이는 아버지를 모른 채 ET처럼 자신의 근원을 모르고 그렇게 해서 어떻게 되는 거야? 허긴 꼭 아버지만이 근원이고 원천인 것은 아니야. 그래도 그 아이가 자랄 때 도저히 채워질 수 없는 결핍을… 아니, 난 모르겠어… 캐롤린…? 보고 싶다. 그런데 안드로메다의 아들을 보면 아버지 없다는 것이 그렇게 큰 장애를 일으키나? 세상의 담론에 동의하고 싶은 생각은 없지만 안드로메다 아들을 보면 아버지 없이 양육된다는 것이 보통 일은 아닌 거 같더라. 그 아이가 관계형성 결핍으로 성격장애를 보인다는 거야. 정신병은 아니래. 캐롤린? 너의 성을 땄다고 했지? 네가 사는 방식에 전적으로 동의할 순 없지만 적어도 네가 귀신의 생활을 벗어났다는 것만은 인정할 수 있고 축복해 주고 싶어. 그건 잘 된 거야. 네 책상을 밥상으로 삼을 수 있으니 넌 위대한 여인이고….

유선방송이 당신의 탯줄이다. 당신은 하루 종일 누워서 모든 수발을 시키며 수십 개가 넘는 채널을 빙빙 돌려가며 방송을 시청한다. 모르는 것이 없는 당신. 그래서 매일매일 더 유식해져만 가는 당신. 새로운 시대의 패륜의 흐름을 통탄하고 그에 따른 인륜의 필요성을 누구보다도 강조하는 당신. 남편은 말했다.

"난 말이야. 정말 맏사위 노릇 하기 힘들어서 견딜 수가 없어. 당신 어머니는 어쩌면 저렇게 이기적인 분일까. 당신 오빠들도 그래. 그래도 아들들인데 아무리 계모라고 해도 자기 집으로 모셔가지 않고. 우리 엄마는 내가 밖에 나갈 때면 미소를 지으며 하염없이 문간에서 나를 바라보곤 했었지. 밤에 공부하다가 배고프다고 하면 그 깊고 어두운 재래식 부엌에서도 싫다 않고 잔치국수를 만들어다가 쟁반에 받쳐 얼른 먹여주던 분이야. 그 쟁반엔 열대 과일들이 그려져 있었는데. 난 그 따스한 쟁반을 지금도 잊을 수가 없어. 그런 어머니를 보다가 당신 어머니를 보면 정말이지 미칠 것만 같아서…."

어머니가 만들어주던 잔치국수는 당신의 토템, 아니 당신의 페티시이지. 잔치국수를 만들어 주지 않는 장모. 제때에 빨리빨리 잔치국수를 만들지 못하는 아내. 그래서 당신은 만사위 노릇이 힘들어서 밖으로 나돌기만 하고 가정을 돌보지 않는다. 그래도 당신은 당당할 수 있다. 잔치국수를 말아주지 않는 장모의 만사위라는 알리바이를 나한테 쳐들 수 있기 때문에.

이 작은 9평짜리 가게 방, 거리를 오가는 사람들을 바라다 볼 수 있는 이 모퉁이 가게 자리를 바라보았을 때 난 문득 태(胎)자리란 말을 생각했다. 아주 어린 시절부터 사실 난 집을 잃어버렸었거든. 사업을 하던 아버지가 부도가 나서 잠적해 버린 뒤 집안은 엉망으로 무너져 버렸어. 날마다 빚쟁이들이 안방에 쳐들어와 패물이며 장롱이며 피아노며 아이들 책상이며 심지어 쌀독에까지 붉은 딱지를 붙이고 패악을 부렸지. 그런 충격의 세월 속에 생모는 심장병으로 온몸이 퉁퉁 부어오르고 또 자궁으로 피를 쏟으며 몇 달을 앓다가 그만 돌아가시고 말았지. 부모 없는 우리들은 여기저기 흩어져 먼 친척의 이집 저집으로 보내져 애보개도 하고 빨래도 하고 신문배달도 하며 아이들이 할 수 있는 모든 일을 다 하며 학교나마 근근이 다니고 있었어. 내 이름이 스펀지인 게 달리 그런 게 아니고 어릴 때부터 하도 눈물을 흘려서 가슴이 물 먹은 스펀지처럼 되어서 그래.

은신 중에 지금의 새어머니 되시는 분을 '사업상' 만난 아버지는 그 미모와 능력에 살림을 차려 함께 살았다. 몇 년이 지난 후 여기저기 친척집에 흩어져 드난살이 비슷한 삶을 살고 있던 자식들을 한데 규합한 아버지 옆에는 수레국화처럼 씻은 듯한 얼굴에 고급스런 패물을 몸에 잔뜩 지닌 지금의 어머니가 계셨다. 그 다음 이야기는 알고 싶지도 않고 알지도 못한다. 다만 그녀가 나의 새어머니가 되었다는 것만을 기억한다. 장화홍련전 같은 옛날이야기 속의 계모란 모두 가부장 사회에서 악역을 여성에게 맡기려고 했던 남성중심주의적 여성 왜곡이라고 생각하려고 했던 나에게 어머니의 존재는 무언가 이론만으로 해결할 수 없는 인간성의 문제에 대한 숙제를 남겼다.

이민을 가고 싶었지만 가지 못한 오빠에게는 깊은 병이 생겼지. 키가 크고 마르면 기흉(氣胸)이란 병에 약하다는 말을 들은 적이 있는데 그가 기흉에 걸린 거야. 조금만 신경을 쓰면 폐 윗부분의 공기압이 높아지면서 허파꽈리가 터지면서 기흉이 생겨. 폐의 표면에 공기구멍이 뚫리면서 폐와 흉벽 사이에 공기가 차는 병이지. 그는 곧잘 가슴 통증을 호소하며 호흡곤란에 씩씩거리곤 해. 기흉은 그의 알리바이가 되었어. 그 역시 환자인 거야. 이런 처지를 보다 못한 친이모가 새어머니를 양로원이나 요양원으로 모시자는 말을 한 후 또 한 차례 빗발치는 질타의 폭풍이 몰아쳤지. 〈나무리벌〉 노래라고? "왜 왓드냐 왜 왓드냐 자곡자곡이 피땀이라 고향 산천이 어듸메냐 황해도 신재령 나무리벌 두 몸이 김매며 사랏지요 올벼논에 다은물은 츠렁츠렁 벼자란다 신재령에도 나무리벌."

어머니는 막내 연서를 좋아했지. 초등학교 들어가기 전부터 자신이 키웠으니 마음으로는 당신 딸이나 같다고 생각하였어. 아무 때나 막내 집으로 가고 싶으면 가셨다가 오고 싶으면 나에게 오시고 하였지. 막내는 성품도 착하지만 빈틈없는 강남 주부로 모든 일이 야무졌어. 어머니의 눈에 하나도 차지 않는 것이 없었지. 연서의 남편도 착해. 범절도 바르고 무엇보다 싹싹한 데다 대기업체의 좋은 직분에 있어 유능하고도 능력이 있어. 몇 년 전에 연서의 시아버지가 돌아가셨지. 제부의 직책도 직책이려니와 사람이 하도 자상하고 의리가 있어서 여러 사람의 신망을 사다 보니 부친상 때 문상객들이 구름같이 많이 오고 조위금도 팔천만 원에 가깝게 들어왔다는 거야.

그 말을 들은 어머니의 머릿속엔 번개와도 같이 자기보호의 영감(靈感)이 스쳤지. 막내사위뿐만 아니라 다른 딸들 사위도 괜찮은 직책을 가졌으려니와 대기업 무슨 부장인 아들네까지 합하면 조위금이 얼마나 많을 것인가. 거기에 생각이 미친 그녀는 아들과 딸과 사위들을 모아 놓고 하나의 제안을 내놓았지. 항상 환자처럼 누워있기만 하던 때와는 달리 꼿꼿하게 앉아서 당당하게 말하였어.

"내가 지금은 이렇게 재산도 없이 딸네에 구차하게 얹혀살고 있지만 옛날에는 나도 알아주는 소주공장 창업주의 딸이요 부모 돌아가신 후 가산이 쇠하여 지금 남동생도 가진 것이 별로 없지만 그래도 옛날 세도하던 시절이 있었고 친정과 아는 집들이 모두 명망가요 부자들이라 만일 내 죽거든 조위금이 만만치 않을 것이다. 그러니 이제 내가 너희들의 효를 가늠하여 임종할 집을 정하려고 하노니, 내가 거하다 죽은 집의 자식이 조위금 전액을 갖는 것으로 하며…."

이 어처구니없는 발표가 있고 난 뒤부터 그래도 자주 어머니 수발을 도와주던 올케들도 아예 발길을 끊었고 오빠들과 사위들은 모욕감과 수치심으로 괴로워했어. 그런저런 이유로 어머니는 온전히 맏딸인 내 앞에 짐 보퉁이처럼 떨어져 내려앉게 되었어. 그 뒤 우리 집은 아무도 오지 않는 집이 되었고, 어머니 또한 아무에게도 갈 수 없는 신세가 되었지. 그리하여 조위금에 관심을 가진 사람은 나밖에 없다고 판명한 어머니는 나에 대한 행동거지가 완전히 달라진 거야. 상전이 하인을 대하는 위엄 있는 태도로 굳어진 것이지. 난 정말이지 어떤 때는 어머니를 택배회사 직원을 불러서 어디 먼 곳으로 부쳐버리고 싶다니까. 아직도 그걸 못해서 우리 집 거실에는 '아직 결재되지 않은' 조위금 지폐들이 날아다니고 있어. 아아, 돈이구나. 이게 얼마인가? 그 돈을 잡으려고 앞치마를 입은 내가 잠자리채를 들고 팅커벨처럼 허공을 날아다니는 꿈을 꾸기도 해. 잘못 구성된 가족들. 우리는 이렇게 타인의 눈을 통해 모두 자신을 나쁘게 보는 마술에 걸려 살아가는 건지도 몰라.

안드로메다. 그 항아리 만드는 예술가의 친구 있잖아. 에로 전화방 하는 사장 말이야. 그 남자가 며칠 전 찾아왔었어. 나에게 새로운 제안을 하더라. 사업상 필요해서 생각해 본 거래. 우리 둘이 관절인형 만들면서 동시에 새로운 인형을 하나 은밀하게 만들어 보는 게 어떠냐는 거야. 리얼돌이라고… 여성 대용 인형이래. 유통망만 잘 뚫으면 수요가 엄청 폭발적일 거라고 하던데? 나도 그 제안에 솔깃했어. 요즈음 우리가 너무 수입이 없지 않니. 일하는 속도가 느리기도 하지만 말이야. 그 리얼돌이란 미래형 더치와이프(dutch wife)라고 한대. 미국에서 개발된 것으로 할리우드영화의 특수메이크업에 사용되는 고급 실리콘으로 만들어지기 때문에 볼륨과 촉감 면에서 나무랄 것이 없대. 감촉과 유연성이 사람하고 똑같대.

그런데 뭐 지금은 전문적 기술이 없으니 실리콘으로까지는 아직 못 하더라도 지금 우리가 만드는 마음대로 구부러지는 관절인형에 특수한 용도의 입과 성기를 만들어 달라는 거지. 몰라, 변태들이 사용하겠지, 뭐. 생각해 보자. 관절인형은 재료비만 해도 엄청나게 비싸기도 하고 또 너무 공력이 많이 들어가고 시간도 많이 걸리고 거기에 비한다면 몇백만 원씩 받는다 해도 가격이 비싼 것도 아니잖아. 요즈음은 재료비도 지불 못 하고 인형들 안구(眼球) 값이랑 가발값이랑 옷값, 액세서리값들이 외상으로 밀려가고 있는데 한번 리얼돌을 만들어 볼까? 수입을 가지기 위해선 새로운 사업상의 도전을 받아들일 필요가 있지. 너도 아들 병원비도 벌어야 하잖아.

우리 둘이서 하다가 수요가 늘어나면 사람도 더 두고 본격적으로 만들어 보는 거야. 우리나라에선 에로산업보다 더 유망한 직종은 없다고 봐야해. 모든 길이 에로산업으로 통하고 있어. 끔찍할 정도로 포르노 한국이지. 끔찍한 포르노 왕국이야. 안드로메다. 우리 한번 생각해 보자, 응? 만일 하다가 사업이 잘되면 조지아하고 카시오피아도 같이 하자고 그래야지. 카시오피아는 함께 할 수 있을 것 같아. 모르지, 조지아는 어떨지 모르지만 그래도 논문 대필해주는 거나 전화방 일보다는 이 새로운 사업이 낫지 않을까? 정직하잖아. 손으로 만들고 몸으로 직접 살아가는 것이 언어를 혹사하는 것보다는 낫지 않을까?

요즈음 우리 아이들은 집에서 거의 말을 안 해. 말을 하게 되면 남편과 나처럼, 나하고 외할머니처럼, 안드로메다하고 그 아들처럼 난폭하게 싸울까 봐 그러는 것 같아. 자기 둘이 이야기를 할 때면 수화를 한다? 얼마나 예쁜지 몰라. 수화를 하면서 차차로 얼굴이 환하게 피어오르는 것을 바라보면 정말이지 나도 마음이 얼마나 환해지는지 몰라. 열 손가락을 확 펼쳐서 머리 위에 사슴뿔처럼 올려놓는다든가 오른쪽 손바닥을 활짝 펼쳐서 왼켠 가슴 위에 살풋 얹는다든가 열 개의 손가락을 서로 맞물리게 해서 가슴 위에 살풋 걸쳐 놓을 때나 한 개의 손가락을 곧게 세워서 왼쪽 뺨 위에 살짝 얹을 때의 그 순결하고 고혹스런 모습이라니 나는 정말 아이들이 너무나 예뻐서 사과처럼 한 입 물어보고 싶다니까.

아마도 아담과 이브가 사과를 따 먹기 이전 그렇게 대화를 했을 거야. 사과를 먹기 이전, 죄를 모르던 시절, 아무 일도 안 해도 먹을 것이 동산에 그득하고 향기가 공기 속에 가득하고… "사람아, 너는 진흙에서 태어났으니 언젠가 진흙으로 돌아가리라 …" 라는 신의 음성을 듣기 이전. 사과를, 그 사과를 따먹기 이전에. 물먹은 스펀지가 물먹은 스펀지가 아니고 온 몸뚱이에서 흘러내리는 진흙이 진흙인 것을 인식하지 못했던 때, 우리 몸이 진흙이라는 것을 느끼지 못하고 골격의 스탠드에 우리 몸이 견고하게 붙어있었던 그 시절.

그 시절의 언어를 나는 아이들의 수화에서 보았어. 손가락 사이사이에서 샛노란 개나리 꽃잎 같은 금빛 무늬들이 튀어나오고 연둣빛 어린 속잎들이 눈뜨고 겹벚꽃나무 흰분홍 꽃잎들이 펄펄 휘날리는 거야. 펄펄 휘날리는 흰분홍 꽃잎들이 불현듯 땅을 들고 하늘로 둥실둥실 올라가는 거야. 나는 눈을 감고 말아. 세상의 모든 벚꽃이 다투어 피어나 펄펄 꽃잎이 휘날리는 시간, 그런 우화(羽化)의 시간. 물먹어 땅 아래로 처져 있던 스펀지 같은 몸이 아스피린처럼 사각사각 울리며 따끈하게 쏟아지는 햇빛을 받아 점점 포릉포릉해지는 거야. 물 먹은 몸이 바삭바삭 건조되는 그 시간, 울던 사람들 모두 울음을 멈추고 햇빛이 몸 안에 꽉 찬 견고한 몸으로 햇빛이 하얗게 타오르는 길 위로 쏟아져 나와 서로서로 자매인 듯 그렇게 서로 마주 보며 환하게 웃을 때. 진흙 파이가 따끈따끈하게 굳는 그런 시간. 쭉 뻗은 견고한 육체로 정오의 태양을 향해 그림자 하나 없이 웃고 있는 시간. 그 시간, 어디메냐. 두 몸이 김매며 사랏지요….

(2003, 〈문학동네〉 여름호, 통권 35호.)

자전적 시론

나의 삶 나의 문학

대낮의 사막에서 사마리아 여인이
우물물을 긷고 있네

1. '오아시스' 문학론

시는 클리오(Clio, 뮤즈의 한 사람인 역사의 여신)와 영감(靈感)과 춤추는 언어와 달리는 음악으로 이루어진다.

> 대낮의 사막에서 사마리아 여인이 우물물을 긷고 있네. 밑 빠진 항아리에 물을 붓고 있네.

> "나의 아픔과 고통(*psychodontia*)이 사회적 아픔과 고통(*sociodontia*)과 어떤 양식으로든 관련을 맺는다는 것, 우리는 한 사람의 시인에게서 그것을 최대한으로 존중해주지 않으면 안 된다."
>
> —《미완성을 위한 연가》 자서에서

아름다운 나이 스무 살이었다. 그러나 아름다운 나이가 제 아름다움을 향유하기에는 청춘은 너무 가난했고 시대는 너무 암담했다. 1972년. 칸나 줄기에서 칸나꽃 모가지가 툭, 하고 분질러지고 사과나무 가지에서 사과가 툭, 하고 떨어지던 유신시대. 유신헌법이 10월 17일 선포되고 10월 유신으로 하여 역사의 철문이 무겁게 닫히고 제4 공화국이 열리고 10월에 각 대학에 탱크가 들어오고 학생들은 학교 안에 들어갈 수가 없었던 그해 가을과 겨울. 학교에 가서 공부를 하고 싶어도 학교에 들어갈 수가 없었던 위수령의 시대. 신촌을 맴돌며 바깥에서 캠퍼스를 들여다보면 탱크와 군인들이 캠퍼스를 점령하고 있던 시절. 그해 가을의 청춘들은 갈 곳이 없어 불우했고 나는 학교 대신 소공동에 있던 국립도서관에 다니며 책을 읽었고 시를 썼다.

세계는 좌절과 상실과 절망적인 부정적 에너지로 가득 차 있었고 꽃들은 스스로 모가지를 분지르며 소리 없이 떨어졌고 무기력한 청춘은 목이 말랐고 눈동자 속엔 고갈의 모래들이 가득하여 너도 나도 할 것 없이 시대 속에 모두가 눈먼 자들이었다.

그런 1972년의 가을과 겨울에 나는 〈그림 속의 물〉과 〈우리의 갑각(甲殼) 문화〉라는 시를 두 편 썼고, 마감 날이 가장 늦은 〈경향신문〉 신춘문예에 12월 6일 밤 원고를 제출하여 응모했고, 〈그림 속의 물〉이라는 시로 당선되어 1973년 1월 1일자 신문을 통하여 시인이라는 이름으로 불리게 되었다.

전에 밝힌 바 있지만 사실 나는 환상적인 시 〈그림 속의 물〉보다는 당대 사회의 고갈에 대해 쓴 〈우리의 갑각문화〉라는 시를 더 좋아했는데 〈우리의 갑각문화〉가 분량이 길고 신춘문예 당선작으로는 좀 부담스러워서 〈그림 속의 물〉을 당선작으로 택하게 되었노라는 말씀을 당시 심사위원이셨던 박두진 선생님으로부터 후에 듣게 되었다. 전봉건 선생님으로부터는 무언가 모던한 주제와 음악성이 좋아서 그 시를 당선작으로 뽑았다는 말씀도 들었다.

〈그림 속의 물〉은 물의 소생력에 관한 시였고 예술주의자의 '오아시스 문학론'과 같은 시론을 이미지로 그려낸 시였다. 언제나 화전민의 사상 같은 것을 가지고 살아온 나이지만 시의 기능에 대해서는 '오아시스' 이미지를 가지고 있었다. 시는 비록 상상의 세계일지언정 다 쓰러져 가는 지상의 인간에게 물의 생명력과 소생의 기능을 줄 것이라는 '언어에 대한 믿음'이 나에게는 있었다. 그리고 그것은 지금까지도 나에게 시를 쓰게 하는 최후의 믿음이다. 혹독한 태양이 머리 위에 쏟아지는 대낮의 시간에 홀로 광야로 물을 길러 나오는 '사마리아 여인'이 바로 시인이다. 영차영차 우물물을 길어서 항아리에 붓는다. 밑 빠진 항아리에.

…(전략)…
나는 당황한 현대의 이마를 바로잡으며
캔버스에
물빛 물감을 칠하고, 칠하고

나의 의학상식으로서는
그림은 아름답기만 하면 되었다.
그림은 거칠어서도 안 되고
또 주제넘게 말을 해서도 안 되었다.

소년은 앞머리를 날리며
귀엽게, 귀엽게

나무피리를 깎고
그의 귀는 바람에 날리는
銀잎삭.
그는 내가 그리는 그림을 쳐다보며
하늘의 물감이 부족하다고,
화폭 아래에는
반드시 江이 흘러야 하고
또 꽃을 길러야 한다고 노래했다.

그는 나를 탓하지는 않았다.
현대의 고장난 수신기와 목마름.
그것이 어찌 내 罪일 것인가.
그러나 그것은 내 罪라고
소년은 조용히
칸나를 내밀며 말했다.

칸나 위에 사과가 돋고
사과의 튼튼한 과육이
웬일인지 힘없이
툭, 하고 떨어지는 것이 보였다.

소년은 나에게 江을 그려달라고 부탁했다.
江은 깊이깊이 흘러가
떨어진 사과를 붙이고
싹트고

꽃피게 하였다.
그리고 그림엔 노래가 돋아나고
울려 퍼져
그것은 벨지움을 넘어
멀리멀리 아시아로까지 가는 게 보였다.
소년은 江을 불러
내 그림에 다시 들어가라고 말했다.
화폭 아래엔 강이 흐르고
금세 금세
환한 이마의 꽃들이 웃으며 일어났다.

피어난 몇 송이 꽃대를 꺾어
나는 잃어버린 내 친구에게로 간다.
그리고 江이 되어
스며들어
친구가 그리는 그림
그곳을 꽃피우는 물이 되려고 한다.
물이 되어 친구의 꽃을 꽃피우고
그리고 우리의 죽은 그림들을 꽃피우는
넓고 따스한 바다가 되려고 한다.

— 〈그림 속의 물〉 부분

시대의 광야에 항아리를 들고 물을 긷기 위해 대낮에 사막으로 나온 사마리아 여인의 오아시스 문학론.

솔직히 이 시에 대해 설명을 하라고 한다면 나는 설명을 할 수가 없을 것 같다. '시는 클리오(Clio, 뮤즈의 한 사람인 역사의 여신)와 영감(靈感)과 춤추는 언어와 달리는 음악으로 이루어진다'라는 말밖에는 달리 할 말이 없다. 시를 쓸 때 음악을 들으며 시를 쓰는 경우가 많은데, 시를 쓸 때는 어떤 강렬한 리듬이 필요하기 때문인데, 그때는 모차르트의 〈플루트와 하프를 위한 협주곡〉을 들으며 그 시를 썼다. 그 시엔 어릴 적 즐겨 읽었던 동화 《플랜더스의 개》가 인유되어 있는데 예술주의의 상상적 지명으로 내가 인유했던 '프랑다스' 지역이 사실은 역사적으로 매우 분쟁이 심한 지역임을 나중에 그 시를 번역해주신 캐빈 오록 교수님으로부터 듣고 좀 놀랐던 적이 있다. 어쨌거나 극한의 환상은 현실과 역사의 가혹함 속에서 나온다.

이 시를 첫 출발로 하여 문단에 나오게 된 나는 '모더니스트', '스타일리스트' 등의 말을 들었으며(당시의 문맥에선 그 호칭은 그리 호의적인 말이 아니었다), 어떤 비평가는 "이 시인이 박인환의 실패를 반복하지 않았으면 좋겠다"라는 친절한 가이드라인까지 제시하였다. 1973년도에 〈서울신문〉에 시로 등단한 김창완 시인의 주선으로 그해 신춘문예로 데뷔한 김명인, 정호승, 박범신, 이경자 작가 등을 처음 귀거래 다방에서 만나 〈1973〉이라는 동인을 결성하고 동인지를 펴내기도 하였다. 그때 귀거래 다방에서 처음 만난 우리들은 매우 가난했고 참 촌스러웠는데 지금 그들은 거의 다 기라성 같은 문명(文名)을 날리고 있다.

그러다가 그해 10월쯤인가, 그해의 신춘문예 문인들의 특집을 꾸미는 〈문학사상〉의 청탁을 처음으로 받게 되었다. 당시 이어령 선생님께서 주간으로 계시던 〈문학사상〉은 가장 현대적인 문예지라고 할 수 있었는데 그때 〈문학사상〉의 청탁을 받고 그 발표작품을 통하여 이어령 선생님을 만나게 된 것이 내 문학적 길에 이정표가 되었다. 이어령 선생님은 스스로가 천재이면서도 세상에 나타나는 반짝이는 재능들을 발견하고 아끼는 데에 사심이 없는 분이었다.

나는 〈문학사상〉에 "그는 누구인가"라는 1970년대 스타 시인, 작가들과의 인터뷰를 연재했고, 1980년대 중반에는 "33세의 팡세"라는 자전적 에세이를 연재하기도 했다. "그는 누구인가"는 당시의 스타 시인, 작가들인 이청준, 최인훈, 박완서, 이병주, 조세희, 오정희 작가 등과 정현종, 오규원, 황동규, 강은교 시인 등과 인터뷰를 한 글인데 연재 도중 뜨거운 관심을 받았다. '언어의 테러리스트'라는 칭호도 그때 내가 인터뷰에서 던진 신랄하면서도 거침없는 질문의 과감한 성격에서 기인하지 않았나, 그런 생각을 한다. 그 인터뷰를 준비하면서 동시대 최고 작가들의 작품을 몰두해서 읽고 그들을 직접 만나 창작의 아우라를 받았던 것이 후에 내가 소설을 쓸 때 큰 문학적 자산이 되었다고 나는 생각한다. 그 인터뷰 글은 1980년도에 《영혼은 외로운 소금밭》이라는 제목으로 출간되었다.

첫 시집 《태양 미사》를 1979년도에 냈다. 《태양 미사》는 불멸의 아버지인 태양에 대한 '희랍적 딸'의 비극적 제의의 성격을 가진 청춘의 시가 모인 시집이다. '희랍적 딸'이란 희랍신화에 나오는 안티고네나 아라크네와 같이 자기 몫의 운명에 맞서서 부조리한 아버지에 도전하는 그런 여성을 인유한 것이다. 나는 나도 모르는 사이에 희랍적 세계관에서는 가장 큰 죄로 치부하는 '휘브리스'(오만, *hybris*)라는 죄를 범했던 것 같다. 피가 뜨거운 청춘이었으니까. 물론 그리스도도 레칭(오만, 경멸)을 금한다. 사랑에 역행하는 것이니까. 그럼에도 그렇게 살았다. 피가 어지러운 청춘이었으니까.

《태양미사》 속의 희랍주의. 신과 운명과 인간 사이의 비극적 투쟁이나 인간의 숙명적인 뜨거운 패배 모티브, 운명의 열대성에 대한 청춘의 강박관념적 뜨거운 항거의식이나 부성적인 지배원리에 대한 안티고네적 부조리 감각, 혹은 '정열의 병리학'이라고 불리는 그런 파멸감각의 뜨거운 징후 같은 것들이 나의 처녀시집 《태양 미사》에는 마치 이름 모르는 야방초들처럼 지천으로 꽃피어 있었다. 그런 희랍주의—종말론적 황폐감은 천재적 유폐의식으로 나를 몰아갔고 공옥진과의 만남으로 인해 나는 전라도적인(어쩌면 스페인적인) 어떤 힘, 아니면 보다 넓은 불교적인 어떤 모순어법으로서의 역동적 힘을 얻게 된 것이다. …

—《달걀 속의 생》 시작 노트 1에서

2. 불꽃보다 뜨겁다—샤머니즘적 자기 씻김의 글쓰기

1980년대는 죽음으로 열렸다. 폭력과 광기와 아노미의 시간이었다. '서울의 봄'과 광주 민주화 항쟁으로 시작된 피의 80년대는 무서웠고 공포, 불안, 불확실, 분노의 시대였다. 아노미와 패닉 상태의 우울과 분노는 일개 시인에게도 죽음 충동을 동반했다. '시대정신'이 아니라 '시대정서'라는 말을 사용할 수 있다면 80년대의 시대정서는 '공포와 죽음 충동'이었다.

제5 공화국이 시작되었고 전두환(全斗煥)이 이끄는 신군부세력이 중심이 되어 구정치인들의 정치활동을 규제한 가운데 1981년 1월 15일 민주정의당이라는 정당이 창당되었는데 지금 생각하면 그 정당의 이름만큼 우스운 이름은 없다고 나는 생각한다. 사람은 자기에게 가장 결핍된 것을 자기의 것으로 주장하는 속성이 있다는 것을 그때 나는 어렴풋이 알았다. 민주와 정의가 가장 결핍된 폭력과 억압의 정권이 '민주'와 '정의'를 내세우다니! 얼마나 아이러니한 희극인가? 그러나 당시에는 희극도 비극도 느낄 새도 없이 엄습해 오는 내면의 공포는 불가항력적인 것이었다. 유령의 말들이 부유하고 있었다.

시니피앙과 시니피에와 지시대상 사이에는 아무 필연적 연결이 없다는 포스트모던 언어관을 그때 나는 어렴풋이 깨달았고 절망했다. 그 뒤 1989년 5공 청문회 때 언어는 지시대상이나 세계의 사건들과 아무 상관이 없는 단지 시니피앙의 유희일 수도 있다는 사실을 확실히 깨닫고 참담한 마음이었다. 언어의 절대적 순결함을 믿는 시인으로서 그런 능욕되고 부유하는 언어에 대한 환멸과 무기력은 깊은 절망을 주었다. 그런 유령언어에 대한 환멸과 회의(懷疑)를 천착한 작품이 이청준 선생님의 〈언어사회학 서설〉 연작이다. 동병상련의 공감으로 나는 그 작품을 매우 탐독하였다.

> 1983년에 출간한 나의 두 번째 시집 《왼손을 위한 협주곡》에는 왜 그렇게도 많은 죽음이 있느냐고 사람들이 물었다. 그토록 많은 타나토스란 대체 어디에서 온 것이냐고. 나는 첫 시집과 두 번째 시집 사이에 개인적으로 혈육의 죽음을 맞았으며 그리고 광주의 집단적 타나토스를 보았던 것이 아니었던가. 그리고 우리 사회에 미만해 있던 집단 고려장의 그 불길한 징후 속에서 누구나 사장(死葬) 또는 밀봉되어 가고 있다는 반 생명적 천문을 느끼지 않을 수가 없었다. 열림의 방향으로, 부활의 방향으로, 새로운 탄생의 방향으로 나는 가고 싶었고 그것이 죽음 남발의 난폭한 마스게임 같은 《왼손을 위한 협주곡》 시집을 낳게 되었다.
>
> —《달걀 속의 생》 시작 노트 1에서

이청준 선생님의 말이 생각난다.

> "평소에 내 글쓰기가 무엇이었냐 생각을 해보면 결국은 일차적으로 나 자신의 삶을 씻겨왔구나, 씻기는 과정이었구나, 그런 생각을 해요. 무당의 실제 굿하고는 상관없지만 그 역할이 유사하다는 거죠. 현실의 삶으로부터 영혼을 위로하고 씻기는, 그래서 평상의 삶의 힘을 회복시키는 역할이 아니었나 싶어요."

언제나 개인의 상처와 시대의 상처에 대한 고통스러운 성찰과 개인의 구원의 길에 대한 치열한 모색을 멈추지 않으시던 이청준 선생님의 이 말은 나에게 삶의 길과 문학의 길에 대한 질문과 답의 원형 같은 역할을 하고 있다. 《왼손을 위한 협주곡》이야말로 죽음 충동으로 가득한 시대 속에서 그 징후로서의 죽음 충동을 앓고 있던 자기 씻김의 시였고 샤머니즘적 리듬으로 가득했다. 그러고 보면 어쩌다가 '초현실주의의 무당'이란 칭호를 받고 있는 나에게도 '문학은 자기 씻김'이 아니었을까. 이 시기의 나를 이승훈은 '지적인 샤먼'이라고 불렀다.

그 시집을 쓰던 시절 나는 또한 여성과 어머니라는 새로운 주제를 발견했다. 결혼생활이 나에게 열어준 새로운 지평이기도 했다. 딸아이의 출산에 대해 쓴 〈여인 등신불〉, 어머니의 슬픈 삶에 공감하는 〈배꼽을 위한 연가〉 연작시, 남편과의 평화로운 공존을 원하는 〈만파식적〉, 가부장적 사회에서 살아가는 지식인 여성의 내면의 공포를 다룬 〈나혜석 콤플렉스〉 등이 당시에 쓴 시들이다.

《33세의 팡세》를 〈문학사상〉에 연재하고 1985년에 출간했다. 33세가 되던 해 이어령 선생님의 권유로 나는 주제넘게도 이른바 '자전적 에

세이'라는 것을 쓰기 시작했는데 그 글은 자전적이라기보다 전기적 요소에 상상력을 가미한 팩션(*faction*)이라는 장르에 더 가깝다. 굳이 말한다면 '예술가로서의 자기 발명(*self-invention*)의 글쓰기라고나 할까. '청춘의 비밀일기'나 제임스 조이스의 《젊은 예술가의 초상》 같은 것으로 샤머니즘적 자기 씻김의 카니발적 언어였다.

해인이가 다섯 살 되었을 때 아들 우인(1987)이 태어났다. 큰애를 어느 정도 키워놓고 동생을 낳으면 육아가 더 편할 것 같지만 사실은 훨씬 더 힘들다. 해인이는 어릴 때부터도 자기 세계가 뚜렷하여 혼자서도 잘 놀고 책도 읽고 피아노, 바이올린 등 악기도 열심히 하였다. 그러나 이제 갓 태어난 아들은 많은 보살핌이 필요하다. 알파에서부터 오메가까지 다 엄마의 손길을 필요로 하였다. 그 무렵 정말 나는 젖 먹던 힘을 다하여 아이들을 열심히 키웠고 나름대로 살림도 열심히 했다. 그 와중에 대학원에서 박사과정 공부를 시작하였고 원고도 많이 썼다. 사실 아이들이 어릴 때면 집안일이라는 것이 밀물처럼 매일매일 밀려오는 것인데 그렇게 집중된 상태에서 매일매일의 가사(家事)를 헤쳐 나가다 보니 몸이 당해내지를 못했다. 언제나 온몸이 아파 몸에는 신신파스가 덕지덕지 붙어 있었고 아이들은 신신파스 냄새가 엄마 냄새인 줄 알고 자라났다. 해인이는 유치원에서 엄마 모습을 그리라고 하니 사각형의 이불을 덮고 사각형의 베개를 베고 누워있는 여자 모습을 그렸다고 한다. 우리 세대는 "엄마처럼은 살지 않을 거야" 라는 명제를 외치며 살아온 첫 세대이기도 한데 결국 내가 발견한 것은 '자기 엄마와 똑같이 살고 있는 나 자신의 모습'이었다. 나는 언제나 아팠으며 내게 주어진 현실이라는 중력이 무서워지기 시작하였다. 〈객석의 여자〉라는 시가 그때의 풍경을 잘 보여준다.

아들이 어렸을 때 일이다. 갈현동 이층집에 살고 있었는데 내 서재는 이층 계단을 올라가면 처음 나타나는 방이었다. 그 방에서 글을 쓰고 있으면 아들놈도 이층으로 따라 올라와 어둑한 계단 꼭대기에 혼자 앉아 책을 보고 있는 것이었다. 이층 오르막 계단 끝에 앉아 아들은 내 닫힌 방을 바라보며 혼자 책을 가지고 놀고 있었다. 그때를 생각하면 나는 참 못된 엄마였고 아이들에게도 늘 집에 있으면서도 '엄마의 부재'만을 안겨준 유령엄마일 뿐이었던 것 같다. 아들에게 '닫힌 문' 콤플렉스가 생기지 않을까, 그런 걱정을 했다. 다행히도 아들은 심신 건강한 훈남으로 잘 자라주었다.

그러다가 어느 해 4·19날에 친구 이경자 작가와 함께 대학로에서 열린 공옥진의 '병신춤' 공연에 가게 되었다. 공옥진의 그로테스크한 추함의 미학은 나를 강렬하게 사로잡았고 '절망과 더불은 신명'을 알게 하였다. 어두운 나의 비관주의는 그때 천년의 곰팡이들을 열고 강한 직사광선에 대거 노출된 듯하였으며 신명과 해학이라는 것과 만나게 되었다.

"붐바붐바, 문뎅이 춤이요— 곱사 문뎅이, 곰배 문뎅이, 절뚝발이 문뎅이, 엉치 문뎅이, 외발이 문뎅이, 오리발 문뎅이, 앉은뱅이 춤이요—."

깡총한 무명베 치마저고리를 입은 조그만 여인이 부채 하나를 들고 사람들을 웃고 울리며 자진모리, 휘모리장단으로 막 휘몰아쳐 가는데 갑자기 휘몰아쳐 쏟아지던 '아니리'는 급격히 잠잠해지고 달밤에 월광이 내리는 듯 숙연하고도 싸늘한 '창'(唱)이 절벽 위에 선 심청의 아리아를, 옥중에서 달을 보고 우는 춘향의 아리아를 뽑아내는데… 그것은 정말이지 나에게는 충격적인 경험이었다. 아니리와 창으로 산문성과 서정성을 두루 교차시키면서 절망을 놀기, 슬픔을 놀기… 와 같은 패러독스가 불가피한 삶의 폐부를 찌르는 슬픔을 감싸 안고 신명과 해학으로 요동치는 것이었다.

역전(逆轉)의 다이내미즘이라는 새로운 유희정신이 공옥진과의 만남에서 싹트기 시작했으며 《미완성을 위한 연가》 시집 속에는 그런 공옥진과의 만남의 흔적이 희비극적으로 펼쳐진다. 그때의 시에 대한 생각을 "왼손의 창과 오른손의 아니리가 있는 시학"이라는 제목으로 발표한 것이 있었는데 발표지면이 기억나지 않아 결국 찾지 못했다. 다만 이승훈 교수의 《한국현대 시론사》에 정리된 것을 조금 참조할 수 있었다. 몇 년 전에 쓴 〈그래도라는 섬이 있다〉라는 시에도 그런 공옥진적인 그로테스크와 '반전의 다이내믹스'가 나타난다는 점에서도 공옥진이 나에게 준 미적 충격이 컸다는 것을 알 수 있다.

3. 달걀의 세계

1985년쯤인가, 한번은 포천에서 양계장을 하는 친구네 집을 방문한 적이 있었는데, 그곳에서 본 양계장은 정말 신비롭고 재미있었다. 마당에 있는 양계장에 들어가 보니 닭들이 푸드득거리고 깃털이 날아다니고 여기저기 횃대에서 뛰어오르는 놈, 미끄러지는 놈, 엎어지는 놈, 소리치는 놈 등 닭들의 세계는 소란하기도 훈훈하기도 살벌하기도 따뜻하기도 하였다. 어떤 닭들은 알을 소중히 품고 앉아 있었는데 양계장의 삶은 제멋대로이긴 하지만 생명이 충만해 있고 재밌어 보였다. 그곳에서 어미 닭이 품고 있던 달걀을 본 것이 머릿속 깊이 남게 되었다.

또한 살림을 하고 아이들을 키우면서 달걀로 만드는 반찬과 요리와 친숙해지면서 냉장고 속의 달걀에 대해 큰 관심을 갖게 되었다. 하지만 양계장에서 보았던 어미 닭과 인접해 있던 환유적인 생명의 달걀과는 다르게 냉장고 속의 달걀을 보면 싸늘하게 슬픈 생각이 들었다. 어미와 분리된 달걀들의 세계. 이런 냉장고 속의 달걀이 결국 우리 현대인의 삶이라는 생각이 들었고 '현대'라는 거대한 냉장고 속에 있는 부화의 꿈을 포기한(?), 포기당한(?) 달걀은 1980년대 중반의 '냉동'의 사회적 분위기와 연동되었다.

특히 1987년 6월 항쟁시절 속에 달걀을 보면서 나는 난생설화의 꿈을 떠올렸다. 그 당시엔 단독주택에서 살았는데, 단독주택은 지붕이 좀 높으니까 불을 켜지 않고 부엌에 들어가면 매우 어둡고 그로테스크한 느낌이 든다. 한밤중에 캄캄한 부엌에 들어가 냉장고를 열면 신비하게도 환한 빛이 새나왔다. 그 깨끗한 불빛 아래서 달걀들이 마치 대화를 나누는 듯한 느낌이 들었다. 어떤 때는 불을 켜지 않고 냉장고 속의 달걀의 음성을 듣기 위해 냉장고 문을 열고 한참 동안 달걀을 들여다보기도 했다. 그런데 때로는 오히려 달걀들이 나를 물끄러미 올려다보는 느낌을 받기도 했었다. 일종의 영적인 파워랄까, 그런 사랑의 연결로 냉장고 속의 달걀을 보며 대화를 나누곤 했다.

> …(전략)…
> 그리고 또한 우린 알고 있어,
> 우주에 내버려진
> 하나의 달걀
> 과도 같이
> 그대와 나는
> 어둠 속에 둥둥 떠 있는

버림받는 허술한 알(卵)이라는 것을,
수문이 열리면
제목도 없이 무너져 내리는
저녁물결 속에 고요히 으깨지는
조그만 수포
그리고 꿈같은 고통

하얀 달걀이 하나
뜨거운 물속에서 펄펄 끓고 있네,
찐 달걀 속에선 어떤 부화의 깃도
돋아나질 않아,
무섭도록 고요한 침묵들의 비명,
(달걀 꾸러미 속에 얌전히 누워 있는
하얀 찐 계란들의 꽉 찬 평화)
무섭게 달궈진 프라이팬 위에서
성녀처럼 와들와들 해체되는
스크럼블드 에그,
어떤 꿈도 그 고통을 구할 순 없지

우주에 둥둥 떠돌고 있는 독방
처럼
헐벗고, 외로운,
달걀 속에서

…(중략)…

내 얼굴을 닮은 조그만 양초 하나가
고요히 빛을 뿌리며 타오르고 있지,
눈물과 함께
입술연지로
환한 미소를 은은히 뿌리면서.

— 〈달걀 속의 생·1〉 부분

이 시는 뿌리 없이 금방이라도 물결 속에 뛰어내려서 파괴될 수 있는 달걀의 미약한 무기력함, 단독자로서의 달걀에 대해 쓴 시이다. 밤에 본 달걀의 얼굴은 우주의 고아 같은 느낌을 주었다. 〈달걀 속의 생·2〉는 허허벌판 외로운 병실에서 아버지의 병원비를 의논하는 한 가족의 추운 절망과 몰락에 대한 시다. 냉장고 속의 달걀에게는 모든 여권이 파기되었기 때문에 더욱 막다른 골목에 처한 싸늘한 불안함이 넘실거렸다. 그 소리 없는 가난과 몰락의 외로운 전율이 바로 달걀이 보여준 현대적 존재성이었다. 부화가 없기에 부활이 없는 냉장고 속의 달걀의 이야기는 언제나 계속되는 현대적 존재의 이야기다.

…(전략)…
중풍으로 쓰러진 아버지의 병실에서
입원비 걱정을 하고 있는 우리 가난한 형제들처럼
흰자위와 노른자위도
무슨 그런 절망의 의논들을 하고 있을 것인가

사계절 전천후 냉장고
하얀 문을 조용히 열면

추운 달걀들의 속삭임 소리가 들리는 것 같다,

엄마 엄마 안아 줘요 따스한 품속에

어미닭에 안기지 못하고 만 달걀들처럼

희망 소비자 가격보다 더 싸게 팔려온

너희들처럼

나도 역시 여권이 분실된 사람

희망의 온도가 차츰 내려갈 때

오히려 절망은 조용하고 초연해지는 것 같지,

— 〈달걀 속의 생 · 2〉 부분

1980년대 후반에 들어오면서 많은 사람들은 부르주아적인 욕망의 안정 지향성에 혐오감을 갖고 있었다. “한열이를 살려내라”라는 함성이 공기 중에 떠도는 그 시절은 바로 민중의 시기였고 6월 항쟁이 있던 시기였다. 열차나 편의점 같은 데서 파는 꾸러미 속에 얌전히 묶여 있는 찐 계란들 같은 것을 보면서 속물 부르주아의 ‘꽉 찬 평화’의 죽은 안정에 대한 혐오감을 가졌다. 아마도 그것은 자기혐오에 가까운 것이 아니었을까.

내가 난생설화에 대해 생각하게 된 것은 〈달걀 속의 생 · 3〉을 쓸 무렵, 6월 항쟁을 본 시기와 맞물린다. 6월 항쟁의 민중의 불꽃을 본 나에게 달걀과 난생신화가 연결되었다. 고주몽, 수로왕, 박혁거세, 알영부인, 탈해왕 등 알에서 태어난 건국 영웅, 난생의 신화적 인물들이 바로 그들이다. 여기서 알영부인만 빼면 다 남성인물이고 당시의 나에게 달걀의 젠더 의식은 아직 없었던 것 같다.

〈달걀 속의 생 · 3〉에서 그런 난생설화의 꿈에 대해 썼고, 〈달걀 속의 생 · 4〉에서는 달걀의 부화에 대해 썼다. “한열이를 살려내라”라고 외치며 서울 광장 앞을 가득 메운 젊은 열기는 껍데기라는 절대적인 조건을 탈각하고 달걀에서 부화한 병아리들이 세상 속으로 뛰어올라 나왔을 때 펼쳐지는 아름다운 신시(神市)와 같은 것을 환상하게 했다. 그러나 6월 항쟁의 불꽃은 어찌어찌 속임수로 마무리가 되었고 〈달걀 속의 생·5〉에서 나는 난생신화의 찬미와 실현에 대해서는 말을 잃은 채 결국 '미해방의 절벽 위에서 꿈꾸는 사람'이라는 의인화로 시는 끝나고 말았다.

달걀을 보면
알 수 있지.
아, 저렇게 해방을 기다리는 사람도
있구나.

…(중략)…

달걀을 보면
눈물이 어리지.
아, 저렇게 미해방의 절벽 위에서
꿈꾸는 사람!

— 〈달걀 속의 생·5〉 부분

삶의 여러 국면에 부딪치면서 살아오는 동안 나는 〈달걀 속의 생〉이란 제목의 연작시를 더 쓰고 싶다는 생각을 하였다. 그러다가 2011년에 우연히도 달걀과 젠더가 연결되는 상상력으로 〈달걀 속의 생·6〉을 쓰게 되었다.

집의 오래된 냉장고가 고장이 났다. 냉장고는 항상 밝고 깨끗한 빛이 나오는 장소로서, 부패에 저항해서 우리의 썩기 쉬운 질척질척한 삶을 깨끗하게 보관시켜 주는 공간이었는데 어느 날 냉장고 문을 여니 그런 밝은 빛이 보이지 않았다. 나는 냉장고가 고장났다는 생각은 하지 못하고 밝은 빛이 없는 냉장고를 보며 크게 당황했다. 어두운 냉장고 속에서는 물이 똑똑 떨어지고 있었는데 그것을 보며 나는 '어떻게 냉장고에서 이렇게 물시계와 같은 물이 떨어지고 있을까?'라는 생각이 들었다. 똑똑 떨어지는 물소리에서 순간 나는 시간의 연옥을 느꼈다. 시간의 연옥 속에서 또옥 똑 흘러 떨어지고 있는 눈물. 그것은 난설헌의 눈물이었다. 난생설화 속에서 달걀은 여성이나 남성이라는 성별이 없었는데 눈물 묻은 달걀의 창백한 몸, 또 하얀 서리가 서린 달걀의 연약한 몸은 난설헌을 생각나게 했다. 두근두근 난설헌의 숨결이 냉장고 속에….

난설헌의 작품은 크게 두 가지 계열로 나눠지는데, 그중 하나는 〈규원가〉(閨怨歌) 계열로 봉건과의 불화를 그린 작품들이다. 난설헌의 남편은 과거시험을 공부한답시고 다른 곳에 방을 얻어 놓고 기생집을 드나들었는데 그 사실을 알게 된 난설헌이 왜 공부하지 않고 기생집을 돌아다니느냐는 내용을 암유한 시를 남편에게 써 보냈는데, 그 편지를 시어머니가 보고 편지 내용이 음란하다고 심한 핍박을 주었다고 한다. 아이를 둘이나 잃었으니 그 마음이 얼마나 상했을 것이며 와중에 친정의 비참한 몰락을 겪었다.

또 다른 계열로는 신선사상을 토대로 도교적인 꿈을 그린 작품들이 있다. 〈유선사〉(遊仙詞) 계열의 작품들이다. 유선사 87수 속에는 당세의 지상에서 자신이 누리지 못한 금지된 꿈들이 담겨 있다. 신선과 연애를 하고 자유롭게 편지도 주고받고 여성도 관직에 오르는 문서를 받고 여성들이 서로 친화하며 즐겁게 놀이도 하는 내용으로 이루어졌는데, 그게 바로 난설헌이 지상에서 누리지 못하게 금지되었던, 지상의 삶에 대한 저항 담론의 세계인 선계(仙界)의 내러티브라고 하겠다.

새 냉장고를 사서 성능을 시험해 보느라 급속 냉동으로 세게 틀어놓았을 때 달걀에 하얀 서리가 서리고 있었다. 〈규원가〉의 난설헌과 〈유선사〉의 난설헌이 서리가 어린 냉장고 속의 시리다 못해 차갑게 얼어붙은 달걀을 통해 내게 다가왔다. 난설헌은 27세에 죽었는데, 지금 생각하면 너무도 어린 나이가 아닌가. 〈유선사〉를 보면 투호놀이나 활쏘기, 달리기 등 굉장히 놀기 좋아하는 젊은 난설헌의 발랄한 품성이 드러난다. 신선세계를 꿈꾸었던 어린 난설헌의 역동적이고 발랄한 움직임이 냉장고 속의 달걀 속에서 환하게 보이는 것 같았다. 달걀 안에서 젊은 난설헌이 금세라도 뛰어나올 것처럼 역동성이 느껴지기도 했다. 〈규원가〉류에서 난설헌은 규방에서 한을 품고 차가운 달걀껍질 안에 앉아 있었다면, 달걀껍질을 깨고 신선세계의 역동적인 파노라마를 따라 반짝이는 이가 〈유선사〉류의 난설헌일 것이다. 난설헌 운명의 처참한 자폐성을 이기게 했던 것은 결국 환상의 힘과 '노래'의 힘이 아니겠는가.

…(전략)…
일그러진 진주여, 뼈까지 시들어가는 병든 야채여
"푸른 난새는 채색 난새에 기대었구나.
부용꽃 스물일곱 송이 붉게 떨어지니
달빛 서리 위에서 차갑기만 해라."
어느 날 〈몽유광상산시〉를 쓰고
마침내 〈유선사〉를 썼네

〈유선사〉 속에서 그녀는 붉은 얼굴로 부용봉 언덕을 뛰어오르고
산을 오르고 향기로운 술을 마시고 붓으로 편지를 쓰고
신선을 만나 사랑하고 채색 구슬을 가지고 놀고
채색 난새를 타고 달빛 서리 위를 뛰어올랐다,
몽유를 타고 유선사를 쓰던 난설헌이 나는 좋았지만
냉장고 속에 부용꽃
부용꽃 스물일곱 송이가 붉게 꽃피었다 떨어지고
몸서리치는 서리꽃이여
나의 지문으로 서리꽃을 문질러 데워보지만
그것은 단지 사랑의 역설

한 노래가 냉장고를 떠메고
한 세상 밖으로 느릿느릿 나아간다
아는 얼굴들이 고개를 넘는 이야기
아우라지 강가에서 속삭이는 애절함
아리랑 고개를 넘어가는 이야기가 있고
못 넘어가고 시들다가 죽어간 이야기도 있는데
똑똑똑 떨어지는 물시계 소리 아래
인생이 너무 추워서
달걀의 일기는 끝도 없이 계속된다

— 〈달걀 속의 생 · 6〉 부분

4. '나는 나다'가 아니다

대학원에서 국문학을 공부하면서 시인 이상에 관한 석사학위 논문(1981)과 박사학위 논문(1992)을 썼다. 라캉이라는 정신분석학자와 줄리아 크리스테바라는 정신분석적 기호학자와의 만남은 시인 이상의 텍스트들을 새롭게 읽게 했으며 또한 나의 자아에 대한 인식에 커다란 균열을 일으켰다. 라캉의 정신분석학 이론이 너무 어려워 자나 깨나 그 도식표를 들고 다니며 이해하고자 애썼는데 심지어는 칭얼대는 어린 아들을 업고 부엌에서 밥과 반찬을 만들면서도 라캉의 도식표를 들여다보기도 하였다.

주체란 확립된 것이 아니며 언제나 흐름의 변화 속에 놓인 '과정 중의 주체'라는 라캉, 크리스테바의 인간관은 나에게 정신적 자유를 주었으며 무언가 심하게 억눌려 있었던 알지 못할 자아의 강박으로부터 풀려나게 하는 해방감을 살짝 주기도 했다. 들뢰즈의 노마드 사상에 매혹되기도 하였다. 《어떻게 밖으로 나갈까》 시집 속의 시편들, 〈떠도는 환유〉 연작시나 〈유목을 위하여〉 연작시 등이 그것을 보여준다.

사랑도, 눈물도, 진짜가 아닌 것 같애,
사랑 비슷한
눈물 비슷한
흔적 비슷한
분노 비슷한
그런 비슷한 것들이 나 비슷한 것들을
감싸고

한 줄기 햇빛의 선 속에 우우 우우
갇혀 떠도는 먼지처럼
생 비슷한 것들을 이루고 있어

나 비슷한 것들아
시대 비슷한
나라 비슷한
지식인 비슷한
고뇌 비슷한
외침 비슷한
절망도 낙천도 아닌
어스름 비슷한
이 향방의 묘혈 속에서

죽음 비슷한 生이 있어
살지도 죽지도 못하고
엄마 비슷한
아내 비슷한
자식 비슷한
교수 비슷한
시인 비슷한 것들을
배우 비슷하게
은막 비슷한 곳에서

너, 참, 정말, 무엇에 널 걸 거니?, 응?, 말해봐,

참, 무엇에든 널 걸어야 할 거 아냐?
이런 닦달 속에서도, 아무데도 날 걸지 않는,

아무데도 날 걸 수가 없는, 걸 것이 없는, 파쇄된
나를, 아니 나 비슷한 것들을 데리고,
사전꾼처럼 사기꾼, 아니 무한히 높은 곳에서
밀어버려 무한낙하로 산산이 엎어지고 있는
사닥다리의 해방처럼…

— 〈떠도는 환유 · 5_무어라고 불러야 좋을까〉 전문

'나는 나다'라고 했을 때 우리는 자아 강박증에 빠지게 된다. 라캉이 말하는 것처럼 거울 단계에서 형성된 '자아'라는 것이 허구의 시나리오에 지나지 않는다면 자아의 절대성은 부정될 수 있다. 우우 하고 떠도는 먼지 같은 여러 '떠돌이-나'들을 순간적으로 조합하여 임시적으로 나를 이루고 살아가면 된다. 과정 속에서 순간순간 만나는 시시각각의 '정체성'이 나를 임시적으로 이룰 수 있다. 그것을 수긍할 수만 있다면 굳이 나라는 것의 절대성을 수립하려고 괴로워할 필요가 없다. 그런 자아의 절대성은 애초부터 없는 것이니까. '나는 나다'라는 유아(唯我)론적이고 나르시시즘적인 사고가 부서지는 시점이었다. 라캉적 사고에서 획득한 자아 개념의 해체는 참으로 상쾌한 자유를 느끼게 했고 산산이 엎어지면서 웃는 사닥다리의 해방감 같은 것이 생겼다. '나는 나다'가 아니다—그런 사고는 얼마나 분방하고 얼마나 눈부신가?

1991년 친정아버지께서 타계하셨고 나에게는 두 달간이나 하혈이 지속되는 신체적 이변이 일어났다. 언제나 딸의 공부를 지지해 주고 묵묵히

바라보며 응원해 주었던 무뚝뚝했던 아버지는 그렇게 고생만 하시다가 세상을 떠나셨다. 천금같이 귀한 부모의 사랑을 당연한 것으로만 받아들였기에 감사의 말 한마디 드린 적이 없었던 무뚝뚝하고 멍청한 나를 스스로 용서할 수가 없어서 나는 그렇게 몇 달을 피를 쏟아내면서 아팠다.

1990년대가 진행되자 사람들은 '프라하의 봄'과 같은 자유에 대한 꿈을 꾸기 시작했고 무언가 새로움에 대한 욕망으로 들떠 있었지만 사실 새로운 시대는 오지 않고, 올 수도 없고, 겨우 '벽지 바꾸는 시대'일 뿐이라는 환멸이 마음속에 가득 찼다. 밀란 쿤데라 열풍이 광적으로 밀어 닥쳤고 사람들도 1980년대에 유보되었던 자유와 욕망을 보충하기라도 하겠다는 듯이 《참을 수 없는 존재의 가벼움》을 읽고 존재의 가벼움을 욕망했다. 《참을 수 없는 존재의 가벼움》이 사실은 '참을 수 없는 존재의 무거움'에 관한 이야기라는 인식은 잠시 유보되었다. '프라하의 봄'이 또한 '프라하의 겨울'에 관한 영화이기도 하다는 것도.

1993년 8월 아이오와 국제 창작 프로그램에 가게 된 것은 개인적으로 행운이기도 했지만 나에게는 그동안 쓰고 싶었으나 쓸 수 없었던 소설을 쓸 기회를 가졌다는 점에서 문학인생의 커다란 변곡점이 되었다. 아이오와 대학의 메이플라워 기숙사 7층에서 아이오와 강물을 내려다보며 단편소설 〈산타페로 가는 사람〉을 썼던 기억은 언제나 기쁨을 준다. 조금은 자아도취적인 '충만'이라는 단어를 떠올리게도 한다. 원고를 끝마친 새벽 아침을 잊을 수 없다. 시티에 나간다는 인도네시아 친구에게 우체국에 가서 한국으로 소포를 부쳐 달라고 부탁하고 나는 오들오들 앓았다. 〈동아일보〉 신춘문예 투고 작품이었다. 뉴욕에서 신춘문예 당선 소식을 〈동아일보〉사로부터 받았고, 우리 가족은 버지니아, 워싱턴 등지로 예정된 여행을 더 하고 서울로 돌아왔다. 서울에 와서는 단편소설을 열심히 썼다. 시집들 속에서 다 말하지 못했던 역사적 존재로서의 자아의 이야기들이 아라크네의 직조물처럼 펼쳐졌다.

대학 시간강사 생활 10년차가 훌쩍 넘어가고 있었다. 사실 시간강사 생활 10년이 넘어가는 여자 시간강사에게 한국에서 더 이상의 무슨 탐탁한 기회가 있겠는가? 그때만 해도 사회 분위기가 보수적이어서 내가 여자라는 것, 그리고 학부 전공이 대학원 전공과 다르다는 것이 근본적으로 소외의 요인이 되었다. 별다른 세속적 욕망도 없었지만 내가 평생 좋아했던 일에 지쳐간다는 것, 나를 배척하고만 있는 것 같은 사회로부터 내가 모욕감을 느끼게 되었다는 것, 이 세상이 쉽게 변할 것 같지도 않다는 것 등에서 큰 절망감을 느꼈다.

점점 더 뜨거워지는 어항 물속에 사는 금붕어처럼 나는 지쳐가기 시작했다. 중력에 복종하고 말 것 같은 위험이 내면에 무겁게 도사리고 앉았다. 그것은 시 〈세상에서 가장 무거운 싸움〉에 잘 드러난다.

> 아침에 눈뜨면 세계가 있다.
> 아침에 눈뜨면 당연의 세계가 있다.
> 당연의 세계는 당연히 있다.
> 당연의 세계는 당연히 거기에 있다.
>
> 당연의 세계는 왜, 거기에,
> 당연히 있어야 할 곳에 있는 것처럼,
> 왜, 맨날, 당연히, 거기에 있는 것일까.
> 당연의 세계는 거기에 너무도 당연히 있어서
> 그 두꺼운 껍질을 벗겨보지도 못하고
> 당연히 거기에 존재하고 있다.

당연의 세계는 누가 만들었을까,
당연의 세계는 당연히 당연한 사람이 만들었겠지,
당연히 그것을 만들 만한 사람,
그것을 만들어도 당연한 사람,

그러므로, 당연의 세계는 물론 옳다,
당연은 언제나 물론 옳기 때문에
당연의 세계의 껍질을 벗기려다가는
물론의 손에 맞고 쫓겨난다.
당연한 손은 보이지 않는 손이면서
왜 그렇게 당연한 물론의 손일까,

당연한 세계에서 나만 당연하지 못하여
당연의 세계가 항상 낯선 나는
물론의 세계의 말을 또한 믿을 수가 없다,
물론의 세계 또한
정녕 나를 좋아하진 않겠지

당연의 세계는 물론의 세계를 길들이고
물론의 세계는 우리의 세계를 길들이고 있다.
당연의 세계에 소송을 걸어라
물론의 세계에 소송을 걸어라
나날이 다가오는 모래의 점령군,
하루 종일 발이 푹푹 빠지는 당연의 세계를
생사불명, 힘들여 걸어오면서, 세상에서 가장 무거운 싸움은
그와의 싸움임을 알았다.

물론의 모래가 콘크리트로 굳기 전에
당연의 감옥이 온 세상 끝까지 먹어치우기 전에
당연과 물론을 양손에 들고
아삭아삭 내가 먼저 뜯어먹었으면.

—〈세상에서 가장 무거운 싸움 · 2〉 전문

이 시는 1995년 세계사에서 발간된 《세상에서 가장 무거운 싸움》이라는 시집에 수록되어 있다. 이 시를 읽으면 뭔가 답답하고 숨이 차고 벅찬 느낌이다. 자칭 문민대통령이라고 자부했던 YS 통치의 한국 사회는 무언가 새로워질 것이라는 부질없는 기대를 배반하며 여전히 '당연과 물론'의 세계로 돌아가고 있었고, 그런 역사와 문화의 거짓말에 사람들은 녹초가 되어가고 있었고, 내가 언제 한번 저항을 크게 해본 적은 없지만 항상 그러한 저항정신(반항정신?)을 가지고 살아야 '아방가르드'를 빼앗기지 않는다고 내심 생각하고 있던 나에게 그런 사회는 숨이 막힐 듯 답답했고, 홍상수 감독이 〈돼지가 우물에 빠진 날〉에서 지루하게 재현한 것처럼 환멸과 우울의 지루한 반복의 분위기였다. 뒤에 그 영화를 보며 우리 사회 모든 곳곳에서 오래된 거짓말로 돌아가는 환멸과 권태의 덫을 너무도 명확하게 확인할 수 있어서 지금도 그 영화를 기억하고 있다.

되풀이의 권태에 몸부림치는 무기력한 인생들이 우리의 자화상이었고 안개처럼 자욱한 환멸 속에 새로운 방향의 도래와 탈출은 있을 리가 없었다. 이상의 〈이상한 가역반응〉의 시구처럼 "발달도 발전도 아니고/그것은 분노이다"라고 할 수 있었다. 그것은 '분노'였다.

'당연과 물론의 세계'의 승리가 다시 공고해지고 나날은 다만 콘크리트로 굳어가는 고갈의 나날이었다. 그 시집의 자서에 "나는 쓴다. 나에게 제공된 세상만으로는 충분치 않기 때문에. 라 독사의 세계, 제도들의 세계, 당연한 것들을 믿는 것이 당연히 자연스러운 당연의 세계와 그것에 아무 반성 없이 동의하는 물론의 세계가 싫어서 나는 쓴다. 당연의 세계와 물론의 세계에 대한 거부로서의 글쓰기"라는 말이 나온다.

'당연과 물론의 세계'는 지배이념으로, 생활 속의 문화로, 욕망으로, 젠더라는 이름으로 소소한 일상의 처처를 지배하고 있었고, 샛별 같은 새로운 방향은 향기롭게 우리를 부르고 있지만 몸은 돼지처럼 자본과 권력의 부름을 따라가는 숨 가쁜 질주에 가담한 것이다. 길을 가다가 콘크리트 반죽이 말라가고 있는 것을 보면 나는 이상하게도 눈물이 난다. 콘크리트 반죽이 다 마르기 전에 거기에 매몰되어 굳어가는 무언가 생명 같은 것을 황급히 건져내야 할 것 같은 급박한 느낌이 들고, 그 도저한 콘크리트의 세계에 깔려 굳어가는 것은 연약한 영혼, 풀잎처럼 순결하고 나붓한 인간의 영혼이라는 생각이 드는 것이다.

〈세상에서 가장 무거운 싸움·2〉는 그러한 시대의 어둠에의 시시비비(是是非非) 같은 노래였다. 새로운 담론을 원하는 사람들과 라 독사의 권력을 휘두르는 사람들 사이의 출구 없는 비틀거림과 목마름. 그 시편과 반대편에 서있는 '짝패 시편'은 그 시집에 실린 〈솟구쳐 오르기〉 연작 시편들이다.

그 시집을 출간한 직후 나는 가족과 함께 캘리포니아의 버클리대학으로 객원교수의 길을 떠났다. 캘리포니아의 햇빛 자체가 너무도 투명하고 눈이 부셔 그 자체가 하나의 신세계로 다가왔다. 아이들은 캘리포니아를 그렇게 좋아했고 그곳에서 나는 좋은 사람들도 많이 만나고 좋은 경험도 많이 했다. 9·11 이전의 미국은 나름대로 싱그러웠다. 캘리포니아의 버클리대학과 어바인대학에서 한국문학을 몇 년간 가르치면서 한국 문화로부터 거리를 취하자 우리 문화의 유교적 특성들이 눈에 들어왔다. 그것을 〈한국식 죽음〉, 〈한국식 실종자〉, 〈한국사 강좌〉 등에서 썼다.

> ● 김금동 씨(서울 지방검찰청 검사장), 김금수 씨(서울 초대병원 병원장), 김금남 씨(새한일보 정치부 차장) 부친상, 박영수 씨(오성물산 상무이사) 빙부상—김금연 씨(세화여대 가정과 교수) 부친상, 지상옥 씨(삼성대학 정치과 교수) 빙부상, 이제이슨 씨(재미, 사업) 빙부상=7일 하오 3시 10분 신촌 세브란스 병원서 발인 상오 9시 364-8752 장지 선산
> 그런데 누가 죽었다고?
>
> —〈한국식 죽음〉 전문

미국의 지역신문 같은 것을 보면 부고란에는 죽은 분의 매우 개인적인 사건들과 취향, 사랑, 그리고 그가 세계, 지역사회, 주변에 했던 작은 일 등에 대해 사랑스럽게 기술해 놓고 있다. 그런데 한국 신문을 장식하는 부고란을 보면 고인 자신이 유명인이 아닐 경우에는 가문의 혼맥과 세도를 자랑하는 것일 뿐 누가 죽었는지, 사회적 명망이 없는 딸들은 몇 명이나 되며 또 무엇을 하는 사람인지 그런 것들은 아예 배제되어 있다. 무명의 딸보다는 유명의 사위가 나타난다. '고인은 누구인가?'를 묻지 않을 수가 없는 이 철저한 유교적 가부장제적 부고란은 대체 무엇을 하자는 것인가? 캘리포니아에서 생각하기에 이런 '한국식 죽음'란에는 인간의 향기도 없고 애도도 없으며 더욱이 인간에 대한 사랑이 없다는 것이 환하게 보였다. 거울 속의 흑점들이었다.

히피문화와 반전운동의 기폭지인 버클리대학의 스프라울 홀 앞에서,

최루탄에 맞은 이한열이 쓰러지려고 하는 순간의 모습과 그를 부축하는 많은 친구들이 그려진 어바인대학의 학생회관 벽화 앞에서 나는 오히려 한국에 있을 때보다도 더 많이 한국에 대해서 생각을 하게 되었다. 물론 조금만 나가면 도착하는 해변의 아름다움과 다양하고 풍부한 음식들, 아름다운 갤러리에서 당대 미술이나 세계 명화들을 보는 호사를 누리기도 했다. 프리다 칼로와 그 남편 디에고 리베라의 그림을 만난 것도 샌프란시스코에서였다.

그러나 결국 미국이라는 제국도 역시 자유의 신세계는 아니고 아름다운 대자연 뒤에 몸부림치는 제국주의의 욕망을 감춘 또 하나의 '당연과 물론의 세계'일 뿐이라는 것을 여러 현실 경험과 소설 쓰기를 위한 취재 경험을 통하여 알게 되었다. 그 이야기는 중편 〈13월의 이야기〉에 나온다. 그래도 몇 년 동안 캘리포니아에서 한국문학을 가르치면서 한국문학을 전공했던 보람을 마음껏 누렸고 분에 넘치게 많은 시 낭독을 했고 많이 썼다. 그간 썼던 단편소설들을 모아 《산타페로 가는 사람》을 1997년에 창비에서 출간했다. 그때 쓴 단편소설 중에 〈회색 고래 바다 여행〉이 인상에 남는다.

> "선생님. 역사는 무슨 고속도로인 것 같애요. 폭력의 역사일 땐 더욱더 참혹한 고속도로가 되지요. 고속도로에서 가령 사슴이나 토끼 같은 것이 갑자기 뛰어나오면 멈추지 말고 계속 달려가라고 하잖아요. 갑자기 초고속으로 달리다 멈추면 더 큰 사고가 벌어지니까. 그래서 가끔씩 차를 달리다 보면 사슴이나 토끼, 다람쥐 같은 것들이 차에 치여 죽어 있는 것을 볼 수 있잖아요. 역사가 그런 광폭한 힘으로 살상을 하고 달려갈 때 그때 치여 죽은 사슴들, 다람쥐들, 토끼들 같은 것은 죽음의 의

미도 물어볼 수 없고 진혼도 애도도 불가능해지지요. 그것은 그냥 하나의 민족의 상처, 영혼의 상처로 기억의 켜켜이 포개지는 단층 속에 화석처럼 남아 있다가 어느 날 갑자기 폭포가 되고 벼락이 되고 전설이 되고 또 그것이 못 되는 기억들은 민족의 무의식 속에 끝내 악몽이 되어 떠돌겠지요."

— 〈회색 고래 바다 여행〉 부분

그렇듯 애도되지 않은 이름, 애도되지 못한 이름은 끝내 악몽이 되어 우리의 무의식을 떠돈다. 1980년 광주항쟁 때 '왼쪽 가슴이 대검에 찔려 죽은 여자'가 있었다는 소문이 돌았는데 그 소문을 들은 후부터 그 사건은 나에게 무겁게 각인되었고 나의 트라우마가 되었다. 그녀를 생각하면 나는 늘 왼쪽 유방이 아팠다. 그것을 신문이나 당국에서는 유언비어라고 했었는데 나중에 〈광주항쟁 보고서〉에 사실로 기록되었고 그때서야 나는 그녀의 반듯하고 고운 이름을 알게 되었다.

"손옥례: 21세. 광주 민중항쟁 사망자 명단 54번: 여 19세. 여고 졸. 취업준비. 사망일시 및 장소: 80년 5. 21. 장소 불상. 사인: 총상 및 자상. 비고: 유방 자상 희생자."

캘리포니아의 한 문화행사에서 어느 (무명) 화가를 만났는데 우연찮게 이런저런 이야기를 나누다가 그녀가 미국 땅에 와서도 한국 역사에 대한 부채의식을 많이 가지고 살고 있으며 미국인 남편과 사는 이민자라는 것과 또한 나와 마찬가지로 '손옥례'라는 이름에 대한 죄의식과 부채의식을 가지고 있다는 것을 알고 무척 반가웠다. 잠깐 만났지만 태평양이 바라다 보이는 해변의 끝 지점에 앉아 우리는 여성과 한국 역사와 삶에 대해 긴 이야기를 나누었다. 그러자 '애도되지 못한 이름으로서의 손옥례'에 대한 기억이 밀물처럼 밀려왔고 그때 잠깐 우연히 만났던 그 (무명) 여류 화가를 작중인물로 하여 갑자기 상상력의 파노라마가 펼쳐져 단편 〈회색 고래 바다 여행〉을 썼다.

"모든 것을 자기 몸 위에 과시하듯 다 세우고 있는 육지보다 모든 것을 자기 안에 다 묻어서 안고 있는 바다가 더 넓다는 생각을 하면서 나는 누구에겐가 혼잣말을 하고 있었다. 역사는 집단의 체험이지만 상처는 개인의 것인가. 역사가 집단적 체험이라고 해서 같은 집단이 같은 기억을 공유하는 것은 별로 아닌 것 같아요. 어떤 이야기는 정치면에도 안 나오고 사회면에도 안 나오고 문화면에도 가정면에도 나올 수 없는 이야기들이 세상에는 있어요. 땅 위에 있는 이야기들이 바다 속에 수몰된 이야기보다 훨씬 적다는 생각이 들 때가 있어요. 대체 이런 이야기, 대체 이런 이야기들은…."

바로 그런 이야기들을 쓰는 사람이 작가여야 한다. 2013년 4월 미국 뉴저지 주에 있는 럿거스대학에 학술대회 논문발표와 시 낭독을 하러 갔다가 그 대학에서 한국문학을 가르치고 있는 코리안 아메리칸 선생님을 만났는데 그녀가 봄학기에 내 소설 〈회색 고래 바다 여행〉을 학생들과 함께 읽고 그에 대해 가르쳤다고 하는 말을 듣고 너무 반가웠다. 순간 작가라는 것이 외롭지 않은 존재라는 생각이 들었다.

5. 13월의 라산스카

1999년 3월, 한국에 돌아와 새로 시작된 학교 일로 정신없이 바쁘게 지냈다. 아무리 바쁘게 지내도 늘 그렇듯이 나에게는 꿈도 많았다. 몇 년 동안 밀려드는 일에 치여 제대로 허리를 펴지도 못하고 있는 와중에 2003년 남편의 병이 발생했다.

가을학기 개강 날이었다. 학교에서 돌아와 막 소파에 앉으려고 하는데 전화벨이 울렸다. 아무런 예감도 없었다. 세상을 안 보이는 파장으로 이어주는 나비효과라는 것을 나는 믿는 편인데 그날 그 순간엔 아무런 예감도 못 느꼈다. 전화를 받으니 남편이 강의 도중 쓰러졌다는 것이다. 빨리 병원 응급실로 오라는 것이었다. 워낙 건강을 지키는 데는 철두철미한 사람인지라 큰 걱정을 하지 않고 전화로 시누이와 농담까지 나누며 갔다. 그러나 급히 달려간 병원 응급실에서 뇌출혈이라고 하는 말을 들었다. 아들은 고등학교 2학년, 딸은 대학 3학년이었다.

처음 달력이 올 때 누구나 두 손으로 공손히 받아들었을 것이다
고맙다고 고개를 숙이기도 하였을 것이다
처음에 달력은 평범한 숫자들의 나열이었을 것이다
검은 숫자와 빨간 숫자는 평범한 약정에 불과했을 것이다
평범한 숫자에서 시작된 달력은
자신도 모르는 새 운명이 되기도 하였을 것이다
기념일은 되도록 없는 것이 좋지만
운명의 기호가 차곡차곡 쌓여
운명 아닌 숫자가 차츰 줄어들기도 했을 것이다
거기서 아주 새로운 일이 벌어지기도 하였을 것이다

무덤에서 아기가 나오고
물 위의 수련들이 하얀 거북알을 낳고
진홍보다 더 붉은 선홍빛 죄가 흰 눈보다 더 하얘지고
하늘의 해가 두 개 뜨고
헬리콥터가 보리밭에서 이륙하면서
결혼사진을 찍고 있던 어느 신부의 면사포를 찢고
바퀴에 휘어 감긴 면사포에 질질 끌려가다가
허공중에 목이 졸려 죽은 여자도 있었을 것이다
누군가 울면서 세례를 받고
다 있었을 것이다
평범한 달력 안에서 이루어질 수 없는 일은 없었을 것이다
이루어지지 않았던 일도 없었을 것이다
달력은 더 이상 평범한 숫자가 아닐 것이다
기어코 누구에게나 평범하게 끝날 수는 없었을 것이다

— 〈평범한 달력〉 전문

모든 날은 평범한 날들이다. 그러나 알고 보면 그런 평범한 날에 무슨 일이고 아무 일이고 다 일어난다. 그래서 평범한 달력은 평범치 않은 달력이 되고 우리는 패닉의 낭떠러지 끝에서 단번에 굴러 떨어진다. 13월의 달력 속을 살아가게 된다. 누구나 인간은 종국적으로는 모두 다 결국 13월의 달력 속으로 들어가게 된다.

남편의 투병이 시작되어 119 구급대와 같은 생활이 시작되었고 계속 119 구급대와 같은 생활을 했다. 그해 봄, 나의 에세이에 윤석남 화백의 그림을 실어 발간된 《여성이야기》라는 책에서 나는 여성으로서의 나의 삶을 '아프거나 바쁘거나'라고 진단하며 "마치 119 구급대처럼 살고 있는

것이 여성의 삶"이라고 쓰기까지 했는데 놀랍게도 그 말이 현실이 된 것 같았다. 때로 우리는 비유가 현실이 되는 시간을 만나기도 한다. 마치 버려진 나무토막이나 빨래판에 버려진 여성의 모습을 그리는 윤석남 화백의 한 설치미술에 나오는 '버려진 나무토막'이 된 느낌이었다. 아무튼 그 '버려진 나무토막'에 나는 또 무엇인가를 그려야만 했다.

언젠가 주말에 병원에서 환자 침대 옆에 놓인 간병인 침대에서 자고 있는데 옆의 환자가 사용하는 산소발생기에서 나는 뽀글뽀글하는 공기 방울 튀어오르는 소리에 잠이 깼다. 달빛이 푸르스름하게 들이비치는 병실은 용궁 속 같기도 했고 심청이가 바닷물에 빠져 생모를 만났다는 바다 속 수정궁궐 같기도 했다. 5인용 병실을 둘러보니 환자도 보호자도 다들 잠들어 있었고 순간 낯설게 변한 병실 안은 산소발생기에서 뽀르륵 뽀르륵 나오는 산소방울 튀는 소리로 기이한 느낌을 주었다. 수궁에서 나오는 청이처럼 나는 비몽사몽(非夢似夢) 간에 병실 밖으로 나갔다. 어두운 계단을 더듬더듬 내려가고 있는데 계단참에서 누군가 웅크리고 울고 있었다. 그날 나는 어두운 새벽의 병원 계단참에서 시인 김종삼을 만난 것 같다. 시인 김종삼의 "나는 입원하여도 곧 죽을 줄 알았다"로 시작되는 〈앞날을 향하여〉라는 시를 만난 것이다.

…(전략)…

며칠이 지난 새벽녘이었다.

아래층으로 내려가는 좁은 계단을 내려가고 있을 때, 어둠한 계단 벽에 기대고 앉아 잠든 아낙이 낯익었다.

가망이 없다는 통고를 받았다는 것이다.

그이가 생존할 때까지 돈이 아무리 들어도

그이에게서 산소 호흡기를 떼어서는 안 된다고 조용히 조용히 말하고
있었다.
되풀이하여 조용히 조용히 말하고 있었다.

— 김종삼, 〈앞날을 향하여〉 부분

울고 싶던 마음이 있었는데 급히 시를 쓰려는 마음이 되었다. 나는 병실로 올라가 가방을 뒤져 볼펜을 꺼내 복도로 나와 희미한 불빛 아래 수첩에 더듬더듬 시를 쓰기 시작했다. 〈그래도라는 섬이 있다〉라는 시의 초고가 그렇게 해서 나왔다.

가장 낮은 곳에
젖은 낙엽보다 더 낮은 곳에
그래도라는 섬이 있다
그래도 살아가는 사람들
그래도 사랑의 불을 꺼트리지 않는 사람들

세상에서 가장 아름다운 섬, 그래도
어떤 일이 있더라도
목숨을 끊지 말고 살아야 한다고
천사 같은 김종삼, 박재삼,
그런 착한 마음을 버려선 못쓴다고

부도가 나서 길거리로 쫓겨나고
인기 여배우가 골방에서 목을 매고

뇌출혈로 쓰러져
말 한마디 못해도 가족을 만나면 반가운 마음,
중환자실 환자 옆에서도
힘을 내어 웃으며 살아가는 가족들의 마음속

그런 사람들이 모여 사는 섬, 그래도
그런 사람들이 모여 사는 섬, 그래도
그 가장 아름다운 것 속에
더 아름다운 피 묻은 이름,
그 가장 서러운 것 속에 더 타오르는 찬란한 꿈
누구나 다 그런 섬에 살면서도
세상의 어느 지도에도 알려지지 않은 섬,
그래서 더 신비한 섬,
그래서 더 가꾸고 싶은 섬, 그래도
그대 가슴속의 따스한 미소와 장밋빛 체온
이글이글 사랑의 눈이 부신 영광의 함성

그래도라는 섬에서
그래도 부둥켜안고
그래도 손만 놓지 않는다면
언젠가 강을 다 건너 빛의 뗏목에 올라서리라,
어디엔가 걱정 근심 다 내려놓은 평화로운
그래도, 거기에서 만날 수 있으리라

— 〈그래도라는 섬이 있다〉 전문

2013년 봄, 교보생명 빌딩 벽에 몇 줄의 글을 게시하는 '광화문 글판'에 〈그래도라는 섬이 있다〉 중 몇 행이 걸린 후 '교보문고' 사보 기자와 인터뷰를 하게 되었다. "〈그래도 라는 섬이 있다〉는 시는 어떤 시인가요?"라고 물었을 때 나는 다음과 같이 대답했다.

"'그래도'라는 반전의 접속부사에 매달려서 다시 사랑의 꿈을 시작하지 않는다면 살아갈 수 없는, 그런 지상 최후의 벼랑에 매달려 있는 사람들을 위한 시지요. 내가 그 시를 쓸 때가, 남편이 병원에 입원해 있을 때였는데요. 유명 여배우가 목을 매어 자살하고 유난히도 많은 사람들의 자살기사가 신문을 장식하던 그런 때였어요. 입원실에서 보면 너무도 많은 중환자와 중환자의 가족들이 살려고, 또 살리려고 혼신의 노력들을 하잖아요. 불치병도 많고 고칠 수 없는 병도 많은데, 그렇게 아프고 힘들어도 '그래도' 살려고, 살리려고 안타까운 노력들을 하는데 신문에는 자살자의 기사가 넘쳐나요. 시인 김종삼의 시를 보면 새벽의 병원 계단에 웅크리고 앉아있던, 중환자실에 입원한 환자의 가난한 아내가 시인에게 '어떻게 해서라도 내가 살려내겠다'라고 말하는 장면이 나와요. 그런 영웅적 결단과는 달리 그 보호자는 너무도 가난하고 보잘것없는 여자였는데… 그런 생명의 역설이 〈그래도라는 섬이 있다〉라는 시를 쓰게 했어요. 지상의 최후인 '그래도'에 도착해서도 어떻게든 사랑을 놓지 않고 살아가는 환자 가족들을 보면서 '그래도'라는 지도에 없는 섬을 꿈꾸기 시작했지요. '그래도'를 아름다운 섬으로 상상하자 그 병원 구석지가 아주 환한 빛으로 차오르고 천상의 빛을 닮은 그 빛이 은총처럼 그 섬 위에 쏟아져 내리는 장면이 눈앞에 펼쳐졌고 '그래도'라는 섬을 꿈꾸기 시작했어요. 김종삼의 〈라산스카〉라는 시편들이 떠올랐는데, '하늘나라 다가올 때마다/맑은 물가 다가올 때마다/라산스카/나 지은 죄 많아/죽어서도/영혼이/없으리'라는 구절이 그렇게 아프게 다가와 맴돌았어요. '라산스카'란 말의 뜻은 모르지만, 고종석은 '라산스카'를 뉴욕 출신의 소프라노 가수 헐더 라산스카라는 이름에서 온 것이라고 쓰기도 했지만, '라산스카'는 병들고 가난하고 고통스러운 삶의 시인이 꿈꾸었던 어떤 은총과 평화의 공간, "라산스카/인간 되었던 모든 시련 모든 추함 다 겪고서/작대기를 짚고서"라는 구절이 보여주듯, 라산스카란 '그래도'처럼 몸과 마음이 다 아파 작대기를 짚고 가는, 모든 병고와 인간적 아픔을 초월한 환한 공간개념인 것 같기도 하고요."

김종삼은 또 어울리지 않게도 "엄만 죽지 않는 계단"이라는 근사한 말도 했다.

시는 '달'의 이면(裏面)의 말이며 시인은 달의 뒤편을 다녀온 사람이라고 어디엔가 쓴 것 같다. 달이 손톱만 한 초승달에서부터 점점 자라 보름달이 되고 또 가역적으로 기울었다가 다시 차오르는 것처럼 희망은 절대 '죽지는' 않는다. 희망의 비유를 달에 걸고 있는 한.

그러나 어느 날 나는 "희망이 힘이 된다"라고 자판기에 친 것 같은데 모니터에 "희망도 힘이 든다"라고 써진 것을 발견하고 급기야 울음이 터지고 말았다. 참으로 오랫동안 참아온 울음이었다. 희망만큼 외로운 것이 어디 있겠는가.

6. '비극적 황홀'과 시적 언어의 에로틱스

2012년 12월 12일, 6년 만에 시집 《희망이 외롭다》가 발간되었다. 시집 출간 소식을 들은 지인들의 반응은 더도 덜도 할 것 없이 단박 제목에 대한 반응이었다. 제목이 꼭 '자기 이야기'라는 것이다. 제목이 더할 나위 없이 우리 현실을 꼭 집었다는 것이다. 재미있는 말로 하면 '시대정신'? 그 '시대정신'이란 것이 오롯이 들어있는 제목이라는 것이다. 그 말을 해준 분들이 시집 속의 시들을 그때 다 읽으셨는지는 잘 모르지만 아무튼 시집 제목에 대해서만큼은 열렬하게 공감을 표하는 분들이 많았다. 그래서 그 시의 원작자로서의 나는 '나만 희망이 외로운' 줄 알았는데 그렇게도 우리 주위에 '희망이 외로운' 사람들이 많다는 것에 공감의 감사와 더불어 또한 매우 씁쓸한 마음이 들었다.

이 신자유주의 시대에 정신이나 영적인 가치는 이제 살로메의 은쟁반에 놓인 성스러운 세례 요한의 모가지처럼 성스러움이 타락한 욕망의 손에 의해 절단되고 조롱받는 기괴한 상황이 된 지 오래다. 시인의 가슴은 이런 시대에 인간정신의 물화에 저항하고 물화 그 자체의 주문을 풀어낼 희망을 말해야 하지만 그러나 물화의 벽은 견고하고 시인의 영혼은 그 물화의 주문과 맞설 만큼 뜨겁지 못하다.

희망이란 말을 생각하면 나는 독일의 철학자 벤야민을 떠올리게 된다. 벤야민의 철학에 대해 잘 알지 못하지만 몇 년 전, 제이 파리니가 쓴 《벤야민의 마지막 횡단》이라는, 비극적 지식인의 아이콘인 벤야민을 소재로 한 전기소설을 읽게 되었다. 생의 마지막 몇 달간, 벤야민은 나치로부터 벗어나기 위해 파리를 떠나 루르드로, 마르세유로, 피레네 산맥을 넘어 자유가 있는 스페인 땅으로 향한다. 위험을 무릅쓰고 국경을 넘는 데 성공한 직후 그러나 자살로 생을 마감하고 만다. 여행길에서 만난 스페인의 소년 호세에게 말한 그의 마지막 말이 기억에 남았다.

'희망은 오직 희망 없는 사람들을 위해서만 우리에게 주어지는 것이다'란 벤야민의 비의적인 문장을 기억하면서 희망 없는 자들의 희망에 대하여, 희망이란 연옥에 갇힌 인간들의 황폐한 상황에 대해 쓴 시가 〈희망의 연옥〉이라는 시이다.

> "이 세상은 항상 폐허야. 하지만 우리에겐 작은 기회가 있어. 만약 우리가 아주, 아주 열심히 노력한다면, 우리는 선을 상상할 수 있을 거야. 우리는 파손된 것을 복구할 수 있는 방법들을 생각해낼 수 있어. 조금씩, 조금씩" — 제이 파리니, 《벤야민의 마지막 횡단》에서

그리고 그는 피레네산맥을 넘어
스페인 작은 마을
안전지대에 도착한 뒤
자살로 생을 마감하였다

이 세상은 항상 그런 최후들로 가득 차 있다
파손된 것들을 복구하는 방법 너머로
가을이 온다
어딘지 그런 절벽들이 푸른 포도밭 과수원 뒤에 아득하다

포도밭 주인은 어디로 갔을까
피레네산맥을 백 번을 넘어도 그 너머 그 너머에도
폐허와 절벽이 가득 차 있는 가을 풍경

팔 하나 주면 안 잡아먹지, 눈 하나 주면 안 잡아먹지 …
감옥 그 너머의 감옥, 절벽 그 너머의 절벽, 최후 그 너머의 최후
산맥을 넘고 넘어도 산맥
산맥 그 너머의 산맥, 절벽 그 너머의 절벽, 최후 그 너머의 최후

우리는 그런 것을 감옥이라고 부른다
희망의 연옥이라고

— 〈희망의 연옥〉 전문

"희망은 입장이다", "희망은 본능이다"라는 말도 있지만 고장난 폐허를 조금씩 조금씩 수선하면서 살아가면 된다던, 선을 상상할 수 있다던 '희망이라는 입장을 택한' 그가 자유의 땅에 도착한 직후 '죽음이라는 입장'을 택한 상황은 매우 아이러니하면서도 비극적이다. 벤야민의 얼굴이 우울의 일부라고 말한 그의 친구 숄렘은 벤야민의 인상에서 "세상엔 좋은 것들이 많지만 그것들은 모두 심하게 손상되었어. 봐, 심지어 나도 심하게 손상되었잖아"라는 말을 늘 읽을 수 있었다고 했는데 바로 이렇게 '손상된 존재'라는 말이 나로서는 매우 공감이 되었다.

손상된 존재이기에 수선의 희망에 대해 생각하지 않을 수 없다는, 그러나 희망의 뒤에는 희망이 있고 희망이 있고 결국 희망이 있을 뿐, 결국 희망조차도 희망의 감옥을 만들고 우리를 감금하고 있을 뿐이라는, 희망조차도 인간 존재를 해방시켜 주지 못한다면 과연 희망이란 무엇인가, 라는 생각을 몇 년이고 하다가 2012년 12월에 9번째 시집 《희망이 외롭다》가 묶어진 것이다.

"희망이 외롭다"는 말은 역설인데 희망이 외롭지 않게 실현되는 날을

간절히 꿈꾸는 하나의 기도이기도 하면서 또한 희망의 절대성에 대한 반어적 그리움이기도 할 것이다.

남들은 절망이 외롭다고 말하지만
나는 희망이 더 외로운 것 같아,
절망은 중력의 평안이라고 할까,
돼지가 삼겹살이 될 때까지
힘을 다 빼고, 그냥 피 웅덩이 속으로 가라앉으면 되는걸 뭐 …
그래도 머리는 연분홍으로 웃고 있잖아, 절망엔
그런 비애의 따스함이 있네

희망은 때로 응급처치를 해주기도 하지만
희망의 응급처치를 싫어하는 인간도 때로 있을 수 있네,
아마 그럴 수 있네,
절망이 더 위안이 된다고 하면서,
바람에 흔들리는 찬란한 햇빛 한 줄기를 따라
약을 구하러 멀리서 왔는데
약이 잘 듣지 않는다는 것을 미리 믿을 정도로
당신은 이제 병이 깊었나,

희망의 토템 폴인 선인장 …

사전에서 모든 단어가 다 날아가버린 그 밤에도
나란히 신발을 벗어놓고 의자 앞에 조용히 서 있는
파란 번개 같은 그 순간에도

또 희망이란 말은 간신히 남아
그 희망이란 말 때문에 다 놓아버리지도 못한다,
희망이란 말이 세계의 폐허가 완성되는 것을 가로막는다,
왜 폐허가 되도록 내버려두지 않느냐고
가슴을 두드리기도 하면서
오히려 그 희망 때문에
무섭도록 더 외로운 순간들이 있다

희망의 토템 폴인 선인장…
피가 철철 흐르도록 아직, 더, 벅차게 사랑하라는 명령인데

도망치고 싶고 그만두고 싶어도
이유 없이 나누어주는 저 찬란한 햇빛, 아까워
물에 피가 번지듯…
희망과 나,
희망은 종신형이다
희망이 외롭다

— 〈희망이 외롭다 · 1〉 전문

이 시의 끝에서 나는 "희망은 종신형이다"라는 말을 썼는데 희망이란 우리가 찾으면 찾을수록 멀어지는 파랑새 같은 것이지만 그러나 희망을 상실한다면 아무것도 남지 않으니 희망과 더불어 죽음에 이르는 병을 앓아가는 인간이라는 존재의 모순성을 노래한 것이다. 그렇게 희망은 희망만으로 완성되는 것이 아니어서 결국 '사랑이 사랑의 절망이듯이 희망은 희망의 절망'이라는 모순에 도달했다. 시적 역설이다.

〈희망이 외롭다 · 1〉이 그 시집의 마지막 작품인데 그렇다면 앞으로 계속 〈희망이 외롭다 · 2, 3, 4…〉를 연작으로 계속 쓸 계획인가, 하고 묻는 평자가 있었다. 이 시집의 맨 앞 시는 〈희망에는 신의 물방울이 들어있다〉라는 시이다.

꽃들이 반짝반짝했는데
그 자리에 가을이 앉아 있다

꽃이 피어있을 땐 보지 못했던
검붉은 씨가 눈망울처럼 맺혀져 있다

희망이라고 …
희망은 직진하진 않지만
희망에는 신의 물방울이 들어 있다

— 〈희망에는 신의 물방울이 들어있다〉 전문

결국 시집의 마지막 작품 속의 질문이 이 시집의 맨 앞의 시에서 답변으로 제시된 '론도 형식'의 시집이 이 시집의 형식이라고 나는 대답했다. 결국 이 시집은 론도 형식의 음악처럼 맨 앞과 맨 끝의 작품의 주제가 같으며 질문과 대답으로 서로 호응하고 있는 그런 론도 형식 안에서 희망에 대한 시인의 질문과 언어들이 빙빙 돌고 있어서 결국 이 시집은 '희망에 갇혀 살 수밖에 없는 인간의 감금된 모습'과 '희망의 연옥' 그 자체의 양상을 보여주고 있다는 것이다. 결국 희망이란 신의 영역이며 인간은 '희망의 수인'으로서 빙글빙글 도는 론도 형식의 동그라미(덫) 안에서 희망의 종신형을 받아들일 수밖에 없다는 것을 시집의 형식은 의도한다.

또한 시인은 언어의 존재론적 힘을 믿는, 언어를 통해서 신의 에피파니가 일어나는 '하나의 위대한 존재론적 사건으로서의 언어의 힘'을 믿는 존재라고 생각한다. 《희망이 외롭다》의 〈시인의 말〉에서 "폐허에서 쓰러지기 직전에 가끔 말의 에피파니(*epiphany*)를 꿈꾸기도 했다. 신은 시인에게 언어와 언어의 꿈을 주었기에. 결국은 말의 에피파니가 부서진 세계와 영혼의 병을 구원하는 것일까? 거기에 그리움이 있었고, 희망의 빈혈로 너무 아플 때면 우리말을 부여잡고 우리말에 기대어 울어보기도 했다"라고 썼는데 그러기 위해선 시적 언어의 에로틱스에 도달해야 한다.

최고의 언어는 신의 언어이고 시인의 언어는 신의 영역에 동참하는 순간의 통로일 뿐이다. "빛이 있으라 하시매 빛이 있었고…", "빛과 어두움을 나누사 빛을 낮이라 칭하고 어두움을 밤이라 칭하시니"와 같은 언어의 전능성과 예수님이 사용하셨던 '에바다', '달리다 쿰' 등은 신적인 능력을 그대로 가진 수행성의 언어이다. 수행성의 언어는 언어 그 자체가 권능을 가진 것이고 말 그대로 이루어지는 것이고 아마도 언어가 도달할 수 있는 최고의 꿈의 경지가 아니겠는가? 시인은 샤머니즘적 리듬을 사용하여 언어의 수행성의 능력에 도달하고자 노력하기도 한다. 그러나 현대인인 우리의 오염된 언어는 그런 수행적 힘을 가질 수 없다. 신의 언어가 가지는 전지전능한 수행성을 가지지 못한 시인의 파편화된 언어의 고통은 허무와 절망 바로 그것이 된다.

그렇게 시적 언어는 신이 시인에게 내려주신 은총이며 신의 사업에 동참할 수 있는 통로라고 할 수 있다. 그러기에 시 쓰기의 어떤 경지는 나의 것이 아니고 신의 노동이라는 것을 알고 있다. 창작은 시인의 노력만으로 얻어지는 것은 아니며 시인의 열망과 신의 축복이 합쳐져서 이루어지는 것이고 내가 시를 쓰는 것이 아니라 언어가 나를 쓰게 될 때 그 황홀경의 몰입의 경지가 언어의 에로틱스가 펼쳐지는 지점이라고 할 수 있다.

우리의 꿈은 모국어를 통해서 이루어질 수밖에 없다. 그 예로 언젠가 '사랑'의 무력함에 대해 생각하고 있었다. 큰 산을 등에 지고 휴지조각처럼 방바닥에 떨어져 자고 있는데 갑자기 꿈에 무언가가 보이는 것 같아 일어나 무언가를 쓰기 시작했다. 〈저 산을 옮겨야겠다〉 라는 시였다.

저 산을 옮겨야겠다
저 산을 내가 옮겨야겠다
오늘 저 산을 내가 옮겨야겠다

먼저 저 산에서 ㄴ을 빼고
ㅏ ㅏ ㅏ ㅏ
목놓아 바깥으로 아를 풀어놓으면
산은 마침내 ㅅ만 남게 된다
두 사람 비스듬 몸 맞대고 걸어가는 모습이 보인다

ㅅ......ㅅ.......ㅅ.......ㅅ......
저 산이 움직인다
ㅅ......ㅅ.......ㅅ.......ㅅ......
저 산이 걸어간다
ㅅ......ㅅ.......ㅅ.......ㅅ......
산을 움직이는 두 사람
ㅅ......ㅅ.......ㅅ.......ㅅ......

사랑하는 두 사람이다

— 〈저 산을 옮겨야겠다〉 전문

뜻하지 않게 산을 옮기는 방법을 알게 된 아침에 현실이 변화한 것은 아니지만 나는 너무나도 행복했다. 산을 옮기기 위해서는 두 사람만 있으면 되는 것이다. 무언가 모를 자신감으로 나는 우리말에 대해 많은 생각을 하기 시작했다. 시집 《냄비는 둥둥》을 쓰던 무렵에는 〈사랑은 ㅇ을 타고〉라는 시에서 '사랑'이라는 글자 아래에 있는 ㅇ의 운동성에 주목을 하여 "사랑은 움직인다/사랑이 동그란 바퀴를 타고 있기 때문에, /당신밖에 할 수 없는 일, /사람에서 ㅁ을 깎아 ㅇ을 만들어서/..... ㅇ.... ㅇ.... ㅇ..... ㅇ...... ㅇ....../동그란 바퀴는 구르고 움직이며 때로 미끄러지기도 한다, /…(중략)…/깊고 찬 우물, 광야에서 발견한 우물의 ㅇ//아리랑… 쓰리랑… 이란 말도 그렇다, /그런 말이다, /마음에 바퀴를 달고 있다는 것이다"라고 썼다.

사랑을 어떻게 만들까? 여러 가지 대답이 있겠지만 '사람'의 ㅁ을 깎아서 ㅇ을 만들어야 사랑이 된다. 사람의 에고는 완고하여 움직이지 않지만 그 ㅁ을 깎아 ㅇ으로 만들면 그것은 굴러가 사랑이 된다. 아리랑… 쓰리랑… 이란 말도 그렇다. 그 의미는 잘 모르지만 아리랑도 쓰리랑도 마음에 바퀴가 달려 도망가는 님을 따라 마음의 바퀴를 타고 님을 찾으러 떠나는 그 쓰라림에 대한 소리가 아니겠는가. ㅇ처럼 상실의 마음을 굴려서 나아가는 것이다. 나는 그 아리랑, 쓰리랑 할 때의 ㅇ과 …랑 자가 너무도 좋다.

나는 그렇게 마음이 힘들 때면 한국어에 기대고 많이 울어본 사람이다. 일상(日常)이 너무 힘들어 아, 이상(理想)에 살았으면! 하고 비탄을 하다가 "일상에서 ㄹ을 빼면 이상이 된다"는 것이 떠올랐고, 결국 우리말 '일상'이 '이상'을 포괄하고 있다는 점을 발견하고 고개를 끄덕이며 일상을 다시 발견하게 된 에피소드도 있다. 이상이 무릎을 꿇고 지상에 앉아 있으면 일상이 된다는 것도.

특히 9번째 시집에서 〈홀연〉이나 〈하물며라는 말〉, 〈아직이라는 말〉, 〈그래도라는 섬이 있다〉, 〈어쨌든 아름다운 가슴들〉, 〈부디라는 말〉 등 부사에 대한 시를 많이 썼다. 앞서 말한 〈그래도라는 섬이 있다〉의 경우에도 접속부사를 명사로 만들어서 '그래도' 우리가 결코 잃어버릴 수 없는 것들이 모여 있는 섬에 대한 시를 썼는데 바로 그런 부사에 대한 관심이나 부사의 명사화에는 나 자신을 언제나 세상의 타자로 놓고 사는 나의 입장과 세계관이 반영되어 있다. 문장의 주요 몸체는 명사와 동사라고 할 수 있는데 명사와 동사가 만나면 명제를 만들 수 있다. 부사는 결국 사소하다면 사소한 여분의 것이겠는데 이러한 부사를 명사화한다는 것은 사소한 타자들을 전경(前景)화한다는 맥락과도 통할 것 같다.

예전에 피터 빅셀이라는 작가가 쓴 《책상은 책상이다》라는 책을 본 적이 있는데 이 세상을 바꿀 수 없는 무기력하고 외로운 한 사람이 세상을 바꿔 보기로 결심하고 주위의 사물의 이름을 다 바꿔 부르다가 결국엔 자신의 언어체계 때문에 의사소통이 불가능해져 세상에서 고립되고 만다는 이야기였다. 낯익은 것 속에서의 섬뜩한 낯섦, 즉 언캐니가 거기 있었다. 그런데 시인의 꿈은 바로 그 사람의 꿈과 같은 것이겠지만 그러나 결국 완전한 언어의 고립에 이르는 것이 시인의 꿈이 될 수는 없다. 그런 의미에서 시인은 비유를 숙명적으로 만들게 된다. 비유를 통해서 낯익은 것들을 새로운 것으로 이동시키고 딱딱하게 굳어가는 우리의 세계를 새롭고 유연한 것으로 바꾸어 나가는 것을 꿈꾼다.

결국 인간의 힘으로 명사와 동사를 바꿀 수는 없지만 부사를 통해서 세상에 대응하는 지향성이나 관점, 행동양상을 다르게 만들 수는 있겠다는 생각을 했던 것이다. "그녀는 다가오는 바람을 황홀하게 바라보았다"와 "그녀는 다가오는 바람을 무기력하게 바라보았다" 사이에는 부사 하나의 차이로 엄청난 의미와 관점의 차이가 생기게 되지 않는가? 바로 그것이 동사에 대응하는 부사의 힘이다. '그래도'나 '차라리'가 바로 그런 부사의 명사화의 작업에서 나온 것인데 거기에 정신의 반전이 있다. 산업화와 신자유주의 시대를 뚫고 나오느라고 우리가 잃어버린 사소한 것들의 존재 가치를, 세상이 하찮게 여기는 타자들의 음각을 건져내는 작업이 부사의 명사화 작업이라고 하겠다.

몇 년 전에 인제군 기린면 진동계곡에 작은 오두막집을 짓고 시간 나는 대로 자주 그곳에 숨으러 간다. 곰배령 가는 길목에 있는 그곳은 배산임수 지형의 아름다운 곳이다. 한국 소나무와 황토로 작은 오두막을 짓고 '무연재'(無然齋)라는 당호를 걸었다. 무위자연을 좋아했던 남편이 당호를 짓고 서예에 뛰어난 동료 교수님으로부터 이미 글씨를 받아놓은 터였다.

그 작은 집은 곰의 동굴이라 해도 좋고 요나의 고래 뱃속이라고 해도 좋다. 도시에서 온 몸에 부상을 입은 아픈 부상자의 심정으로 산 속으로 숨으러 가게 되는 것이다. 마당 앞을 흘러가는 청랑한 개울물 소리는 밤새워 탐진치(貪瞋癡)의 상처를 씻어준다. 대자연이 나에게 준 것은 흔한 말이긴 하지만 '힐링 파워'라고 할 수 있다. 대자연의 힐링 파워에 들어 앉아 있으면 확실히 나는 새로 갱신되는 생명력을 느낀다. 엉망진창인 몸에 푸른 충만이 차오른다. 시의 상상력에도 어느덧 자연이 들어가게 되었고 대자연의 순환성에 기대어 영원을 노래하는 대목도 나타나게 되었다.

속초에 있는 동생 집을 가려고 진동에서 속초 쪽으로 차를 몰고 가다 보면 북면 용대리에 있는 황태 덕장을 지나가게 된다. 영하 20, 30도를 넘나드는 한파 속에 입을 벌리고 황태 덕장의 덕걸이에 빨래처럼 주욱 걸려 있는 명태들을 바라볼 때마다 난 그 덕걸이에 입이 꿰어 걸려 있는 명태들에게서 어쩐지 나와 동류의 인류의 상징을 보게 되곤 한다. 희망이 외롭다… 라는 생각.

그런데 그 황태 덕장의 명태들은 영하 20도를 넘나드는 혹한 속에서 바닷바람을 맞으며 얼었다 녹았다를 반복하면서 가장 맛있는 명태의 황금 부분, 즉 가장 맛있는 노오란 명품 황태가 되기까지 그 가혹한 혹한의 조건을 견디고 있는 것이다. 난, 그들이 꼭 절망하고 있다고는 느껴지지 않았다. 그런데 그들은 어떤 꿈을 꾸고 있는 것일까. 덕걸이에 걸린 명태들의 모습에서 나는 나의 삶도 '이미' 그와 같이 덕걸이에 입이 꿰어 있는, 그와 같은 치명적 형태로 진행되고 있다는 것에 동감하면서 추운 혹한을 견디는 그 덕걸이에 널린 명태가 가지고 있는 그 꿈, 그 아름다운 희망을 내 것으로 하고 싶다는 생각을 하게 되었다. 그렇게 고요하게 속으로 익어가고 있는 맛있는 희망. 그것이 시 〈고요의 노동〉이다.

주변이 매우 소란스러운데도 여기는 고요하다,
비극…. 그런 단어가 귀에 들어온다,
비극이라니…. 그런 것은
인제군 북면 용대리
황태 덕장에 널린 겨울 명태처럼 흔해 빠진 것이다,
그것만으로는 안 된다,
끝낼 수도 없고 끝날 수도 없다,

얼었다 녹고 녹았다 얼면서
황태 덕장에 널린, 꾸덕꾸덕 말라가는 명태야,
얼음과 수증기 사이에서
울며불며 덕걸이에 걸린 명태야, 그렇지 않을까?,
덕걸이에 걸려 있는 것만으로 비극을 말하기엔, 그것만으론,
무언가가 모자란 것이다,
비극은 비극에 걸려 있지만 말고
겨울바람을 타고
자기를 넘어 더 나아가야 한다,
삶을 몇 바퀴 돌아 명태가 황태로 거듭나는,
꿀 같은, 노란 송화 가루 순간 같은
비극적 황홀이라는 산마루에 올라야
거기서 제대로 소리가 나온다는 것이다,

나는 고요하다,
바흐의 〈무반주 바이올린을 위한 파르티타〉처럼
얼음과 수증기 사이에서
홀로 열심이다,
홀로 언덕을 막 올라가는데
산마루 어느 환한 지점에 김영랑 시인이 북을 잡고 나온다,
"자네 소리 하게, 내 북을 잡지"*,
"진양조 중모리 중중모리 엇머리 자진머리
휘몰아 보아",
그렇게 둘은 북 치고 소리한다,

* 인용 부호 안의 시구는 모두 김영랑의 시 〈북〉에서 인용한 것임.

서편제의 오누이처럼 산을 넘고 물을 건너
멀고 먼 하늘나라로 아름다운 색동 두견을 날리며
"이렇게 숨결이 꼭 맞아서 이룬 일"
소리와 소리는 얼싸안고 황홀하다

비극이 비극을 넘어서는 지점이다,
그 지점에 가야 비극이라는 둥 그런 말을 할 수 있다,
그 지점에 가야 비극이라는 둥 그런 말을 잊을 수 있다,
황태 덕장에 걸려 눈 맞고 있는 명태들,
얼음과 수증기 사이 지금 울고 있는 너

— 〈고요의 노동〉 전문

그러한 혹한의 조건 속에서 시인은 '희망의 거지'가 되어야 한다고 나는 느낀다. 희망을 구걸하러 거지 깡통을 들고 교회에 가서 물어야 하고, 철학에게도 예술에게도 사회학에게도 정치에게도 희망의 불씨를 나누어 달라고 빌러 다니는 걸인이 되어야 한다. 희망은 꼭 존재론의 문제만이 아니라 정치, 사회적 문제이기도 하니까 정치에게도 사회학에게도 그 답을 구걸해야 한다. 그리고 그 희망의 부재가 비극적 황홀에 이를 때까지 희망을 꿈꾸어야 한다. 시인에게는 지상의 말의 지평을 뛰어넘는 언어의 에로틱스가 있다.

〈고요의 노동〉에서 나는 비극적 황홀의 문제에 대해서 썼다. 한국 현대시의 핵심은 바로 그 '비극적 황홀'이 아닐까, 나는 생각한다. 이육사의 〈절정〉도, 김소월의 〈초혼〉도, 김영랑의 〈모란이 피기까지는〉과 〈두견〉, 〈북〉도, 백석의 〈흰 바람벽이 있어〉와 〈남신의주 유동 박시봉방〉도, 이상의 〈절벽〉도, 김수영의 〈사랑의 변주곡〉도, 박인환의

〈목마와 숙녀〉도 모두 다 그 '비극적 황홀'에 이른 시편들이다. 그 외의 훌륭한 시들도 아주 많으리라고 생각한다. 한국 시인들은 그 '비극적 황홀'이라는 그 범주 안에서만 절창을 쓸 수 있었으니까. 그 말이 너무 단정적일까?

한국 시의 최고봉은 언제나 비극적 상황과 조건을 온몸에 채워 넣고 온 힘을 다해서 그 '비극적 황홀'이라는 산마루에 기어가 올라섰을 때 제 한 몸에 받은 자기 자신의 부상(負傷)과 비극을 움직여 넘을 수 있는 절창이, 즉 언어의 에로틱스가 나온다는 것이다. 똥물까지를 먹어야 목이 트인다는 판소리 가객들의 그 엄혹한 전통의 영향 때문일까? 똥물과 밥물이 뒤섞여 들어오는 그런 처절한 경지가 아니라면 '비극적 황홀'의 경지는 열리지 않는다. 시적 언어의 에로틱스에 도달해야만 참다운 노래가 열린다.

'아리랑'에서부터 노래는 희망 없는 민중들의 험한 상실을 이끌고 그 비극적 산마루(아리랑 고개)로 올라가서 그 슬픈 상실들을 '넘어서게 하는 힘'이 되어왔던 것은 사실이다. 비극은 인간 조건의 공포에 대한 카타르시스의 역할을 하여 불안에 오히려 정화를 준다는데 그렇다 해도 비극만으로는 부족하다. 그것만으로는 희망도 절망도 안 된다. 명태가 노오란 명품 황태가 될 때까지 칼같이 에는 해풍 속에서 얼었다 녹고 녹았다 얼기를 반복하며 느낄 그 고통과 희열, 그 비극적 황홀—거기에 도달해야 우리는 절망을 움직이게 하는 희망을, 진정한 희망을 만날 수 있다고 나는 생각해 본다. 희망은 외롭기도 하지만 맛있기도 하다는 생각을 문득 해 본다.

그렇다. 희망은 외롭고 또 희망은 맛있다.

연 보

1952년 3월 1일 전라남도 광주에서 김인곤과 정경미의 5남매 중 장녀로 출생.

1958년 광주 서석초등학교 입학.

1964년 전남여자중학교 입학.

1967년 숙명여자고등학교 입학.

1970년 서강대 영문학과 입학.

1973년 〈경향신문〉 신춘문예 시 부문에 당선하여 등단. 그해 신춘문예로 등단한 시인, 작가들의 모임인 '1973'에 참가.

1975년 〈문학사상〉 편집부 입사.

1977년 10월 24일 박홍태와 결혼.

1979년 서강대 대학원 국문학과 입학.

1979년 첫 시집 《태양미사》(고려원) 출간.

1981년 서강대 국어국문학과 대학원에서 "이상의 시세계에 나타난 거울의 상징과 구조"로 석사학위 취득.

1982년 10월 22일 딸 해인(海仁) 출생.

1982년 이상 시 선집과 평전 《제13의 아해도 위독하오》(문학세계사) 출간.

1983년 시집 《왼손을 위한 협주곡》(문학사상사) 출간.

1983년 서강대 국어국문학과 강사를 시작하여 간혹 쉬기도 하면서 1995년 8월까지 강사생활을 계속함.

1985년 자전적 에세이집 《33세의 팡세》(문학사상사) 출간.

1987년 시집 《미완성을 위한 연가》(나남) 출간.

1987년 10월 2일 아들 박우인(宇仁), 아명: 왕인(旺仁) 출생.

1989년 시집 《달걀 속의 생》(문학사상사) 출간.

1991년 시집 《어떻게 밖으로 나갈까》(세계사) 출간.

1991년 제5회 '소월시문학상' 수상.

1992년 8월 서강대 대학원 졸업. 박사 학위 논문으로 "이상 시 연구—기호적 코라의 의미작용"이 있음.

1993년 9월부터 12월 미국 아이오와 대학 주최 '세계 작가 프로그램'(International Writing Program)에 참가.

1994년 〈동아일보〉 신춘문예 소설 부문 당선.

1995년 시집 《세상에서 가장 무거운 싸움》(세계사) 출간.

1995년 8월에 도미(渡美)하여 1997년 12월까지 미국 캘리포니아대 버클리캠퍼스에 체류. 객원부교수로 한국 현대시, 한국 근대소설, 한국의 명문(名文) 등을 가르침.

1997년 첫 소설집 《산타페로 가는 사람》(창비) 출간.

1998년 1월부터 1999년 1월까지 미국 어바인 캘리포니아대 동아시아학과 전임 강사를 지냄.

1999년 《한국문학의 현대적 해석 14—이상(李箱)》(서강대 출판부)을 공저로 출간.

1999년 3월 서강대 문학부 국어국문학과 교수로 부임.

2000년 시집 《빗자루를 타고 달리는 웃음》(민음사) 출간.

2000년 《김수영 다시 읽기》(프레스21) 편저 출간.

2001년 《현대시 텍스트 읽기—구조주의에서 탈식민주의까지》(태학사) 출간.

2001년 한국 페미니스트 여성시 선집인 편저 《남자들은 모른다》(마음산책) 출간.

2003년 〈조선일보〉 에 김점선 화백의 그림과 함께 산문 〈여성 이야기〉 연재.

2003년 제2회 '고정희 상' 수상.

2006년 시집 《냄비는 둥둥》(창비) 출간.

2006년 12월 '올해의 예술상' 수상.

2007년 〈조선일보〉에 연재했던 산문들을 모아 《그래도라는 섬이 있다》(마음산책) 출간.

2008년 《코라 기호학과 한국시》(서강대학교 출판부) 출간.

2011년 미국 코넬대학에서 출간되는 아시아시리즈로 시집 *Walking on a Washing Line* 출간. Br. Anthony Teague의 번역.

2012년 시집 《희망이 외롭다》(문학동네) 출간.